Sometida

Sometida

Maya Banks

Traducción de Scheherezade Surià

rocabolsillo

Título original: *Mastered*

© 2015, Maya Banks

Primera edición en este formato: octubre de 2017

© de la traducción: 2016, Scheherezade Surià
© de esta edición: 2016, 2017, Roca Editorial de Libros, S. L.
Av. Marquès de l'Argentera 17, pral.
08003 Barcelona
actualidad@rocaeditorial.com
www.rocabolsillo.com

© del diseño de portada: Sophie Guët
© de la imagen de cubierta: Shutterstock / Miriam Doerr

Impreso por NOVOPRINT
Sant Andreu de la Barca (Barcelona)

ISBN: 978-84-16240-85-2
Depósito legal: B. 16405-2017
Código IBIC: FRD

RB40852

1

*E*vangeline miraba al espejo; apenas reconocía a la mujer que le devolvía la mirada con expresión sorprendida. No se inmutaba mientras sus amigas Lana, Nikki y Steph se movían a su alrededor, dándose los últimos retoques al maquillaje y al peinado, asegurándose de que todo estuviera perfecto.

—No puedo hacerlo —murmuró Evangeline—. Es una locura y no puedo creer que os haya dejado convencerme para hacerlo.

Nikki le lanzó una mirada dura a través del espejo.

—Tienes que ir. No hay vuelta atrás, amiga. Pagaría por ver la cara que pone ese gilipollas cuando vea lo que se está perdiendo.

El gilipollas en cuestión era el exnovio de Evangeline, Eddie.

—Diría que no se está perdiendo mucho —susurró Evangeline, muriéndose de vergüenza.

Lana le lanzó una mirada feroz mientras Steph fruncía el ceño con aire intimidador. En cualquier otro momento, esta demostración de amistad y lealtad habría animado a Evangeline, pero ahora se arrepentía de haberles contado los detalles más humillantes de su ruptura con Eddie. Tendría que haberles dicho que habían decidido tomar caminos diferentes. En lugar de eso, les había confesado que aún era virgen y que su última cita con Eddie iba a ser la gran noche, que iba a entregarle su virginidad, creyendo que él era el elegido.

Menuda idiota integral estaba hecha. Sus palabras todavía le resonaban en los oídos. Cada una de ellas había sido como una puñalada en el corazón, solo que no se había conformado con clavar la hoja: la había retorcido para prolongar su dolor lo máximo posible.

—Eddie es gilipollas —dijo Steph con un bufido—. Todas lo sabíamos, cariño. ¿No te acuerdas de que intentamos convencerte de que no te acostaras con él ni esa noche ni nunca? No tienes nada de qué avergonzarte. ¿Me oyes? Es un capullo.

—Y tanto —secundó Nikki con vehemencia—. Y por eso te vas a pasear por Impulse como si fueras la puta ama. Estás despampanante y no lo digo como amiga que quiere hacer que te sientas mejor. Lo digo como mujer que es consciente de que hay una pibonaza en su territorio a la que le gustaría arrancarle los ojos porque sabe que está mil veces más buena que ella.

Evangeline levantó la cabeza con asombro y su mirada sorprendida encontró la de Nikki en el espejo.

Lana sacudió la cabeza y, tras un suspiro, dijo:

—No te enteras, Vangie. Y, joder, creo que en parte eso pone a los tíos. No tienes ni idea de lo preciosa que eres. Tienes unos ojos enormes, una melena espectacular y un tipazo que te mueres. Además, eres superbuena persona y supercariñosa. Si pusieras un mínimo de interés, tendrías un montón de hombres peleándose por estar contigo. Te tratarían como a una reina, que es lo que te mereces, pero parece que no te das cuenta y así consigues que te deseen aún más.

Evangeline meneó la cabeza, completamente perpleja.

—Estáis locas, chicas. Soy una chica de veintitrés años que era virgen hasta hace poco y soy torpe a más no poder. Apenas acabo de salir de la granja y tengo tal acento sureño que hace que los neoyorquinos pongan los ojos en blanco y quieran darme una palmada mientras me dicen «Ay, pobrecita». Aquí estoy como un pez fuera del agua y lo sabéis. No debería haber venido nunca. Si no fuera por mis padres, me iría a casa y buscaría trabajo allí.

Lana levantó los brazos, con gesto de exasperación:

—Algún día alguien hará que te veas de la manera en que te ven los demás. Eddie es un cabrón engreído que solo te veía como una conquista. Él sabe que no te llega ni a la suela de los zapatos y que es malísimo en la cama, pero como no va a admitir tal cosa, prefiere hacerte sufrir a ti.

Evangeline levantó la cabeza.

—¿Podríamos no hablar de Eddie esta noche, por favor? Bastante tengo con la posibilidad de encontrármelo… aunque a lo mejor ha cambiado de opinión y no va esta noche. Podría haber mentido sobre eso del mismo modo que ha mentido sobre todo lo demás. No estoy lista para esto. Estoy muerta de miedo y no me apetece que me vuelvan a humillar.

—Cielo, el objetivo de esta noche es que lo veas. O que él te vea a ti y pueda tirarse de los pelos por lo que podría haber tenido —recordó Nikki.

Steph le dio un pase vip a Evangeline y se aseguró de que lo guardara y no lo dejara por ahí.

—Solamente he podido conseguir uno, si no, una de nosotras iría contigo. Se forma una cola enorme y hay quien espera toda la noche y no logra entrar. Con este pase vas directamente al principio de la cola, se lo enseñas al segurata de la puerta y *voilà*, estás dentro. Y, ¿qué pasa después, amiga? Que empieza la magia. Entras allí con la cabeza bien alta, como si no necesitaras a los tíos y enseñándoles a todos los presentes un poquito de lo que podrían tener, pero no pueden tocar. Te tomas un par de copas y, si te mira Eddie, tú no te acojones. No bajes la cabeza, lo miras directamente a los ojos y le sonríes. Y entonces dejas de prestarle atención, como si no existiera. Baila si te apetece, flirtea, recupera tu atractivo sexual, recupera tu confianza. Y cuando quieras volver a casa, llamas al número que hay en la tarjeta que te di, esperas quince minutos y sales. Tu transporte estará esperándote fuera para que puedas volver a casa y nos informes con detalle de todo lo que haya pasado.

Lana le tocó el hombro.

—Y otra cosa, si lo que sea, y me refiero a cualquier tontería, va mal, nos llamas o nos mandas un mensaje. No tenemos planes para esta noche, así que podemos estar allí en un pispás. Cuando llegues a casa, estaremos aquí esperándote, pero si nos necesitas antes, nos avisas. Me importa una mierda lo larga que sea la cola. Le daré de hostias al gorila si intenta evitar que rescatemos a una de las nuestras.

Una sonrisa comenzó a dibujarse en los labios de Evangeline mientras sus ojos brillaban divertidos, no porque no creyera a Lana. ¡Claro que la creía! Sus amigas eran muy protectoras con ella, y entre ellas, y a Evangeline no le cabía duda de que Lana podría enfrentarse a un gorila de más de cien kilos y ganarle, si supiera que ella la necesitaba.

Buscó la mano de Lana y la apretó con fuerza. Después levantó la vista para incluir a Steph y a Nikki en su gesto de agradecimiento.

—Chicas, sois las mejores. Os habéis portado fenomenal conmigo. No sé cómo podré agradecéroslo.

Nikki puso los ojos en blanco y Steph resopló con sorna.

—¿Es que tú no has hecho exactamente lo mismo por nosotras? ¿Nunca nos has cuidado cuando nos han partido el corazón? ¿No nos has sujetado el pelo mientras echábamos la papilla después de habernos pillado una buena cogorza por algún gilipollas que no era lo suficientemente bueno para nosotras? ¿Nunca nos has dicho que el imbécil que nos había roto el corazón no merecía siquiera tocar el dobladillo de la camisa, y aún menos otras cosas? ¿Te suena de algo?

Evangeline hizo una mueca ante el reproche de Steph porque tenía razón. Todo lo que estaban haciendo por ella en ese momento, ella ya lo había hecho antes. Pero no estaba acostumbrada a recibir estas atenciones. No solía tener muchas citas. No había tenido ninguna durante los dos primeros años en la ciudad, desde que llegara del pequeño pueblo sureño en que había nacido y se había criado. Había estado muy ocupada trabajando, doblando turnos y ahorrando todo lo posible para mandárselo a su madre.

No había salido con nadie hasta que Eddie entró en el bar en el que Evangeline trabajaba de camarera. Eddie fue cada noche, hasta que consiguió convencerla para que saliera con él. Le había entrado a saco, pero lo había rechazado. Echando la vista atrás, se daba cuenta de que ella solo había supuesto un desafío para él. Como mover un pañuelo rojo delante de un toro. Haciéndole esperar y no abriéndose de piernas a la primera de cambio solo había conseguido que aumentara su determinación de acostarse con ella. Que fuera su primera vez había aumentado la sensación de victoria.

Cabrón.

Evangeline apretó los dientes mientras la rabia encendía sus mejillas, pero no quería estropear el maquillaje que con tanto mimo le habían aplicado sus amigas. Las chicas se habían pasado una hora para asegurarse de dejarla perfecta. Y durante todo el tiempo se habían esforzado en demostrarle su apoyo incondicional, a la vez que murmuraban amenazas contra Eddie que preferiría no repetir, tratando de subir su desaparecida autoestima.

Y gracias a ellas Evangeline iba a entrar en ese club del que Eddie alardeaba de ser socio, aunque el simple hecho de pensarlo hiciera que le entraran ganas de esconderse debajo de la cama durante una semana. Pero lo iba a hacer genial. Era valiente. Estaba preciosa y segura de sí misma. Iba a enseñar a Eddie lo que podría haber tenido.

Casi hizo un mohín. De hecho, ya la había tenido y, según él, la cosa no había sido nada del otro mundo. No, aún peor: ella no era nada del otro mundo. ¿Cómo narices iba a entrar en ese club y hacer que Eddie se arrepintiera de haberse aprovechado de ella, cuando en realidad ya la había tenido?

Lo más probable era que se riera en su cara y le preguntara que qué hombre iba a querer a una zorra frígida como ella.

La autoconfianza que llevaba intentando acumular toda la tarde se esfumó de un plumazo. Levantó la mirada buscando a sus amigas en el espejo y, cuando abrió la boca para cancelar el asunto, estas la fulminaron con la mirada.

¿Cómo se las apañaban? Sabían perfectamente lo que les iba a decir. Para ellas, Evangeline era como un libro abierto. Bueno, para ellas y para todo el mundo, según Eddie. Él hacía que la sinceridad, no jugar con la gente o no fingir ser alguien que no se era, pareciera algo malo.

Con sus amigas, esto le daba igual porque la hacía sentir especial. Era como si tuvieran una relación tan estrecha que saber todo lo que estaba pensando en un momento determinado fuera normal. Pero descubrir que resultaba igual de transparente a los ojos de cualquiera no era igual de reconfortante.

¿Cómo se suponía que podría protegerse y evitar que le hicieran daño si ni siquiera podía ocultar sus pensamientos ni sus sentimientos?

—Ni se te ocurra —advirtió Lana.

Nikki se arrodilló para colocarse a la altura de los ojos de Evangeline, que estaba sentada en un taburete. En ese taburete había pasado la última hora dejándose mimar por sus amigas, sus hermanas. La expresión era amable y comprensiva.

—Escúchame, cariño. Tienes que hacer esto por ti, no por

nosotras y mucho menos por el gilipollas de Eddie. Solamente por ti. Te ha quitado algo que tienes que recuperar. Si dejas que te llene la cabeza con esa mierda que te hizo creer, habrá ganado él. No puedes dejar que te afecte de esa manera, porque dijo mentiras y nada más. No pienso dejar que te lo creas, así que sácatelo de la cabeza. Tienes quince minutos hasta que llegue el taxi, recomponte. Haz lo que tengas que hacer, pero hazlo por ti.

Evangeline parpadeó varias veces para evitar que se le saltaran las lágrimas. Sus amigas la matarían si se le estropeaba el maquillaje. Tendrían que volver a empezar, se le haría tarde para ir al club y sería la excusa perfecta para echarse atrás. Además, Nikki tenía razón: tenía que hacerlo por ella misma.

Eddie le había arrebatado algo y no solo la virginidad, que, dicho sea de paso, está sobrevalorada. El sexo en general está sobrevalorado. Le había robado la dignidad y la confianza en sí misma y no le había dejado más que humillación y un gran complejo de inferioridad.

Ningún hombre merecía que pasara por eso y le cabreaba que sus palabras siguieran haciéndole daño. ¿El sexo? Nada memorable, pero fueron sus palabras lo que nunca podría olvidar. Se le habían grabado a fuego en la memoria y le habían causado una herida que seguramente no cicatrizaría jamás.

Si esta noche podía recuperar parte de su autoconfianza, valía la pena entrar sola en ese dichoso club abarrotado de gente y pasar el mal trago.

Sus amigas no habían querido que fuera sola, para nada. Pero Steph solo había podido hacerse con un pase vip, ya que esos pases para Impulse eran un bien preciado y escaso, reservado para gente guapa. Gente rica e importante. Evangeline no era ninguna de esas cosas, pero no hacía mal a nadie si fingía pertenecer a ese mundillo, ¿no?

¿Por qué no podía ser Cenicienta durante una noche? Quizá así podría recuperar un poco de su autoestima si hacía ver a Eddie lo que había despreciado. Porque tal vez no tuviera la mayor autoconfianza del mundo, pero desde luego tenía fe ciega en la capacidad de sus amigas para hacer que cualquier mujer pareciera un bombón.

Al día siguiente podría volver a ser la chica aburrida, tímida y callada que era siempre. Podría volver a trabajar hasta tarde en un bar donde daban buenas propinas y el dueño cuidaba de sus chicas para poder olvidar a Eddie para siempre. Por no hablar de pasar de los hombres durante el resto de su vida. No estaba allí para conocer a un tío, tener citas o una vida sexual, estaba allí porque su familia necesitaba su apoyo económico. Por ellos, a Evangeline no le importaba dejar de lado su propia vida, aunque fuera de manera indefinida.

Como todo el mundo, tenía sueños y metas que cumplir. Quería una vida que no incluyera servir bebidas en un pub con un cinturón ancho a modo de falda y unos taconazos que le machacaban los pies. Pero de momento este trabajo le ofrecía lo que su familia necesitaba. Ya tendría tiempo de encontrar su propio camino. Solo tenía veintitrés años, trabajaría otros cuatro o cinco más y así podría ahorrar lo suficiente para que su madre no tuviera que volver a preocuparse por el dinero.

Se había prometido que cuando cumpliera los treinta podría hacer lo que le diera la gana, labrarse un futuro. Tendría una vida de la que pudiera estar orgullosa, rodeada de buenas amigas como Steph, Nikki y Lana.

Quería retomar sus estudios, aprender un oficio. Quería ser algo más que una simple camarera. No había ido a la universidad porque sus padres no podían permitírselo. Solo pudo terminar la educación secundaria, ya que se vio obligada a ponerse a trabajar en cuanto tuvo edad para ello y contribuir a la economía familiar.

No se arrepentía de nada. Haría cualquier cosa por sus padres, pero esto no quería decir que quisiera vivir así para siempre. Algún día… algún día le iría mejor. Quería tener marido y niños. Una relación estable. Pero, de momento, no.

—¿Estás lista? —preguntó Nikki, arrastrándola de vuelta al presente, a la realidad.

Evangeline inspiró hondo, sacó pecho y se miró en el espejo. Estaba muy guapa. No sabría decir si estaba despampanante, como decían sus amigas, pero no estaba mal. Puede que por encima de la media, aunque todo fuera obra del toque mágico de sus amigas con la brocha y el secador.

—Sí —murmuró suavemente—. Estoy lista.

2

*D*rake Donovan se detuvo ante la entrada del aparcamiento para empleados, en la parte trasera de Impulse, e introdujo el código de seguridad en la consola del coche, esperando con impaciencia a que se abriese la puerta. La mayor parte del tiempo, su chófer lo llevaba a todas partes, pero cuando iba al club conducía él mismo para poder marcharse cuando quisiera sin tener que esperar a que este lo recogiese.

Aparcó en el espacio señalado como «Reservado», el más cercano a la entrada. Había muchos espacios reservados a lo largo de la parte frontal del aparcamiento, para sus socios, pero no indicaban su nombre —ni el de los demás— con el fin de ocultar en qué lugar aparcaba cada uno.

Tras coger el maletín y salir del coche, se acercó a paso rápido hacia la entrada trasera, donde tendría que volver a introducir el código de seguridad para poder entrar, pero cuando estaba a escasos metros, una mujer se interpuso de repente en su camino, obligándole a retroceder o llevársela por delante, algo que al parecer no le importaba mucho.

Le echó un vistazo rápido y maldijo para sus adentros. Iba ligera de ropa, con mucho maquillaje y un peinado de los caros, y lo miraba seductoramente con unos ojos de color avellana, aunque era difícil discernir el color con el maquillaje de efecto ahumado que le cubría de las cejas a los párpados.

—¡Señor Donovan! —exclamó, haciendo ademán de ponerle la mano en el hombro.

Él se apartó, con mirada glacial.

—Está usted allanando una propiedad privada. ¿O no se ha dado cuenta de la señalización y de que solo se puede acceder a este aparcamiento por la puerta de seguridad?

La mujer hizo un mohín con los labios pintados, pero en sus ojos todavía había un destello de provocación.

—Esperaba que le apeteciese algo de compañía esta noche —dijo con ansiedad—. Puedo ser muy complaciente.

Por su mirada, supo que, si le pidiera que se arrodillara allí mismo y se la chupara, ella lo haría enseguida y sin vacilar. Joder. La única manera en la que había podido entrar era escalando la elevada valla que rodeaba el aparcamiento de empleados. Eso... o alguien la había dejado entrar. Y si era así, iban a rodar cabezas. En cuanto subiera, revisaría las grabaciones de las cámaras de vigilancia para descubrir cómo había burlado esta mujer sus medidas de seguridad.

Drake estaba orgulloso de su seguridad inexpugnable. Si había intentado escalar, deberían haberla descubierto, neutralizado y acompañado a la salida mucho antes de que él llegase.

—Pues lo siento por usted, pero no estoy de humor para ser complaciente esta noche —dijo con frialdad.

Se colocó deprisa el auricular que le permitía estar al tanto de todo lo que ocurría en el club, el vínculo directo con sus empleados, y ordenó con diligencia:

—Seguridad, en el aparcamiento, ya.

La mujer abrió mucho los ojos, asustada.

—¿Qué va a hacer? Solo quería complacerle. Es usted muy atractivo, señor Donovan. Creo que cuando haya probado lo que puedo ofrecerle, no quedará decepcionado.

—Lo que me decepciona es llegar tarde al trabajo por su culpa y que usted se haya metido donde no puede estar.

La puerta se abrió con brusquedad, y dos de los gorilas de Drake corrieron hacia él, tensos, en alerta y preparados para la acción.

—¿Qué ocurre, jefe? —preguntó Colbin.

Drake señaló a la mujer, que ahora estaba furiosa.

—Acompañadla a la salida inmediatamente y, a partir de ahora, como una sola persona no autorizada, una sola, entre en este aparcamiento, despediré a todos los empleados de vigilancia.

—No tiene ni idea de la oportunidad que está dejando escapar —siseó la mujer, curvando los dedos como garras.

—Sé perfectamente lo que estoy dejando escapar —dijo

con hartazgo—. Y no tengo ningún interés en una puta que se me lanza encima prometiéndome placer cuando su sola presencia me repugna.

Se abalanzó hacia Drake, dirigiendo las largas uñas pintadas hacia su rostro.

Matthews se interpuso enseguida entre ellos, y Colbin la agarró por la cintura con un brazo y la levantó con facilidad, mientras ella chillaba indignada, pataleando e intentando clavarle las uñas en la cara.

—¡Joder! —exclamó Colbin—. Tranquilízate, zorra. Estás quedando en ridículo. El señor Donovan no tiene interés en ti y, además, no tolera que invadan su propiedad. Si te requiere, contactará contigo. No vuelvas a acercarte a él de esta manera o acabarás pasando la noche en el cuartelillo. Tienes suerte de que te deje ir sin más que una advertencia.

—Cabrón —le gritó a Drake mientras Colbin la arrastraba hacia la salida.

Mientras caminaba, Matthews pidió por radio que un coche se acercase a la puerta enseguida para deshacerse de un «huésped indeseado», lo que provocó que la mujer gritara con más indignación aún.

—Lo siento, jefe —dijo Matthews con seriedad—. No tengo ni idea de cómo ha entrado, pero voy a averiguarlo ya y asegurarme de que no vuelva a ocurrir.

—Sí, hazlo —soltó Drake con brusquedad—. Y ya que estás, que pongan alambre de espino encima de las vallas. Y tampoco sobrarían unos perros guardianes. Solo tendrás que entrenar a los perros para que conozcan a todos mis empleados y no los confundan con intrusos. Esto es absurdo.

—Yo me ocupo, jefe. No le fallaré.

Drake pasó junto a Matthews, a quien no hizo ni caso, y dijo por radio:

—Viper y Thane. Quiero las grabaciones de seguridad del aparcamiento de empleados de las últimas dos horas para verlas en mi despacho. Las quiero listas en cuanto llegue. Subo ya.

—Sin problema —respondió Thane inmediatamente.

Drake sacudió la cabeza, asqueado. Esa mujer no era distinta de las que hacían cola en la acera ante la puerta del Impulse para aguardar con impaciencia la oportunidad de entrar. Algunas entrarían, otras no. Había algunas parejas, improvisadas y estables, pero en general las mujeres —y los hombres— venían para ligar, pavonearse, elevar su estatus y fingir ser lo que no eran.

Entró caminando con decisión y respondiendo solo con un asentimiento a los saludos de sus empleados, impaciente por llegar al despacho, desde donde disponía de una vista cenital de todo lo que ocurría en su club. Su trabajo era satisfacer los deseos de la clientela del Impulse, pero eso no disminuía la repulsa y el hartazgo que le producían el tipo de personas que frecuentaba su establecimiento.

Incluso se daba un capricho cuando le apetecía, pero nunca estaba con la misma mujer más de una noche, o dos como mucho, y había dos lugares a los que nunca las llevaba: ni a su despacho del Impulse ni a su casa. Tenía unos estándares muy rigurosos para las mujeres que se llevaba a la cama: la norma número uno era que hubiese completa sumisión y Drake tuviese el control absoluto, igual que controlaba todos los aspectos de sus negocios y su vida personal.

Había creado su imperio siendo inflexible e implacable cuando era necesario, no se arrepentía de nada, porque era un hombre temido por muchos y tratado con un respeto y deferencia absolutos. Eso lo beneficiaba. No tenía puntos débiles que explotar. No había modo alguno de penetrar sus sólidas defensas y su seguridad de máximo nivel. Si considerarse dios le convertía en un arrogante, que así fuera, porque él era dios. Al menos en su mundo.

Maddox y Silas estaban esperándolo en su despacho, con semblante serio.

—He oído que ha tenido un problema en el aparcamiento —dijo Maddox.

Silas se limitó a quedarse callado y lanzarle una mirada inquisitiva; era un hombre parco en palabras. No las necesitaba para hacerse entender. Y tampoco es que la gente hiciese cola para conversar con él, porque normalmente los dejaba acojonados con solo mirarlos.

—Eso parece —dijo Drake mordazmente.

Mientras hablaba, buscó el mando a distancia y centró su

atención en la pantalla donde se estaban reproduciendo las grabaciones de las cámaras de seguridad. Adelantó el vídeo rápidamente, impaciente, hasta que descubrió el origen de la transgresión.

—Qué hijo de puta —gruñó Maddox.

Drake adoptó una expresión sombría mientras observaba cómo uno de sus empleados más recientes aparcaba al fondo del aparcamiento y salía del coche como si estuviese yendo a trabajar con normalidad. La puerta trasera se abrió una vez ya había entrado en el edificio y la mujer que le había abordado salió del coche agachada para que no la viesen.

—Despídelo —dijo Drake a Maddox, con aspereza—. Acompáñalo a la salida y luego desactiva sus códigos de acceso para todas las entradas del club.

Maddox fue a cumplir las órdenes de Drake sin perder un momento y dejó a Silas a solas con él. Este se sentó al escritorio y se aseguró de que todos los monitores que mostraban hasta el último centímetro del club estuviesen encendidos. Luego desvió la atención hacia Silas, el hombre que se ocupaba de cualquier problema que le surgiese a Drake. También arreglaba cualquier embrollo inoportuno. Lo hacía con suma eficacia; nunca fallaba.

—Quiero que le hagas una visita a Garner y le digas que va atrasado en sus pagos y que tiene exactamente cuarenta y ocho horas para pagar o perderá mi protección. Déjale bien claro que no voy de farol, y que, si no cumple, se queda solo y es hombre muerto.

Silas asintió.

—Ahora mismo salgo.

Drake asintió a su vez.

—Infórmame en cuanto hayas hablado con él y ponme al tanto de la situación. Me debe mucho dinero. También puedes decirle que, si no paga, Vanucci será el menor de sus problemas, porque iré a por él yo mismo y cualquier cosa que pueda hacerle Vanucci le parecerá un juego de niños comparado con lo que le haré.

—De acuerdo, allá voy —dijo Silas, mientras se giraba y desaparecía por un rincón apartado del despacho, donde la oscuridad escondía otra salida.

Drake apretó los dientes. Era un día de trabajo más, pero la desesperada que se le había echado encima lo había cabreado más que el retraso de Garner con sus deudas. Si quería una mujer, no tenía que buscar demasiado. Desde luego, no necesitaba que ninguna zorra se le pegase como una lapa, esperando que aceptase entusiasmado lo que ella ofrecía de un modo tan vulgar.

Las mujeres no llevaban la voz cantante con él. Nunca. Si veía algo que quería, lo cogía. Él tenía el control. Siempre, sin excepciones. Ni una mujer ni nadie. Y seguiría siendo así.

Evangeline salió del taxi con torpeza tras pagar. El dinero se lo habían dado las chicas, con una cara que no admitía protestas. Por un momento, se quedó parada como una imbécil, contemplando la cola que se extendía por la acera y alrededor de toda la manzana.

Luego se dio cuenta de que estaba llamando la atención allí plantada como una tonta fuera de lugar, así que se acercó a la entrada custodiada por una cuerda y el corpulento portero de aspecto amenazador, que tenía los enormes brazos cruzados sobre un pecho todavía más grande.

Tragó saliva con nerviosismo cuando el portero la vio y se percató de que pretendía entrar. Sus ojos se entornaron y le dieron un buen repaso e hizo un mohín desaprobador. Evangeline enderezó la espalda y alzó la cabeza. Estaba harta de sentirse poca cosa y ni de coña iba a permitir que un portero la mirase por encima del hombro.

Con solo un vistazo a la acera, entendió por qué el gorila la miraba como si estuviese loca. Había un montón de personas atractivas esperando para entrar. Gente que desprendía lujo y glamur. Mujeres con vestidos caros y tacones, enjoyadas de pies a cabeza, con peinados de peluquería que debían de haber costado una fortuna. Y luego estaban los hombres: pijos y de imagen cuidada, con pinta de tener dinero. Algunos estaban solos, sin duda planeando usar Impulse como coto de caza para ligar y echar un polvo fácil. Otros estaban con su cita de esa noche y rodeaban firmemente con el brazo a una mujer despampanante.

Sintió tanta envidia que por un momento no pudo respirar. ¿Y si ella pudiese ser una de esas personas atractivas, estar siempre segura de su aspecto y de su cuerpo, y poder conseguir al hombre que le diese la gana con solo chasquear los dedos?

Se dio cuenta de que había llamado la atención de todos los del principio de la fila. Las mujeres se estaban mofando de ella abiertamente, la miraban con desprecio, como diciendo: «No te dejarán entrar ni de coña».

Volvió a mirar al portero, que estaba a solo un paso de distancia. Se le acercó y antes de que ella pudiese hacer o decir nada, dijo:

—El club está lleno esta noche. Lo siento, pero tendrá que ir a otro lado. O a su casa —añadió tras echar otro vistazo a su cuerpo.

La desaprobación en su mirada la hizo ponerse como un tomate. Ni siquiera le había dicho que tenía que ponerse al final de la cola. Ni siquiera le había dicho que tendría que esperar. La había rechazado sin más. Le había dicho que no era bienvenida en un lugar como Impulse, y eso la cabreaba.

Así que se sacó el as de la manga, y le puso el pase vip en la cara para que tuviese que verlo por narices.

—Me parece que no —siseó ella con rabia.

El portero se mostró sorprendido, luego inquieto. Vacilante, incluso. Y no parecía un hombre con tendencia a la indecisión. Entonces percibió que estaba planteándose negarle el acceso a pesar de tener la «entrada dorada». El codiciado pase vip que otorgaba a su titular acceso gratuito y sin preguntas. El portero supondría que alguien importante del club se lo había dado. No tenía por qué saber que no se lo habían dado directamente a ella. Nadie en su sano juicio regalaría un pase vip a este club, la única conclusión lógica era que se lo habían dado a ella personalmente, y Evangeline no pensaba corregirlo.

Aun así, no parecía muy contento cuando se agachó para levantar la cuerda que colgaba entre dos postes de metal a la entrada del club.

—Que disfrute de la noche, señorita —dijo con formalidad mientras le indicaba que entrase.

Evangeline echó un vistazo a la cola por el rabillo del ojo, y le encantó ver las caras de asombro. Algunas eran de indignación. Incluso oyó a alguien quejarse porque ella entraba mientras ellos seguían esperando en la acera.

—Pase vip —masculló el portero a modo de explicación.

Sí, no hacía falta decir nada más. «Vip» significaba acceso gratuito a todo dentro del club. Steph ya había estado allí y la había puesto al corriente de la disposición interna del local, para que no quedase en ridículo al no saber qué leches hacer una vez entrase.

Aunque Steph ya le había hablado de la zona de bar delantera, mientras se acercaba a la zona de descanso decorada de forma exquisita, que estaba separada de la pista de baile y la enorme barra situada en su centro, le sorprendió el agradable silencio que reinaba.

Era una idea brillante disponer de un área de bar más tranquila para que la gente pudiese charlar cómodamente, en lugar de tener que gritar para hacerse oír por encima de la música. Además, le daría tiempo para tomarse algo en una zona tranquila y reunir así el valor para adentrarse en la pista de baile.

Steph le había explicado que la pista, que lo rodeaba todo, era como una zona de combate, ya que el bar estaba en el centro. Al otro lado de la pista estaban los asientos no reservados. Eran zonas abiertas con mesas y sillas para descansar del baile y tomarse algo, aunque no fuese fácil conversar.

Los reservados estaban por encima de esta zona. Eran espacios privados y cerrados, con un camarero o camarera asignado y un interruptor con el que se podía encender o apagar la música. Eran zonas más grandes y más cómodas para sentarse que los asientos no reservados de abajo, con sofás, sillones de felpa y una enorme mesa para la comida y las bebidas.

Evangeline había comentado con frialdad que solo faltaba una cama para que se acostasen los que se estaban liando. Steph le había callado la boca al contarle muy seria que había salas todavía más privadas en la planta superior, de acceso restringido, lo que significaba que había que ser muy importante —o muy rico— para entrar, y esas sí que estaban equipadas con todas las comodidades para que las parejas dieran rienda suelta a su imaginación.

Evangeline no tenía ni idea de cómo sabía Steph todo esto, y no había preguntado, aunque había visto la curiosidad de Nikki y Lana y sabía que ellas sí le iban a preguntar en cuanto pudieran. Supuso que si Steph hubiera querido decirles cómo lo sabía, ella misma se lo habría contado, por lo que no había entrado en eso y había seguido preguntando antes de que Nikki o Lana pudiesen aprovechar para interrogar a su amiga.

Se acercó a la barra, calculando cuántas copas se podía permitir y cómo podía espaciarlas a lo largo de la noche para que no cantara tanto que estaba fuera de lugar. Podía pedir una y hacerla durar un buen rato, para que al menos pareciese que estaba haciendo algo además de estar parada mirando a su alrededor, sintiéndose incómoda. Pero, por otro lado, necesitaba beber al menos una copa para coger fuerzas antes de aventurarse a entrar en la pista, donde probablemente vería a Eddie acompañado de su última conquista, quienquiera que fuese.

Bajó la mirada, preguntándose si estaba mal de la cabeza por pensar, siquiera por un instante, que Eddie iba a mirarla y arrepentirse de haberla tratado con tanta crueldad. Hasta un simple portero la había desdeñado; ¿a quién quería engañar?

Pidió la copa al camarero en un murmullo y él le sonrió con una cálida mirada. Era el primer gesto de bienvenida que recibía desde que había llegado a aquel lugar, así que le devolvió la sonrisa. Una sonrisa sincera, de agradecimiento. Él le guiñó un ojo y empezó a preparar su sofisticado «cóctel de chicas», como lo llamaban sus amigas. Oye, no era culpa suya que no tuviese resistencia alguna al alcohol. Que lo sirviese todas las noches no quería decir que lo consumiese.

Además, le gustaban las bebidas afrutadas y agradeció que el camarero pusiese en la copa una de esas sombrillitas tropicales con una cereza antes de deslizarla por la barra hacia ella.

—Invita la casa, guapa —dijo al verle sacar un billete del preciado fajo que llevaba en un diminuto bolso, que se había cruzado para no tener que preocuparse de que se le cayera o se le olvidase en algún sitio.

Alzó la cabeza muy sorprendida:

—¡No puede hacer eso! ¡Se meterá en problemas!

El camarero volvió a guiñarle en ojo y negó con la cabeza antes de irse a atender a otro cliente.

Vaya. A lo mejor no a todos les parecía una fracasada patética. Y era bastante mono. No, mono no. Se empezaba a dar cuenta de una cosa, aunque todavía no se había adentrado mucho en el club. Los hombres que trabajaban allí no eran chicos monos. Eran tíos musculosos con pinta de saber apañárselas en una pelea. Y las mujeres eran preciosas. Elegantes y con clase. Nadie iba a mirar por encima del hombro a una de estas camareras, porque parecían chicas de la alta sociedad que estaban sirviendo copas por casualidad. Al parecer, la belleza no era solo un requisito para entrar en el club, sino también para trabajar allí.

Se sentía tan fuera de lugar que empezaba a no hacerle gracia.

Se dio la vuelta, llevándose la copa a los labios, y vio que varias miradas se dirigían a ella. Se removió en el asiento, incómoda. ¿Tan evidente era que aquel no era su mundo? Había entrado decidida a saborear la venganza, pero el nivel de desprecios que podía soportar tenía un límite.

Tras observar otros ojos clavados en ella, decidió que ya había tenido bastante. Esto era absurdo. ¿Qué intentaba demostrar? ¿Y por qué? No tenía que demostrar nada a nadie excepto a sí misma, y ella sabía que estaba mejor sin Eddie. No había venido para que él se arrodillase y le suplicase que volviera; por mucho que le atrajese la idea, aunque solo fuera para poder darle una patada en los huevos y decirle: «Por encima de mi cadáver».

Sintió que un dolor se le expandía por el pecho. No, había venido porque quería que supiese que se equivocaba. Que no era una mujer apocada y frígida. Que podía estar guapa, aunque todo fuese una ilusión que le debía al talento de sus amigas con los peinados y el maquillaje. Por no hablar del vestido y de los zapatos que le habían puesto. Un vestido muy ajustado que le delineaba hasta la última curva del cuerpo. Un vestido que nunca se hubiera atrevido a ponerse antes, aunque a sus amigas las exasperaba que escondiese lo que ellas llamaban «un cuerpo de infarto».

Daba igual. Eran sus amigas y era lógico que la vieran con

buenos ojos, pero Evangeline sabía la verdad, al igual que Eddie. Había sido tonta por haber ido y creer que él cambiaría de opinión y se arrepentiría de algo.

Estaba a punto de dejar la copa en la barra, darse la vuelta y marcharse deprisa cuando lo vio por el rabillo del ojo.

Mierda. ¡Mierda!

Se quedó paralizada. No podía girarse e intentar ocultarse porque era posible que ya la hubiese visto, y no quería darle la impresión de que se intentaba esconder. Así que fingió que observaba con interés la pista a través de las amplias puertas insonorizadas a su izquierda, como si estuviese terminándose la bebida antes de decidir dirigirse a ella.

A lo mejor no la había visto. A lo mejor ya se iba.

Una risa resonó cerca de ella. Demasiado cerca.

Mierda.

Todos sus «a lo mejor» se fueron a la mierda. Ojalá Eddie se hubiera ido a la mierda con ellos.

—¿Qué narices estás haciendo aquí, Evangeline? —preguntó Eddie, con voz divertida.

Despacio, le dirigió una fría mirada, abriendo mucho los ojos como si le sorprendiese verlo.

—Anda, hola, Eddie. —A continuación saludó con educación a la mujer que se le aferraba al brazo como una lapa, y que no parecía muy contenta de que Eddie estuviese hablando con Evangeline—. Pues está muy claro. ¿A qué viene la gente aquí? A tomarse unas copas y bailar, que es precisamente lo que voy a hacer. Si me disculpáis, me voy a la pista. Me alegro de verte. Que tengáis una buena noche.

Empezó a alejarse de Eddie, pero él alzó la mano y le agarró el brazo con fuerza. Evangeline se giró, conmocionada, y lo miró como si se hubiera vuelto loco.

—¡Suéltame! —farfulló—. ¡Eddie, me haces daño!

Soltó una carcajada cruel.

—¿A qué estás jugando, Evangeline? ¿A qué has venido, a buscarme? ¿A suplicarme que vuelva? Te eché a patadas de mi cama, ¿y aún quieres repetir? Venga ya, cielo. Nadie está tan desesperado. Meterte la polla fue como follarme a un muñeco de nieve.

A Evangeline le chocó lo vulgar de su lenguaje y el volumen al que estaba hablando, suficiente para que todo el bar lo oyese. Le ardían las mejillas de la humillación y se tambaleó como si acabase de darle una bofetada.

—Suéltame —masculló ella.

Pero él se limitó a apretar más fuerte y le amorató la piel clara. Llevaría la marca de sus dedos durante días.

La mujer de su lado soltó una carcajada sonora y áspera que le recordó al sonido de los cubitos de hielo al caer en un vaso.

—Ah, conque esta es de la que me estabas hablando —dijo con voz sedosa. Observaba a Evangeline con falsa compasión—. Qué pena que no fueses lo bastante mujer para mantenerlo a tu lado —susurró con suavidad—. Pero ten por seguro que yo sí lo seré para mantenerlo satisfecho.

Evangeline estaba demasiado impactada y avergonzada para contestar. Debería haberle respondido algo hiriente también y no mostrarles hasta qué punto acababan de destrozarla. Por suerte consiguió no echarse a llorar: eso habría sido demasiado humillante incluso para ella. Eddie ya la había hecho llorar una vez y no volvería a permitírselo.

—Me parece —contestó, orgullosa de la serenidad en su voz— que tu furcia y tú deberíais largaros de aquí y volver al callejón del que habéis salido. Y como no me sueltes del brazo, te denuncio por agresión.

Eddie entornó los ojos y su expresión se alteró con rabia. Avanzó hacia ella con el rostro encendido, acercándose tanto que pudo sentir, y oler, su alcohólico aliento abrasándole la cara. Sus ojos brillaban amenazadores, y Evangeline supo que la cosa estaba a punto de ponerse aún más fea.

—¡Serás zorra!

3

𝒟rake Donovan la vio en cuanto entró en el club. Estaba sentado justo por encima de la pista en su reservado y había varios monitores de vigilancia estratégicamente colocados para facilitar la visualización de cada rincón del club. No solo era dueño de ese club; tampoco adoptaba una actitud pasiva. Además, tenía muchos otros negocios y en todos ejercía un gran control. Siempre que estaba allí, supervisaba de cerca todo lo que acontecía.

Rápidamente amplió la imagen en el momento en que una rubia voluptuosa se dirigía a la barra de la entrada; lo miraba todo con unos ojos de par en par como si tratara de asimilar lo que la rodeaba. Drake soltó un improperio mientras seguía todos sus movimientos.

Alguien iba a perder su puñetero trabajo por esto.

Drake tenía unas normas estrictas sobre quién entraba y quién no entraba en el local. Y a las chicas inocentes de aspecto ingenuo como la que acababa de entrar en el bar de forma vacilante, sin ningún hombre que la protegiera, no debían dejarlas pasar los porteros.

Joder, Anthony lo sabía. ¿Por qué narices la había dejado pasar? Iban a rodar cabezas en cuanto la echara del local y le dijera que no volviera a entrar.

Aun así, dudaba porque lo había fascinado. Había algo en ella, y no sabía decir exactamente qué era. La vio con detenimiento por la cámara mientras se abría paso por el bar de forma vacilante, donde Drew, el camarero, le dedicó una sonrisa y le guiñó el ojo. De repente, le entraron ganas de despedirlo por verlo ligar con aquella hechicera de ojos azules. Drew ligaba con todas. Así que, ¿por qué le había enfadado tanto su inofensivo coqueteo con una mujer que nunca volvería a entrar en su club?

Dejó escapar el aliento en un largo suspiro cuando la chica se alejó de la barra y se dirigió a la pista. La cámara la enfocó de cerca con una panorámica frontal espectacular y fue todo un regalo para la vista.

Le gustaba todo de ella y, sin embargo, era la antítesis de las mujeres con las que solía follar. A juzgar por las muchas miradas lascivas de los hombres y las despectivas de las mujeres, no se equivocaba al valorarla.

Joder, terminaría causando problemas si no la sacaba de allí deprisa.

¿Una mujer así en un club como este? Aquellos grandes ojos, ese cuerpo voluptuoso que no dejaba nada a la imaginación... Una mujer que emanaba inocencia y despertaba en los hombres el deseo de llevársela a la cama lo más rápido posible para que pudiesen enseñarla a complacerles.

Sí, iba a tener problemas. Ahora mismo solo pensaba en sacarla del dichoso club y llevarla a algún lugar más privado antes de que otro tío se le insinuara.

Estaba tan absorto contemplando a aquella desconocida que no se percató de que un tipo acompañado de una guarrilla que se le pegaba como una lapa se abría camino directamente hacia ella.

Vio a la mujer alzar la cabeza y pulsó un botón para ampliar la imagen, dirigiendo la cámara hacia ella. Había sorpresa en sus ojos, pero también algo más. Algo que a Drake no le agradó en absoluto. Miedo.

El hombre le habló y era obvio que lo que estaba diciendo no era para nada bonito o halagador. La chica se había quedado blanca y temblaba como si fueran a fallarle las piernas. Aquel tío la estaba agarrando del brazo con fuerza.

La vio hacer un gesto de dolor cuando el hombre aumentó la presión. Este se le acercó más e invadió su espacio personal.

Drew, el camarero, saltó por encima de la barra a la vez que Drake pulsaba el botón para avisar a Maddox. ¡Mierda! ¡Joder!

Maddox se presentó en tres segundos.

Drake señaló el monitor.

—Ve a por ella. Ahora —gritó—. Tráemela y echa al hombre que la ha abordado, ¡que aprenda! No lo dejéis entrar nunca más en ninguno de mis locales.

Maddox se lo quedó mirando asombrado y Drake sabía por qué. Nadie salvo sus hombres de confianza estaban autorizados a entrar en su estancia privada. Y nunca había entrado ninguna mujer. En una muestra más de la disciplina y la lealtad de Maddox, este no dudó ni hizo preguntas. Se limitó a asentir con la cabeza e irse. En el monitor, vio a Drew con cara de pocos amigos; tenía el ceño fruncido del enfado. Seguramente Maddox le había dicho por radio que ese hombre era para él.

Todos sus empleados llevaban auriculares para que él o sus hombres pudieran estar en contacto en cualquier momento.

Parecía que Drew iba a desobedecer las órdenes de Maddox y dejar al tipo fuera de combate igualmente cuando este apareció en escena. Drake no podría reprender o sancionar a su empleado como solía hacer si alguien desobedecía una orden. Entendía muy bien la rabia que debía de sentir y por qué no podía soportar que la mujer estuviese en manos de ese gilipollas un segundo más.

Miró con atención y le brillaron los ojos de satisfacción cuando Maddox levantó al tipo por el cuello de la camisa, después de darle tres puñetazos que lo dejaron inconsciente. Lo empujó hacia un Zander muy cabreado, otro de sus hombres, que apareció justo cuando Maddox lo llamó. Zander lo arrastró hacia la puerta de atrás, donde Silas y Jax estarían esperando. Entre todos harían que ese gilipollas probase de su propia medicina y se llevara una buena lección. Ese tres contra uno era exactamente lo que ese capullo merecía por maltratar a una mujer indefensa, aunque uno solo de sus hombres hubiera bastado para acabar con ese imbécil.

Evangeline contuvo el aliento por temor, y dolor, cuando Eddie se plantó ante ella con aquella mirada asesina. Le estaba apretando demasiado el brazo con una mano y se quitó de encima a la tía que le acompañaba para liberar la otra.

Evangeline dirigió la mirada a la mano que apretaba en un puño y que acababa de levantar. ¡Por dios! Iba a golpearla y no iba a poder evitarlo. Trató de levantar la rodilla y estampársela en los huevos, pero el puñetero vestido era tan ajustado que no pudo levantar la pierna más que unos centímetros.

Empezó a forcejear de manera violenta, mirando rápidamente alrededor de la sala implorando ayuda, pidiendo que alguien interviniese. ¿Iban a quedarse de brazos cruzados mientras la pegaban en público?

Se las apañó para arañarle una mejilla con las uñas, una defensa que daba pena, ya que ella era más pequeña y ni de lejos tan fuerte. Él rugió y supo que había cometido un gran error.

Vio cómo iba a darle un puñetazo. Trató de esquivarlo, pero sabía que acabaría golpeándola. Sabía que la dejaría completamente indefensa y a saber qué haría con ella.

Pero entonces, para su absoluta perplejidad, apareció una mano grande y fuerte que cogió el puño de Eddie como si fuese el de un niño. Un hombre enorme se cernía sobre él con una rabia asesina dibujada en el rostro. Apretó la mano de Eddie, y Evangeline juraría que oyó cómo se le rompían varios huesos.

Eddie la soltó y gritó. Vaya si gritó. Ella hizo una mueca… menuda vergüenza daba. Un hombre hecho y derecho gritando como un niño. El segurata volvió a atacar: dobló el codo de Eddie hasta que este se puso de rodillas, gimoteando como un cachorro.

Evangeline retrocedió deprisa; deseaba marcharse de allí lo más rápido posible. Habría echado a correr si las piernas no le hubieran temblado tanto.

El hombre, que parecía imperturbable ante Eddie, que suplicaba arrodillado, se volvió y clavó los ojos de color verde oscuro en Evangeline. Ella tragó saliva porque, madre mía… No solo estaba bastante bueno, sino que resultaba de lo más intimidante. En ese momento no sabía si tenía más miedo de Eddie o del tío que había intervenido en su defensa.

—Tú no te muevas —dijo este en un tono tajante.

Con las piernas inmóviles asintió y luego se preguntó por qué había obedecido a este hombre. Bueno, este hombre podría aplastarla como a un insecto. Acababa de hacerlo con Eddie y este era bastante más grande que Evangeline, así que era normal que obedeciera.

Mierda, mierda, mierda. ¿En qué lío se había metido? Ya

sabía que esto había sido una mala idea. No tendría que haberse dejado convencer por sus amigas. Tenía que disculparse con rapidez y luego jurar que no volvería por allí en la vida. Tenía que marcharse de allí lo más rápido posible. Ir a casa con las chicas y tomar una tarrina —no, mejor dicho, kilos— de helado y por lo menos darles la satisfacción de escuchar la humillación de Eddie.

Ahora Eddie estaba en posición fetal en el suelo, y se dio cuenta de que el camarero estaba junto a ella con cara de asco. ¿Había intentado intervenir? Echó un vistazo rápido por la sala; seguramente todo el mundo creía que Eddie era una mierdecilla de hombre. Por pequeña que fuese, se llevaría esa satisfacción consigo. Los moratones del brazo eran una nimiedad en comparación con el gusto de verlo humillado. Pasaba de ser amable e indulgente, de demostrarle un ápice de compasión, porque se merecía todo lo que le había pasado esa noche.

Era posible que el brazo le doliera bastante durante unos días, pero le daba igual.

El hombre que le había dicho que no se moviese, como si fuese un perro, volvió a centrarse en Eddie y luego lo levantó por el cuello y lo lanzó —sí, lo lanzó— por los aires como si fuera un muñeco de trapo en dirección a otro hombre que era tan grande y amenazador como el anterior. El nuevo tipo que apareció en escena, de cuya existencia no se había percatado hasta ahora, se dio la vuelta, arrastró a Eddie por detrás y hacia la entrada por donde Evangeline había accedido al club, como si no pesase nada. ¿Cómo no lo había visto aparecer? Era tan impresionante como el tipo que había intervenido en su defensa y luego le ordenó que no se moviera; no era alguien que pudiera pasar desapercibido con facilidad. Dios, de repente la barra se llenó de hombres guapos, tipos duros que habían aparecido allí en cuestión de segundos para impedir que Eddie la golpeara en la cara. Él podía haberle roto la mandíbula o la nariz fácilmente y a saber qué más de no haber sido por los hombres que, sin despeinarse, habían puesto fin a su ataque. Por muy imponentes e intimidantes que pareciesen, no la habían amenazado ni la habían hecho sentirse insegura. ¿Nerviosa? Sí, porque le habían ordenado que no se moviese de allí, pero, por ingenua que pareciera, no creía que esos hombres le pusieran la mano encima. Quizás eso la hiciera parecer tonta, pero pudiendo elegir entre ellos y Eddie, que iba a hacerle mucho daño, había optado por los desconocidos sin pensárselo. Y eso le daba cierta sensación de consuelo y seguridad.

No sabía cómo habían aparecido de la nada, porque esos hombres no pasaban inadvertidos fácilmente ni siquiera entre la multitud. Eran tipos grandes y altos, de hombros anchos, músculos tonificados y unas caras talladas en piedra. Y todos parecían… cabreados. ¿Con ella? ¿Por ella? Era difícil de saber, aunque ninguno la miró. No, su odio y su ira iban dirigidos a Eddie y al lamentable espectáculo que estaba dando al retorcerse en el suelo.

Eddie no era un hombre pequeño, ¿pero ante estos tipos? Hacían que Eddie pareciese un tirillas.

Tragó saliva con fuerza y se llevó la mano al brazo a la vez que el hombre que había intervenido en su defensa centraba su atención totalmente en ella, ahora que se habían llevado a Eddie afuera.

Se preguntó dónde se lo iban a llevar, pero entonces decidió que debía preocuparse más por cómo iba a salir de allí, o si la iban a llevar a algún sitio. El pánico se apoderó de ella y empezó a notar los primeros síntomas de una gran crisis de ansiedad. Y no estaba para crisis de ningún tipo. Solamente quería llamar al número que sus amigas le habían proporcionado y que la fuesen a buscar para sacarla de allí tan pronto como fuese posible.

—Esto… Gracias —tartamudeó—. Ahora… me voy a casa. No tendría que haber venido.

El hombre mostró una expresión amable y le puso una mano sobre el hombro. Ella se encogió de manera involuntaria, una reacción normal después de que la asaltara otro hombre. Él frunció el ceño y entrecerró los ojos como si su respuesta hubiera sido un insulto, fuera a propósito o no. Sin embargo, su desagrado no se reflejó en la forma en que la tocaba.

Era muy amable y le dio un apretón tranquilizador a la vez que dejaba de fruncir el ceño y la miraba casi con ternura.

Ahora Maddox entendió muy bien la reacción de Drake y la rápida llamada que hizo para que Zander, Silas y él intervinieran; ese tío era un cabronazo miserable que descargaba su rabia y humillación contra una hermosa mujer que tenía la mitad de su tamaño.

También entendió la reacción atípica hacia esta mujer en particular porque era como una oveja acorralada por una manada de lobos dispuestos a devorarla.

—¿Estás bien? —preguntó de forma calmada y en un tono muy amable, para no asustarla o intimidarla aún más. Era evidente que estaba a punto de desmoronarse y se le despertó el instinto de protección. Necesitaba que la trataran con cuidado y amabilidad o se vendría abajo en cualquier momento. Y eso le tocaba bastante los cojones.

Quería estar fuera dándole a ese cabrón lo que se merecía, aunque los otros se bastaban para darle un buen repaso, una lección que no olvidaría en mucho tiempo. Deseaba formar parte de la pelea, pero esta mujer necesitaba cariño ahora mismo y por eso entendió la insistencia de Drake para que la llevase a su sala privada y la mantuviera a salvo. Si Drake no la hubiese reclamado, por decirlo de algún modo, se la hubiera llevado él a casa esa noche para que no se preocupara nunca más por ese gilipollas que se lo había quitado de encima.

—Sí… No. Lo estaré en cuanto me vaya —balbució.

Evangeline estaba perdiendo la cabeza. Tipos como aquel no eran ni dulces ni cariñosos. Probablemente se quedaría horrorizado si ella le dijera que su tacto era amable y su gesto, tierno. Tal vez hasta se lo tomara como un insulto.

Él negó con la cabeza.

Ella lo miró, asustada.

—¿Qué significa eso?

—Que lo siento, pero no puedo hacerlo —dijo suavemente—. Al jefe no le gustaría, y tampoco le gusta que le hagan esperar. El señor Donovan quiere verte. Me ha mandado él a buscarte. —Apretó los labios en un rictus de asco mientras echaba una rápida mirada por encima del hombro, como para asegurarse de que el asunto con Eddie estuviera totalmente resuelto—. Y a tirar la basura.

Esa última frase le salió del alma, y Evangeline notó que volvía a estar molesto. Y justo entonces le entró el pánico.

—Pero ¿por qué? ¡Yo no he hecho nada! Estaba allí a mi rollo y ese… ese gilipollas me ha asaltado —balbució.

Se le oscureció la mirada cuando la rabia se asomó a sus facciones y ella deseó haber cerrado la boca. Luego, como si se hubiese dado cuenta de que la estaba asustando, su gesto se volvió agradable y la amabilidad volvió a su gesto.

—Lo siento de verdad —dijo, con voz tranquilizadora—, pero el señor Donovan quiere verte. Me ha enviado a buscarte, así que eso hago. No te haré daño. Por cierto, soy Maddox. Y te lo digo ya: Drake intimida, el muy cabrón, pero no te hará daño. ¿De acuerdo? No le tengas miedo. Explícale lo que te ha hecho ese gilipollas antes de que lo echáramos del club. A ese cabrón se le va a prohibir la entrada en los locales de Drake, pero este va a ir más lejos. Tiene contactos por toda la ciudad y ese gilipollas no solo tendrá la entrada vetada en los locales de Drake, sino también a la de locales similares.

Ella volvió a mirarlo, aterrorizada. Se estaba presentando como si esto fuese un evento social cuando, en realidad, la estaba reteniendo como si estuviera presa. Así de claro.

—E... Evangeline —consiguió decir ella.

Entonces él sonrió y, vaya... tenía una sonrisa arrebatadora. Le flaquearon las rodillas y de repente se alegró de que aún la asiera del hombro. Si no, seguramente se hubiera caído.

—Muy bonito —murmuró—. Bueno, si me acompañas, te llevaré ante el señor Donovan.

El miedo la envolvió de nuevo; el temor le recorrió todo el cuerpo y le encendió el rostro.

Maddox había empezado a empujarla suavemente en dirección a unas escaleras en el pasillo que había tras la puerta que daba a la pista de baile, pero cuando le vio la cara, se detuvo en seco y la miró a los ojos.

—No te hará daño. Nadie te hará daño. Tienes mi palabra.

—Entonces, ¿por qué? No lo entiendo —dijo frustrada.

Quería preguntar más, pero él volvió a detenerse y se volvió hacia ella, ahuecando la mano sobre su mejilla con suavidad, un movimiento que la sorprendió porque no parecía un hombre dado a hacer gestos de consuelo o afecto, aunque había mostrado gran compasión desde que frenara a Eddie.

—No has hecho nada, Evangeline. Ahora ven conmigo, por favor.

No logró seguir con sus interminables preguntas porque

una vez más se encontró moviéndose en dirección a las escaleras. No estaba segura de cómo iba a afrontar todo eso. Sus pies no querían obedecer; ella no quería obedecer. Y, sin embargo, en un momento estaban ya en las escaleras. Al subir, él la adelantó y ambos accedieron a un vestíbulo oscuro que no hizo que se disipasen sus temores precisamente.

Obviamente Maddox había notado que temblaba porque le dio un apretón reconfortante en el hombro y, de repente, la atrajo hacia él mientras apretaba el botón del ascensor.

¿Un ascensor?

—Tranquila —murmuró—. Te he prometido que nadie te hará daño y yo siempre cumplo mi palabra.

—¿Siempre?

A él le brillaron los ojos con una expresión divertida a la vez que las puertas del ascensor se abrían.

—Siempre.

—Tiene que haber un requisito —murmuró mientras el ascensor se cerraba y comenzaba a subir.

Él la miró confundido.

—Para trabajar aquí —prosiguió ella—, tiene que haber un requisito.

—¿El qué? —preguntó, visiblemente desconcertado—. ¿Que cumpla mi palabra?

—Estar bueno. Aquí todo el mundo lo está. Incluso los porteros y los camareros, o seáis lo que seáis tú y esos otros tíos. Debería ser delito.

Lo dijo como si de verdad lo fuese y, bueno, lo era. Nadie debería estar tan tremendamente bueno. O ser tan agradable. Todos parecían tipos demasiado duros como para perder el tiempo consolando a una mujer confundida y muerta de miedo. El portero de la entrada. El barman. El primer buenorro que aplastó a Eddie como a una cucaracha. El segundo buenorro a quien el primer buenorro había arrojado a Eddie. Por no hablar del otro buenorro que apareció de repente para ayudar al segundo buenorro a echar a Eddie. Las camareras. Y hasta los que frecuentaban el club.

—Parece que solo dejan entrar a gente guapa —susurró, pero al parecer lo suficientemente fuerte como para que Maddox lo oyera, a juzgar por su mirada divertida—. Sabía que era un error venir. Estoy fuera de lugar. Debería haberme quedado en casa.

Al oír esto último, él se puso serio y adoptó de nuevo un gesto sombrío. Le lanzó una mirada intensa. Sus bonitos ojos se estrecharon mientras la escudriñaba, incrédulo.

—¿Crees que no eres guapa?

Ella se quedó boquiabierta.

—Pues no es que no lo crea; lo sé. No se puede cambiar lo que se es.

No le hizo mucha gracia el comentario, pero justo cuando iba a responder, se abrieron las puertas del ascensor que daban acceso directo a una sala espaciosa y oscura. Tuvo que parpadear para adaptar la vista a la poca iluminación y se dio cuenta de que la única luz de la sala provenía de unos monitores situados en la pared. Cámaras de vigilancia. Por eso alguien había acudido en su ayuda. Pues gracias a Dios que eso había pasado porque no parecía que ninguno de los demás clientes hubiera intervenido.

Maddox maldijo en voz baja, sacudiendo la cabeza mientras empujaba a Evangeline a la sala. Había abierto la boca como si fuera a hablar o a responderle, pero la cerró en cuanto se abrió el ascensor. Aún parecía molesto, por lo que empezó a pensar si aquello también era requisito para trabajar allí. Estar bueno y siempre cabreado. Tenía que reconocer que, cuando no iba dirigido a ella, ese cabreo le quedaba la mar de bien.

—Se llama Evangeline —dijo Maddox.

—Déjanos —dijo una voz masculina y profunda.

Miró a su alrededor para buscar de dónde provenía la voz. Se giró de nuevo hacia Maddox porque, de repente, ya no le parecía tan malo. Al fin y al cabo, había sido amable con ella... bueno, salvo por raptarla y lo de no dejarla marchar.

Pero Maddox ya había desaparecido y las puertas del ascensor se habían cerrado. Ahora estaba sola con quienquiera que fuese el misterioso señor Donovan.

Mierda, mierda, mierda.

Se dio cuenta de que había huido de la sartén para caer en las brasas y que no había nadie para salvarla.

4

*E*vangeline observó nerviosa aquella sala temblando, embargada por una sensación de energía, de poder. Podría jurar que olía a aquel hombre, y era embriagador.

—Mmm, ¿señor Donovan?

Echó un vistazo de nuevo con inquietud, tratando de localizarlo.

Y entonces lo vio. Apareció de entre las sombras del rincón más alejado de la sala, y lo miró sorprendida, con ojos de mujer impresionada. Madre mía, ahora lo entendía. Ahora comprendía las reglas y quién las marcaba. Si era el señor Donovan quien dirigía Impulse, tenía sentido que alguien tan guapo como él se rodeara de gente igual de guapa.

Lo contempló fascinada al tiempo que los ojos castaños de él la recorrían con intensidad, lo que la hizo sentir de repente expuesta y muy vulnerable. Tragó saliva; juraría que percibió un atisbo de interés en sus impresionantes ojos marrones. Quizá Eddie sí la había golpeado y resultaba que no estaba bien de la cabeza. Pero era una bonita ilusión.

Era un hombre de pelo corto y aspecto sofisticado y distinguido que reflejaba poder y riqueza. Sus rasgos eran muy definidos, con una mandíbula marcada. Tenía el pecho y los hombros anchos y musculados, y era mucho más alto que ella. Tendría que ponerse de puntillas para llegarle a la barbilla.

Su boca atraía su mirada; no podía dejar de acudir a ella. Cada vez que descubría un rasgo distinto, volvía de nuevo a la boca, y sintió un hormigueo al imaginársela recorriéndole la piel.

El calor le invadió el cuerpo, seguido de la vergüenza por albergar unos pensamientos tan absurdos, como si un hombre como él le fuera a dar la hora siquiera.

De repente, este avanzó con mirada decidida y enfurecida, y ella se preparó para el inevitable enfrentamiento.

Para su completo asombro, le cogió suavemente el brazo que Eddie le había magullado y lo giró para examinar la gravedad de la herida. Los ojos le ardían de ira, pero no le soltó el brazo, aunque se lo sujetaba con delicadeza.

Un escalofrío le recorrió el brazo que le estaba tocando y sintió una extraña sensación en el estómago. Se le contrajo la vagina y se notó un cosquilleo en los pezones, que de repente se habían vuelto hipersensibles y hasta se le endurecieron. Tuvo la necesidad de cruzarse de brazos porque estaba segura de que podía verle la marca de los pezones a través del tejido fino del vestido.

Pero ¿qué le pasaba? ¿Había entrado en un mundo paralelo? Esto no era propio de ella. Ella no tonteaba ni era todo hormonas cuando estaba junto a un hombre, de ningún hombre. No tenía tiempo para los hombres, y la única ocasión que lo había tenido... bueno, era obvio adónde la había llevado.

Y de repente la bestia se desató y ella intentó retroceder. Sin embargo, él se lo impidió al tenerla agarrada del brazo de esa manera firme pero delicada.

—¿En qué narices estabas pensando viniendo a un sitio así? —preguntó, cargando de ira cada palabra.

Bajó la mirada inmediatamente mientras la vergüenza y la humillación ejercían una presión que rivalizaba con el daño que le había hecho Eddie en el brazo.

—Sé que no encajo aquí —reconoció ella en un susurro casi inaudible—. Sé que no estoy a la altura de un lugar como este, donde solo viene gente guapa y rica.

Su voz sonaba más resignada y apagada con cada palabra. Apenas podía hablar por el nudo que tenía en la garganta por la humillación.

—Me voy ya. Siento haber molestado. He montado una... escena. No volveré, lo prometo. Nunca tendrás que preocuparte de que vuelva a aparecer por aquí o por ningún otro local.

Se tensó, esperaba que la soltara y la dejara marchar. Al ver que no movía el brazo, le entró miedo y lo miró con desesperación, palideciendo ante la furia de sus ojos.

—Deja que me vaya, por favor. Te juro que no volveré.

Su rostro se tensó y se le marcó mucho más la mandíbula.

—Entonces, ¿por qué has venido? —preguntó con brusquedad, provocando que se encogiera ante su grosería.

¿De verdad quería que se lo explicara? ¿Tenía que aclararle con todo lujo de detalles que no estaba a la altura de los requisitos de la discoteca? Y su puñetera tendencia de soltar siempre la verdad, sin importar lo dolorosa que fuera. Le encantaría dejar atrás ese defecto. Pero no, no lo pudo evitar y le soltó toda la horrible historia.

—El tío que me ha atacado es mi exnovio... Amante. Lo que sea. Aunque tampoco es que pudiera considerarnos amantes en realidad —dijo con amargura—. Fui una especie de reto para él... y remarco lo del «fui». Él sabía que era virgen, por lo que me acabó convenciendo, me agasajó fingiendo interés porque quería ser m... mi pri... primera vez —tartamudeó mientras se ruborizaba.

Se sobresaltó al oír el improperio vehemente de Drake, pero continuó con sus explicaciones con el único deseo de que por fin la dejara marchar.

—Justo cuando acepté, creyendo que era alguien especial, cortó conmigo. Dijo que había sido un polvo horrible. Lo oí quejarse a sus amigos, a la gente. No sé quiénes eran —añadió con dolor—. Dijo que meterme la polla en el co... coño... —Se calló un instante, avergonzada por el uso de una palabra tan ofensiva. Entonces respiró profundamente y cerró los ojos—. Dijo que había sido como follarse a un mueble y que no habían valido la pena los tres meses que había tenido que esperar. Y hoy me lo ha repetido a la cara.

—Entonces, ¿has venido a verlo? —preguntó Drake incrédulo—. ¿Para qué? ¿Qué sentido tiene eso? Dios, ¿querías volver con él?

Levantó la cabeza mientras le hervía la sangre.

—No —siseó—. Ahora no. Ni nunca. Mis amigas me han convencido para que viniera. Me han dicho que tenía que vengarme. Steph me ha dado un pase vip y se han pasado una hora acicalándome: zapatos de tacón, peinado, maquillaje, todo lo necesario.

»Pensaban que debía darle una lección a ese imbécil por haberme mandado a la mierda —dijo con tono triste—. Les dije que era una estupidez. Este sitio es para gente guapa. Incluso los que trabajan aquí son maravillosos. Todos son tan perfectos. Y luego estaba yo, dando la nota. La gente de la cola sabía que no encajaba. La gente de dentro también lo sabía. Y tú obviamente lo sabías porque has mandado a tu matón para que se deshaga de mí. Así que agradecería que me dejaras seguir mi camino. Ya he prometido que nunca más me acercaré a la puerta de tu discoteca. Esta noche ya ha sido lo bastante humillante, y ya no puedo más.

Él la miró entre perplejo y cabreado.

—¿Me vas a decir que no has eclipsado a todas las zorras de ahí fuera y que no se han dado cuenta? —le espetó, enfadado—. ¿No has visto que la puta que estaba con tu ex estaba dispuesta a arrancarte el pelo de raíz porque no es tan preciosa como tú y nunca lo será? Tu belleza es incalculable. Esas zorras no están a tu altura y te odian por ello.

Ella lo miró completamente estupefacta con los ojos como platos.

Se encogió de nuevo cuando volvió a escuchar los improperios que él profería.

—No, es obvio que no te das cuenta —dijo con tono triste—. No ves que tienes un encanto de la hostia y eso te hace aún más atractiva.

—No hace falta que me digas eso para hacerme sentir mejor —dijo con suavidad—. Eres muy amable, pero es mejor decir la verdad. Prefiero ser realista. Sé lo que soy y lo que no, y lo acepto.

Sin siquiera pensar qué estaba haciendo, la atrajo hacia él bruscamente y aterrizó con suavidad sobre su pecho. Le levantó la barbilla, con la mano cubriéndole casi media cara, y se lanzó a sus labios, devorándolos como si estuviera hambriento.

Era como si la hubiera atravesado un rayo. Todas sus terminaciones nerviosas se activaron de inmediato, jadeó y abrió la boca para dejar paso a la lengua. Él se adentró en ella de forma delicada, con una paciencia que se contradecía con sus movimientos aparentemente enfadados.

Dejó escapar un suspiro de deseo porque… ay, esa boca. Había estado en lo cierto sobre su boca y sus labios, pero ahora que probaba su lengua, dejó de prestarle tanta atención a los labios.

Sabía y olía divinamente. Este macho alfa estaba tremendo; arrogante y seguro de sí mismo. Estaba tan bueno que olvidó que estaba en su despacho mientras la besaba de una manera en la que nunca antes lo habían hecho.

¡Y lo había conocido hacía cinco minutos!

Le puso las manos en el pecho con la intención de apartarlo, pero en cuanto tocó su musculatura, se detuvieron y absorbió su calor al inclinarse para besarlo con un suave suspiro de rendición.

Drake ya había oído todas esas estupideces de «no soy buena, ni guapa y tampoco encajo» que era capaz de aguantar en una noche. Evangeline, ángel. Sí, el nombre le venía a la perfección. Era la mujer más hermosa de toda la discoteca, pero allí estaba ella soltando tonterías que de verdad se creía. Como no iba a hacerle cambiar de opinión con unas cuantas palabras, hizo lo que se moría por hacer desde que la vio entrar por la puerta.

La atrajo hacia sí, la apoyó sobre el pecho, y la suavidad de sus tiernos pechos le abrasó la piel incluso a través de las dos capas de ropa, la suya y la de ella. Entonces la besó y se deleitó como si no hubiera disfrutado de tal belleza desde hacía mucho tiempo.

Sus labios se relajaron y le lamió con delicadeza el carnoso labio inferior. Se lo mordió suavemente para que ella pudiera entregarle el dulzor de su boca, que era incluso mejor que el de sus labios.

Evangeline obedeció con un jadeo entrecortado, aunque él no estaba seguro de si había abierto la boca conscientemente o por la mera necesidad de respirar, ya que casi no lo había hecho desde que sus labios se cruzaron. No se detuvo para averiguarlo.

Le metió la lengua en la boca y casi gimió cuando ella, con vacilación, se la tocó con la punta de la suya. Un roce tan suave como las alas de una mariposa.

Dios, si su boca sabía así de dulce, no podía imaginar cómo sabría su sexo. Y de repente deseó averiguarlo.

La rodeó con los brazos atrayéndola hacia sí hasta que no hubo espacio entre ellos y su cuerpo se amoldó al suyo. Pudo sentir sus pechos, hasta los pezones endurecidos a través de lo que parecía ser un sujetador de encaje demasiado fino para la protección que ofrecía. Por eso dedujo que probablemente no llevaba, ya que el vestido no era el más adecuado para llevar ropa interior.

Pensar que lo único que había entre él y esos preciosos pechos, esos pezones que lo rozaban, era ese vestido fino hizo que se le levantara la polla y le apretaran los pantalones cual adolescente lujurioso que lo hace por primera vez.

Consciente de su intenso deseo de probar el néctar de su feminidad, se agachó y la cogió en brazos, ignorando su repentino grito de alarma. No se resistió. Si lo hubiera hecho, le habría asegurado que no le haría daño. Sin más, se quedó rígida en sus brazos jadeando entrecortadamente y con las mejillas sonrosadas.

Estaba excitada y a él lo llenó de satisfacción que ella lo deseara. ¿Como follarse a un mueble? Ese ex tenía que estar mal de la cabeza. A Drake no le hacía falta estar dentro de ella para saber que ardería de deseo. Estuvo a punto de correrse en los pantalones y ni siquiera la había tumbado en el escritorio ni le había subido el vestido.

La sentó en el borde del escritorio y, con un gesto de impaciencia, apartó todo lo que había en este y acabó desparramado por el suelo; ella se sorprendió tanto que las pupilas se le dilataron de tal manera que solo un fino anillo azul las rodeaba al clavarle la mirada con recelo.

La echó hacia atrás hasta que estuvo completamente tumbada sobre el escritorio y sus piernas colgaban a cada lado, sin darle tiempo a pensar y mucho menos a aclarar sus sentimientos. Estaba siendo un capullo integral porque se estaba aprovechando de una mujer que aún se estaba recuperando de los acontecimientos de la noche. Sin embargo, en ese momento le importaba una mierda porque lo consumía la necesidad de disfrutarla. De darle aquello que el gilipollas de su ex no se había molestado o no había sido capaz de darle.

La dejaría bien satisfecha y luego volvería a él. Ah, sí, sería suya. Aunque ella no lo supiera todavía.

Le quitó los zapatos con delicadeza, vaciló por un instante porque la idea de estar entre sus piernas con solo esos zapatos provocó que se le mojara la polla. Eso lo dejaría para después: follársela solo con los zapatos.

Los tiró al suelo y le subió el vestido hasta la cintura. Llevaba unas bragas finas de encaje que le cubrían los rizos dorados del triángulo de su pubis. Cogió aquella cinturilla fina y fue deslizándole el delicado tejido por los muslos hasta los tobillos y luego dejó que las braguitas cayeran al suelo.

Le separó los muslos con impaciencia y gimió cuando pudo ver por fin su excitación en todo su esplendor. Los labios rosados de su coño le llamaban y agachó la cabeza para pasar la lengua entre ellos, desde su húmeda abertura hasta el clítoris.

Ella gimió y se arqueó con brusquedad al mismo tiempo que le temblaban las piernas de forma espasmódica. La sujetó por la cadera con firmeza mientras la chupaba y lamía de arriba abajo. Provocó que se humedeciera más y, para su satisfacción, tenía razón: hasta el último centímetro sabía tan delicioso como imaginaba.

Podría morir felizmente entre sus piernas, penetrándola con la lengua y saboreándola por dentro y por fuera. Le lamió y trazó círculos alrededor del clítoris hasta que ella dejó escapar un gran gemido. Entonces le introdujo la punta de un dedo y se abrió un estrecho camino hacia su interior.

Conforme se humedecía más alrededor de su dedo, aumentó la intensidad con la mano y la lengua. Acarició sus suaves paredes hasta llegar a la zona algo más rugosa del punto G. En cuanto presionó un poco y le chupó el clítoris palpitante, se volvió loca, se movió y jadeó de forma enérgica y ruidosa.

—Dios —exclamó ella con tono de asombro—. No tenía ni idea de que podía ser así, que fuera tan bueno. Tan... perfecto.

Esas palabras fueron música para sus oídos y le subieron el ego como nunca. Esta mujer se merecía un hombre que pudiera satisfacerla y complacerla en la cama; él estaba decidido a serlo. La estaba reclamando, ponía su sello en ella, incluso aunque no la poseyera por completo esa noche. Saber que sería toda suya satisfizo su masculinidad por completo.

Le chupó con delicadeza el clítoris e introdujo un segundo dedo.

—Ah. ¡Ah! —jadeó—. No pares. Esto es increíble. Madre mía, ¿qué me pasa? ¡Siento como si me fuera a deshacer!

—Déjate llevar, ángel —susurró—. Siente el placer y olvida el pasado. Esto es lo que se siente cuando un hombre cuida de su mujer y no es un cabrón egoísta que solo quiere complacerse.

Ejerció más presión con los dedos y empezó a moverlos adentro y afuera, disfrutando las paredes húmedas de su sexo. Le lamió y chupó el clítoris hasta que se puso completamente rígida y levantó el culo del escritorio como si quisiera más.

Sintió los latidos del sexo alrededor de los dedos y maldijo que no fuera alrededor de su polla. La tenía tan dura que dolía, y la presión de la erección era tal que parecía que se iba a partir. Nunca en la vida había deseado tanto a una mujer y estaba seguro de que nunca estaría tan excitado, ni sería tan generoso.

—Córrete —pidió—. Córrete en mi boca, mi ángel. Déjame probarte.

Sacó los dedos, desplazó la boca hacia su abertura y le acarició el clítoris, mientras chupaba su dulce jugo.

Su chillido rompió el silencio: se volvió loca, se retorció al explotar en su boca, bañándole la barbilla con su néctar cremoso. Disminuyó la intensidad, ya que sabía que su sensibilidad aumentaría cuando se recuperara del orgasmo, pero siguió lamiéndole hasta la última gota de su esencia.

Y entonces ella se relajó del todo y, cuando él levantó la cabeza, vio su expresión aturdida y su mirada perdida y soñadora. Era lo más hermoso que había visto jamás.

Cuando se cruzaron sus miradas, la inseguridad y la vergüenza reemplazaron la euforia que había en sus ojos, y ella apartó la mirada, ruborizada.

Drake la sentó con cuidado y le volvió a poner la ropa interior. Luego la bajó del escritorio y le recolocó el vestido antes de agacharse para ponerle los tacones.

Le cogió la cara y le acarició con suavidad la mandíbula con el pulgar.

—Maddox te llevará a casa, pero te recogerá mañana a las siete en punto de la tarde para traerte de vuelta conmigo.

Ella asintió algo aturdida y confundida, el desconcierto le brillaba en los ojos. Ni siquiera advirtió cuando Drake llamó a Maddox para que viniera al despacho, ni reaccionó cuando le tomó el rostro con ambas manos y le dio un largo beso.

—Hasta mañana, mi ángel. Hasta entonces, sueña conmigo.

5

*E*vangeline se sentó en la parte trasera del coche de lujo completamente enmudecida y conmocionada. Debería estar temblando como una hoja, de los nervios. De acuerdo, de los nervios sí estaba, pero quería ocultárselo al hombre alto y silencioso al que le habían encargado que la acompañara a casa. El mismo hombre que intervino y evitó que Eddie le pegara.

¿Sabía lo que había pasado en el despacho de Drake o como fuera que lo llamara? Más bien parecía su guarida y él, una bestia siniestra y oscura. Una bestia con una boca traviesa que sabía usar a la perfección para dar placer a una mujer.

Un sentimiento de humillación se apoderó de ella y estuvo a punto de destruir su fingida compostura. Había permitido que la acompañaran desde la salida del despacho de Drake como si solo hubieran mantenido una conversación y él fuera lo suficientemente atento para asegurarse de que llegaba bien a casa. Pero por dentro estaba destrozada, todavía temblorosa como consecuencia del orgasmo más sobrecogedor que pudiera imaginar.

No tenía otros orgasmos con los que comparar, pero seguro que el resto no hacía que la tierra temblase de esa forma. Si fuera así, la gente no dejaría de hacer el amor. El mundo giraría alrededor del sexo salvaje.

Si tuviera un hombre como Drake, no querría hacer otra cosa. Si se le daba tan bien hacerlo con la boca, ¿cómo sería con el resto de su cuerpo? Solo pensar en su polla metida profundamente en su interior estuvo a punto de provocarle otro orgasmo. Dirigió una mirada furtiva hacia Maddox y rezó por no haberse delatado con el traicionero estremecimiento que le había recorrido el cuerpo y le había hecho sentir un hormigueo en las partes íntimas.

Todavía estaba hipersensible. El cuero exquisito y suntuoso en el que estaba sentada vibró de una forma erótica sobre su clítoris, hinchado y palpitante, mientras el coche se abría camino a través de Brooklyn. Era una tortura insufrible, dado que Impulse estaba bastante lejos del apartamento que compartía con sus tres compañeras en Queens.

No se atrevió a mirar a Maddox durante mucho rato, ya que no quería que se diera cuenta de que lo estaba observando. Además, estaba segura de que, si este la miraba a la cara, sus pensamientos se reflejarían y la delatarían, y le daría un ataque de nervios en una noche en la que ya los tenía a flor de piel. Y ya era suficiente con intentar mantener la compostura.

Por suerte Maddox no le estaba prestando atención. Tenía la mirada fija en algún punto por encima del hombro del conductor como si examinara las calles en un estado de alerta continuo. ¿Acaso esperaba que les robaran el coche a mano armada o algo así?

Estuvo a punto de soltar una carcajada, pero se dio cuenta de que si lo hacía se notaría su creciente estado de histeria.

Seguro que acompañar a mujeres errantes desde el club de su jefe no estaba en su lista de tareas diarias. Si no hubiera pasado una noche infernal —y a la par divina, porque la última parte había sido un éxtasis absoluto—, hasta se hubiera sentido mal por él por tener que hacerle de niñera y acompañarla hasta Queens.

Continuaron el camino en silencio y cuando estaban a pocos minutos de su apartamento, Evangeline suspiró aliviada. Pero entonces Maddox la sorprendió al girarse y centrarse en ella por primera vez en todo el camino a casa.

—¿Estás bien? —preguntó con suavidad. Sacudió la cabeza, enfadado por haber preguntado eso—. Pues claro que no estás bien, pero ¿lo estarás?

Evangeline abrió la boca, asombrada, porque tenía la impresión de no ser más que una tarea tediosa que él no quería hacer y, de repente, se había encontrado con una preocupación genuina. Peor aún, los ojos de Maddox reflejaban compasión, por lo que se sintió avergonzada.

No quería que este hombre sintiera lástima por ella, ni que lo hiciera Drake. La noche había sido un completo desastre. Bueno, excepto por el orgasmo que le había proporcionado Drake y que hizo que se le derritieran los huesos. Para todos los de aquel estúpido club era evidente que ella no encajaba allí, por mucho que Drake hubiera tratado de quitarle esa idea de la cabeza.

—Estoy bien —respondió con suavidad.

Él le dirigió una mirada dudosa, una mirada que quería decir que no se creía una mentira tan obvia, aunque, todo sea dicho, ella jamás había sido buena mentirosa. Todo el mundo la consideraba una mojigata y por eso Eddie la había visto como un desafío y había querido ser el que la avergonzara y humillara: conquistar a la reina de hielo para presumir de su victoria. Algún tipo de victoria. Él había sido malísimo en la cama y no había necesitado más que la boca de Drake para darse cuenta.

—Vale —murmuró—. Estaré bien. ¿Contento? Se me pasará, siempre se me pasa.

Maddox frunció el ceño con los ojos brillantes de rabia, pero no dijo nada más, gracias a Dios. No tenía ganas de desnudar su alma ante un completo desconocido como había hecho con Drake cinco minutos después de conocerlo. Ella y su ridícula manía de decir la verdad por muy humillante que fuera. Se había reprendido mentalmente un montón de veces por no haberle dicho que no era asunto suyo, pero debía tener en cuenta que Drake no le había parecido un hombre al que se le pueda decir que se meta en sus asuntos. Se convenció de que la asustaba, pero se había mostrado tierno y dulce, y no había sentido miedo cuando le hizo perder la cabeza con la boca. Pero después, al recuperar el sentido, sí, la aterraba.

El conductor frenó delante del apartamento de siete plantas en el que vivía con las chicas. El suyo estaba en el último piso, el ascensor había dejado de funcionar hacía un año y el casero, un cabrón tacaño, no se había dignado arreglarlo. Llevar la compra o, incluso peor, subir seis pisos de escaleras era algo insufrible después de una noche dura de trabajo con los pies hinchados y doloridos.

Evangeline no esperó a que Maddox o el chófer salieran

del coche. Abrió la puerta y saltó a la acera con la esperanza de que ninguno de los dos hombres saliera y siguieran su camino, contentos por fin de deshacerse de ella.

No tuvo suerte, claro que nada había salido bien esa noche, así que ¿por qué iba a hacerlo ahora?

Maddox salió tras comprobar que no pasaba ningún coche, algo difícil dado la hora que era y porque prácticamente era una calle de sentido único, ya que los coches estaban aparcados junto al bordillo en ambos lados de la calle y dificultaban la doble circulación.

Dio la vuelta y se puso al lado de Evangeline mirando el edificio destartalado y frunciendo el ceño.

—¿Vives aquí?

Ella se puso tensa por la crítica y el esnobismo implícitos en su pregunta y le devolvió una mirada gélida.

—No puedo permitirme algo mejor y comparto piso con tres compañeras. Estamos bien y tiene todo lo que necesitamos.

Él sacudió la cabeza e intentó cogerla del codo, pero ella lo evitó.

—Gracias por traerme a casa —dijo en un tono distante pero cortés.

Él ignoró su rechazo y le rodeó el codo con la mano encaminándola hacia la entrada.

—Te acompaño hasta el apartamento.

El destello obstinado de sus ojos sugería que por mucho que tratase de discutir, él no iba a cambiar de parecer. Suspiró y levantó la mano que tenía libre.

—En fin, lo que tú digas, acabemos con esto cuanto antes. Ha sido una noche larga y no sabes las ganas que tengo de meterme en la cama.

Un leve movimiento en su boca sugirió que iba a sonreír, pero parecía que ninguno de los empleados de Drake que había visto esa noche pudiera sonreír. Jamás.

Cuando él se dirigió al ascensor, ella movió la cabeza para señalar las escaleras.

—El ascensor no funciona, tenemos que subir a pie.

Él frunció el ceño.

—¿En qué piso vives?

—En el último —respondió y se preparó para su reacción.

—Madre mía —murmuró.

Y entonces se agachó, le agarró la mano y se la pasó alrededor del hombro.

—Agárrate a mí.

No tuvo tiempo de dudar y menos mal que estaba demasiado aturdida y agitada para desobedecer, ya que le levantó el pie haciendo que se tambalease para quitarle el zapato de tacón. Cuando apoyó el pie en el suelo, repitió con el otro zapato y le rodeó la cintura.

Maddox sostuvo los zapatos en una mano y apoyó la otra en su espalda para ayudarla a subir las escaleras.

—Pero ¿qué haces? —preguntó con voz entrecortada cuando por fin pudo hablar.

—Te vas a romper el cuello como subas seis pisos con esos palillos que llamas zapatos —gruñó.

Ella puso los ojos en blanco mientras comenzaron a subir.

—Estoy más que acostumbrada a llevar este tipo de zapatos.

Él arqueó una ceja.

—No sé yo si me convences después del fiasco de esta noche. Casi te matas.

Ella gruñó y frunció el ceño con ferocidad.

—¡Vaya! Perdona que te diga, pero me preocupaba más evitar que me dieran un puñetazo en la cara que mantener el equilibrio con los tacones.

Fue un error recordárselo. Su expresión cambió y se volvió fría; a sus ojos se asomó una mirada asesina.

—No volverá a joderte.

La seguridad con la que lo dijo la incomodó. Decidió utilizar el sarcasmo para evitar pensar demasiado en la certeza de aquella afirmación.

Levantó una ceja.

—¿Tienes una bola de cristal o qué? ¿Puedes ver el futuro y sabes que no se me volverá a acercar?

—Créeme. No se te va a acercar ni a un kilómetro.

Se le revolvió el estómago y se tragó el miedo que le creó un nudo en la garganta. Maddox no hablaba en broma y ella no quería saber por qué estaba tan seguro ni tampoco por qué estaba convencido de que Eddie no volvería a ser un problema. Era mejor no mencionar ciertas cosas. A veces es mejor no saber y este era un lema en el que había creído toda su vida. No era necesario hacer ningún cambio drástico ahora mismo. Su madre siempre decía: «Si no se ha roto, no hay por qué arreglarlo».

—Aquí es —susurró cuando llegaron al final del pasillo. Su apartamento era el número 716, pero el número 6 estaba girado hacia un lado y el 7 colgaba boca abajo. Se caería en cualquier momento; hacía tiempo que quería arreglarlo porque el casero era gilipollas y ni se pasaba por el apartamento a menos que alguien no pagara el alquiler a tiempo. Entonces ahí estaba, preparado para echar la puerta abajo amenazando con el desahucio, aunque fuera ilegal.

—Madre mía —murmuró Maddox de nuevo.

Evangeline sabía que si Maddox entraba con ella en el piso con esa actitud protectora, sus compañeras no dejarían que se acostara hasta sonsacarle toda la información sobre la noche de telenovela que había tenido. Por eso, abrió la puerta dejando espacio solo para que cupiera una persona. Se giró, echando todo su peso contra la puerta como si a él fuera a costarle esfuerzo empujarla y pasar. De hecho, podría tirar la puerta sin derramar una gota de sudor.

—Mañana a las siete —dijo Maddox con sequedad, centrado de repente en su trabajo—. No bajes, no quiero que esperes en la calle. Quédate aquí hasta que venga a por ti.

Evangeline contuvo el estremecimiento y aun así estaba segura de que había palidecido.

Después de haberla satisfecho con la mejor experiencia sexual de su vida, Drake le había dicho, calmado, que su conductor la esperaría en su apartamento la tarde siguiente a las siete y que iba a pasar la velada con él. Así sin más, ni siquiera se lo preguntó. Lo había planeado sin preguntarle y se suponía que ella tenía que quedar con su chófer e ir a Dios sabe dónde con un hombre que le daba miedo y que además tenía una boca y un cuerpo de pecado.

El orgasmo la había dejado tan confundida que solo pudo asentir y acceder a sus tajantes instrucciones. De repente, la estaban escoltando hasta la calle y metiéndola en un coche que la llevaría a casa.

—A las siete —contestó, y asintió para reafirmar su mentira.

Cerró la puerta de golpe dando gracias a Dios por que las chicas no estuvieran esperando en el pequeño salón para que les contara los detalles jugosos de la noche. Se echó hacia atrás y cerró los ojos, justo entonces perdió el control y comenzó a temblar. Hasta los dientes le castañeteaban mientras revivía cada detalle pecaminoso y confuso del momento en que Drake la tumbó en el escritorio mientras se la comía como si estuviera famélico.

No pensaba acudir a las siete del día siguiente de ninguna manera. Tenía que trabajar para pagar el alquiler y enviar dinero a su madre.

Y nada ni nadie, ni siquiera un hombre siniestro y muy atractivo que hacía que se estremeciera en sitios en los que nunca se había estremecido conseguiría que se olvidara de sus responsabilidades.

No se había mudado tan lejos, de su pequeña ciudad sureña a una gran ciudad mucho más poblada que el estado en el que nació para convertirse en una fiestera ni tampoco para pasarlo bien. Había venido a la ciudad porque su familia la necesitaba y no quería decepcionarla.

6

*E*n el colmo de la cobardía, Evangeline no puso excusas ni hizo amago de disculparse cuando salió del apartamento mucho antes de que fuesen las siete de la tarde siguiente.

Había disfrutado de un pequeño respiro, ya que al llegar a casa y para su gran asombro, sus amigas no estaban esperándola para sonsacarle hasta el último detalle de su noche en el Impulse. Sin embargo, a la mañana siguiente la despertaron amontonándose todas en una de las dos camas en la habitación que compartía con Steph y, literalmente, se le echaron encima.

Evangeline refunfuñó y se quejó de que la despertaran cuando tenía turno de noche aquel día, pero no le hicieron caso. Le dijeron que ya tendría tiempo para echarse una siesta después de darles todos y cada uno de los detalles, palabra por palabra, de la revancha que la habían empujado a tomarse. Como si pudiera dormir después de contarlo…

Dudó un buen rato, mordiéndose el labio inferior hasta que sus amigas empezaron a preocuparse, y supo que tendría que desembuchar o pensarían que había pasado algo mucho peor de lo que realmente había sucedido, y entonces no tendrían ningún reparo en ir a ver a Eddie y darle una paliza.

¿Un tirillas contra sus tres amigas salvajes y su genial maldad, que en su opinión era su mejor rasgo? No tendría escapatoria. Entonces Evangeline tendría que pasarse el resto del día buscando la forma de pagarles la fianza a las tres para sacarlas de la cárcel, cuando conseguir el dinero para pagar la fianza de una sola sería imposible.

Sus amigas eran protectoras y leales, su amistad era incondicional y no las cambiaría por nada del mundo. Por eso, se lo contó todo, a pesar de la humillación por los acontecimientos de la noche anterior, por no hablar del orgásmico final, que la dejó como a una autómata muda y programada para obedecer sin rechistar.

En realidad, la primera parte que implicaba a Eddie resultaba agradable y ahora, con la distancia, podía verle la gracia a lo gallina que era su ex y lo tonta que había sido ella por haberse acostado con él, y sobre todo por dejar que fuera el primero. A pesar de la diversión que veía en el asunto, tenía muy presente ese rato de humillación porque ¿cómo podía haber sido tan ingenua y tan estúpida? Las duras lecciones de la vida no le eran ajenas, pero esta le sobraba.

A sus amigas también les pareció todo muy divertido, después de sobreponerse al momento en el que Eddie la había humillado y atacado en público. Pero ella les había asegurado que había recibido su merecido y que había terminado mucho más humillado que ella.

En ese momento hizo una pausa en el relato y Steph, astuta como un zorro, entrecerró los ojos, recelosa, y la miró fijamente. Tenía la sorprendente habilidad de hacerla sentir culpable, como una alumna a la que pillan copiando en un examen.

—Está bien, todo eso pasó al poco de llegar al club. Es decir, acababas de llegar y pedir una copa cuando se te acercó Eddie con su zorrita del brazo. Lo que tuviera que decirte no pudo haber durado más de unos minutos antes de que el portero interviniese para echarlo a él y a su zorra. Sin embargo, pasó bastante más tiempo después, así que, ¿qué más ocurrió?

En ese momento, Nikki y Lana entendieron lo que Steph había insinuado y Nikki lanzó a Evangeline una mirada penetrante, como las típicas miradas insufribles e incómodas de Steph.

—Nos estás ocultando algo —la acusó Nikki.

—Sí, seguro —farfulló Lana—. Suéltalo, Vangie. Queremos saberlo todo. Y no te dejes ni un solo detalle o juro por dios que Nikki, Steph y yo iremos al Impulse, encontraremos al portero que echó a Eddie y averiguaremos exactamente lo que pasó después.

Evangeline masculló porque sabía que eran capaces. Los hombres que trabajaban para Drake o con Drake —no había averiguado cómo funcionaba el asunto en el poco tiempo que estuvo allí— eran tipos duros. Bastó estar con ellos un rato para darse cuenta. Cualquiera con dos ojos en la cara y un poco de sentido común podría haber dicho que no eran tíos a los que tocar las pelotas. Nunca.

Casi se echó a reír imaginándose a Maddox enfrentándose a tres chicas bajitas pero matonas para quitárselas de encima. Unas mujeres resueltas que eran como pitbulls aferrados a un filete cuando querían algo. Ni Maddox ni ninguno de aquellos tipos que trabajaban en el Impulse podrían echarlas o intimidarlas. El pobre tipo, o tipos, no tendría ni idea de lo que se les vendría encima.

Bueno, salvo Drake. Casi se estremeció al recordarlo cuando se la quedó mirando. Era como si estuviese quitándole la piel capa a capa, como si leyera sus pensamientos, reacciones o sentimientos que con tanto esmero intentaba esconder al resto del mundo. Para lo que le había servido...

No, sus chicas no tendrían ninguna oportunidad contra él. Y aunque no eran fáciles de intimidar, una mirada de Drake probablemente bastaría para ahuyentarlas. Que es lo que ella debería haber hecho, salir por piernas, y seguía preguntándose por qué no lo hizo. Pero estaba alterada y muy abrumada por la serie de acontecimientos. Nada había salido según el plan que tan minuciosamente habían tramado sus amigas. En el fondo no había creído que funcionara del todo, pero sin saber cómo, la habían convencido para hacerlo. Y menudo lío había sido al final.

Se mordió el labio inferior, un claro síntoma de nerviosismo. Su «suéltalo», como sus amigas le solían decir, en un intento de conseguir que dejara de hacerlo, no le ayudaba. Porque si contaba todo lo acontecido después de que Maddox se ocupase de Eddie... bueno, idearían un plan para enfrentarse a Drake y eso era lo último que quería, por muchas razones, pero la principal: su propia seguridad. Y otro motivo era que la situación ya era lo bastante humillante. Solo le faltaba que sus amigas fueran al Impulse y le montaran una escenita a Drake.

Se estremeció solo de pensarlo. Seguramente ya había quedado como una debilucha incapaz de cuidar de sí misma; que sus amigas fuesen a defenderla no haría más que confirmarlo.

Steph entrecerró los ojos y relajó el ceño, que se suavizó con una mirada de preocupación.

—¿Qué pasó? —preguntó suavemente.

Evangeline las miró a todas, una a una. No era una mirada que empleara a menudo, porque era demasiado tímida para empezar una discusión y solía ser la pacifista del grupo. Para consternación de sus amigas, siempre quería complacer a todo el mundo. Ellas querían convertirla en una mujer dura, que fuera una zorra de verdad, algo que ellas creían ser, pero que no eran en realidad. Eran las mejores amigas que se podía tener, pero ella solo quería paz. No quería caos. Le gustaba su vida tranquila, su pequeño grupo de amistades y su trabajo en un pequeño pub que estaba a años luz del Impulse. Un pequeño bar frecuentado por gente de la zona, salvo Eddie, claro está, que solo fue al pub una vez para seducirla. Sobre todo, acudían policías, bomberos y personal sanitario, que la hacían sentir segura; una muestra más de su ingenuidad. Los clientes eran simpáticos y la llamaban por su nombre y las propinas eran buenas gracias a sus magníficas piernas, sus zapatos de infarto y su sonrisa más dulce que la miel, según decían sus amigas. Cuando la describían así, se echaba a reír, pero las quería mucho por el amor y apoyo incondicional que le demostraban, además de lo mucho que se esforzaban por convencerla de que la conocían mejor que ella misma. Las interminables horas que se habían pasado para reforzar la confianza en sí misma, así como el convencimiento que se reflejaba en sus miradas y sus voces, la reconfortaban por dentro y por fuera.

Evangeline se limitó a poner los ojos en blanco y decirles que cualquier camarera que hiciese el esfuerzo de recordar sus nombres y su bebida preferida para que se sintieran bienvenidos tras un largo turno de trabajo, recibiría el mismo trato.

Steph resopló y le dijo que de ser así tendrían tantas propinas como las que se ganaba ella.

Con un suspiro, Evangeline siguió adelante porque estaba en una situación sin salida. Si no se lo contaba todo irían al Impulse, interrogarían a Maddox y solo Dios sabe a quién más, y seguramente acabarían en el despacho de Drake.

¿Y si lo confesaba todo? ¿Quién le decía que el resultado

fuera distinto? Solo que, en este caso, puede que también pasaran por encima de Maddox y los demás secuaces y fueran directamente a por Drake.

Así que hizo algo que nunca había hecho porque confiaba plenamente en ellas. Nunca dudaba de ellas ni de su lealtad. Pero también sabía que cuando le dieran su palabra —aunque lo hicieran a regañadientes, como seguramente pasaría—, la mantendrían. Ella ponía las condiciones.

—Os voy a contar el resto, pero solo si me juráis que, uno, lo que cuente no va a salir de esta habitación y quedará entre nosotras cuatro. Y, dos, que dejaréis el tema. Es decir, que lo olvidaréis en cuanto os lo cuente y no os enfrentaréis a nadie. No haréis preguntas, no investigaréis a nadie ni montaréis ningún pollo. Tenéis que jurarlo —les dijo enérgicamente—. O no diré ni mu.

Las tres se quedaron sorprendidas, pero asintieron, aunque Steph no parecía muy conforme con prometer nada antes de saber lo que revelaría. Hizo un mohín como muestra de disconformidad, pero Evangeline fijó la mirada en ella y no dejó de hacerlo hasta que finalmente Steph levantó los brazos en señal de rendición.

—Está bien, está bien —dijo con exasperación—. Lo prometo. —Miró a Nikki y a Lana y luego añadió—: Todas lo prometemos. Va, ¿por qué no sigues contando? Nos morimos de curiosidad.

Satisfecha por tener su consentimiento y sabiendo que nunca faltarían a su palabra, Evangeline les contó con voz entrecortada todo lo que pasó después de que echasen a Eddie del club. No se dejó nada, ni siquiera lo que Drake le había dicho, palabras que se le grabaron a fuego en el cerebro, imposibles de olvidar.

Cuando acabó tenía las mejillas encendidas, tan rojas que seguramente parecía que se había quemado por el sol. Hacía calor en la habitación y necesitaba urgentemente una ducha de agua fría, o mejor aún, un baño con cubitos donde pudiese sumergirse hasta que su cuerpo encendido, excitado y traicionero se librase de las secuelas que habían provocado los labios, la lengua y la boca de Drake. Su tacto. Dios, ese tacto que la había excitado tantísimo. No había osado imaginarse qué hubiera ocurrido si las cosas hubiesen pasado a mayores, si hubiesen tenido relaciones con penetración de otra cosa que no fuese su lengua. Sintió otra oleada de calor y sus partes femeninas ardieron por las expectativas. ¡Tenía que acabar con esto!

¿Cómo podía ser que horas después, solo recordar las cosas que le había hecho, se le revolucionaran así las hormonas? Ni siquiera podía sostener la mirada de sus amigas y hacía rato que fijaba la vista en un punto lejano para no ver sus reacciones.

Cuando finalmente se aventuró a mirar a hurtadillas la cara de las amigas, estaban boquiabiertas y con ojos de sorpresa. Y por una vez en sus vidas, sobre todo Steph, que siempre decía algo, no sabían qué decir.

Nikki abrió y cerró la boca varias veces y Steph la miraba estupefacta. Sorprendentemente, Lana era la que estaba más callada de las tres, pero al final murmuró:

—¿Qué? ¿De verdad? ¿Va en serio?

Fue un murmullo apenas audible por lo incrédula que estaba. Al parecer, después de que Lana rompiera el silencio, se abrió la veda y empezó el bombardeo de preguntas, hasta que Evangeline se tapó los oídos, hundió la cara en la almohada y cerró los ojos. Alcanzó una segunda almohada para taparse la cabeza y callarlas a todas, pero se la arrebataron al vuelo y al levantar la vista vio el rostro indignado de Steph.

—De eso nada —resopló Steph. Tenía los ojos encendidos y la cabeza muy cerca de su cara—. No te vas a librar de esto.

Entonces se detuvo; se había vuelto a quedar sin palabras. La segunda vez en cuestión de segundos. Levantó las manos bien abiertas y las palmas hacia arriba en un gesto universal que significa «¿qué?». Su expresión decía todo lo que no lograba decir con palabras, como «¿por qué?», «¿cómo?» y «no jodas, ¿en serio?».

Si no fuese porque los acontecimientos eran demasiado reales y le habían sucedido a ella misma, habría encontrado cómica la reacción de sus amigas y hasta se habrían partido de risa y como si hubiese hecho la broma del siglo, algo de lo que era incapaz porque sus amigas le decían siempre que era muy ingenua y no engañaba a nadie.

Hacían que pareciese un crimen o un pecado capital, por lo menos.

¿Se enorgullecía la gente de ser falsa, o peor aún, de ser convincente y quedarse tan ancha?

Evangeline suspiró porque, sí, era todo eso de lo que la acusaban las amigas, aunque «acusar» fuera una palabra demasiado fuerte. Les desesperaba su ingenuidad y su incapacidad de ser malintencionada y mordaz con aquellos que se merecían un buen rapapolvo. Siempre le decían que era demasiado dulce, demasiado inocente, demasiado confiada.

La querían muchísimo por esas características que consideraban defectos, pero les preocupaba que esos rasgos pudiesen llegar a ser su perdición. Tal vez tuvieran razón, pero no podía cambiar quien era. ¿No lo había demostrado lo suficiente aquella noche ya?

Y bueno, en realidad tampoco quería cambiar. Se gustaba tal y como era, defectos incluidos. Nadie era perfecto, solo que ella tenía más defectos que la mayoría. ¿Y qué? No podía hacer nada al respecto, así que ¿por qué perder tiempo y energía tratando de ser alguien que seguramente nunca podría ser y en quien no quería convertirse?

Visto así, la noche no había sido tan desastrosa como Evangeline había dicho y la paz la inundó al dejar atrás, al menos un poco, aquella humillación tan reciente. Sin embargo, sus amigas seguían mirándola como si estuviesen a punto de arrancarle el pelo de raíz si no seguía contándoles aquellas sorprendentes revelaciones que había dejado caer como una bomba.

—¿En serio? ¿Se puso encima de ti en su despacho? ¿Encima de su escritorio? —preguntó rápidamente Nikki en un susurro, seguramente tras agotársele la paciencia. Había decidido interrogarla, ya que todavía no había llegado a los detalles jugosos que tanto ansiaban.

—Joder, haces que parezca tan… obsceno —repuso Evangeline, algo quejumbrosa—. Me siento como si hubiera cometido un pecado y tuviera que confesarme.

—Nena, creo que hay que ser católica para que te confiesen —apuntó Lana con sequedad.

—¡Dejad de distraerla! —gritó Steph. Su nerviosismo le hacía parecer aún más desquiciada—. Y, Vangie, siento tener que soltarte esto, pero sí, fue obsceno. Una obscenidad deliciosa de las que te ponen la piel de gallina, claro. Tengo que apuntarme a esas obscenidades, porque nada de lo que he hecho hasta ahora ha tenido ese punto picante.

Evangeline arqueó una ceja en señal de sorpresa. Esperaba… Frunció el ceño y sacudió ligeramente la cabeza como si quisiera aclararse. No sabía qué esperaba. ¿Que la riñeran? ¿Haberlas decepcionado? ¿Que la juzgasen?

Pero no fue eso lo que vio en la penetrante mirada de sus amigas. Muchas reacciones se reflejaban en sus ojos, pero ninguna que la hiciera sentir avergonzada. Evidentemente no había hecho nada malo. Solo había sido partícipe de algo que no acababa de entender, si es que a eso se le podía llamar participar. Sencillamente había dejado que pasara. Había dejado que ese hombre se hiciera cargo y controlara la cadena de acontecimientos trascendentales que habían empezado como una pequeña revancha. No había sentimiento de culpa ni de agobio, apenas fue consciente de lo que estaba pasando por lo alterado de sus sentidos. Sabía a quién tenía que culpar y no era a Drake. Era culpa suya por no haberse plantado y poner fin a toda esa farsa. No tenía agallas y lo acontecido la noche anterior lo había confirmado.

Peor aún, sabía exactamente lo que hacía —lo que él iba a hacer— y se estremeció de arriba abajo, temblaba por el deseo reprimido. Él había encendido un fuego en su interior que había permanecido apagado mucho tiempo, y ahora lo quería y anhelaba, lo deseaba a él también con toda su alma. Esa desesperación la desconcertaba, porque la mujer desenfrenada que llevaba dentro —y que ni siquiera sabía que existía— había sucumbido por completo ante un hombre que acababa de conocer. Por primera vez se había dejado llevar por la espontaneidad y había hecho algo impropio de ella. Había aprovechado el momento y se había entregado a ese placer inimaginable, como en aquellas fantasías eróticas que no compartía con nadie, ni siquiera con las amigas, porque le daban vergüenza. Y, aún más, le daban miedo porque en ninguna de sus fantasías más salvajes controlaba la situación. En ellas, pertenecía a un hombre que la apreciaba, la protegía y la mimaba constantemente, pero, al mismo tiempo, se mostraba exigente y hasta despiadado, con un manto de peligro y misterio que parecía una segunda piel, como una capa que llevaba con la comodidad y soltura de alguien acostumbrado a ese estilo de vida.

¿En qué clase de persona la convertían esas fantasías? Cerró de nuevo los ojos; no quería seguir pensando en esas cosas, era mejor dejarlas en el pasado. Si dependiese de ella, no lo volvería a ver porque no volvería a pisar un lugar como el Impulse, donde hasta el personal estaba mejor visto y era más merecedor de todo que ella.

Puede que eso la convirtiera en la mayor cobarde del mundo, pero aunque no tuviera que trabajar esa noche, no se quedaría en casa hasta las siete, esperando a que la recogieran como un objeto para hacerle cosas inimaginables... si bien pensar en esas cosas la excitaba sobremanera.

Suspiró, haciendo caso omiso de las miradas de impaciencia y de enfado de sus amigas. Solo se había permitido probarlo una vez y con eso bastaría. Drake Donovan no era un hombre con el que se pudiera jugar: él pedía y esperaba obediencia. Había quedado claro por su forma de comportarse.

Aquella noche le tocaba trabajar hasta el cierre y por mucho que sus amigas le hubieran dicho que hiciera la siesta después de contárselo todo, Evangeline sabía que le costaría dormir. No con todos aquellos detalles de la noche anterior rondándole por la memoria.

No, saldría antes de tiempo y se pondría al día con algunos asuntos que se le habían acumulado las últimas semanas y que el resto de compañeros habían pasado por alto.

Pero primero, daría a sus amigas lo que querían, lo que merecían, porque ellas no le ocultaban nada, ni lo harían nunca.

Ya tendría tiempo de preocuparse de qué hacer con Drake Donovan. En cuanto investigara todo lo que pudiera sobre quién era este hombre y qué podía querer de alguien tan insignificante como ella.

7

*U*na hora más tarde del cierre oficial del pub, Evangeline salía por la puerta, tambaleándose. Estaba agotada y los pies la estaban matando. Los tenía hinchados después de tantas horas de acá para allá poniendo copas, subida a unos tacones insufribles. Estaba a punto de quitárselos y caminar descalza hasta casa. Estaba tan cansada después de todo lo que había pasado la noche anterior, incluido el interminable interrogatorio de sus amigas, que se le habían olvidado las bailarinas que solía llevar para ponerse al salir de trabajar. Ahora tendría que caminar diez manzanas, a las tantas de la madrugada, con unos zapatos que le encantaría poder tirar a la basura. Por lo menos, las propinas de esa noche habían sido aún más generosas de lo habitual, así que le quedaba el consuelo de poder enviar más dinero a su madre.

Estaba tan cansada que se imaginaba las siguientes doce horas metida en la cama y no se dio cuenta de que había un hombre en la puerta del pub hasta que casi chocó con él. El subidón de adrenalina la hizo retroceder de un brinco y adoptar una actitud defensiva. El corazón estaba a punto de salírsele del pecho.

Al percatarse de la posible amenaza estuvo a punto de gritar. En ese momento, reconoció al supuesto atacante, lo que le aumentó el miedo. Su instinto le decía que saliera corriendo.

Maddox, uno de los escoltas de Drake, estaba plantado delante de ella mirándola con aire indiferente y le bloqueaba el paso de manera aparentemente casual. Casi se le escapó la risa, ya que durante un momento sopesó la posibilidad de sacarse los zapatos y salir corriendo, pero se dio cuenta de que para cuando quisiera quitarse el primero, Maddox ya la habría atrapado.

—Discúlpame si te he asustado, Evangeline —dijo con el mismo tono amable que había utilizado en el Impulse cuando la había rescatado.

—¿Qué haces tú aquí? —consiguió balbucear ella—. ¿Cómo me has encontrado? ¿Qué quieres?

Su voz sonó asustada y tenía un deje de desesperación, pero no le importó. ¿Qué mujer en su sano juicio no estaría muerta de miedo? Le sorprendía incluso haber sido capaz de hacerle esas preguntas, aunque hubieran sonado más a graznido que a lenguaje humano.

A pesar de la expresión de hastío del hombre, sus ojos reflejaban cierta advertencia.

—Hacer esperar a Drake no es buena idea. Según mis instrucciones, tendrías que haber estado en casa a las siete en punto para que yo pudiera llevarte con él. Además, es un hombre que quiere, o más bien exige, obediencia e implicación. En todos los aspectos.

La ansiedad la paralizó al oír eso. ¿En todos los aspectos? ¿Quién se creía que era? ¿Dios? ¿En qué puñetas se había metido al haberse dejado convencer para ir al dichoso club? Joder, tenía que haber hecho caso a su instinto y haber pasado del tema. ¿Por qué no había plantado cara a sus amigas? Ah, sí, porque nunca le plantaba cara a nadie.

Miró la hora con un ademán exagerado, antes de volver la vista hacia ella. El atisbo de advertencia seguía en sus ojos.

—Son las cuatro de la mañana, de modo que llegas nueve horas tarde. Y Drake no espera nueve horas a nadie.

—¡Pues muy bien! Entonces, ¿me puedes explicar que haces aquí? Según tú, Drake no espera a nadie y menos nueve horas. Si no me está esperando, ¿qué haces aquí, además de darme un susto de muerte?

El tipo la miró con cierta diversión:

—Parece que va a hacer una excepción contigo. Te aconsejo que no lo hagas esperar más, y menos por estar aquí discutiendo a las tantas de la madrugada.

Ella lo miró boquiabierta:

—¿En serio? ¿Quién se ha creído que es para darme órdenes y esperar que las cumpla? ¿Qué se cree que soy, uno de sus matones? —dijo mientras sacudía la cabeza. La situación se le estaba yendo de las manos, más aún si tenía en cuenta todo lo que había pasado en el club y sobre todo en el despacho de Drake—. ¡Estáis locos! De verdad. Además, tengo que trabajar, ¿sabéis? Hay una cosa que se llama trabajo, gracias al cual te pagan a final de mes. Algunos no podemos vivir del aire, tenemos que pagar nuestras facturas y ayudar a nuestras familias. Necesito este trabajo y no pienso faltar, ni de coña, solo porque al señorito Drake Donovan le apetezca verme por alguna razón que desconozco. ¡Si dejara de ir a trabajar para ir a verle estaría tan loca como vosotros!

Una vez más, pareció que a Maddox le hacían gracia las palabras de Evangeline, solo que esta vez había algo más... un atisbo de respeto ante su actitud franca y desafiante. No se consideraba maleducada, a pesar de lo que podría deducirse de sus palabras. Tampoco era una persona altiva, pero aunque conocía a Drake y a los suyos desde hacía muy poco, sabía que no estaban acostumbrados a que los rechazasen y mucho menos por parte de una chica sumisa y tímida.

Ante el silencio de Maddox, Evangeline volvió a la carga llena de frustración.

—¿Qué puede querer de mí? Pertenecemos a mundos totalmente distintos. Yo soy normalita; del montón, como mucho. Nadie se gira para mirarme por la calle. Soy la típica chica que nunca llamaría la atención en *petit comité* y mucho menos entre la multitud.

En cuestión de segundos, la expresión facial de Maddox pasó de la diversión al cabreo; los ojos tenían un destello peligroso.

—No digas tonterías —sentenció, tajante.

Sin darle más explicaciones, la agarró con cuidado del codo, le rodeó la cintura con un brazo y empezó a caminar hacia un coche aparcado a unos metros de donde se encontraban. Era el coche en el que la había llevado a casa la noche anterior. Maddox hacía caso omiso de las protestas que balbuceaba, así como de sus intentos por soltarse del férreo abrazo. Se limitaba a sujetarla más fuerte y a caminar más despacio para evitar que tropezara o que se cayera por los taconazos que llevaba. ¿Cómo era posible que un tío tan duro como Maddox la tratara con tanta delicadeza mientras la estaba secuestrando? No tenía sentido, aunque tenía el cerebro frito después de todo lo sucedido la noche anterior en el Impulse y de haber aguantado de pie todo el turno doble.

Cuando llegaron al coche y Maddox abrió la puerta de atrás, una ola de pánico la invadió. Su intento de huida solo le sirvió para chocar contra un tipo musculosísimo que no se inmutó lo más mínimo cuando ella empezó a forcejear e intentó escaparse.

Él se limitó a darle la vuelta despacio y la ayudó a sentarse en el asiento trasero con cuidado.

—¡No me puedes secuestrar como si tal cosa! —exclamó Evangeline. Estaba empezando a ponerse nerviosa de verdad, por lo que, en lugar de un rugido feroz, lo que salió de su garganta se parecía más a un maullido de gatito. El miedo le estaba cerrando la garganta.

—No he oído que te quejaras mucho mientras te acompañaba caballerosamente hasta el coche —dijo Maddox con sequedad.

—Define «mucho» —contestó ella de manera cortante—, porque desde mi punto de vista tampoco es que te haya seguido como si nada, como el corderito que va al matadero. Puede que a ti te parezca que ha sido así, puesto que, si quisieras podrías aplastarme como a una mosca, pero eso no quiere decir que no esté aquí en contra de mi voluntad.

Justo en ese momento se dio cuenta de que ya estaba sentada cómodamente en el suave asiento de piel, preguntándose cómo se las había apañado para meterla en el coche con tan poco esfuerzo. Y todo a pesar del discursito acerca de no seguirlo como si nada al matadero.

El descontento se apoderó de ella, ya que a los ojos de alguien como él, ella había acatado sus órdenes sin rechistar.

—Tenía miedo de que me pegaras un tiro —susurró.

Pero Maddox lo oyó y en sus labios se intuyó una especie de mueca, ya que posiblemente no sonreía nunca, si es que sabía, pensó ella. Seguro que era otro de los requisitos para trabajar a las órdenes de Drake: ser un tipo duro, estar cachas, dar miedo y, por supuesto, no sonreír en la vida.

El hombre cerró la puerta y se dirigió al otro lado del vehículo por la parte trasera. Ella intentó enseguida abrir la puerta con la intención de salir pitando de allí, en la medida en la que sus zapatos se lo permitieran, antes de que él entrara en el coche.

Pero la puerta no se abría. Tiró de la manija, jurando en chino. Su madre le habría hecho lavarse la boca con jabón, ya que una señorita no debería pensar siquiera en ninguna de las palabras que estaba soltando por la boca.

Una mano cálida y reconfortante la cogió de la mano que tenía libre, la que no estaba intentando arrancar de cuajo el tirador de la puerta. Se la apretó para detener sus inútiles intentos por abrir la puerta, porque al parecer tenía activado el seguro para niños. Así que ahora no era más que una niñata malcriada, una niña insolente que se había encargado recoger a Maddox porque no había acatado las normas. Unas normas de las que no tenía la más mínima idea. Nunca se había visto en otra igual. Parecía como si la noche que la habían obligado a ir al Impulse hubiera entrado en un universo paralelo en el que las cosas funcionaban de manera totalmente diferente y ella no tenía ni puta idea de lo que estaba pasando.

—Evangeline.

Aunque su tono no fue brusco ni intimidante, de alguna manera, le estaba ordenando que le prestara atención, que lo mirara. Así que se sintió obligada a obedecer a pesar de que lo que menos le apetecía era verle la cara a ese tío. Se reprendió por contemplar siquiera la idea de obedecer, sin darse cuenta de que ya lo estaba haciendo. ¡Era de locos! Si no era capaz de mantenerse firme ante uno de los subordinados de Drake, ¿cómo puñetas iba a enfrentarse a él? En ese momento, estaba asustadísima; estaba muerta de miedo. Estaba al borde de un ataque de nervios, pensaba si le daría tiempo de sacar el móvil del bolso sin que Maddox se diera cuenta y marcar el número de Emergencias. Pero en realidad no tenía ni idea de dónde la estaba llevando y de momento no se había cometido ningún delito. De momento.

Incapaz de desobedecer su orden, giró la cabeza de mala gana, cabizbaja, mientras un sentimiento de derrota se apoderaba de ella. Se hundió en el asiento del coche, agotada mental y físicamente. Estaba a punto de llorar. Tomó aire, intentaba sacar fuerzas de flaqueza. No podía verla llorar. No pensaba dejar que la viera débil y desvalida como si hubiera asumido su derrota.

—Evangeline, mírame —dijo Maddox con tacto.

Su mano aún sostenía la suya, pero su pulgar acariciaba con tiento su delicada piel para intentar reconfortarla. Y lo más extraño de todo era que, en cierta medida, la reconfortaba un poco. Si la fuera a matar, no perdería el tiempo intentando consolarla. Le dieron ganas de gritar, puesto que una vez más se estaba dejando llevar por su dichosa ingenuidad. Los asesinos en serie siempre parecían personas normales y corrientes, que se ganaban la confianza de sus víctimas para después acabar con ellos de la manera más escabrosa posible.

Aun sabiendo que estaba siendo cobarde —en realidad nunca había sido demasiado valiente—, levantó la cabeza despacio para encontrarse con la intensa mirada de Maddox. Resultaba irónico que siempre huyera de todo tipo de conflictos y enfrentamientos y ahora se estaba metiendo en la boca del lobo. Quería cerrar los ojos y que, al abrirlos, todo hubiera terminado.

—No va a pasarte nada malo. —No parecía que le estuviera mintiendo—. Drake nunca te haría daño ni permitiría que nadie te lo hiciera. Sé que no tienes razones para confiar en mí o en Drake, pero te juro por mi vida que estarás segura en todo momento. Yo mismo me encargaré de llevarte hasta Drake y cuando estés con él, nadie, y cuando digo nadie es absolutamente nadie, podrá acercarse a ti a menos de un kilómetro. Y aunque él es capaz de apañárselas solo en cualquier situación, tiene escolta las veinticuatro horas, y te aseguro que son un auténtico equipo de élite. Además, cualquiera de nosotros daría su vida por Drake y ahora, por proximidad, también por ti.

Ella lo miró con absoluto desconcierto, intentando asimilar lo que acababa de decirle. Tenía tantas locuras metidas en la cabeza que creía que le iba a explotar.

—Perdona mi escepticismo —dijo Evangeline, intentando mantener a raya esa voz temblorosa que revelaría que seguía teniendo miedo. Aunque lo que sentía en ese momento no era miedo. Miedo le daban las arañas o los bichos; Drake la aterrorizaba—, pero te envía a secuestrarme. Me importa un pimiento que me des explicaciones o que te refieras a mí en ese tono tan educado, me estás llevando en contra de mi voluntad. No aceptaríais un no por respuesta. Creo que el no haber estado en casa esperando a las siete de la tarde debería haber dejado claro que no pensaba acatar sus órdenes. Y, es más, ni siquiera me pidió que quedáramos, no me dio alternativa. Me dijo que estuviera en mi apartamento a las siete y que enviaría a alguien a buscarme. Yo solo quería salir pitando de allí, porque estaba alucinando con todo lo que estaba pasando, así que asentí porque si en ese momento le hubiera dicho que no, ¿habría dejado que me fuera? Dime, ¿quién en su sano juicio no estaría muerto de miedo? ¿Crees que alguien en sus cabales podría creer que no le va a pasar nada cuando se lo dice alguien que podría matar con la mirada? ¿Y qué me dices de este escalofriante encuentro a las cuatro de la mañana, crees que podría convencer a cualquier mujer de que no va a pasarle nada o de que el hombre que ha ordenado que la secuestraran no planea hacerle daño?

La expresión de Maddox se suavizó, dejando entrever remordimiento en la mirada. Evangeline se sorprendió al ver como un hombre cuya apariencia decía que era mejor no contrariar podía llegar a ser una persona normal, con sentimientos. Parecía verdaderamente arrepentido de haberla asustado, como si nunca hubiese sido su intención y le chocara que ella pudiera haberlo percibido así.

Por no decir que también era un macho alfa que podría aniquilar a una multitud sin despeinarse. Bien pensado, todos los hombres que trabajaban en el Impulse, incluido el dichoso camarero, parecían haber pertenecido a algún equipo de fuerzas especiales, a los GEO o algo por el estilo. ¿Cómo había conseguido Drake formar semejante ejército de mastodontes? Apostaría a que, si les tiroteasen, las balas les rebotarían o que ni siquiera podrían detenerlos con una granada o, al menos, no durante mucho tiempo.

Evangeline decidió aparcar sus delirantes pensamientos antes de volverse loca y se obligó a centrarse en el asunto que ahora le ocupaba.

—Siento que te hayas asustado —dijo con suavidad—. Nunca ha sido mi intención y mucho menos la de Drake. Él…
—Se detuvo un momento, como si quisiera buscar las palabras adecuadas para no asustarla más—. Él ha establecido sus propias leyes y está acostumbrado a que se cumplan. Levantar su imperio y amasar su fortuna le ha costado muchísimo. Nadie le ha re-

galado nada. Se independizó muy joven y aprendió que la vida te devuelve lo que tú le das y que, si te quedas sentado esperando a que alguien haga las cosas por ti, nunca conseguirás nada.

Llegado a este punto Maddox se detuvo con la duda dibujada en el rostro, como si lo que estaba a punto de contarle fuera información clasificada o como si tuviera miedo de que Drake, si se enteraba de lo que le iba a contar, le cortara las pelotas.

—Es un hombre muy reservado —continuó, confirmando la sospecha de que en lugar de estar contándole algo privado sobre la vida de Drake, parecía tratarse de un secreto de Estado—. Y no ha llegado a donde está por ser blando o por tolerar oposición de ningún tipo.

Ella entrecerró los ojos a la vez que levantaba una mano para pedirle que callara, algo a lo que él no estaba habituado a juzgar por la cara que puso. A Evangeline le importó bien poco.

—Me parece estupendo que sea así en su trabajo y con sus empleados —dijo mordazmente—. No es asunto mío la manera en que dirige sus negocios o cómo trata a sus empleados, eso es cosa suya. Pero yo no trabajo para él; es más, no tengo nada que ver con él. En mi opinión, asumir con arrogancia que iba a agachar las orejas y a obedecer sus órdenes sin rechistar es bastante absurdo. Es el colmo de la arrogancia. Puede que sea el creador de su mundo, pero tiene que tener en cuenta que no pertenezco a ese mundo y que se ha pasado de la raya conmigo.

Maddox suspiró y la miró como si solo quisiera parar el coche y tirarla a la cuneta. Sin lugar a dudas, todas las mujeres que habían sido convocadas por Drake habían presionado a Maddox para que las llevara lo más rápido posible. Pero si Evangeline había aprendido algo durante la breve relación que mantenía con el mundo de Drake era que todos sus empleados eran muy leales y obedientes, por lo que no importaba lo pejiguera que fuera, Maddox no podía presentarse ante su jefe con las manos vacías. No le quedaba más remedio que aceptar su destino y confiar en que Maddox no la estuviera engañando cuando le decía que no iba a pasarle nada malo.

8

*E*vangeline avanzaba por el pasillo tan despacio que hasta una tortuga la habría adelantado. Era allí, en aquella discoteca ahora cerrada, donde iba a tener lugar su cita con Drake. La impaciencia de Maddox era más que evidente, pero hizo un esfuerzo y caminó junto a ella, colocándole una mano en la espalda y con la otra sujetándole el brazo que no le paraba de temblar, como si creyese que, de no hacerlo, caería de bruces contra el suelo. Lo cierto es que no iba muy desencaminado.

Antes, cuando llegaron a la parte de atrás de la discoteca y aparcaron en una plaza reservada, ella estaba inmóvil en el asiento, quieta como una estatua y apretando los dientes para evitar que le castañeteasen. ¿En serio la había llevado a la discoteca a esas horas? ¿La había estado esperando Drake allí toda la noche, cabreándose a medida que pasaba el tiempo y ella no aparecía? Aunque a lo mejor trabajaba hasta tarde y se ocupaba de los negocios mientras sus empleados cerraban el local para que se pudiera empezar con la limpieza.

Maddox le había abierto la puerta y se había quedado ante ella unos minutos hasta que, tras proferir un suspiro y poner cara de querer estrangularla, decidió tomar la iniciativa. Se acercó a ella, le pasó un brazo por la espalda y otro bajo las piernas y la sacó del coche con la misma facilidad con la que habría sacado a un recién nacido.

Eso puso fin a su inmovilidad: empezó a pegarle golpes en el pecho mientras le exigía que la soltase. Solo le faltaba que la tuviese que llevar adonde estaba Drake como a una prisionera, aunque en realidad lo fuera en ese momento. No la soltó hasta después de haber entrado en el local y la colocó con cuidado con los pies en el suelo, pero asiéndola por los hombros para ayudarla a mantener la postura hasta que pudiese andar. Ya no recordaba la cantidad exacta de veces que lo había oído murmurar cosas como «Menudo calzado» o «Te vas a romper el cuello, joder» durante el interminable recorrido al ascensor.

Una vez en él, mientras subían al despacho de Drake, Evangeline empezó a sentir una opresión en el pecho que no la dejaba respirar. Cuando sus intentos de tragar aire resultaron vanos, el pánico se apoderó de ella y comenzó a temblar con fuerza. Maddox, que se encontraba al lado, soltó un improperio, la agarró con firmeza por los hombros y la giró para que lo mirase a la cara. Se agachó un poco hasta que las miradas de ambos se cruzaron, la de él estaba cargada de ira.

—Respira, joder. Que no se te ocurra desmayarte delante de mí. Recobra la compostura de una vez. Te has enfrentado al cabrón de tu ex, a mí y a Drake sin pensártelo dos veces, por mucho que dijeses que te podríamos aplastar como una ramita. Así que corta el puto rollo. Eres demasiado orgullosa para que Drake te vea así cuando entres en su despacho. —En ese momento, se calló y sacudió la cabeza—. ¿Sabes qué? Olvida eso último. Eres demasiado orgullosa para que Drake te vea entrar en su despacho cargada sobre mis hombros. Y, créeme, eso es lo que va a pasar si no te tranquilizas ya.

La voz de Maddox surtió el mismo efecto que si le hubiesen dado un latigazo en la espalda: el color de las mejillas recuperó su rosado particular y el aire le volvió a pasar por la garganta hasta llegar a los pulmones. El alivio repentino que sintió, sumado al miedo y a la adrenalina que había estado experimentando hasta ese momento, hizo que se marease. Las rodillas no le dejaban de temblar y, por un momento, creyó que caería al suelo; aun así, se alejó de Maddox, que intentaba mantenerla erguida, como antes, y se apoyó en la pared del otro lado del ascensor.

¿Cuánto más iba a tardar ese dichoso trasto en llegar al despacho? Aunque el síncope y la reprimenda de Maddox apenas habían durado unos segundos, a ella le había parecido una eternidad.

La claustrofobia que sentía sumada a la humillación fruto de su acto de cobardía la hicieron suspirar de alivio cuando el ascensor se detuvo y las puertas se abrieron con un crujido. Hasta que cayó en la cuenta de que le tocaba enfrentarse a un hombre que la intimidaba y le daba aún más miedo que el que estaba con ella en esos momentos, y por lo poco que este había hablado de su jefe, Evangeline estaba convencida de que a Drake no le había hecho gracia tener que esperarla durante nueve horas.

Maddox la había sacado del ascensor, pero cuando llegaron al umbral del despacho, Evangeline se quedó inmóvil de repente e intentó dar un paso atrás, pero acabó golpeando el gran pecho del hombre que la acompañaba. Le costó mucho mantener la calma y la disciplina y no hacer algo que la degradase, como protestar o, peor aún, empezar a llorar y desplomarse a sus pies.

Respiró hondo para tranquilizarse y se armó de valor poniéndose bien erguida. Levantó la barbilla con gesto desafiante y buscó a Drake con la mirada; no iba a permitir que la primera imagen que tuviese de ella esa noche fuese la de una chica asustada.

Se echó hacia atrás por puro instinto para encontrar apoyo en el cuerpo de Maddox, pero cuando trató de tocarlo con una mano, solo encontró aire. ¡Joder! El tío era sigiloso de verdad. Ya era la segunda vez que la escoltaba a la guarida de Drake y luego se esfumaba sin que se diese cuenta. Ni siquiera se había fijado en que las puertas del ascensor se habían cerrado. Estaba sola y encerrada con un hombre del que Maddox había dicho que no le gustaba que lo hiciesen esperar y que buscaba obediencia absoluta por parte de todos.

A la mierda. Cerró los ojos. Ya no se veía capaz de encararse con Drake, dondequiera que estuviese, ni de enfrentarse a su mirada.

—Llegas tarde —dijo Drake. Sus palabras desprendían desprecio.

A pesar de la reprimenda, se percató de que Evangeline estaba agotada y de que casi no se podía tener en pie. Le costaba seguir erguida por culpa de esos estúpidos tacones que llevaba; parecía que fuera a caerse en cualquier momento.

Estaba seguro de que, si no estaba en casa a las siete —como le había dicho que hiciese—, era porque había estado trabajando en el dichoso bar durante horas subida a esos taconazos que no auguraban nada bueno. Cuando le vio la cara con más atención, comprobó que el agotamiento se reflejaba en sus facciones pálidas.

Tras quejarse entre dientes, se acercó a ella y le cogió el brazo con delicadeza para llevarla al sofá con apremio. Allí, le puso ambas manos sobre los hombros y ejerció presión sobre ellos, obligándola a sentarse.

—Siéntate y relájate —dijo con sequedad.

Se apoyó sobre una rodilla y le quitó el calzado; al ver lo hinchados que tenía los pies, volvió a murmurar algo desagradable. Ella estaba totalmente desconcertada, con los ojos abiertos de par en par, como si nunca se le hubiese pasado por la cabeza que le fuera a hacer algo así. Al fin y al cabo, él no había puesto mucho de su parte para demostrarle que no era un cabrón frío y desalmado, o un monstruo que se abalanzaría sobre ella a la primera oportunidad.

Sin mediar palabra, empezó a masajearle un pie, intentando no hacerle daño y que no le molestase. Ella soltó un gemido y, durante unos instantes, se permitió cerrar los ojos y hundirse en el sofá mientras la tensión iba desapareciendo. Drake continuó pasando las manos por cada centímetro del pie, sobre todo en la zona del empeine. Después pasó al otro y repitió el proceso. Mientras lo hacía, observaba fijamente sus reacciones, en el placer que estaba mostrando. ¡Joder! Reaccionaba muy bien, y le salía de forma natural. Eso, sumado a lo buena que estaba, hacía que hasta le doliesen los testículos.

La noche anterior se la había dejado tan dura que le había resultado imposible conciliar el sueño; cada vez que cerraba los ojos, podía saborearla, olerla, escucharla gimotear de puro gozo. Su mente reproducía una y otra vez el momento en el que había estado tumbada en su escritorio, ofreciéndose cual tesoro. Era impagable, ni siquiera un hombre tan poderoso como él podría comprarlo, aunque lo ordenase, y eso lo convertía en excepcional y valioso. Tanto que, por ella, había empezado a tener algo de lo que carecía: paciencia.

Le había supuesto un gran esfuerzo controlarse para no quitarse los pantalones y metérsela tan hasta el fondo que la hiciera disfrutar como nunca. Se seguía preguntando por qué no lo hacía. Quizás se debiese a la vocecilla interior que intentaba ignorar y que le recordaba que con ella debía ir con pies de plomo y no presionarla demasiado. De no ser por eso, tal vez ya habría saciado su apetito con ella, por mucho que la hubiese podido asustar, cosa que había hecho al comerle el coño por primera vez. Estaba claro que, en la relación con el cabrón de su ex, el único hombre con el que había estado, solo él había disfrutado y no había hecho nada por ella. El tío había dejado escapar algo por lo que muchos hombres matarían, pero a Drake le importaba una mierda ese imbécil; su pérdida se había convertido en una ganancia para él. Ya había dejado claras sus intenciones, y quería tomar el control y asegurarse de que, en adelante, Evangeline estuviera en su cama, a sus órdenes. Y se encargaría de que nunca saliese de esta sin agasajarla antes con lo que fuera que estuviese en su mano.

Poco a poco, fue alejando las manos de los pies de Evangeline, y esta dejó escapar un sonido a modo de protesta.

—¿Por qué coño le dedicas tanto tiempo a esa mierda de bar cada noche? —preguntó él sin rodeos.

Ella resopló y lo fulminó con la mirada.

—Si esto se va a convertir en un interrogatorio, al menos podrías seguir con ese masaje tan bueno que me estabas haciendo —replicó con cierta decepción en la voz.

Estuvo a punto de soltar una carcajada, pero se contuvo. No se reía mucho, y, cuando lo hacía, no solía ser porque se estuviese divirtiendo; la gente se ponía nerviosa si lo oían reír. Tampoco es que sonriese demasiado, pero esa fanfarronería le había sorprendido para bien. Estaba asustada y su lenguaje corporal denotaba inseguridad, pero hacía lo posible por demostrar lo contrario. Eso le gustaba; lo que menos le apetecía era estar con una chica dócil y sin personalidad. Exigía obediencia y sumisión, sí, pero no que la mujer con la que estuviese fuese un robot sin cerebro, programada para cumplir sus órdenes y no tener pensamientos propios. Le gustaba su carácter, sobre todo ese orgullo que mostraba a veces; estaba acostumbrado a ello y lo respetaba.

Le rodeó el otro pie con ambas manos y prosiguió con lo que estaba haciendo.

—¿Me vas a contestar ahora? —preguntó en un tono aparentemente dulce.

De repente, el gesto de placer que tenía ella en la cara cambió por uno de alarma y el cuerpo se le agarrotó cuando, hacía solo unos minutos, al empezarle a masajear el otro pie, se había echado en el sofá sin más. Entonces, se puso en pie con rapidez, liberando los pies de las manos de Drake, y golpeó el suelo con ellos con un ruido sordo.

Este soltó una maldición. La poca paciencia que tenía amenazaba con agotarse para dar paso a la ira.

—¿Qué narices pasa? —preguntó, mirándola con los ojos entrecerrados.

Si llegó a albergar la esperanza de que esa reprimenda tan torpe la intimidaría, se equivocaba. Cuando lo miró, con los ojos totalmente abiertos y llenos de preocupación, se vio en la obligación de espantar cualquier temor que la atormentase. ¡Mierda! No quería que tuviese miedo con él allí, pero no estaba poniendo mucho de su parte.

—Mis amigas —dijo tartamudeando—. ¡Ay, Dios! Seguro que están superpreocupadas. A lo mejor hasta han llamado a la policía. Ya salía tarde de trabajar, y luego tu gorila me ha traído aquí en coche... ¿Se puede saber qué hora es?

Drake suspiró y consiguió tranquilizarse. Un poco. Le daba exactamente igual lo que pensasen sus amigas, pero Evangeline estaba angustiada, y eso, sumado a que la policía podría estar buscándola, le preocupaba. En caso de que hablase con los agentes, Drake sabía que ella no se lo pensaría dos veces y los convencería de que había sido secuestrada y de que la estaba reteniendo en contra de su voluntad.

Sin embargo, eso no iba a pasar. Tenía claro que los dos se iban a quedar donde estaban, y no iba a ser en contra de la voluntad de nadie. No obstante, parecía que nunca llegaría a ese punto por culpa de las interrupciones constantes. No es solo que odiase las interrupciones y las molestias, sino que no las toleraba. ¿Por qué, entonces, se estaba comportando de la forma en que lo hacía por esa mujer tan irritante, tan exasperante, tan terca?

«Porque la deseas como nunca has deseado a otra».

Ya tardaba en aparecer. Aun así, esa confesión no le sentó muy bien. Evangeline era una complicación que no necesitaba, pero vaya si la deseaba, por muchas complicaciones, frustraciones y molestias que acarrease. A punto estuvo de asentir con la cabeza. Era una novedad que se encontrase en esa tesitura por una mujer así de reticente. Sus hombres, aquellos a los que llamaba «hermanos» en todas las acepciones de la palabra, se reirían de él y lo tomarían por idiota si tuviesen idea de los problemas que le estaba causando una mujer tan frágil e irritante como ella.

—¿Por qué no les mandas un mensaje, mejor? —preguntó en tono amable, a pesar de que se había dado cuenta de que estaba buscando el móvil en el bolso con cierto agobio.

Ella levantó la mirada y se mordió el labio.

—Sí, eso haré. Es lo que tendría que haber hecho en cuanto ese gorila tuyo me hizo subir al coche, pero entonces no pensaba con claridad. Y, si te digo la verdad, si les escribo diciéndoles que estoy aquí y por qué estoy aquí, no creo que sirva de mucho tampoco. Fijo que llaman a la policía y se presentan ellas mismas también.

Mientras hablaba, escribía un mensaje en un móvil muy pequeño y anticuado a la vez que mencionaba los nombres de las personas a las que iba añadiendo al mensaje grupal.

Drake se encogió de hombros.

—Pues diles que estás en otra parte; no les debes ninguna explicación, y tampoco tienes que justificar lo que haces.

Ella resopló con impaciencia.

—Mira, saben lo que pasó aquí anoche y que no soy de las que están por ahí a las cinco de la mañana tras un turno tan largo que me ha destrozado los pies. Además, ni me va mucho salir ni tengo una fila de hombres a las puertas de mi casa esperando para pedirme una cita. Les diga lo que les diga, van a sospechar que algo no va bien porque no son tontas. Este es el primer lugar al que vendrán, les mande un mensaje o no. Lo harían aunque les dijese que estoy bien y que no se preocupen; por eso somos amigas. Nos guardamos las espaldas y nos preocupamos por los problemas de las demás, sobre todo por los míos porque saben que soy una mojigata que no reconoce a un depredador aunque lo tenga delante. —Volvió a mirar el móvil y frunció el ceño—. No han contestado. Debería llamar a Steph. Seguro que están como locas.

Drake suspiró de nuevo. Ya ni se molestó en disimular la irritación y el desagrado que sintió cuando Evangeline llamó a la amiga que se suponía que estaba tan preocupada. En cualquier caso, no debió de obtener respuesta, ya que empezó a recitar un mensaje a toda prisa diciendo que no estaría en casa y disculpándose por no haber avisado antes.

Las amigas tenían pinta de ser unas pesadas de cuidado, y seguro que estaría mucho mejor sin ellas. Daba la impresión de que la acosaban y de que la juzgaban, de que la obligaban a portarse bien y de que esperaban que les pidiese permiso para todo, hasta para ir a mear.

Por un momento se avergonzó, ya que él también era controlador, pero su forma de ejercer el control y ser dominante no se acercaba al método que empleaban sus amigas; eso le parecía excesivo. Él lo hacía todo teniendo en cuenta los intereses de Evangeline, cosa que no creía que se pudiese decir de ellas.

A la mierda con todo. Si lo que ella había dicho era verdad y no tenía motivos para desconfiar de su palabra, entonces estaba en lo cierto: un mensaje no iba a evitar un enfrentamiento desagradable ni que la policía se presentase allí para hacerle responder por cargos de secuestro y coacción. Puesto que a ella no le habían contestado al mensaje ni a la llamada, tendría que pedirle a uno de sus hombres que intercediese por él y se encargase del asunto personalmente.

—Maddox —gritó. Sabía que lo oiría desde su puesto, fuera del despacho, con una salida al otro lado del ascensor que poca gente conocía. A juzgar por la mirada de desconfianza en esa dirección que echó Evangeline, como si esperase encontrarlo allí, no se había dado cuenta de la puerta que había en la esquina. Probablemente pensó que era paranoico y un cabrón psicótico, y la verdad es que tenía parte de razón: en su mundo era imposible sobrevivir tanto como él sin una pizca de locura y de sentido común para no ofrecer su confianza sin reservas.

Maddox entró al instante, con una expresión de recelo y observando a Evangeline con el ceño fruncido.

—Ve a decirles a las compañeras de piso de Evangeline que se encuentra bien, pero que no pasará esta noche allí. Ni esta ni ninguna, vamos. Infórmalas de que se viene a vivir conmigo y de que me pondré en contacto con ellas mañana o pasado para explicárselo todo.

—¿Qué? —El grito de Evangeline provocó que este hiciese una mueca. Al contrario de lo que se podría esperar, no parecía estar asustada, sino enfadada e indignada.

Que no se hubiera muerto de miedo alegró a Drake, que ignoró su reacción y la cogió del pie para proseguir con el masaje, lo que la obligó a recostarse de nuevo en el sofá. Necesitaba distraerla porque, aunque no se hubiese derrumbado, le podría pegar un puñetazo en la cara en cualquier momento. Además, antes había disfrutado cuando le masajeó el otro pie.

Era evidente que a Maddox no le gustaba la tarea que Drake le había encomendado porque se notaba en su expresión contrariada.

—¿Qué narices he hecho para que me pidas que me ocupe de mujeres tan complicadas una y otra vez? —farfulló Maddox—. Seguro que se te ocurren formas mucho más ingeniosas de castigarme, Drake, como desactivar una bomba, impedir un asesinato o trabajar en una guardería durante una semana.

Evangeline respondió al sarcasmo con una sonrisa dulce como la miel.

—Que yo recuerde no te pedí que me sacases a rastras del lugar donde trabajo a las cuatro de la mañana para traerme aquí, con un hombre que o bien está mal de la cabeza, o bien me confunde con otra. Y si no me hubieses arrastrado hasta aquí, estaría ya en casa, por lo que mis amigas no estarían tan preocupadas y no tendrías que lidiar con mujeres tan complicadas una y otra vez. Aunque he de reconocer que pagaría por verte en una guardería rodeado de semillas del diablo incordiándote y tirando de ti en cuarenta direcciones diferentes.

Su sonrisa era burlona y la curvatura de los labios demostraba cierta suficiencia; sus palabras mordaces divirtieron mucho a los dos hombres.

Maddox esbozó una sonrisa, acompañada de una mirada en la que todavía se podía vislumbrar diversión. Justo antes de que se diese la vuelta para irse, levantó los dedos índice y corazón para darle a entender que le había dejado sin palabras.

En cuanto salió del despacho, Evangeline le lanzó a Drake una divertida mirada furiosa, y abrió la boca, dispuesta a decirle de todo. A Drake no le quedó más remedio que hacer lo único que podía para evitarlo: juntó los labios con los de ella en un beso lleno de pasión, de esos que dejan sin aliento, aunque no tenía muy claro cuál de los dos era el que peor lo llevaba. Un gemido salvaje subió por el pecho y por la garganta hasta llegar a la dulce boca de Evangeline, que tragó su soplido fruto de la sorpresa.

Entonces, le soltó el pie, se echó sobre ella y le agarró las manos cuando intentó apartarlo para, en su lugar, colocárselas en el pecho y que sintiese lo mucho que le latía el corazón, y que, si estaba así, era por ella. No era algo que acostumbrara a hacer, pero intentaba capear un temporal desconocido. Nunca había dado con una mujer reticente a sus insinuaciones; de hecho, solían ser ellas las que casi se peleaban por hacerse ver y que les prestase atención. No solían echar a correr en dirección contraria.

Detuvo el beso a regañadientes y se fijó en la atractiva curvatura de los labios de la chica y en aquella pequita que tenía en la esquina de la boca y que tan graciosa y sensual le parecía. No pudo evitarlo y le dio un pequeño lametón, lo que la hizo temblar más de lo que ya temblaba.

—Me gustaría que respondieses a mi pregunta —dijo él fingiendo desinterés. Lo hizo de forma sutil, como si intentase hacerle creer que era una mera petición que se podía negar a contestar.

Evangeline entrecerró los ojos para decirle sin palabras que había entendido que se trataba de una orden.

—¿Por qué trabajas en ese bar cada noche? No hace más que consumirte y, además, tienes que aguantar que un montón de hombres te soben y a saber qué más —gruñó Drake.

A cada minuto que pasaba se enfurecía más, sobre todo al mirarla a los ojos. Pensar en que unos cabrones manoseaban noche tras noche lo que él había reclamado como suyo, que la humillaban, le ponía de los nervios y hacía que su genio, que ya era malo de por sí, se volviese aún peor.

—No es para tanto —dijo ella a la defensiva.

—¡Y una mierda! —exclamó él, sobresaltándola por su vehemencia—. Algunos de mis hombres pasaron toda la noche en ese lugar, y fueron testigos de la basura que tienes que soportar cada día. ¿Te acuerdas de ese gilipollas que no aceptaba un «no» por respuesta incluso después de que le dijeses que se fuese a tomar por culo?

Ella se sonrojó.

—No le dije eso.

—No, pero es lo que deberías haber hecho. ¿Recuerdas al hombre que apareció cuando las cosas estaban a punto de ponerse feas? Pues estaba ahí por mí, cielo, y créeme, las cosas se hubiesen puesto muy feas de no haber sido por mi escolta. El que te dio un billete de cien dólares, ¿sabes? Era de los míos. Piensa un poco. De entre todas las personas que había allí, ¿alguien más te ofreció su ayuda? ¿Qué hubiese pasado si ese escolta no hubiese estado en el bar?

Se sentía humillada, así que miró hacia otro lado para que Drake no se diese cuenta de que estaba llorando. No lo consiguió, y verla así le destrozó por dentro.

—Te lo devolveré —susurró—, no sabía que estaba todo planeado. No me lo merezco y me niego a tener dinero que me han dado por lástima.

Al verle los ojos, se encogió. Lo que le había dicho la había herido en su orgullo, eso a lo que tanto se aferraba, y, sin eso, ya no le quedaba nada. Mierda. No era su intención hacerla sentir así.

Evangeline empezó a rebuscar en su bolso. Unos cuantos billetes de veinte y otros más pequeños cayeron de él mientras se afanaba en encontrar lo que quería. Cuando lo hizo, le arrojó el billete de cien dólares, como si le quemase en las manos.

—No lo quiero y no pienso quedármelo. —El asco que sentía se le reflejaba hasta en los labios, y Drake tuvo que contenerse para no besarlos y que así volviesen a ser dulces y exquisitos como hacía solo unos minutos.

Entonces, soltó un improperio que la hizo encogerse. Recogió los billetes que habían quedado esparcidos por el suelo, los dobló con cuidado y se los metió en la cartera.

—Mis hombres se encontraban allí para comprobar si es una buena inversión. Sabes que está en venta, ¿verdad?

Ella abrió los ojos de par en par.

—No tenía ni idea. ¿Qué quiere decir eso? ¿Me voy a quedar sin trabajo? Ay, Dios… ¿Qué voy a hacer ahora, Drake? Puede parecer muy cutre, pero las propinas son buenas y gano más dinero ahí que cuando compaginaba dos trabajos donde vivía antes.

El miedo que se le reflejaba en los ojos era su perdición. Cuando dijo que llegó a compaginar dos trabajos, le dieron ganas de romper algo. Estaba convencido de que sus propinas estaban bien y de que eran mejores que las de las demás camareras de ese bar. Seguro que si la noche era buena, conseguía tanto como las chicas que trabajaban para él en la discoteca. Era inocente, dulce, tenía una sonrisa que podría iluminar una calle entera y era muy simpática. Por no hablar del cuerpo, sus ojos grandes y azules, su cabello largo y sedoso que cualquier hombre desearía acariciar, y ese culo. Dios. Vaya culo. Delicioso y lo suficientemente carnoso para que se le menease al andar y volviera locos a los hombres. Y luego estaban las tetas… Joder, podría pasar toda una noche pensando en sus atributos y al amanecer aún seguiría imaginándoselos. Lo tenía todo. Cuando los hombres hablaban con ella, pestañeaban para asegurarse de que era real, y, al comprobar que así era, se preguntaban cómo podía existir una mujer tan perfecta. El siguiente paso consistía en intentar acercarse a ella, en meterse en su cama, entre sus piernas, para siempre. No creía que nadie, salvo el gilipollas de su ex, fuese tan imbécil para dejarla escapar tras haber probado todo lo que podía ofrecer.

Tenía que parar porque ella lo observaba con curiosidad. Seguramente esperaba a que prosiguiese con lo que tenía pensado decir. Sin embargo, estaba demasiado ocupado ensalzando sus virtudes y rodeándola de señales de «No pasar» porque era suya y acabaría con cualquiera que intentase quitársela.

—No me estás entendiendo —dijo con toda la paciencia del mundo, aunque le entraron ganas de romper algo, dejarse de toda esa palabrería, llevársela a casa y encerrarla bajo llave—. Maddox era el único que te conocía y se quedó fuera para que no lo vieses y echases a correr. Mi escolta te dio esa propina porque así lo quería y porque creería que la merecías. No le dije que me perteneces.

—¿¡Qué!?

—Te lo preguntaré por tercera vez, Evangeline, y que sepas que no estoy acostumbrado a repetir mis preguntas. ¿Por qué narices dedicas tanto tiempo y esfuerzo a ese lugar? ¿Por qué aguantas a tíos que no te respetan y que te tratan como a un objeto, que te acosan y te manosean día sí y día también?

Ella suspiró y cerró los ojos poco después de que una lágrima le corriese por la mejilla.

—Necesito ese trabajo —dijo, casi sin voz—. No soy de aquí, de esta ciudad, quiero decir. Supongo que ya te habrás dado cuenta. Nací en un pueblo pequeño del sur y he tenido que trabajar toda la vida, desde que obtuve el graduado escolar. Tuve que dejar el instituto y nunca barajé la posibilidad de ir a la universidad.

—¿Por qué? —preguntó él con dulzura.

Ella prosiguió como si no le hubiese oído.

—Mi padre sufrió un accidente en la fábrica en la que trabajaba y, como consecuencia, tiene una discapacidad. El caso es que se negaron a pagarle la indemnización porque se inventaron un tecnicismo que aún no logro entender, y mi padre ya no podía seguir trabajando. Mi madre también tiene problemas de salud; él traía el pan a casa. Podría haber llegado más lejos —dijo con melancolía—, era buena estudiante. Me concedieron una beca de estudios para una universidad estatal, pero fue entonces cuando tuve que dejar el instituto; papá y mamá me necesitaban.

A medida que las piezas del puzle empezaban a encajar, Drake apretaba los labios cada vez más. Todo tenía más sentido que hacía un rato.

—Compaginaba dos trabajos y casi no llegábamos a fin de mes —añadió. Estaba claro que eso la avergonzaba.

Lo que Drake todavía no tenía claro era cómo lo había conseguido. La conocía lo suficiente como para saber que daría a sus padres todo lo que les hiciese falta, y que ella se quedaría solo con lo necesario para subsistir, que seguro que era muy poco.

—Mis compañeras de piso y yo fuimos juntas al instituto y luego seguimos en contacto. Ellas se mudaron a la ciudad porque querían salir de ese pueblo, conocer mundo, y no las culpo, pero yo tenía una responsabilidad —dijo elevando la barbilla y con determinación en la mirada—: mi familia. Ellos son mi prioridad, y no pienso fallarles. El caso es que Steph, una de ellas, me llamó y me dijo que necesitaban a una compañera más para un piso que no saldría caro si repartíamos el alquiler entre todas. Además, me aseguró que podrían conseguirme un trabajo en el que ganaría más dinero que en los del pueblo y en el que me darían buenas propinas. Por eso decidí mudarme aquí y envío dinero a mis padres cada semana. Lo que gano lo uso para pagar el alquiler y comer, pero todo lo que me sobra es para ellos, para que mi madre pueda cuidar de mi padre.

Drake estaba cada vez más enfadado y le dolía la mandíbula de lo que la estaba apretando para no interrumpirla. Esa situación estaba a punto de acabar, pero antes debía saber a lo que se enfrentaba, hasta el más nimio de los detalles.

—Cuando puedo, hago turnos extra —explicó—, y si tengo suerte, en vacaciones trabajo a tiempo parcial porque me permite enviar dinero extra a mi madre.

—Y, mientras tanto, no dejas de trabajar, te privas de muchas cosas y te expones al peligro. Además, ese trabajo en el bar es degradante. Los hombres piensan que tu cuerpo les pertenece y que pueden hacer con él lo que les venga en gana.

Evangeline levantó la vista al percibir el tono cortante de sus palabras y Drake pudo comprobar que lo miraba con perplejidad.

—Se acabó —exclamó él—. Necesitas a alguien que se haga cargo de ti por una vez en tu vida. Te vienes a vivir conmigo. Sobra decir que hoy ha sido tu último día en ese trabajo en el que los hombres te tocan y dicen cosas que no deberían decirse a las mujeres. Y puedes despreocuparte de tus padres porque sus problemas económicos se han acabado, y los tuyos, también.

Ella se lo quedó mirando boquiabierta con más asombro que antes, si cabe, como si intentase averiguar si todo eso lo había dicho en serio. Él le devolvió la mirada sin pestañear ni una vez, dándole a entender que no bromeaba.

—¿Estás mal de la cabeza? No me puedes decir que me venga a vivir contigo como si fuese algo inevitable.

—Es que lo es —replicó él con calma.

—¡Y una mierda! A ti… A ti te falta un hervor —balbució al mismo tiempo que alzaba las manos, como si se intentase arrancar el pelo por la frustración que sentía. Entonces, negó con la cabeza con gesto firme—. No voy a ser tu prisionera.

Él sonrió y respondió remarcando cada palabra que decía.

—¿Ah, no? Mi ángel, te puedo asegurar que, en lo que respecta a los prisioneros, nunca ha habido uno que haya disfrutado de caprichos como los que tú tendrás. Y también que no querrás escapar en cuanto pruebes un poco de lo que tengo pensado para ti. Pero debes tener en cuenta que puedo ser muy generoso, pero siempre pido recibir tanto como doy.

—Estás loco —susurró—. ¿Qué se supone que tengo que decir a mis amigos, a mis chicas o a mi familia? No puedo desaparecer de la faz de la tierra sin más; se preocuparían. Además, no puedo dejar a mis amigas colgadas con el alquiler porque no podrán pagarlo si yo no estoy. No es que gane mucho, pero ellas tampoco, y cuesta permitirse un piso de dos habitaciones, incluso entre cuatro.

—Me ocuparé de eso también. Les pagaré el alquiler para que puedan seguir viviendo allí aunque tú no estés.

Evangeline apretó los labios con fuerza.

—De eso, nada. No me vas a comprar ni a mí ni a mis amigas y tampoco voy a aceptar que me des dinero a cambio de sexo. ¡Eso me convertiría en una puta! En una prostituta. ¿Cómo podría mirarme en el espejo cada mañana sabiendo que soy el juguete de un hombre? Y un juguete al que pagan, para colmo.

Él se estaba enfadando otra vez y en esa ocasión no le apetecía contenerse.

—Nunca he tenido que pagar para follar; no me hace falta hacerlo. Te ofrezco regalos que espero que aceptes y por los que quiero que me compenses de forma creativa, como muestra de agradecimiento. Eres mía mientras dure este contrato y eso hará que tus amigas se vean en un aprieto. Aprieto del que soy responsable porque soy un cabrón y un egoísta por coger lo que quiero y no aceptar un «no» por respuesta. Me haré cargo de su alquiler porque mi egoísmo las pone en esa situación tan difícil y no quiero que pese sobre mi conciencia que tres mujeres se queden sin casa por mis exigencias.

—Oh —exclamó con voz queda. Luego, sacudió la cabeza—. Es una locura. Estas cosas no pasan en la vida real.

—En mi mundo, sí —dijo él. Parecía divertido.

—Solo hay un mundo —saltó Evangeline—, y todos vivimos en él.

—Quiero demostrarte que en eso te equivocas, mi ángel. Mi mundo, mis reglas. Una de ellas es que nadie se mete conmigo ni con lo que es mío.

—¿Eso soy? ¿Tuya?

—¿Ahora mismo? Sí.

De repente, Evangeline empezó a sentirse incómoda, y la preocupación y la inquietud se asomaron a su mirada.

—¿Qué me va a pasar cuando descubras que no soy para tanto y te canses de mí? —preguntó con toda la calma que pudo.

—Siempre cuidaré de ti, mi ángel; no soy tan cabrón. Aunque llegue un día en que ya no seamos compatibles, seguirás contando con mi ayuda. Si te preocupa que pueda acabar deshaciéndome de ti, como si no hubieses formado parte de mi vida, olvídate ya; eso nunca pasará. Te doy mi palabra.

Drake le levantó el brazo para cogerle la mano y se la rodeó con delicadeza hasta que la suya la cubrió por completo.

—Eres una chica preciosa que se merece que la vida la trate bien por una vez y yo voy a hacer lo que esté en mi mano para que te des cuenta de una vez. Cualquier hombre se moriría por estar contigo. Además, te atraigo igual que tú me atraes. Anoche ni me imaginaba que acabarías corriéndote en mi boca.

Se puso roja como un tomate y desvió la mirada de la de él apresuradamente; Drake, sin embargo, pasó la mano que tenía libre por la barbilla de ella, obligándola a que lo mirase.

—Estabas guapísima y ese toque salvaje me puso muy cachondo; ahora quiero ser el hombre al que obedezcas, el que te cuide, el hombre al que acudas. En definitiva, el hombre que te controle.

—¿Que me controle? —preguntó, incrédula—. ¿Tienes idea de lo ofensivo que es eso? ¡A mí nadie me controla!

—Yo lo haré. Te ayudaré a florecer, de eso que no te quepa duda. Y no habrá mujer más consentida y venerada que tú en todo el planeta porque yo siempre cuido de lo que es mío de todas las formas posibles. Tu felicidad, tu protección y tu vida van antes que todo lo demás.

Lo miró, aún desconcertada.

—¿Por qué haces esto por una mujer como yo? Podrías tener a cualquiera.

Se calló antes de poder terminar la frase. Las mejillas se le habían puesto coloradas, y había cerrado los ojos, avergonzada. Eso a él no le gustó nada; se vio obligado a soltarle la mano para no hacerle daño.

—Explica a qué te refieres con eso y ten cuidado con lo que dices y con cómo lo expresas, mi ángel, o me voy a enfadar.

Ella se señaló el cuerpo entero, como si eso lo explicase todo, y miró a Drake con cierto nerviosismo, incapaz de verbalizar lo que en su mente estaba tan claro.

—No tienes de qué avergonzarte —murmuró—, y conmigo, menos; no me gustaría. Quien eres y lo que eres, eso deseo y no la estúpida idea que tengas de ti misma. En cuanto veo algo, sé si lo quiero o no y a ti te quise desde que te vi por primera vez en la discoteca; si no te lo crees, es tu problema, joder, pero descubrirás que estás equivocada a su debido tiempo.

—Es imposible que pueda compensártelo —replicó, desesperada—. No estamos al mismo nivel; nunca podría devolverte el dinero del que estás hablando.

—Ahí es precisamente donde te equivocas —dijo él con una voz tan suave que la estremeció.

En ese momento ella parecía una presa acechada por Drake, su depredador, y estaba a punto de cazarla. No podía negar algo tan evidente.

—No hay nada gratis en esta vida —prosiguió él, aprovechando que ella se había quedado sin palabras y estaba reflexionando sobre las cosas que le decía—, y el precio eres tú. Toda tú me pertenecerás. Hasta el último palmo. Como ya te he dicho, yo llevo las riendas de mi mundo y tienes que seguir las reglas que en él imperan. Una de ellas es que exijo un control especial sobre las mujeres que pasan por mi cama. ¿Entiendes lo que trato de decirte?

—N… no —masculló. No entendía por dónde iba.

—Sí que eres inocente, joder —respondió él, pero sin alterarse.

Durante un instante se limitó a pasar el pulgar por la mejilla de Evangeline, y luego, con la yema, le rozó la curvatura de los labios. Fue entonces cuando se percató de que ella comenzaba a respirar a mayor velocidad y que volvía a temblar como antes, pero esta vez no era de miedo, sino de excitación.

—Dominio y sumisión total y absoluta, mi ángel. En general, pero sobre todo en mi cama. No me puedes decir que no. Lo que quiero, lo cojo; lo que quiero dar, lo doy. No puedes elegir, tan solo obedecer. Así de simple.

—¡Eso sería como si me violases! —exclamó, horrorizada—. ¡Como si no tuviese libertad para hacer lo que quiero!

Drake frunció el ceño para hacerle ver que eso no le había gustado.

—Me estoy cabreando. Vas a hacer lo que te ordene porque estoy seguro de que te va a encantar, desde la primera cosa a la última, y de que me suplicarás que no pare. En mi mundo, eres mía, y no habrá ni una sola parte de ese hermoso cuerpo que tienes que no vaya a pasar por mis manos para que la venere. No habrá ni una sola parte de tu cuerpo que no piense en follar. Aquella noche, sobre mi escritorio, eras como un regalo de la naturaleza, y ni una sola vez dijiste «no». Te pusiste a tono en cuanto te toqué y te volviste desinhibida y salvaje; desde luego, no se puede decir que te contuvieses.

El brillo de los ojos de Evangeline se apagó por la vergüenza que sentía.

—Mira, no debes avergonzarte nunca de lo que hagamos juntos. ¿Qué sentido tiene que conviertas algo tan espectacular en algo feo por culpa de la puta vergüenza? El tío que te montó un numerito y te hizo sentir que no eras nada era un cabrón y un gilipollas. Desaprovechó algo por lo que muchos hombres matarían y luego se deshizo de ello. Es un inútil que no sabía cómo tratarte, vamos. Lo que sí sabe es que es un despojo de persona y por eso hace cosas como denigrar a los demás, sobre todo a las mujeres: para no verse como un puto cobarde o como un mierda, pero eso es lo que es.

La mirada de Evangeline pasó del pudor al asombro, y miró

a Drake de tal forma que lo hizo sentir incómodo, como si fuese su puto héroe, y a él no le gustaba; no era un héroe, ni siquiera era buena persona. Solo un cabrón egoísta que haría lo necesario para que esa mujer fuese suya.

—No sé qué decir —murmuró ella.

Drake inspiró hondo. Iba a hacer una cosa que nunca antes había hecho: pedir.

—Dame una oportunidad, mi ángel —susurró—. Dame una oportunidad para que te pueda demostrar que todo lo que he dicho es verdad. ¿Me darás una oportunidad, al menos?

Ella se lo quedó mirando unos minutos. Se debatía entre la esperanza, el miedo… y la curiosidad. Entonces, cerró los ojos y cuando los abrió, la resolución los iluminaba como si de faros se tratasen.

—Sí —respondió en voz baja—. Debo de estar loca yo también, pero sí, te daré una oportunidad.

—A los dos —la corrigió él—; la oportunidad es para ambos.

Sin embargo, no parecía convencida del todo, como si se arrepintiese de haber seguido sus impulsos. Drake supo que era el momento de sacarla de allí y llevarla a su piso antes de que entrase en razón y saliese corriendo.

9

*D*rake no era ingenuo ni mucho menos ni sentía ni una pizca de remordimiento por haber sacado a Evangeline del Impulse para subirla a su coche antes de que la chica tuviera tiempo siquiera de pensarlo dos veces. Había pedido al chófer que los llevara a su casa sin demora, una orden que Brady acató al instante. Para satisfacción de Drake, el coche llegó en tiempo récord frente al rascacielos en el que tenía el ático.

Evangeline estuvo todo el trayecto a su lado, callada e inmóvil, como si se hubiera quedado congelada. Tenía los ojos muy abiertos, parecía que no conseguía asimilarlo todo por mucho que se esforzara. Aunque tal vez fuera porque estaba empezando a darse cuenta de la envergadura de la decisión que había tomado. Bueno, en realidad no le había dado opción porque no se lo había pedido, precisamente.

Sin embargo, no había conseguido tanto éxito en los negocios —ni en lo personal— por haber dudado ante una buena oportunidad para mejorar. Cuando Evangeline volviera más en sí, quería tenerla en su terreno, donde no pudiera huir. Sin escapatoria. No podía desplegar sus armas de persuasión si ella no estaba en pleno uso de sus facultades. Hubiera desaparecido si no se hubiera aprovechado rápidamente de la sorpresa y su aturdimiento momentáneo.

Si eso lo convertía en un capullo… Bueno, la verdad es que lo habían llamado cosas mucho peores. Al fin y al cabo, solo le importaba haber conseguido lo que quería.

Evangeline. Ángel. Su ángel.

En su piso. Su cama. Bajo su firme ala y protección durante tanto tiempo como se le antojara.

Por primera vez, no había impuesto un tiempo definido a

una relación. Ni siquiera pensaba que esto fuera algo casual. Se habían acabado los rollos de una noche o el fin de semana ocasional que pasaba con una misma mujer para saciar sus deseos hasta el lunes por la mañana, cuando empezaba su semana laboral.

Solo sabía que estaba allí con él a punto de entrar en su casa. Un lugar al que nunca llevaba a una mujer, a ninguna, y no tenía intención de dejar marchar a esta.

Frunció el ceño porque no sabía cómo interpretar aquella revelación repentina. No quería dar más vueltas al tema, conque dejó ese pensamiento a un lado para seguir reflexionando sobre ello en otro momento, bastante más tarde. Cuando se hubiera encargado de Evangeline y hubieran aclarado este asunto de su relación.

Él le abrió la puerta del coche y le tendió la mano. Se apartó un poco en la acera para ayudarla a salir y le pasó un brazo por la cintura. Ella no opuso resistencia. Entonces la llevó deprisa hacia la puerta y entraron en el recibidor. El portero del turno de noche les había abierto las puertas del ascensor.

Cortésmente, el portero extendió el brazo hacia el ascensor y murmuró un respetuoso: «Buenas noches, señor Donovan». Sin embargo, Drake reparó en cómo arqueaba una ceja cuando el hombre vio a Evangeline acurrucada a su lado.

Drake le lanzó una fría mirada que lo acobardó, mientras insertaba la tarjeta de acceso que lo conduciría a su planta. Estaba seguro de haber sorprendido al portero, ya que nunca llevaba mujeres a su casa, pero el hombre tendría que haber mostrado más discreción para que sus pensamientos no se reflejaran en su lenguaje corporal.

Cuando el ascensor empezó a subir, a Evangeline le flaquearon ligeramente las piernas y él se maldijo por dentro por esos zapatos que había tenido que ponerle a pesar de tener los pies hinchados. Pero él se limitó a agacharse y acariciar uno de sus delicados tobillos, haciendo caso omiso a su sorpresa cuando le levantó primero un pie para quitarle el zapato y luego el otro. Ella tuvo que agarrarse a su brazo para no perder el equilibrio.

Cuando ella fue a recogerlos, él se los colocó bajo el brazo antes de rodearle la cintura con el otro para tenerla bien sujeta.

—No volverás a trabajar con estos zapatos —le dijo secamente—. De hecho, no trabajarás más. Y solo llevarás los zapatos de tacón si sales conmigo o si quiero follarte con ellos puestos.

Ella se puso rígida y le brillaban los ojos cuando inclinó la cabeza para que sus miradas se encontraran. Abrió la boca para decir algo, pero justo entonces el ascensor se detuvo, las puertas se abrieron y Drake la hizo salir al vestíbulo.

Solo habían dado unos pasos cuando Evangeline se paró de repente. Él la miró, esperando la protesta que seguramente vendría. Tal vez hubiera vuelto en sí o hubiera recordado lo que quería decir, pero no se hubiera atrevido antes por lo abrumada que estaba. Pero ella se limitó a mirar con los ojos muy abiertos, aunque no a él. No le estaba prestando la más mínima atención.

Boquiabierta, miraba el enorme apartamento diáfano, tipo *loft*. Cuando por fin levantó la vista para mirarlo a los ojos, su mirada era de asombro.

—¿Este piso es tuyo? —preguntó en un susurro—. No sabía que hubiera pisos tan grandes en Nueva York.

A él le entraron ganas de darse una colleja. Si había tenido tanta prisa para traerla a su apartamento era porque no quería que ella se sintiera abrumada, pero, al parecer, ver su apartamento y estar en él la había dejado estupefacta.

Como no sabía qué más hacer o decir en ese momento, quiso estrecharla entre los brazos para reconfortarla, pero solo pudo rozarla, ya que los interrumpió el interfono.

Evangeline dio un brinco y se dio la vuelta como si esperara ver a alguien detrás. Drake estaba cabreado.

Se acercó en un par de zancadas a la pared donde estaba el interfono y pulsó el botón con fuerza.

—¿Qué? —bramó.

Hubo un silencio y luego se oyó la voz de Thane en la sala.

—Esto… Drake, será mejor que bajes. Tenemos un problema.

—¿Qué problema? —preguntó él en un tono gélido—. Creo que he dejado bastante claro a mis hombres que no debían molestarme bajo ningún concepto.

Thane suspiró.

—En cuanto te has ido, se ha presentado una mujer que

quería verte. Me ha dicho que, si no hablaba contigo inmediatamente, llamaría a la policía. La he traído para que calle de
una vez y no tengamos problemas innecesarios.

Se hizo otro silencio mientras Drake repasaba mentalmente su diccionario de insultos.

—Y Drake, lo mejor será que venga también Evangeline.

Antes de que él pudiera responder ante semejante estupidez, se oyó el chillido de una mujer y este hizo una mueca.

—Más vale que Evangeline esté con él para que vea si está
bien o juro por Dios que llamaré a la policía, denunciaré a
Drake Donovan por secuestro y pienso echar el piso abajo
para encontrarla si es necesario.

Evangeline suspiró, consternada, y cuando Drake se dio la
vuelta para mirarla vio que tenía una expresión avergonzada.
Era evidente que se sentía humillada, por lo que a Drake le entraron ganas de pegar un puñetazo a la pared. No era así como
tendrían que haber ido las cosas, y esto no iba a disipar los
miedos de Evangeline.

Cuando volvió a abrir los ojos, él arqueó una ceja con un
aire interrogativo. Ella se desinfló como un globo. Se tapó la
cara con las dos manos, como si deseara estar en otro lugar en
ese momento. Drake notó como ella se alejaba y empezó a notar algo parecido al pánico, y eso que él nunca sentía pánico ni
inquietud similar. Que pasara lo que tuviera que pasar. Pero,
en ese instante, se le cortó la respiración por el miedo.

—Es Steph —dijo en voz baja mientras se descubría los
ojos—. Es una de mis compañeras de piso. Y lo dice muy en
serio; no la conoces. Es capaz de llamar a la policía y mucho
más. Tengo que bajar.

—No sin mí —dijo Drake en un tono algo más agresivo de
lo que pretendía.

Volvió a pulsar el botón del interfono.

—Vigílala, Thane. Voy a bajar con Evangeline y espero
que Steph esté ahí cuando lleguemos.

Se dio la vuelta hacia Evangeline y le tendió la mano, esperando que ella la tomara. Sintió una satisfacción enorme al
notar el tacto de su piel, pero cuando le apretó la mano para
llevarla hacia el ascensor, notó que temblaba.

Intentó no fruncir el ceño para que no se asustara, la atrajo hacia sí y le rozó suavemente la barbilla con los nudillos para que lo mirara.

—No estás sola, mi ángel —murmuró—. Estaré a tu lado en todo momento. Solo tienes que decirle a tu amiga lo que quieres hacer.

Pero le ocultó que él también deseaba que se lo dijera en firme, porque no sabía si lo escogería a él. Podría pasar que su amiga la convenciera para que se fuese. Apretó la mandíbula al pensarlo. No pensaba dejar que se marchara. Valía la pena luchar por ella.

Con esa idea en mente, le lanzó una mirada inquisitiva que ella supo interpretar. Asintió con la cabeza: sí, estaba lista. Drake la arrimó más a él y le puso un brazo alrededor de los hombros al entrar en el ascensor.

Bajaron en silencio y Evangeline no levantó la vista del suelo en todo ese rato.

Mierda. Necesitaba tiempo, unos días, para poder enseñarle el mundo en el que estaba a punto de entrar. Pero no, justo habían entrado en el piso cuando había llegado su amiga, y eso la devolvió a la realidad.

En cuanto salieron del ascensor, Drake vio como una pelirroja muy decidida empezaba a acercarse; Thane iba detrás de ella con cara de cabreo. Ya eran dos.

—Evangeline, gracias a Dios —dijo Steph, que fue disparada hacia ellos.

Para sorpresa de Drake, Evangeline se le arrimó más como si buscara apoyo o consuelo.

—¿A qué debemos esta interrupción a estas horas? —preguntó él.

Steph entrecerró los ojos.

—Quería asegurarme de que Evangeline estaba bien. Al llegar a casa y ver que no estaba, hemos pensado que le había pasado algo malo.

—Bueno, pues ya ves que está bien —dijo con voz cansada—. Y ahora, si nos disculpas, ha sido un día muy largo.

Steph frunció aún más el ceño y lo fulminó con la mirada.

—Evangeline es perfectamente capaz de hablar por ella misma —le soltó, mordaz—. Me gustaría saber qué quiere y, a poder ser, oírlo de su boca.

Drake notó que Evangeline se ponía rígida y que a sus ojos se asomaba una expresión de vergüenza. Ya no había ese destello que la hacía tan fascinante. Maldijo entre dientes, dispuesto a terminar con todo aquello de una vez, pero Evangeline inspiró hondo y salió del cobijo de su cuerpo.

En ese instante, a Drake se le aceleró el pulso y tuvo que esforzarse por mantener el aire de indiferencia. No dejaría que nadie viera su dolor, incluso si ella decidía marcharse con su amiga.

—Como puedes ver, estoy bien —dijo con voz suave—. Siento haberte preocupado, pero te he llamado y he dejado un mensaje de voz diciendo que no volvería a casa esta noche. Os he enviado un mensaje a ti, a Nikki y a Lana. Y Drake ha enviado a Maddox para deciros que estaba bien.

—Sí, un matón a sueldo que parece recién salido del trullo —dijo Steph con la voz llena de rabia.

La mirada de Evangeline que antes demostraba vergüenza y derrota desapareció e, inmediatamente, irguió la espalda. Miró a Steph directamente a los ojos y sin acobardarse mientras se le encendían las mejillas, pero esta vez no era de vergüenza, no; su ángel estaba muy enfadada.

Él hizo todo lo que pudo para esconder su reacción, su sorpresa, y se obligó a quedar relegado a la figura de mero espectador y dejar que Evangeline librara sus propias batallas, a menos que viera que empezaba a claudicar. Sin embargo, ella lo sorprendió aún más: se plantó frente a su amiga para que no hubiera ningún malentendido posible. Le puso un dedo en el pecho y Steph se quedó estupefacta, como si Evangeline nunca le hubiera plantado cara, ni a ella ni a ninguna de las demás amigas.

—No te atrevas a hablar así de Maddox —le espetó—. Ha sido la mar de amable y paciente conmigo. Intervino en el Impulse cuando Eddie estuvo a punto de enviarme al hospital. Se portó como un caballero, con amabilidad y respeto. Me llevó a casa, se aseguró de que estuviera a salvo y me dijo que vendría la tarde siguiente a las siete porque Drake quería verme. Como tenía que trabajar, me esperó en el bar hasta que salí y me llevó al Impulse para ver a Drake, con quien hablé de una cuestión personal que seguirá siendo personal. No tienes derecho a juzgar a Maddox, a Drake o a Thane, que se tomó la molestia de avisarte de que estaba bien, cuando no tenías ni idea. Además, estás poniendo en duda mi sensatez, lo que quiero y lo que necesito, y te recuerdo que todo eso es cosa mía, no tuya. Yo no te digo a ti cómo tienes que vivir tu vida, Steph, y espero el mismo respeto a cambio.

Señaló a Thane, que la miraba con una expresión de sorpresa y también de aprobación. Orgullo, incluso. Levantó la vista hasta Drake como si le dijera: «Buena pieza te has agenciado». Drake se limitó a asentir.

—Te has presentado en el Impulse después de que te dijeran que estaba bien y lo que iba a hacer esta noche y además has amenazado a Thane para que te trajera a dondequiera que estuviéramos Drake y yo. ¿Te ha hecho daño? ¿Te ha amenazado de alguna manera? Porque me parece que te ha tratado con más respeto del que tú le has demostrado a él. Esperaba más de ti, Steph. Esperaba que confiaras en mis decisiones. No necesito tu aprobación ni el permiso de Lana y Nikki. Yo no me meto en vuestras vidas y vosotras sí lo hacéis en la mía cada dos por tres. Y que sepas que yo no quería ir al Impulse. Era el último sitio al que quería ir, pero vosotras tres me acorralasteis para que fuera y al final acabó siendo una noche humillante que nunca podré olvidar.

Se estremeció y se agarró los antebrazos como si le hubiera entrado frío de repente. Drake ya no se pudo contener. Dio un paso al frente, la abrazó y le frotó los brazos para hacerla entrar en calor. Y para que supiera que estaba allí, a su lado.

Parecía completamente desconcertado y perplejo por cómo Evangeline le había defendido a él y a Maddox. Sus ojos tenían una expresión distinta cuando miraba a Evangeline; tenían un brillo de respeto, y eso que él no respetaba a mucha gente.

Drake la admiraba aún más porque no se había equivocado con ella o, por lo menos, su instinto visceral había estado en lo cierto. Tras su apariencia femenina, delicada y dulce, se escondía una mujer con una voluntad de hierro y el empeño de no dejar que nadie —ni siquiera él— la pisara, por mucho que ella pensara lo contrario. Se creía tímida y débil, no le gustaban las confrontaciones y seguramente no las tuviera nunca, pero eso no quería decir que no supiera defenderse o luchar por lo que creía correcto. Él le dio un apretón cariñoso en el brazo; estaba muy orgulloso. También se sentía tranquilo, había escogido bien; no se había equivocado con ella.

Steph se había quedado boquiabierta tras el arrebato de su amiga. Miró a Thane y a Drake como si tuviera delante a dos asesinos en serie y luego volvió a mirar a Evangeline con expresión de incredulidad. Fue a responder, pero esta se le adelantó, aprovechando que tenía cierta ventaja.

—Estoy bien, Steph. Si ya te habían dicho que no volvería a casa esta noche, o esta mañana o lo que sea, ¿para qué has venido a montar la escenita? Ya os llamaré a ti, a Lana y a Nikki mañana o en un par de días para contároslo todo. Hasta entonces, me gustaría tener un poco de intimidad y que no vuelvas a montar un circo a estas horas de la mañana.

Steph la fulminó con la mirada, una que Drake pensó que solía intimidar a Evangeline en otras ocasiones, solo que esta vez, su ángel no parecía dejarse pisotear.

—Sí, hazlo —espetó su amiga—. Porque como no tenga noticias tuyas dentro de las próximas veinticuatro horas, volveré con la policía.

Furiosa, miró a Drake, que la observaba como si fuera un estorbo.

—Mira, no hay sitio en esta ciudad en el que puedas esconderte de mí, así que como se te ocurra hacerle daño a Evangeline, te cortaré las pelotas y haré que te las comas.

—Como eso no va a pasar, puedes ahorrarte la amenaza —dijo él en tono despectivo, un tono que le decía que ya era hora de que se fuera.

Drake lanzó a Thane una mirada de disculpa. Este articuló una palabra, pero Drake supo lo que acababa de decir y casi no pudo reprimir la risa. Thane había dicho «joder».

—Thane te acompañará a casa —dijo con voz formal Drake, que se mantenía frío y distante con esa mujer que había estado a punto de arruinarles la noche. Y bien podría haberlo hecho, porque no tenía ni idea de lo que le pasaba a Evangeline por la cabeza.

Para no dar más pie al drama o al teatro, Drake atrajo a

Evangeline hacia sí y la acompañó hacia el ascensor. Ella mantuvo los ojos cerrados durante todo el camino; y su rostro mostraba que se moría de vergüenza.

La hizo pasar a su apartamento y esta vez no le dio tiempo para pensar en lo grande y elegante que era su casa. La llevó directamente al dormitorio, donde ella empezó a temblar a su lado. Se le derritió el corazón; era una sensación incómoda y ajena a la que no estaba acostumbrado.

Parecía tan cansada, perdida y confundida que se limitó a acogerla entre sus brazos, lo que quiso hacer antes de que los interrumpiera su compañera de piso. Al principio la notaba tensa, pero como no hacía más que abrazarla y acariciarle el pelo de forma tranquilizadora, al final ella le rodeó la cintura con los brazos y se relajó.

Apoyó una mejilla en su pecho y él notó que suspiraba. Ese sonido conseguiría que cualquier hombre hiciera lo que fuera para hacerla feliz.

—Venga, prepárate para acostarte, mi ángel —dijo con brusquedad—. Estás cansada, te duelen los pies y estos dos últimos días han sido muy largos. Ahora mismo lo que más necesitas es dormir. Pero dormirás conmigo, en mi cama. Lo harás cada noche sin excepción.

Ella asintió lentamente y notó que su mejilla le rozaba el pecho arriba y abajo.

—No me malinterpretes —murmuró—. Nada me apetece más que pasarme la noche haciéndote el amor para que cuando te despiertes sepas a quién perteneces. Pero estás muerta de cansancio, y por ahora, tenerte mi cama, entre mis brazos, es mucho más de lo que haya soñado nunca.

10

*C*uando Evangeline se despertó, se dio cuenta de dos cosas. La primera era que Drake ya no estaba en la cama con ella y la segunda, que era ya media mañana. Seguramente era mediodía incluso, pero aún notaba cansancio y solo quería acurrucarse entre las sábanas para volver a dormir.

Se acomodaba para encontrar la postura más cómoda, se dio la vuelta hacia donde Drake había dormido y pasó la mano por la cama en busca de algún rastro de calidez que le demostrara que no había sido un sueño. Reparó en un trozo de papel doblado que llevaba su nombre.

Se incorporó, se sentó con las piernas cruzadas y cogió la nota, que abrió temerosa porque no sabía qué habría escrito. Al ver lo que decía, frunció el ceño.

Tus cosas están en el salón, ponlas donde quieras. Pero para que lo sepas, solo te he traído algunos recuerdos. He tirado la ropa, los zapatos y los accesorios. Uno de mis asistentes vendrá para llevarte a comprar todo lo que necesites, y espero que lo hagas, que compres todo lo que quieras. Mi asistente tendrá una lista de todas las prendas y accesorios necesarios. Cuando salgas, los dependientes de las tiendas ya habrán recibido mis instrucciones, así como tus medidas, y habrán seleccionado algunas prendas para que les eches un ojo.

¿Sus medidas? ¿Y qué le pasaba a su ropa? ¿Por qué lo había tirado todo sin consultárselo antes? ¡Qué derroche! Su ropa no era cara, pero había tenido que ahorrar para comprársela y nunca había podido hacerse un buen fondo de armario. Solo se compraba unos vaqueros, una camiseta o un par de zapatos cuando tenía los medios para hacerlo. Enviar dinero a sus padres era lo primero; su comodidad estaba mucho más abajo en esa lista de prioridades. Le dolía que, sin pensárselo dos veces, hubiera tirado esa ropa que tanto esfuerzo le había costado conseguir. ¿Qué más daba si la había comprado en una tienda de segunda mano o en las rebajas del centro comercial? Lo había pagado todo con su dinero, nadie le había regalado nada y ella se enorgullecía de eso. Sus compañeras de piso nunca habían tenido que pagarle su parte del alquiler, porque ya se aseguraba de que después de enviarle el dinero a su familia, tuviera suficiente para pagar el alquiler y la parte proporcional de la comida. También solía cocinar, así que no gastaba dinero comiendo fuera, lo que significaba que podía ahorrar más dinero para sus necesidades. Estaba claro que Drake se avergonzaba de ella, y eso la carcomía. Tenía su orgullo. Sabía que no era un bellezón y seguía sin entender cómo había acabado en su apartamento con instrucciones para que se comprara ropa nueva y renovara así su armario en el que una sola prenda seguramente costaría más que todo lo que Drake le había tirado con tanta despreocupación.

Se sentía… humillada.

Dio un brinco con el pulso acelerado cuando sonó un teléfono a su lado, en la cama. Buscó el origen del ruido, recelosa, y vio un móvil de última generación para el que debería ahorrar un año entero y supondría un gasto de lo más frívolo. Siguió leyendo la nota; Drake le decía que el teléfono era para ella y que la llamaría más tarde.

Cogió el móvil con cuidado para no equivocarse de botón y respondió con un «¿Sí?» vacilante. Él fue directo al grano, como si hablara de negocios.

—Justice va de camino. Puede que ya esté ahí. Él te llevará de compras.

Sintió una pizca de decepción al saber que no sería Maddox. Se había portado muy bien con ella y no la intimidaba tanto como algunos de los hombres con los que trabajaba Drake. Sacudió la cabeza; estaba loca. Todos eran peligrosos y unos completos desconocidos para ella, y aun así estaba dispuesta a confiar en ellos porque Drake se lo pedía.

Vaciló y se mordió el labio inferior, algo molesta por te-

ner que ir de compras. Si no era lo bastante buena para él tal
como era, no pensaba cambiar solo para cumplir sus requisitos. Fueran los que fueran, ya que no había sido precisamente claro.

Él reparó en ese silencio repentino, y Evangeline se preguntó si lo de leer mentes estaba también en su lista de lo-
gros. Parecía que no había nada que este hombre no pudiera
conseguir o hacer. El dinero, tener tanto dinero, parecía venir
con un conjunto de reglas y parámetros completamente distintos a los de los demás.

—¿Qué te pasa? —preguntó con voz suave, lo que sugería
que no le haría gracia ni la creería si ella se limitaba a contes-
tarle que no le pasaba nada o le decía que eran imaginaciones
suyas. Sería un insulto a su inteligencia.

Hizo un mohín; no quería contarle lo que la preocupaba.

En un hilo de voz, respondió:

—¿Por qué me has tirado toda la ropa, hasta la interior y
los zapatos? Si no soy buena para ti tal como soy, ¿por qué
quieres cambiarme y que sea alguien que no soy? No sería
real… A menos que sea eso lo que quieres y que todas las
mujeres hagan. Una mujer con la que jugar a los disfraces
como una muñeca y que sea lo bastante buena para que te
vean en su compañía. Estoy orgullosa de quien soy y también
de lo que soy —dijo con vehemencia—. He pagado por todas
las prendas que tú has tirado tan alegremente. Me gustaban
y, lo más importante, nadie me las ha comprado o me las ha
dado. He trabajado por todo lo que tengo y al tirarlo me estás
diciendo claramente que no soy lo bastante buena para ti y
que me envías a uno de tus gorilas para que vaya de compras
y no te avergüence delante de los demás.

Se hizo el silencio al otro lado de la línea y ella se puso
tensa porque casi podía notar su enojo por teléfono. Nerviosa, tragó saliva y cerró los ojos, pensando que tal vez se
habría enfadado tanto que se desentendería de ella y la dejaría volver a casa.

Sin embargo, él suspiró. Se lo imaginó pasándose una
mano por el pelo y apretando los labios en ese rictus que le
daba un aire tan intimidador.

—La ropa que tienes es una mierda. No me malinterpretes, con lo guapa que eres, todo te queda bien, a las demás nunca les sentará bien este tipo de prendas. No tiene nada que ver con que puedas avergonzarme, y ya te digo que aún menos con no ser lo bastante buena para mí. Tiene que ver con que eres mía ahora y me ocupo de lo que me pertenece. Lo que significa que todo lo que lleves, ya sean zapatos, vaqueros, vestidos y, sobre todo la ropa interior, lo pagaré yo. Quería tener un detalle contigo y necesitas ropa más bonita, no esos andrajos que habrás comprado en una tienda de segunda mano. Mi mujer nunca llevará nada que haya llevado otra persona. Y punto. Así que quítate de la cabeza esa tontería de que no eres lo bastante buena para mí o de que me haces pasar vergüenza o te aseguro que me voy a cabrear, porque es una tontería tremenda y no quiero que pienses en eso cada vez que te pongas algo que yo te haya comprado.

Boquiabierta, Evangeline se quedó inmóvil al borde de la cama. Por suerte, esta vez él no interpretó su silencio como enfado, como sí había intuido antes. ¿Cómo sabía ese hombre lo que le pasaba por la cabeza cuando no estaba a su lado ni podía interpretar su lenguaje corporal o sus expresiones faciales?

—Ahora tengo que colgar, me voy a una reunión importante. Justice debe de estar al caer, si es que no está ahí ya, será mejor que estés presentable porque no pienso dejar que otro hombre vea lo que es mío. Te llevará a comer y luego de compras. No quiero que pases hambre.

¡Y ella que creía que no podía estar más nerviosa!

—Necesito saber que me entiendes —dijo Drake impaciente—. Dímelo, mi ángel. Di que aceptas.

—De acuerdo.

Oyó la satisfacción en su voz.

—Ahora ve a vestirte para que Justice no vea lo que no debe y tenga que darle una paliza.

Pensaba que ya había colgado cuando oyó su última frase:

—Y que te quede claro: no quiero que rechaces ninguno de los artículos que te he pedido.

Evangeline colgó y dejó que el teléfono cayera en la cama, luego cogió la nota, que aún no había terminado de leer. Volvió a empezar por el principio y leyó las partes que le quedaban por leer. Al final, con esa letra tan característica de Drake, había escrito:

> Y llama a tus amigas para darles tu nuevo número de teléfono y que así mis hombres no tengan que traerlas aquí de nuevo a las cinco de la mañana.

Se echó a reír y se sentó acercándose las rodillas al pecho y abrazándose las piernas mientras miraba alrededor, maravillada. ¿Todo aquello era real? ¿Habría entrado en una madriguera y salido por una realidad alternativa?

Se quitó de encima esa sensación abrumadora de estar fuera de control y llamó primero a Steph, porque de ningún modo quería que la policía entrara en el piso de Drake para rescatar a una mujer secuestrada. Para su alivio, sus tres amigas estaban en casa, así que activaron el altavoz y no tuvo que repetir la misma historia tres veces.

En el tono más tranquilo y pausado que pudo, les explicó los acontecimientos que habían desembocado en su llegada al piso de Drake. Sus reacciones fueron explosivas.

—¿Te has vuelto loca? —chilló Nikki—. Vangie, pero ¿sabes algo de este tío? ¿Y si desapareces y no volvemos a saber de ti?

Ella suspiró.

—¿Es demasiado pedir un poco de confianza de mis amigas?

—Solo creemos que deberías darte más tiempo, tiempo lejos de él donde no te abrume tanto —dijo Lana con diplomacia—. Tienes que reconocer que es muy precipitado y nada propio de ti.

—Bueno, también fue precipitado ir al Impulse, pero no os importó obligarme a hacerlo —les espetó.

Hasta ahora, Steph había estado callada, y eso tendría que haberle dado a entender que lo peor estaba por llegar.

—¿Y cuánto crees que va a tardar este Drake en cansarse de ti y dejarte tirada? ¿Qué harás entonces, eh, Vangie? No puedes depender así de ningún hombre, sobre todo si tiene tanto poder.

A Evangeline se le partió el corazón y seguramente oyeron su grito ahogado, a juzgar por el silencio que siguió. Pero lo que le molestaba más era que Steph hubiera dado en el clavo, que hubiera acertado en esa inseguridad de no saber hasta cuándo duraría esto que tenía con Drake.

—Eso ha estado muy fuera de lugar, Steph —recriminó Lana, enfadada—. Te estás portando como una celosa y no es bonito. Déjala en paz. Nunca ha hecho nada para ella. Ya es hora de que lo haga y viva un poco.

—Tengo que colgar —susurró Evangeline—. Tengo que vestirme, que salgo dentro de diez minutos.

—Espera, no cuelgues aún —dijo Nikki rápidamente—. El inquilino ha venido esta mañana para darnos un recibo y un contrato de alquiler. Han pagado el alquiler de dos años por adelantado y en el contrato nos garantizan que no habrá ningún aumento durante los próximos diez años. ¡Es una locura!

—Drake no quería que mi marcha os supusiera un problema económico —explicó en voz baja—. Por suerte para vosotras, si me echa, aún tendréis un lugar en el que vivir por la cara y la garantía de que durante mucho tiempo no os subirán el alquiler.

Y dicho eso, colgó el teléfono, todavía molesta por el comentario de Steph.

11

*E*vangeline estaba como pez fuera del agua y lo único que quería era que se la tragara la tierra. Estaba muy cortada y aunque Justice, el canguro de turno, parecía un poco bruto, sabía perfectamente cómo desenvolverse en las tiendas más exclusivas; elegía o descartaba ropa como si tal cosa.

Evangeline se enamoró de un vestido reluciente que parecía sacado del mismísimo baile de Cenicienta; desde el momento en que lo tocó y sintió su tacto exquisito… hasta que vio lo que costaba y lo soltó como si quemara. ¡Madre mía! ¿Sería todo tan sumamente caro en esa tienda? ¡Un simple vestido costaba lo que ella ganaba en un año!

Se dio la vuelta, mordiéndose el labio, asombrada. Estaba fuera de su zona de confort, ese no era sitio para ella. Ella no pertenecía a ese mundillo y se engañaba si creía que podría llegar a formar parte de él.

Justice, tras observar la reacción de Evangeline con el vestido, buscó la mirada de la dependienta, que enseguida cogió el vestido más que dispuesta a envolverlo y a colocarlo al lado de las demás cosas que Justice había comprado para Evangeline.

Al principio, este se había preguntado qué narices le habría hecho a Drake para cabrearlo tanto como para tener que arrastrar de compras a una mujer que parecía no querer ni necesitar nada. Joder, no era la primera vez que le tocaba llevar de compras a una de las chicas de Drake, pero en los otros casos solo tenía que esperar y mirar como la susodicha caminaba por la tienda y elegía ropa a diestro y siniestro, dejándole a él la tarea de pagar. Esto ocurría en cuestión de minutos.

Pero para Evangeline parecía que fuera un suplicio, sobre todo desde que había visto el precio de aquel vestido que miraba con tanto detenimiento mientras acariciaba la seda de la que estaba hecho. Por el amor de Dios, ni siquiera era uno de los más caros. Menos mal que Drake había llamado antes a los de la tienda para facilitarles una lista detallada de los artículos que quería que le prepararan, para que él solo tuviera que pagar. Como Evangeline se enterara de lo que costaban aquellos vestidos, le daría algo.

Suspiró ante el día de mierda que le esperaba; ir de compras con una mujer solo podía empeorarlo. Lo que tenía que hacer por ese tío al que llamaba hermano... Aunque no sabía por qué, le estaba costando enfadarse con Evangeline; parecía diferente de las demás. Era la primera vez que Drake elegía a una mujer como ella y también era la primera vez que se comportaba de una manera tan sumamente posesiva.

En parte, entendía el motivo. Había algo especial en ella. Le costó saber lo que era, pero en cuanto se dio cuenta lo vio claro. No se trataba de la típica tía manipuladora dispuesta a sacar a Drake todo lo que pudiera durante el tiempo que estuviesen juntos.

Evangeline era inocente, ingenua y dulce hasta la médula; era auténtica. Era amable y, por lo que le había contado Thane, era leal e implacable al defender a los demás, incluso a aquellos a los que no conocía. Había echado una buena bronca a su amiga por menospreciar a Maddox y a Thane, lo que aumentaba en gran medida el respeto que sentía por ella. Mujeres como ella no daban la cara por alguien como él y mucho menos delante de sus amigas.

Pero según Thane, Evangeline había actuado como una leona al proteger a sus cachorros, se enfureció cuando su amiga prejuzgó a Maddox y a Thane y le bajó los humos diciéndole bien clarito que no le importaba un comino lo que ella opinara.

Era complicado no respetar a una mujer dulce y amable a la que parecía que se podía intimidar con facilidad, pero que sacaba las uñas para defender a cualquiera que recibiera un trato injusto.

A Justice nunca le impresionaron mucho las mujeres que

Drake frecuentaba. Tampoco le preocupaba mucho, ya que este nunca estaba con la misma más de tres o cuatro días, pero, a todas luces, parecía que Drake saldría con Evangeline una larga temporada. Nunca había vestido a una de sus mujeres de pies a cabeza. Normalmente les regalaba algo caro, casi siempre una joya, para después darles la patada. Justice notó como le crecía un extraño instinto protector y llegó a sentirse muy molesto ante la idea de que Drake la despachara sin piedad cuando se hartara de ella. Si no era capaz de ver la diferencia entre Evangeline y las demás putitas con las que se había enrollado, entonces era imbécil. Si se le ocurría dejarla, pensó Justice, él mismo estaría más que dispuesto a tratarla con el respeto y el cariño que merecía.

Antes de empezar con las compras, la había llevado a uno de sus restaurantes favoritos. Parecía tan incómoda en aquel restaurante lujoso como lo había estado en las tiendas de marca. Se pasó un buen rato repasando la carta, concentrándose tanto que parecía que le iba a estallar la cabeza. Cuando él se dio cuenta de que había elegido uno de los platos más baratos de la carta, ignoró su petición y le dijo al camarero que le trajera un bistec Wagyu. Evangeline, horrorizada, soltó un chillido y le dijo con un bufido que costaba doscientos dólares. ¡Un bistec! Justice se limitó a sonreír y le dijo al camarero que él quería lo mismo. A continuación, preguntó a Evangeline cómo quería la carne. Ella no contestó, ya que aún estaba asombrada por el precio, por lo que decidió no jugársela y lo pidió al punto para ella y poco hecho para él.

Cuando llegó la comida, Evangeline se quedó mirando el pequeño trozo de carne, mientras agitaba la cabeza en señal de desaprobación.

—Tú pruébalo —instó Justice—. Se deshace en la boca. Es la mejor carne del mundo, ya lo verás.

—¿Tan buena como para que cueste doscientos dólares? —espetó ella, escéptica—. Con estos doscientos dólares mis compañeras de piso y yo comemos durante un mes.

Él le contestó con una sonrisa y se dispuso a empezar su filete; observaba en silencio cómo ella cortaba con cautela una porción minúscula del suyo, como si la sola idea de consumir algo tan desorbitadamente caro le produjera repulsa. Cuando comenzó a masticar con delicadeza el primer bocado, se le cerraron los ojos y un sonido casi gutural escapó de entre sus labios, lo que hizo que Justice tensara la mandíbula y olvidara por completo su filete mientras veía la expresión de placer absoluto en la cara de ella.

—Madre mía —exclamó con un gemido—. Está delicioso.

—Ya te lo he dicho —contestó él con aires de suficiencia.

—Aunque no tan delicioso como para pagar doscientos dólares —masculló ella.

Él le respondió con una sonrisilla y continuó comiéndose su filete. Apenas lo saboreaba, lo que era un auténtico crimen, ya que estaba absorto con la primera experiencia de Evangeline con aquella carne espectacular.

Cuando acabaron, le dijo que iban a ir de compras, cosa que haría las delicias de cualquier mujer. Al menos de cualquiera de las mujeres con las que había estado Drake hasta entonces. Sin embargo, por la cara que puso ella parecía que fueran de entierro.

Ya casi habían terminado, solo les quedaba hacer una parada más.

A Justice casi se le escapa la risa cuando Evangeline se dio cuenta de que al siguiente establecimiento al que iban era una tienda de lencería. Pero no una tienda cualquiera, sino la que tenía los artículos más exclusivos, seductores y sensuales, que volverían loco a cualquier hombre.

Evangeline se ruborizó mientras miraba a Justice con ojos suplicantes y él mismo tuvo que masajearse el pecho para aliviar la sensación de desazón que le producía verla tan avergonzada.

—Puedes esperar fuera —susurró ella—. No hace falta que entres. Drake ha hecho encargos específicos en las otras tiendas, seguro que aquí también.

Y a continuación volvió a sonrojarse. Seguramente se acababa de dar cuenta de que Drake habría llamado a la tienda y le habría pedido a la dependienta lo que quería con todo lujo de detalles y ahora ella tendría que mirarla a la cara sabiendo que este habría sido muy explícito con sus deseos.

Le sonrió con ligereza mientras le daba unas palmaditas en los hombros.

—No tienes nada de lo que avergonzarte. Y sí, habrá un montón de cosas esperándonos en el mostrador. Mira lo que vamos a hacer. Yo me voy a la caja y espero mientras tú das una vuelta por si ves algo que te llame la atención. Cuando termines, traes a la caja lo que hayas cogido, te prometo que no miro. Lo pago y me doy la vuelta. Pero no puedo dejarte entrar sola en la tienda. Drake me cortaría las pelotas si te dejara desprotegida durante un segundo. Quiere que estés acompañada todo el rato.

Se puso roja hasta las cejas y a él le dio un vuelco el corazón al pensar que no era capaz de hacer tal cosa. Le acarició brevemente la mejilla.

—Conmigo no tienes que avergonzarte, Evangeline, no tienes por qué. Me gustaría que a partir de ahora me consideraras tu amigo.

Justice casi se ahoga con sus propias palabras. ¿Amigos? Estaba claro: había perdido el juicio. Él no tenía amigos, a excepción de aquellos a los que llamaba hermanos y desde luego no buscaba ser amigo de ninguna mujer. O bien las daba por perdidas, por ser unas zorras posesivas o se las llevaba a la cama y se aseguraba de que ambos disfrutaban a tope. Y ahora se veía balbuceando no sé qué hostias de ser amiguito de una chica a la que la mayoría se habría cepillado a las primeras de cambio. Aquello le iba a salir caro a Drake.

—Así que ve a ver si te gusta algo mientras voy recogiendo lo que haya encargado Drake y, como te he dicho antes, cuando termines, le entrego la tarjeta a la dependienta y me doy la vuelta. Te prometo que llevaré las compras al coche sin cotillear.

Ella le regaló una sonrisa que hizo que durante un instante se le parara el corazón. En ese momento fue aún más consciente de por qué Drake estaba tan fascinado con ella. Era una chica fuera de lo común, una especie desconocida dentro de los círculos en los que ellos se movían. Auténtica al ciento por ciento. Darse cuenta de eso lo dejó estupefacto. Comenzó a invadirle un sentimiento hasta ahora desconocido para él, los celos, que le oprimían el pecho. Se maldijo y maldijo a Drake y a la puta suerte que había tenido de haberla encontrado antes que cualquiera de los demás que trabajaban en el Impulse.

La miró mientras recorría dubitativa las estanterías, fiján-
dose bien en algunas prendas, que examinaba con más detenimiento antes de soltarlas como si dieran corriente al ver lo
que costaban. Justice miró a la dependienta y cuando Evangeline pasó a la siguiente sección, la dependienta cogió rápidamente aquellos artículos a los que Evangeline había dedicado
más tiempo, pero que no había cogido por su elevado precio.

La dependienta puso en una bolsa las cosas que Evangeline se había apresurado en descartar, por lo que no se enteró
de que las habían comprado. Después, calculó el total y tendió
el tique a Justice. Cuando terminaron, él se encargó de recoger todas las bolsas y acompañó a Evangeline hasta el coche
que los estaba esperando.

—¿Ya hemos acabado? —preguntó recelosa.

Justice le sonrió.

—Sí, ya nos vamos a casa.

La ayudó a acomodarse en el coche y después se dispuso a
rodear el vehículo para entrar por la otra puerta y sentarse
a su lado. Cuando se incorporaron a la circulación, Evangeline miró por la ventana. Parecía fascinada por la ciudad, casi
como si fuera la primera vez que visitaba Nueva York. No era
la reacción que se esperaba de alguien que trabajaba y vivía
en la ciudad.

Como si le hubiera leído el pensamiento, desvió la mirada
hacia él y le sonrió con timidez.

—No me hago a la idea de estar aquí —confesó mientras
movía la mano en dirección a la ventana—. No creo que me
acostumbre nunca.

—¿Cómo? —preguntó Justice.

—El ajetreo, la marabunta de gente, los rascacielos, las
tiendas, los coches, los edificios amontonados… Me recuerda
a cuando era pequeña y nos dedicábamos a destrozar hormi-
gueros; a las hormigas que salían corriendo como pollos sin
cabeza.

Él soltó una carcajada al percatarse del suave arrastrar de
las palabras del acento sureño. Le resultaba encantador.

—¿De dónde eres, Evangeline?

—De Misisipi —respondió con melancolía.

—¿Y cómo acabaste en Nueva York?

El dolor centelleó en sus ojos un momento y Justice se arrepintió al instante de haberle hecho aquella pregunta que, de entrada, parecía inofensiva. Ella se giró hacia el paisaje cambiante, a la vez que los cláxones y los ruidos de la ciudad los iban envolviendo.

—Necesitaba ganar más dinero para poder ayudar a mi familia —contestó parcamente.

Por la manera en que lo dijo, no daba lugar a más discusión, así que no la presionó, aunque se moría de curiosidad por saber por qué se habría mudado a Nueva York para ayudar a sus padres económicamente.

Por lo que él sabía, trabajaba a turnos en un bar de Queens. Tenía que haber mejores trabajos que aquel en Misisipi. Y al oírla hablar de su tierra, parecía que tuviera morriña y que no fuera feliz en la gran manzana.

Frunció el ceño. Le gustaría preguntar a Drake por el pasado de Evangeline, pero sabía que a él no le haría gracia. A Drake ni siquiera se le pasaba por la cabeza que alguno de sus hermanos intentara pisarle el territorio, porque lo que era de Drake, era suyo y de nadie más. Joder, si eran todos iguales. Puede que por esta razón todos los que trabajaban con o para Drake tuvieran un vínculo de unión tan fuerte. Tenían muchísimas cosas en común y sabían lo que querían. Querían privacidad por encima de todo y no tener que dar explicaciones a nadie, salvo entre ellos. Un acuerdo que funcionaba muy bien y que les proporcionaba múltiples beneficios.

De repente, se dio cuenta de algo: si Evangeline se enterara alguna vez de qué iban los «asuntos de Drake» seguramente saldría corriendo. A las otras mujeres que habían estado con Drake les importaba muy poco lo que hiciera, siempre y cuando sacaran algún beneficio. Sin embargo, Evangeline no parecía la típica mujer a la que se podía comprar con cualquier tontería. Era tan honrada que no se la podía imaginar haciendo la vista gorda ante un acto delictivo.

Las mismas cualidades que la diferenciaban de manera abismal de cualquier otra mujer que hubiera estado con Drake eran también las que podían hacer que la perdiera. Aunque, a juzgar por el historial de Drake, Evangeline no aguantaría tanto tiempo a su lado. Justice quería creer que duraría más que la mayoría, pero probablemente no lo suficiente como para hacerse a la idea de a qué se dedicaba Drake. Drake y todos los demás. Y se atrevía a afirmar que no aprobaría su manera de administrar la justicia. Joder, como se enterara de que su exnovio se estaba recuperando de una paliza, merecida, pero paliza al fin y al cabo, le daría algo, por mucho que lo odiara.

Él suspiró. Esta vez, Drake se había pillado los dedos. Evangeline no era como las demás y eso le acarrearía muchos problemas. Siempre y cuando no la dejara antes de que pudiera convertirse en un problema.

Evangeline no dejaba de lanzar miradas furtivas a Justice. Él no la quería mirar directamente para evitar una situación incómoda. Prefería estudiarla desde un segundo plano. En reiteradas ocasiones, ella tomó aire y abrió la boca, como si fuera a hablar, pero, después, parecía que se lo pensaba mejor y permanecía callada, mirando por la ventana.

Obviamente quería preguntar o decir algo, pero la frenaba su extremada timidez. No sabía por qué, pero eso le parecía encantador, aunque la idea de que ella le tuviera miedo no le gustaba tanto. Y ese pensamiento era de lo más paradójico, ya que al igual que sus hermanos, se esmeraba en infundir miedo y respeto a los demás. Pero de ahí a que la chica de Drake no se atreviera a decirle algo… Solo pensar en ello le revolvía las tripas.

—¿Evangeline?

Ella giró la cabeza con sentimiento de culpa y sus miradas se encontraron durante un instante, antes de que ella bajara nerviosa la cabeza y fijara la vista en el espacio vacío que los separaba.

Impulsivamente, él se estiró y la tomó de la mano, notando como ella daba un respingo en respuesta a su contacto. Intentó no reflejar su disgusto ante su gesto al darle un apretón para tratar de reconfortarla.

—Evangeline, mírame.

Aunque era una orden, su voz sonó suave y tranquilizadora.

Ella levantó la barbilla con cautela, de manera que sus

profundos ojos azules enmarcados por unas oscurísimas pestañas se encontraron con los de él.

—¿Me quieres preguntar algo? No muerdo. Bueno, a menos que me lo pidas con educación —añadió con media sonrisa.

Evangeline parpadeó, sorprendida por el comentario burlón y entonces, para sorpresa de Justice, se echó a reír.

Dios, en ese momento estuvo tan celoso del maldito Drake que estuvo a punto de decir al conductor que los llevara a su casa y una vez allí lo habría dado todo para que Drake Donovan fuese un simple recuerdo. Le diría a Drake que la señorita había cambiado de opinión. Justice se abofeteó mentalmente para quitárselo de la cabeza. Drake era su hermano, así como todos los que estaban a su alrededor. Pero si Drake se mantenía fiel a sí mismo y esto era solo una pequeña aventura, él estaría esperando en un discreto segundo plano. Aunque algo le decía que esta vez sería diferente y que Evangeline iba a marcar un antes y un después en la vida de Drake, aunque este no lo supiera.

—¿Evangeline? —insistió, al ver que no contestaba, aunque sus ojos brillaban con júbilo.

—Dígame usted… —Lo miró con expresión confundida.

—Llámame, Justice, anda —dijo él—. Ya que nos vamos a ver con frecuencia, dejémonos de «usted».

A la vez que sopesaba sus palabras, la alegría desaparecía de su mirada pizpireta y dio paso a la inquietud y a la confusión. No tenía ni idea del lugar que ocupaba en la vida de Drake. Este tendría que aclarárselo cuanto antes.

—Claro, Justice. ¿A qué hora llegará el señor Donovan, quiero decir Drake, a casa, es decir, a su apartamento?

La incertidumbre de Evangeline iba a acabar con él. Le entraron ganas de abrazarla para que se sintiera cómoda y segura, pero como lo hiciera, no podría asegurar que llegara al apartamento de Drake. Él lo mataría o, al menos, lo intentaría.

Siempre había creído que ninguna mujer valía la pena como para interponerse entre hermanos, pero en ese momento pensó que, en algunos casos, se podían hacer excepciones. Volvió a reprenderse mentalmente y dejó de hacer castillos en el aire.

—Drake llegará a las seis y me ha pedido que te diga que no tienes que preocuparte por la ropa esta noche, ya que tiene planeado que cenéis en casa.

Evangeline lo miró con una expresión de pánico y le soltó la mano. Comenzó a restregarse las manos de manera compulsiva. Se mordió el labio inferior con el cerebro a mil por hora.

—Necesito parar en un supermercado —soltó—. ¿Podría ser?

Justice se la quedó mirando, sorprendido por la petición inesperada y porque estaba visiblemente preocupada por algo. Él se encogió de hombros. Sus órdenes eran hacer feliz a Evangeline y permitir que hiciera lo que quisiera, siempre y cuando no fuera peligroso y él permaneciera a su lado. Apretó el botón del intercomunicador y le indicó al conductor que parara en el supermercado más cercano, para alivio de Evangeline. A saber qué le preocupaba tanto.

Unos minutos más tarde, habían parado frente a una famosa tienda *gourmet* conocida por la gran calidad de sus productos y la amplia gama de comida étnica. Evangeline prácticamente se tiró del coche en marcha —antes incluso de que a Justice le diera tiempo de rodear el coche y abrirle la puerta— para abalanzarse hacia la entrada. Tuvo que aligerar el paso para alcanzarla.

Cuando se puso a su altura, ella lo miró frunciendo el ceño.

—No hace falta que me acompañes, no tardo nada. Puedes esperarme en el coche, ya que imagino que hoy ya has sobrepasado tu cupo de compras.

Justice le devolvió la mirada a la vez que tensaba la mandíbula.

—Sí que hace falta.

Ella puso los ojos en blanco, claramente contrariada.

—Como veas —masculló mientras entraba.

Cogió una cesta para meter las cosas, pero él se la arrebató con diligencia, con lo que se ganó otra de sus miraditas reprobatorias. A continuación, hablando por lo bajo consigo, se dispuso a recorrer deprisa los pasillos, con cara de estar sumamente concentrada.

Justice se preguntaba a qué narices venía esa inesperada visita al supermercado, pero tras echarle un vistazo rápido se dio cuenta de que se encontraba al borde de un ataque de nervios y lo último que quería era que le diera un patatús. Así que se quedó calladito y la siguió por los pasillos, cogiendo las cosas que le daba y metiéndolas en la cesta.

Para su sorpresa, no elegía los artículos más baratos, sino los más caros y de las marcas más reconocidas. Los comparaba meticulosamente antes de decantarse por uno o por otro. En la carnicería, ella se concentró de tal manera en los productos que a él le pareció ver cómo le salía humo de la cabeza mientras se mordía el labio, pensativa.

Al final, se decidió por un pescado fresco y tras dar a Justice el paquete para que lo metiera en la cesta, se dirigió a la bodega.

Allí fue donde pasó más tiempo, estudiando y comparando las diferentes propuestas, hablando para sí. La mañana de compras había sido demasiado para ella, porque parecía que había perdido la chaveta.

Al final, eligió dos botellas: la primera era un vino tinto caro y la segunda un vino blanco igualmente caro y de calidad.

Después de esto, llegó a pensar de verdad que estaba perdiendo la chaveta cuando se tiró otros quince minutos en la sección de repostería. No pudo evitar echar un vistazo a la selección de ingredientes que Evangeline había elegido y se le hacía la boca agua solo de pensar en los distintos postres exquisitos que se podrían preparar con ellos.

—Ya está —dijo, aunque de nuevo torció el gesto al mirar al interior de la cesta, como si tratase de pensar si olvidaba algo.

A continuación se dirigió a la caja, donde Justice vació la cesta. Una vez que el cajero hubo pasado todos los artículos, Justice observó que Evangeline ponía cara de preocupación mientras se sacaba del bolsillo un fajo de billetes de veinte perfectamente doblados. Miró con ansiedad la pantalla que indicaba el total de la compra y el dinero que tenía en la mano, como si le preocupara tener suficiente para comprarlo todo. Contó los billetes con parsimonia y una sensación de alivio se dibujó en su rostro cuando supo que no solo le llegaba, sino que le sobraban veinte dólares.

Justice se puso muy serio y la cogió por la muñeca justo cuando ella iba a dar el dinero al cajero. Le lanzó una mirada reprobatoria mientras alargaba la mano para pagar con la tarjeta de Drake.

Evangeline no parecía muy contenta con su decisión, pero ni de coña iba a ser él el que le contara a Drake que su chica había intentado pagar una compra que ascendía a varios cientos de dólares. Una chica que vivía, o había vivido, en un apartamento cutre y tenía un trabajo de mierda que a duras penas le permitía llegar a fin de mes. Justice sabía lo que era el orgullo, como todos sus hermanos, y lo respetaba. Pero a Drake le sentaría fatal saber que su chica había apoquinado un montón de dinero, que obviamente necesitaba, para pagarle la cena a él.

Justice cogió las bolsas, negándose a que las cargara ella y ambos se dirigieron a la entrada.

—Tercos como mulas —murmuró—. Otro estúpido requisito más.

Al llegar al coche, el conductor le cogió las bolsas a Justice y este se giró hacia ella con una expresión interrogante.

—¿De qué requisitos hablas?

Ella se sonrojó como si la hubieran pillado haciendo algo malo. Estaba hablando para sí misma, no con la intención de que la escucharan.

—De los requisitos básicos para trabajar en el Impulse.

Justice arqueó una ceja.

—¿Cómo? ¿A qué te refieres exactamente?

—A ver, tienes que estar bueno y ser un malote para trabajar en el Impulse. Me explico, no hay nadie que trabaje en el Impulse que no sea despampanante o un chungo de cuidado y ahora mismo me acabo de dar cuenta de que hay otra condición indispensable para trabajar allí: ser cabezón.

Justice rio con ganas, echando la cabeza hacia atrás. Aún reía entre dientes mientras la acompañaba hasta la puerta del coche, sacudiendo la cabeza al sentarse a su lado.

—¿Ves? Otro requisito —masculló.

—No sé si quiero saberlo…

—Tenía en la lista el no sonreír nunca, junto con estar superbueno y ser un chungo testarudo, pero te acabas de saltar esa regla a la torera, así que supongo que podréis sonreír de vez en cuando.

A Justice volvió a entrarle la risa, mientras negaba con la cabeza.

—¿Podemos irnos ya a casa de Drake? —preguntó, exasperado.

Evangeline lo miró, contrariada.

—Si tuviéramos más tiempo, te haría ir de compras el resto de la tarde, solo por verte sufrir.

Él intentó contener la risa, pero le fue imposible. Le gustaba Evangeline y le causaba mucho respeto su capacidad de mantener la cabeza fría bajo presión, ya que era consciente de que el día se le había hecho eterno, por no hablar de lo mucho que detestaba que alguien le pagara algo.

—Ya lo harás, ya —dijo de manera afectuosa—. Ya lo verás.

—Eso espero —refunfuñó ella—. No me gustaría causar mala impresión a un malote testarudo y buenorro.

Él volvió a soltar una risilla y pidió al conductor que los llevara a casa de Drake. Para cuando terminó de dar las indicaciones, el tiempo para las bromas se había terminado y Evangeline permaneció el resto del viaje callada y taciturna; tiesa como un garrote. Parecía que la estuvieran llevando a la horca.

12

*D*rake detuvo el coche en el camino de entrada a su bloque de apartamentos, junto a la puerta lateral. Bajó enseguida y entró atropelladamente en el edificio. Mientras subía en el ascensor, se aflojó el cuello de la camisa, se quitó el abrigo y se lo colgó en el brazo.

Era evidente que estaba nervioso. Lo había estado todo el día, desde que había dejado a Evangeline en la cama por la mañana. Sentía una especie de crispación inexplicable, una necesidad imperiosa de consolidar su relación con ella y definir sus expectativas para que sus intenciones no pudieran quedar en entredicho.

Esta noche la haría suya, pero, primero, mantendrían esa conversación que había estado macerando todo el día en la cabeza y, luego, seguirían con una cena relajada e informal para darle tiempo a asimilar todo lo que iba a decirle. Y, entonces, la haría suya, la poseería. Le dejaría bien claro a quién pertenecía ahora.

Le sobrevino una intensa satisfacción y comprendió que jamás había sentido tantas ganas de estar con una mujer. Y justo por eso, era la primera vez que no había decidido de antemano cuánto duraría su aventura. Nunca empezaba una historia sin saber cuándo terminaría y, sin embargo, no había pensado en nada más que en ganarse a Evangeline y asegurarse de que no estuviera separada de él durante mucho tiempo.

A ver, ¿se estaba planteando una relación de verdad en lugar de un polvo rápido o una aventurilla? Puede que estuviera perdiendo la cabeza. Estaba seguro de que eso pensaban sus hombres y, tal vez fuera así, porque, desde que la vio entrar en el club, se le había puesto el mundo patas arriba y nada había vuelto a ser igual.

Cuando se abrieron las puertas del ascensor, se metió en su apartamento, inmediatamente giró la cabeza hacia la cocina y frunció el ceño. Un aroma delicioso le animó el olfato. Miró el reloj, seguro de que no se había equivocado de hora. Había salido del despacho para llegar a las seis en punto y había avisado a Justice. Qué raro que el servicio de reparto a domicilio hubiera cometido el error de entregar la comida antes de tiempo.

Tenía la velada planeada al milímetro y no le gustaban las interrupciones ni los giros inesperados.

Dejó el abrigo en el colgador al lado del ascensor y se dirigió a la cocina, pero, al ver a Evangeline manejando cuatro sartenes a la vez sobre los fogones, se detuvo de golpe. Era directo: nada propenso a medir las palabras, sobre todo cuando sus palabras bastaban para obtener resultados.

—Pero ¿qué haces? —le espetó.

Evangeline dio un respingo y casi se le cayó la espátula que tenía en la mano. Volvió la cabeza hacia él y lo miró con los ojos como platos, desconcertada. El intenso azul de sus ojos reflejaba claramente la confusión de ella, que le lanzó una mirada perpleja, como sugiriendo que no tenía ninguna razón para preguntárselo.

—Justice me dijo que llegarías a las seis, que no me arreglara y que cenaríamos en casa. Di por supuesto que querías que cocinara. Dijo que cenaríamos aquí —respondió ella, insistiendo, como si quisiera reafirmar que no había entendido mal lo que Justice le había dicho.

Drake le notó el temblor en la voz y suspiró, consciente de que el mensaje podría malinterpretarse. El punto de miedo y confusión de la mirada provocaron en él una respuesta instintiva, amable. No quería empezar la noche con mal pie. No cuando había tanto en juego.

—No tengo la menor intención de convertirte en una esclava doméstica, ni espero que cocines para mí. Tengo un servicio de reparto a domicilio que me trae a casa la comida más deliciosa. Vienen, me ponen la mesa y se van por donde han venido. Había programado la entrega para las siete. Tenía pensado hablar antes de cenar.

—Ah —murmuró ella.

Miró la comida que estaba preparando, se sonrojó y la vergüenza apagó el brillo de aquellos ojos azules. Ese simple gesto fue para Drake como si le hubieran pegado un puñetazo en el estómago y se sintió un verdadero imbécil por haber sido tan bocazas y haber soltado el discurso en tono de reprimenda. Ella no había hecho nada malo. En realidad, que le hubiera preparado una cena casera le había enternecido. Ni siguiera su propia madre, por poco que recordara de esa zorra, le había cocinado nunca nada.

—Lo siento —se disculpó ella en un susurro inaudible—. Puedo tirarlo. Lo entendí mal. Lo siento —repitió.

Drake se sentía como si le hubiera atizado una patada a un cachorrillo, y no era nada agradable. No quería herir sus sentimientos y menos cuando era obvio que se había esforzado mucho para prepararle una cena aparentemente suntuosa.

—Ni hablar —sentenció él—. Huele muy bien y la buena comida no se puede echar a perder. Llamaré al restaurante para cancelar el pedido. ¿A qué hora estará lista la cena?

Ella seguía sin mirarlo a la cara y cogió un cucharón para remover los ingredientes de una de las sartenes.

—Ya está lista. Solo la mantenía caliente para poder servirla cuando llegaras —respondió suavemente.

Drake comprendió que la charla tendría que esperar hasta después de la cena, ya que no quería empezar hiriendo los sentimientos de la chica y dándole un motivo para levantar un muro entre ambos. Aunque supiera a rayos, se lo comería todo y la felicitaría porque no quería humillarla.

Y volvió a recordar que había cocinado para él. Un gesto muy sencillo y, aun así, ninguna mujer se había ofrecido a cocinarle antes y mucho menos hecho el esfuerzo de tenerle lista la cena para cuando llegara de trabajar.

Se acercó a ella por detrás, le pasó los brazos alrededor del cuerpo y le pegó el pecho a la espalda. Se inclinó un poco, le rozó el cuello desnudo con los labios y sonrió al notar que le había provocado un escalofrío.

—Si sabe la mitad de bien de lo que huele, será excelente.

Ella se relajó contra su pecho y la tensión desapareció.

—¿Por qué no vas a ponerte algo más cómodo mientras llevo la cena a la mesa? —sugirió ella, con timidez.

Él le besó la nuca de nuevo, esta vez mordisqueándole la piel sedosa antes de separarse de ella para ir al dormitorio. De acuerdo, la conversación tendría que esperar hasta después de la cena, pero que hubiera cocinado para él significaba algo: que Evangeline no se rebelaba y que, al parecer, no había cambiado de opinión.

Se había esperado que Justice lo llamara y le diera el tostón por jugar a las niñeras pero, para su sorpresa, lo único que le había dicho después de dejar a Evangeline en el apartamento de Drake había sido: «Tienes una de las buenas, Drake. No la jodas».

Frunció el ceño. Se había percatado de la reacción de Maddox y también de la de Thane, al verla. Y era evidente que Justice también había caído preso de sus encantos. No estaba seguro de que le gustara el efecto que producía en sus hombres. Los tenía a todos comiendo de la mano y sospechaba que, si ella se echaba atrás y se largaba, alguno de ellos, o tal vez todos, le echarían el lazo. Vamos, apostaría lo que fuese.

Después de cambiarse y ponerse unos tejanos cómodos y una camiseta, volvió a la cocina y se la encontró colocando los platos sobre la mesa del comedor. Al oírlo, se giró con una mueca en los labios.

—No estaba segura de qué vino preferirías, así que he comprado tinto y blanco.

—Me gustan ambos; tomaré el que traigas —dijo él.

Ella abrió una botella, sirvió dos copas y se quedó allí plantada mirándolo con nerviosismo, como si no supiera qué más hacer.

—Siéntate —dijo él—. No queremos que se nos enfríe la comida.

Drake apartó una silla para que se sentara y después se sentó él en la de enfrente para poder verla y mirarla a los ojos. Ni siquiera se había fijado en lo que le había cocinado, pero ahora que observaba la comida presentada con tanta gracia, vio que era un filete de pescado cubierto de salsa. También había una patata y dos acompañamientos más que era incapaz de reconocer, pero todo tenía buena pinta y olía bien.

La presentación era digna de cualquiera de los restaurantes que él frecuentaba. Estaba acostumbrado a cenar bien, un capricho que nunca se negaba ahora que podía permitírselo. Lo de crecer pobre como las ratas y pasando hambre calaba en el alma de cualquier hombre. A los once años, a los pies de la tumba de su madre, se había jurado que no viviría como ella. Haría y tendría mucho más que ella. Y, sobre todo, jamás volvería a pasar hambre.

Aunque era tacaño cuando se trataba de negocios, lo que hacía que sus socios se burlaran de su ridiculez, no tenía escrúpulos a la hora de abandonarse a todo tipo de lujos personales, entre los cuales, cenar bien era el principal. Así pues, reconocía una presentación profesional en cuanto la veía y el plato de Evangeline parecía tan elaborado y artístico como los que le servían en sus restaurantes exclusivos favoritos. Solo quedaba por ver si el sabor se correspondía con el aspecto, pero, hasta el momento, estaba impresionado. Al parecer, su ángel era una caja de sorpresas. De repente, estaba impaciente por descubrir todos sus secretos, qué la motivaba, qué yacía bajo ese velo de dulce inocencia y esa aureola.

Evangeline empezó a juguetear con el tenedor y lo miró por debajo de las pestañas. Él pinchó el pescado, tomó un bocado y se quedó helado. Masticó y se apresuró a tomar otro bocado. No podía creer lo que estaba experimentando.

Entusiasmado por probar el resto de la ofrenda, pinchó los dos acompañamientos desconocidos con el tenedor y se echó hacia atrás con un gemido. Evangeline parecía asustada y Drake se dio cuenta de que ella aún no había probado su propia creación.

—Es increíble, Evangeline. Está fantástico. ¿Lo has cocinado tú? ¿Seguro que no me estás tomando el pelo y lo has pedido a domicilio? —bromeó.

Ella se ruborizó, pero le brillaron los ojos de placer ante el cumplido y, entonces, agachó la cabeza y asintió.

—Me encanta cocinar —dijo en voz baja y, acto seguido, levantó la cabeza y, al cruzarse las miradas, volvió a sonrojarse—. Se me da bastante bien, de hecho. En casa, me encargaba de cocinar; cocinaba para mis compañeras de piso, así no teníamos que comer fuera y podíamos ahorrar. Cuando era cría, me iba a la biblioteca a buscar libros de cocina y copiaba las recetas. No podíamos permitirnos la televisión por cable o por satélite, así que no veíamos ninguno de esos canales de cocina y tuve que aprender por ensayo y error. Es increíble la cantidad de comidas buenísimas que se pueden preparar con ingredientes baratos. El secreto está en los condimentos. Comer fuera era un lujo que no podíamos permitirnos. Hasta la comida rápida estaba fuera de nuestro alcance, así que, para ser sincera, cuando empecé a cocinar mejor, prefería mis propios platos que la comida grasienta para llevar.

Drake logró, a duras penas, evitar fruncir el ceño. ¿Cuándo había tenido tiempo Evangeline para vivir? De hecho, ¿había tenido una vida propia? Por lo que había podido deducir, lo había sacrificado todo por su familia, incluso había abandonado su hogar para ganar más dinero, pero había vivido en la miseria para poder mantener a sus padres. Y todavía no tenía ni idea de por qué sus padres no se las podían apañar solos. Ella le había contado que su padre había sufrido un accidente laboral, pero que la mutua se las había arreglado para no indemnizarle. Y ¿cuál sería la historia de la madre? Le enfurecía que una jovencita tan guapa, en plena edad de merecer, hubiera tenido que dejarlo todo y aplazar sus deseos y sus necesidades para partirse el lomo trabajando para otros. Pero eso la hacía especial. Su abnegación y generosidad superaban las de cualquiera.

—¿Cuántos años tenías cuando empezaste a aprender a cocinar? —preguntó, consciente de que no le iba a gustar la respuesta.

—Nueve —respondió ella, como si fuera lo más normal del mundo—. Mamá me ayudaba en lo que podía, pero para ella era más importante estar con papá, así que yo me hice cargo de la cocina y ellos hacían ver que no se daban cuenta cada vez que la llenaba de humo y corría por la casa abriendo todas las puertas y ventanas —añadió, con una carcajada.

Pero Drake no se reía. Estaba furioso. Nueve. Nueve años tenía cuando asumió el rol de cuidadora de sus padres. Tuvo que esconder las manos bajo la mesa para que no viera cómo apretaba los puños. Y la actitud de Evangeline hablaba por sí sola. No veía nada anormal en que una simple cría tuviera que convertirse en adulta y asumir una montaña de responsabilidades. No tuvo infancia. Como él, aunque las circunstancias eran muy distintas. Por lo menos, ella tenía comida que echarse a la boca y no se había quejado ni un ápice del trato que había recibido de sus padres. De hecho, cuando hablaba de su familia, se le endulzaba el rostro y se le llenaban los ojos de ternura.

Pero eso no quitaba que se le hubieran negado cosas que la mayoría de los niños daban por supuestas. ¿Había pensado alguna vez en tener una vida propia? ¿En hacer algo para sí misma?

Sí. Él se encargaría de eso. No podía cambiar el pasado de ninguno de los dos, pero, joder, podía asegurarse de cambiar el futuro de la chica para que no tuviera que seguir dejando a un lado sus necesidades para satisfacer a las personas a las que amaba. No podía hacerle grandes promesas, pero, al menos, esa sí. Nunca volvería a ser, voluntariamente o no, esclava de nadie.

Siguieron comiendo en silencio, mientras él se dedicaba a desentrañar el misterio de Evangeline Hawthorn. Y cada vez tenía más claro que era distinta a todas las mujeres que había conocido hasta entonces, pero no sabía qué hacer con esa idea. Ni con ella. Se encontraba en una situación que no había experimentado jamás.

A todas las mujeres que había tenido hasta entonces, fuera por mucho o poco tiempo, las había tratado con la misma funcionalidad. Jamás se había saltado un paso. Los repetía meticulosamente y sus esfuerzos siempre habían sido recompensados y recibidos con gusto.

Por primera vez en la vida, tenía dudas sobre cómo tratar a una mujer y reconocía lo irónico de la situación. Era obvio que no podía emplear la estrategia habitual con Evangeline porque ella no era como las demás. A otro hombre, tal vez le habría enervado, pero a Drake le movía un entusiasmo que no había sentido jamás.

Puede que esta se convirtiera en un gran reto para él: le encantaban los retos. Tenía que averiguar cómo tratarla. Qué le gustaba. Porque lo último que quería era insultarla o herirle el orgullo, y de orgullo no andaba escasa. La admiraba y la respetaba porque sabía perfectamente qué era el orgullo.

Sus pensamientos volvieron al momento en el que se había dado cuenta de que no había establecido un límite temporal a su relación con Evangeline... Sí, a la relación, un término que no había utilizado hasta entonces para referirse al espacio de tiempo que pasaba con una mujer. Porque si una cosa sabía con total seguridad era que aprender todo lo que había que saber sobre su ángel le iba a llevar más de unos días, unas semanas o incluso unos meses. Y esperaba con ansia cada momento.

Tras terminar el plato, se reclinó en el respaldo de la silla y fijó la mirada en lo que era suyo.

—Estaba magnífico, Evangeline, pero te equivocabas al decir que se te daba bastante bien. —Ella abrió los ojos como platos, pero antes de que pudiera llegar a una conclusión errónea, Drake continuó—: Eres una cocinera increíble. He perdido la cuenta de los restaurantes de cinco tenedores en los que he comido y esto ha sido lo mejor que he probado nunca. De hecho, que lo hayas cocinado solo para mí lo hace aún más especial. Gracias.

Se puso roja como un tomate, pero el cumplido hizo que le brillaran los ojos de alegría. Se le iluminó toda la cara y, por un momento, a él se le cortó la respiración ante tanta belleza radiante. Santo dios, ¿cómo podía haber llegado esa mujer a los veintitrés años sin perder la virginidad para perderla después con un gilipollas? Seguro que los hombres habrían estado intentando bajarle las bragas desde la adolescencia.

Pero, en realidad, ya sabía la respuesta a esa pregunta. Los hombres no habían entrado en los planes de Evangeline. Había estado demasiado ocupada cuidando de su familia y trabajando a todas horas para pararse a pensar en una relación.

Entonces recordó una de las razones principales por las que Evangeline no tenía experiencia y frunció el ceño. Ni siquiera sabía lo bonita que era porque creía que no era nadie, que no era nada.

Joder, aunque fuera la última cosa que hiciera, le iba a enseñar a verse tal como la veían él y el resto del mundo.

—También hay postre —anunció ella—. No hay buenas comidas sin postre. Como tenía poco tiempo, solo he podido improvisar algo sencillo, pero puedes escoger entre una *mousse* de chocolate casero con nata montada o *cupcakes*.

—Las dos cosas —replicó él sin dudarlo un instante.

Ella se rio.

—No sé, pero no te imaginaba de los que comen *cupcakes* —dijo ella, en tono divertido.

—Si tiene azúcar, me gusta.

—Espera a probar mi tarta de barritas de chocolate y tofe —dijo con voz sugerente—. Es un pecado.

—Estoy deseándolo —dijo él en un tono ronco que sugería que había otras cosas que deseaba.

Ella sonrió, se alejó deprisa y volvió con dos *cupcakes* y dos cuencos de cristal artísticamente decorados con espuma de chocolate sobre una elegante bandeja plateada. Drake miró ambos postres, consciente de que si estaban a la altura de la cena, iba a gemir de gusto.

Y no lo decepcionaron.

—Me vas a malcriar —dijo, mientras apartaba los platos y cogía la servilleta para limpiarse las migas que, sin duda, tenía en la boca.

—Pues no tanto como tú a mí —apuntó ella con énfasis.

—Bueno.

Evangeline se levantó sonriente aún y empezó a recoger los platos vacíos, pero Drake frunció el ceño, la cogió de la muñeca y la detuvo.

—Déjalo —dijo—. La señora de la limpieza vendrá por la mañana. Para eso le pago. Tú y yo tenemos cosas de las que hablar.

La repentina mirada vacilante de Evangeline hizo que a él se le tensara el pecho de una forma muy desagradable. Le soltó la muñeca con un gesto exagerado, se levantó, le ofreció la mano y esperó a que ella decidiera cogerla voluntariamente. Se sorprendía de sus propias acciones. Nunca había permitido a las otras que marcaran el ritmo o que tomaran la iniciativa. Era un hombre decidido. Implacable, incluso. Pero allí estaba, esperando a que una mujercilla confiara lo bastante en él como para cogerle la mano.

Con todo, cuando los dedos suaves como la seda de ella se deslizaron con confianza entre los suyos, se sorprendió al verse feliz por haber esperado y no haber tomado la decisión por ella. De algún modo, había conseguido mucho más que el simple hecho de que decidiera ir con él, ya no le quedaba ni rastro de aprensión en los ojos.

La llevó a la sala de estar y la acomodó en el sofá. Se acordó de repente de la cajita que llevaba en el bolsillo del pantalón y la cogió sin soltarle la otra mano. Se la ofreció sin mediar palabra. No era en absoluto sentimental y ñoño y siempre dejaba que los regalos hablaran por sí solos. Siempre le había funcionado.

Pero ella miró el paquetito envuelto con estupefacción y levantó la mirada hacia él.

—¿Qué es esto, Drake?

Él curvó los labios en una media sonrisa.

—Ábrelo y lo descubrirás. ¿No suele hacerse eso con los regalos?

En lugar de lanzarse a rasgar el papel, como habría hecho la mayoría de sus conocidas, ella siguió mirando el regalo con estupor y tocó el lacito y el papel de colores con aire reverente. Dios, ¿nadie le había regalado nada antes? No, no quería conocer la respuesta. Solo conseguiría cabrearse más.

—Me da pena estropearlo —dijo ella con voz ronca—. Es demasiado bonito.

Estaba empezando a sembrar el desconcierto en él y ni siquiera le había hecho saber que era suya y solo suya. No estaba seguro de qué iba a suponer eso en el futuro y no podía afirmar que le gustara.

A pesar de ello, sonrió con satisfacción y sintió algo parecido a un alivio en el pecho. Tenía el móvil apagado, algo que nunca hacía, y sus hombres tenían órdenes estrictas, con amenaza de desmembramiento, de no interrumpirlo como la noche anterior. Dios, que esa noche iba a dejar las cosas claras entre él y Evangeline aunque se abriera ante él el mismísimo infierno o los arrasara un tsunami.

Ella comenzó a desenvolver el paquete con cuidado para no rasgar el papel. Pasó la uña por debajo de la cinta adhesiva y la fue levantando hasta que pudo sacar la cajita sin dañar lo más mínimo el papel. Tocó el lazo un momento, como si disfrutara del satén tanto como él al saborear el tacto suave de la piel de ella.

Tenía la cajita en el regazo y la miraba fijamente como si no supiera por dónde seguir. Entonces, tomó aire y Drake vio que no lo soltaba de inmediato.

—Ábrelo, mi ángel —la instó con una voz ronca que se le hizo extraña.

Ella levantó la tapa con los dedos temblorosos y se mordió el labio, perpleja, al descubrir que dentro había otra caja, uno de esos estuches de terciopelo de los joyeros. Puso la cajita boca abajo y la sacudió un poco hasta que el estuchito le cayó en la palma. Entonces, le dio la vuelta y lo abrió por delante con el pulgar.

—Oh, Drake —susurró.

Al levantar la mirada hacia él, tenía los ojos empapados de lágrimas y estaba muy nerviosa. Pero ¿qué…?

—No tenías que haberlo comprado. Es demasiado caro —explicó, con voz temerosa.

Pero recorrió con el dedo el delicado colgante en forma de ángel del collar que brillaba en el interior del estuche.

—¿Te gusta? —preguntó él, ansioso.

—Me encanta —respondió ella, sin dudarlo—. Nunca me habían regalado algo tan bonito.

El dolor que traslucía su voz provocó el mismo efecto en el pecho de él.

—Entonces, no ha sido tan caro.

—Pero, Drake, apenas me conoces —protestó ella—. No tienes por qué comprarme regalos.

—Y tú no tenías por qué cocinar para mí —replicó él—. Y lo has hecho.

Parecía perdida, como si no supiera qué decir.

Drake sabía que, si tenía que esperar que ella sacara el collar para ponérselo, estarían allí toda la noche, así que tomó la caja de su regazo, sacó el collar de las fijaciones y le pidió que se diera la vuelta.

Ella se giró de inmediato y, de nuevo, él sintió que le asaltaba una satisfacción inmensa al ver que ella lo obedecía sin dudarlo. No era de las que podían o querían simplemente convertirse en la sumisa de alguien, lo que la hacía aún más deseable. No, era su sumisa. No iba a engañarse pensando que era una sumisa natural que reaccionaba así con cualquier hombre. No iba a dar por sentado que ella lo hubiera elegido a él, fuera consciente o no de eso, y sin duda, lo valoraba como el regalo precioso que era.

Cuando volvió a darse la vuelta, Evangeline bajó la mirada y posó los dedos en el collar que descansaba sobre su escote. Él había estado a punto de echarse a reír cuando ella le había soltado inesperadamente que era demasiado caro. Era el regalo más barato que le había hecho a una mujer y, sin embargo, era el más apropiado que podía haber escogido. Y, además, sabía que tenía que tratarla con cuidado. No se la podía cubrir de joyas y prendas llamativas. No necesitaba tales accesorios para brillar o resaltar su belleza. Su belleza no necesitaba adornos ni distracciones.

Le cogió la mano y se acercó para pegarse a ella, con los muslos rozándose y las manos descansando sobre la pierna de él.

—Tenemos que hablar de algunas cosas esta noche, mi ángel, pero primero quiero saber por qué te has enfadado esta mañana.

Ella levantó la mirada y lo miró, sorprendida, con los ojos llenos de confusión.

—Estabas molesta por algo cuando saliste a comprar —insistió con paciencia—. Y no tenía nada que ver con nuestra conversación telefónica. Me gustaría saber por qué.

Ella bajó la mirada, hizo un gesto nervioso y se le hundieron los hombros, bajo la atenta mirada de Drake, que observó cómo se le curvaban los labios en una mueca triste. Justice tenía razón y sospechaba que también sabía exactamente el motivo de la infelicidad de Evangeline.

—¿Tuvo algo que ver la llamada a tus amigas con el silencio y la falta de chispa en tus ojos? Porque, nena, brillas. Cuando eres tú, brillas. Pero cuando algo te preocupa o te entristece...

Drake se maldijo en silencio al ver que se sonrojaba y le temblaban los labios. Trató de girar la cara para ocultarle su reacción, como si eso fuera posible. Ella no engañaba a nadie. Bastaba con mirarla para saber lo que estaba pensando o sintiendo. Menos mal que era sincera por naturaleza, porque habría sido una mentirosa nefasta.

Drake le puso la mano bajo la barbilla y atrajo su cara hacia él, pero se le hizo un nudo en la garganta al ver las lágrimas brotar de aquellos preciosos ojos azules.

—Cuéntame —dijo él.

—Piensan que he perdido la cabeza —confesó ella, con voz fatigada—. Están preocupadas. Y no las culpo.

—¿Y? —instó Drake, seguro de que había algo más.

—Steph me dijo que era idiota por depender tanto de un hombre y me preguntó cuánto pensaba que ibas a tardar en cansarte de mí y darme la patada, y que entonces qué sería de mí.

Su voz denotaba una pizca de amargura que sugería que las crudas palabras de su amiga habían atizado la inseguridad que ya habitaba en ella. Si hubiera podido echar mano al pescuezo de Steph en ese preciso momento, se lo hubiera retorcido. Esa puñetera mujer ya le había causado bastantes problemas la noche anterior. ¿Y se hacía llamar amiga? Joder, con amigas como ella, ¿quién necesita enemigos?

—No tendría que afectarme tanto —se apresuró a decir Evangeline, mirándolo con aire preocupado, temerosa de que él pensara que solo quería que la tranquilizara—. Supongo que lo que más me molestó fue cómo lo dijo. Parecía... enfadada. Sarcástica. No lo sé. Incluso resentida. Como si las hubiera traicionado largándome. Y...

Dejó la frase a medias y agachó la mirada, roja como un tomate. Se mordió el labio. Era evidente que no tenía pensado contar tanto, pero él ya sabía lo franca y sincera que era.

—¿Y qué? —la animó con dulzura.

Ella suspiró.

—La noche que fui al club, todas, Lana, Nikki y ella, me empezaron a decir lo fantástica que estaba y lo idiota que había sido Eddie, que no sabía reconocer lo bueno aunque lo tuviera delante, blablablá. Me dijeron que no me doy cuenta de lo hermosa que soy. Y si Steph realmente piensa eso, entonces, ¿por qué asume automáticamente que un hombre como tú se cansará de una mujer como yo y se deshará de mí a la primera?

Drake tuvo que respirar hondo para recomponerse y controlar la ristra de palabrotas que amenazaban con abandonar su boca. Entonces, alargó el brazo, le rodeó la cara llorosa con las manos y fijó la mirada en esos preciosos e inocentes ojos.

—Supongo que detrás de esa afirmación había mucho más, mi ángel. Estoy seguro de que tu decisión de trasladarte las pilló por sorpresa porque siempre has sido su apoyo. ¿Verdad que sí? Seguramente siempre acudían a ti cuando les destrozaban el corazón o cuando alguien las cabreaba o tenían un mal día.

Con la cara lo decía todo. No era necesario que respondiera, así que Drake siguió:

—Estoy convencido de que se preocupa por ti, cielo, pero, escúchame y escúchame bien, porque no te va a gustar lo que te voy a decir, pero no por eso deja de ser verdad.

Los ojos de Evangeline se clavaron en los de él con un claro interrogante.

—Es una perra celosa.

Evangeline soltó un gritito ahogado y habría respondido para negar tal exabrupto, pero Drake deslizó una mano y apoyó el pulgar sobre sus labios para silenciar cualquier respuesta.

—No mentía al decirte lo bonita que eres y que tú no te das ni cuenta de ello. Sin embargo, si no sabes que eres guapa o no te haces la guapa, no supones una amenaza para ella. No dudes ni por un instante que por eso está muerta de envidia: tú estás en la posición que estás y ella está en la que está, y está celosa como una perra porque le gustaría estar en tu lugar. Me juego hasta el último dólar que habrá deseado mil veces no haberte dado ese pase vip para el Impulse.

Evangeline parecía dolida, pero también percibió que sus palabras estaban calando en ella. Era evidente que estaba dando vueltas y vueltas a lo que acababa de decir, repasaba toda la conversación hasta llegar a la misma conclusión que él.

Ella cerró los ojos y las lágrimas siguieron rodando por sus mejillas hasta empapar las manos de Drake. Él se inclinó hacia delante y comenzó a secarle las lágrimas a besos, de arriba abajo, primero una mejilla y luego la otra.

—Eso no significa que te odie —añadió con suavidad—. Me imagino que ya se estará arrepintiendo del arrebato y seguramente te pida disculpas, y tú, siendo como eres, las aceptarás, lo olvidarás todo y seguiréis siendo amigas. En un momento u otro, todo el mundo peca de celos y todo el mundo dice cosas que no quería decir o hace daño a alguien a quien quiere, pero eso no significa que no te quiera.

—Gracias —susurró ella.

Le acarició las mejillas con los dedos, disfrutaba solo con tocarla. Pero la conversación seguía siendo necesaria, porque el arrebato de Steph había sembrado la duda en la mente de Evangeline y él tenía que disiparla antes de que pudiera crecer y fastidiar algo tan bonito.

—Y ahora, empecemos esa conversación que quiero tener contigo. Quiero que me escuches con atención —dijo él, asegurándose de que entendiera la seriedad del momento—. Nunca te faltará nada. Siempre me haré cargo de ti. Y si te hace sentir más segura, lo arreglaré enseguida para que dispongas de medios económicos, incluso mientras estemos juntos. Si quieres quedarte en la ciudad, te compraré un apartamento, y si prefieres vivir fuera, te compraré una casa. Y todo irá a tu nombre, por supuesto. Además, mañana mismo abriré una cuenta para ti, a menos que ya tengas una propia, y depositaré dos millones de dólares en ella. Pero, mientras estés conmigo, no tendrás que gastar ni un solo céntimo de tu dinero. Yo compraré y pagaré todo lo que te pongas, todo lo que comas, todo lo que bebas y cualquier cosa que quieras. ¿Comprendido?

Evangeline se quedó totalmente paralizada. Tenía tal cara de pánico que parecía que la acabaran de amenazar de muerte. Se llevó las manos a los oídos.

—¡Basta! ¡Por favor, basta! No quiero un apartamento ni una casa, y mucho menos tu dinero. ¿Quieres hacerme sentir aún peor o qué? —Un escalofrío de repulsión le recorrió el cuerpo y parecía de nuevo a punto de llorar—. Suena tan ordinario y de mal gusto... —dijo con voz estrangulada—. Como si fuera una prostituta a la que hay que pagar. Estoy aquí porque quiero, Drake, no porque quiera aprovecharme de ti o sacarte dinero. Solo te quiero... a ti. Que pienses eso...

Se echó a llorar, se tapó la cara con las manos y empezó a sacudir los hombros entre sollozos.

Drake se cagó en Steph, en sí mismo y en la mierda de situación. Sabía que Evangeline no era como las demás mujeres que había tenido y la había tratado como si lo fuera. El intento de asegurarle que jamás se vería en una situación desesperada, aunque no estuvieran juntos, se había torcido horriblemente. No estaba acostumbrado a las mujeres como ella y no tenía ni idea de cómo actuar.

La abrazó y la estrechó muy fuerte contra su pecho, profundamente conmovido por el apasionado estallido de la chica. «Yo solo te quiero a ti». ¿Cuándo le había querido alguien a él como hombre, por sí mismo y no por lo que tenía? Estaba tan sorprendido que no sabía cómo reaccionar.

—Lo siento, mi ángel —se disculpó, tosco—. No pretendía que sonara como ha sonado. Solo quiero que te sientas segura conmigo y que no te vayas con las manos vacías. Te juro que no quería ofenderte. Ha sido una estupidez decírtelo, sobre todo porque sé perfectamente que no eres una cazafortunas que quiere chuparme la sangre. No he pensado lo que estaba diciendo. Solo quiero que sepas, que creas, que me aseguraré de que siempre estés atendida. ¿Confías en mí lo bastante para creer en mi palabra?

Ella se apartó despacio de su pecho, con el brillo de las lágrimas en los ojos, pero lo miró directamente, como si estuviera valorando su sinceridad y sus intenciones. Nunca se había sentido tan escrutado. Ni tan impotente. No había nadie en el mundo que pudiera mirar fijamente a Drake Donovan para hacerlo sentir ni un ápice de remordimiento y compasión. Excepto ese bello angelito, al parecer. Sabía que ella era mucho mejor persona que él, pero él no era lo bastante bueno para dejarla marchar.

—Me explicaste lo que significaría estar contigo. Que sería tu sumisa. Que me controlarías. En todos los sentidos. Y no me deja alternativa, pero no he podido decir que no. Y me asusta, Drake. No voy a mentirte. Nunca he dependido de nadie. Solo de mí. Es lo mejor. Nadie puede hacerme daño si no le concedo poder sobre mí. Por favor, no te lo tomes como que no confío en ti, aunque, por Dios, no confiar en ti sería lo más razonable, teniendo en cuenta que no hace ni cuarenta y ocho horas que nos conocemos. No estaría aquí si no confiara en ti, al menos de forma intuitiva, y tal vez eso me convierta en la boba ingenua que todo el mundo me dice que soy. Necesito saber más. Quieres que me someta, que te conceda todo el poder sobre mí. ¿Cómo funciona eso exactamente? Quiero decir... ¿Qué vas a pedirme? Tengo que saberlo todo o me asustaré como una tonta imaginando la peor situación posible.

—No quiero que me tengas miedo, mi ángel —replicó él con suavidad—. Eso nunca. No te haré daño. Tengo normas y unos requisitos muy exigentes que pueden parecer extremos, pero que en mi mundo son solo males necesarios.

La cara de ella denotaba una ligera confusión.

—No quiero que te sientas atrapada, pero entiendo que la vida conmigo será un gran cambio para ti y que necesitarás tiempo para adaptarte. A todas horas, y eso significa que cada vez que salgas de este apartamento o vayas a alguna parte sin mí, tendrás a uno de mis hombres detrás de ti. Al de más confianza. Estarás protegida en todo momento.

Ella abrió los ojos, alarmada, pero él prosiguió antes de que pudiera asustarse más de lo que ya estaba.

—Te pediré que estés disponible para mí a cualquier hora. Habrá veces que querré que me acompañes cuando salga. Cuando esté en casa, estarás junto a mí. Cuando no estés conmigo, querré saber en todo momento dónde estás y con quién. No me gustará que te olvides de informarme de tus planes.

Ella tragó saliva con inquietud.

—Ya he informado a tu jefe de que no seguirás trabajando allí.

Paró de hablar al ver que ella abría la boca y le lanzó una mirada de advertencia que silenció la protesta que se le formaba en los labios.

—De tus amigas ya me he ocupado también. Tienen el alquiler pagado hasta dentro de dos años y tengo por escrito la garantía de que el dueño no les subirá el alquiler durante los próximos diez. Y mañana, tendrás que darme el número de cuenta de tus padres y el código de transferencia para que pueda transferirles los fondos necesarios para que no tengan que preocuparse por el dinero y tú no tengas que volver a partirte el lomo nunca más para ellos.

Evangeline apretaba los dientes con fuerza y temblaba de pies a cabeza, aunque Drake fue incapaz de determinar si era de rabia o de emoción. Teniendo en cuenta el orgullo que gastaba, tenía serias dudas de que fuera lo último y la práctica seguridad de que era lo primero.

—Tú entraste en mi mundo porque quisiste, mi ángel —añadió con suavidad— y, por lo tanto, te acogiste a mis normas y a mi modo de funcionar. Te prometí que te cuidaría y que jamás te faltaría de nada: eso es extensivo a las personas que te importan.

Las lágrimas le brillaban con intensidad en las pestañas negras en tremendo contraste con su pelo color miel y sus impresionantes ojos azules.

—Es fácil ver lo que saco yo de este trato —dijo ella, con la voz estrangulada—, pero ¿qué sacas tú, Drake? Porque desde mi punto de vista, tú no tienes las de ganar de ningún modo. De hecho, no veo que saques nada de nada, así que ¿por qué lo haces?

—Por ti, mi ángel. Te tendré a ti. Toda para mí. Y, créeme, estás muy equivocada en eso de que tú te llevas la mejor parte. Tal como lo veo, siempre estaré tratando de compensarte porque tenerte vale mucho más que todo el dinero del mundo.

Se fijó en la mirada contrariada de Evangeline y en cómo se le erizó de golpe el vello de los brazos.

—Solo tienes que ser tú misma, cielo, y por lo que he visto hasta ahora, eso no va a ser un problema para ti, porque eres incapaz de fingir o ser falsa. Y siendo tú, serás mía, y yo siempre protejo y cuido lo que es mío. Entrégame tu cuerpo, tu sumisión, tu obediencia, tu confianza. Entrégate a mí y todo irá bien. Te lo prometo.

—No sé qué decir —replicó ella con impotencia.

—Ya has dicho bastante. Me has dicho que sí. Has confiado en mí y, para ser sincero, ya hemos hablado bastante esta noche. Ahora mismo, te voy a llevar al dormitorio y te haré mía.

13

$\mathcal{D}$rake se puso en pie y, con un simple gesto, le pasó los brazos por debajo del cuerpo, la levantó sin esfuerzo y se la llevó en volandas al dormitorio. La tendió en la cama con tal veneración que a ella se le hizo un nudo en la garganta. Él se tumbó sobre ella y fundió los labios con los suyos en un beso largo y apasionado de los que te dejan sin aliento.

Solo le liberó los labios para recorrerle la mandíbula hasta la oreja con una lluvia de besos para mordisquearle la piel sensible y provocarle una sucesión de escalofríos que le recorrieron el cuerpo. Entonces, le lamió el lóbulo y, atrapándolo entre sus dientes, empezó a chupar y a apretar lo justo para que el deseo le recorriera la columna.

Volvió a incorporarse, se colocó frente a ella y, en cuanto sus miradas se cruzaron, ella distinguió con claridad la fogosa intensidad de la mirada oscura de Drake.

—Eres preciosa, mi ángel, y antes de que acabe la noche, no solo lo notarás, sino que lo sentirás.

Ay, Dios. Ese hombre era tremendo.

Lentamente, como si ella fuera el objeto más preciado del mundo, la fue desnudando, prenda a prenda. Cada vez que le quitaba una, le hundía la boca en la piel para explorar la zona expuesta. Ella jadeaba y arqueaba el cuerpo por su tacto y aún no estaba desnuda del todo.

Al notar que le desabrochaba el sujetador, la asaltó un instante de pánico. Sus pechos eran... del montón. No eran firmes y no darían el pego si no fuera por el sujetador que se los subía. Se lo había comprado solo porque en su trabajo, enseñar los pocos atributos que tenía le daba ventaja. No estaban flácidos, pero eran normales y un poco blandos. En fin.

—¿Qué te está pasando por la cabeza ahora mismo? —murmuró Drake, quien le clavó la mirada.

—No querrás saberlo —musitó ella.

—Deja de pensar —ordenó en un tono tan firme que la hizo temblar.

A él, le brillaron los ojos y ella vislumbró la primera muestra del hombre dominante al que se había entregado.

—Solo siente —añadió él, suavizando la voz de macho alfa dominante hasta convertirla en un ronroneo.

—De acuerdo —susurró ella.

Drake bajó la cabeza y ella aguantó la respiración, esperaba, anhelaba, moría porque llegara el momento en que le rodeara el pezón con los labios. Lanzó un gemido de placer y frustración cuando, en lugar de eso, le paseó la lengua por el pezón ya rígido, lamiéndolo para endurecerlo aún más. Acto seguido, giró la cabeza y otorgó al otro pezón la misma atención con movimientos lentos y calculados.

Dios, no llevaban ni dos minutos con los preliminares y ya había demostrado ser muchísimo mejor que Eddie, cuya idea de los preámbulos era morderle los pezones dolorosamente, meterle los dedos a lo bruto y después abrirle las piernas y meterse dentro de ella cuando aún no estaba en absoluto preparada para él.

Sabía que si Drake le abría las piernas y la penetraba en ese preciso instante, la encontraría húmeda y más que preparada.

Por fin, se cumplió su deseo y Drake le rodeó el pezón con la boca. Primero chupó con suavidad y, después, más fuerte tirando rítmicamente de él hasta hacerle perder la cabeza.

—Oh, Dios, Drake, tienes que parar. Por favor, para.

Sabía que eso no tenía sentido, pero estaba casi delirando de éxtasis y él solo le había besado los labios, el cuello y los pechos.

Él se rio entre dientes y su aliento vibrante hizo que el pezón se endureciera más aún.

—¿Qué ocurre, mi ángel? ¿Paro o no paro?

—No lo sé —se lamentó ella—. No sé qué hacer, Drake. Ayúdame, por favor.

Él levantó la cabeza y la miró a los ojos con una expresión sombría y sincera.

—Confía en mí, nena. Yo siempre te sostendré. Siempre te guiaré. Siempre te mostraré lo que debes hacer. Tú solo déjate llevar y confía en que te llevaré al final.

Ella le atrapó la cara con las manos y levantó la cabeza para besarlo. Su primer ataque.

—Ya lo hago, Drake. Madre mía, ya lo hago, de verdad. Me siento segura contigo. Nunca me había sentido tan segura.

Los ojos de Drake se iluminaron con fuerza y Evangeline supo que le habían gustado sus palabras, que era justo lo que debía hacer y decir.

—Túmbate, mi ángel, deja que te haga el amor. Tenemos toda la noche y pienso aprovechar el tiempo para complacer a mi dama.

Ella cerró los ojos para ocultar la emoción que sentía. En ese momento, se sentía deseada. Amada. Como si importara. Como si no fuera una más, una del montón. Drake la hacía sentir tan especial que no tenía palabras para describir lo apreciada que la hacía sentir. Ningún hombre la había mirado como él. Ningún hombre había luchado por ella, ningún hombre se había plantado a su lado para protegerla. Era más de lo que esperaba de la vida y se sentía total y completamente superada.

—¿Estás conmigo, nena? —susurró él—. Te quiero aquí conmigo todo el tiempo.

—Oh, sí, Drake. Estoy aquí. No querría estar en ninguna otra parte que no sea aquí y ahora.

Drake se estremeció sobre ella y se levantó lo justo para quitarse la ropa. Ella observó con descarada admiración su belleza. Paseó la mirada desde los hombros hasta el amplio pecho y el abdomen firme donde lucía una deliciosa tableta de chocolate. Pero cuando sus ojos siguieron bajando hasta el pelo púbico que le cubría la entrepierna y vio la enorme y turgente erección de Drake, se le abrieron los ojos como platos.

Eddie no era precisamente un hombre pequeño y le había hecho daño al penetrarla, pero... ¿Drake? ¡Hacía que Eddie pareciera un niño! Tragó con nerviosismo y valoró si Eddie le había hecho daño —y mucho— y el miembro de Drake era mucho más grande, ¿cómo puñetas iba a poder soportarlo?

Tenía la polla hinchada y erecta, apuntando hacia el ombligo, casi en paralelo contra el abdomen. Según sus cálculos, debía de medir unos veinte centímetros por lo menos y no quería ni pensar en lo gruesa que era. Estaba segura de que iba a ser imposible.

Pero le fascinaba la masculinidad pura de Drake. Su pecho ancho y musculoso. Sus muslos fibrados y sus voluminosos bíceps. Estaba levantado sobre ella, con su más de metro ochenta, haciéndola sentir como un ser delicado y muchísimo más pequeña. Podría aplastarla como a un gusano si se lo propusiese.

Tal vez no fuera demasiado buena idea. Su iniciación en el sexo había sido un desastre y el hombre que estaba a punto de hacerle el amor era mucho más grande que su primer amante.

—Ángel, mírame —dijo en un tono amable que no conservaba nada del ademán dominante anterior—. No te haré daño. Por favor, no me tengas miedo. Hasta ahora, solo has experimentado lo malo y yo ahora voy a darte lo bueno. Me has dicho que confiabas en mí, pues confía en mí para que esto sea algo bueno para ti... para los dos.

Sus palabras llegaron como agua de mayo para llevarse todos sus miedos y temores.

—Lo siento —dijo ella, intentando cambiar la mueca por una sonrisa—. No soy precisamente experta, pero sé que la tienes más grande que la media.

Vaciló un instante y aguantó la respiración, mientras ponderaba si arriesgarse a arruinar un momento tan emotivo, pero él tenía que saber lo que le pasaba por la cabeza. Merecía saberlo. Había sido muy comprensivo y paciente. Le debía la sinceridad.

—La primera vez me dolió. Mucho. Y no era ni la mitad que la tuya. No es que no confíe en ti, es que me preocupa que no pueda encajarla físicamente sin que me duela aún más. Te deseo muchísimo, más que el aire que respiro, más de lo que he deseado nada en mi vida, pero te mentiría si te dijera que no me da un poco de miedo, porque quiero ser perfecta para ti, Drake. Porque tú eres tan perfecto...

La mirada de Drake se suavizó y ella soltó un suspiro de alivio al ver que no se había enfadado al mencionar a su primer amante en la cama. El beso de Drake era cálido y lleno de todo aquello de lo que Eddie carecía. Dedicó varios segundos a explorarle sin prisas la boca, lamiéndole suavemente los labios y deteniéndose en una de las comisuras en particular.

Al apartarse un poco, los ojos de él eran serios, pero estaban llenos de dulzura y sinceridad.

—El tamaño no importa, mi ángel. Lo que importa es que el hombre se asegure de que la mujer está preparada y, sí, a punto para recibirlo. Y te prometo que me aseguraré de todo eso antes de dar el paso final. Y si en algún momento hago algo que te lastime, pararé. De inmediato. Y espero que me digas si algo te hace daño, porque me cabrearía mucho que pensaras que tienes que aguantar algún dolor para complacerme. ¿De acuerdo?

Evangeline esbozó una sonrisa tan amplia que hasta le dolieron las mejillas, mientras las lágrimas le quemaban los párpados.

—Entonces, ¿podemos volver a la parte buena de verdad?

—Pensaba que no me lo ibas a pedir nunca —respondió él, con voz ronca.

Volvió a presionarle los labios con los suyos: le hizo el amor a su boca, besándola lenta y plácidamente, saboreando cada rincón de su lengua, absorbiendo su esencia, respirando su aliento, dándole el suyo. Y entonces, comenzó a bajar por su cuerpo, le dio besos y mordisquitos, y le chupó los pezones hasta volverla loca, cada vez más ansiosa.

A medida que iba hacia abajo, le plantó una mano firme entre los muslos para separarlos, Evangeline suspiró profundamente, recordaba aquella noche en su despacho, cuando él le había proporcionado el orgasmo más intenso de su vida solo con la lengua.

Con los dedos, Drake le recorrió el borde de los labios y los abrió con suavidad, dejando el clítoris y el coño entero a merced de su vista... y de su lengua.

Ella gimió profundamente. La primera vez había sido imperiosa, arrolladora, como una bomba al explotar. Esta vez, le dio lametazos, la relamió, la chupó y la calentó, sin dejar de succionar y prolongarle el placer durante mucho tiempo.

Entonces, le introdujo un dedo en la vagina, rozando suavemente las paredes, y siguió despacio hacia dentro, hasta que llegó al punto G, que hasta entonces ella había tenido por un mito. De repente, el dedo de Drake quedó empapado y soltó un gruñido satisfecho que vibró sobre el clítoris que estaba humedeciendo con la lengua.

Evangeline estaba a punto de llegar al orgasmo y quería que se lo metiera, cupiera o no. Se retorció con inquietud: le rogaba en silencio que la poseyera, que se hundiera tan adentro que dejaran de ser dos para ser solo uno.

—Un poquito más, ángel mío —murmuró él sobre el clítoris—. Quiero asegurarme bien de que no voy a hacerte daño.

Ella casi gritó: «¡Hazme daño! ¡No me importa! Solo acaba con este sufrimiento».

Él metió con cuidado un segundo dedo, la abrió más y comenzó a frotar hacia dentro y hacia fuera hasta que notó que estaba más húmeda. Entonces, retiró los dedos, acercó la boca y estrelló su lengua en la vagina. A punto estuvo de provocarle un orgasmo allí mismo.

Le recorrió los bordes del sexo, lamiéndolo y succionando, y luego le metió la lengua para saborearla de dentro afuera. Ella jadeaba y tenía el cuerpo entero rígido ante la expectativa de algo realmente extraordinario.

De repente, la lengua desapareció y una fuerte sensación de decepción pesó en la habitación.

Él la calmó con la mano.

—Un momento, mi ángel. Tengo que protegerte.

Un instante más tarde, le abrió aún más las piernas y se puso de rodillas, se agarró la enorme erección con una mano y siguió acariciando a Evangeline hasta que le pareció que ya estaba lista.

—Con suavidad y con calma —susurró—. No hay prisa. Si quieres que pare, me lo dices, pero iré despacio para darte tiempo a adaptarte.

Entonces notó la presión del glande redondo en la vagina e instintivamente subió las caderas, ansiosa por recibirlo más adentro, pero él se las sujetó con firmeza contra el colchón para evitarlo.

Entonces, se detuvo y la miró desde su posición de dominio, grabada con intensidad en cada facción de su rostro.

—Es tu primera vez, mi ángel. Esta es la que cuenta. Es tu primera vez conmigo: recibirás respeto y veneración, y tu gracia tendrá el mimo que debería haber tenido antes. Quiero que te olvides de todo lo que tuviste antes de mí. Es tu primera vez conmigo, y también es mi primera vez contigo. No creas que eso no significa nada. Lo significa todo.

Algo se removió en su interior, se le encogió el corazón y luego se le ablandó, abriendo un hueco que nunca antes había expuesto. Jamás había dejado entrar a nadie en él. La embargó la emoción y, aunque quería, fue incapaz de responder. ¿Qué iba a decir después de que le ofreciera algo tan especial como aquello?

A sí mismo. La absolución sobre lo que ella siempre había considerado el mayor error de su vida. Olvidado. Una vez entre sus brazos, aquello ya no existía. Él tenía razón. Era la primera vez que hacía el amor.

Drake empujó con suavidad y con una lentitud agónica. Y a medida que la iba penetrando, ella comprendió por qué se había tomado tantas molestias para prepararla. Aun estando mojada como estaba, no sabía cómo se las iba a arreglar para acabar de meterla. Drake se paró varias veces. Se quedaba quieto y le acariciaba el clítoris con el pulgar, provocándole espasmos que le envolvían la polla.

Evangeline no estaba segura de quién gemía, si él o ella misma, pero el rostro de Drake estaba compungido: tenía los ojos cerrados y la cabeza echada hacia atrás, como si estuviera experimentando el más dulce de los placeres, o el más intenso de los dolores. O tal vez ambas cosas. Le producía una satisfacción inmensa saber que ella, Evangeline Hawthorn, una mujer del montón sin nada especial, podía proporcionar un placer tan exquisito a un hombre tan guapo como él, que podía tener a la mujer que quisiera.

—Agárrate a mí, mi ángel —pidió con voz constreñida—. Rodéame la cintura con las piernas y levanta tu dulce culito para que pueda tener un ángulo mejor.

Ansiosa por cumplir sus deseos, hizo inmediatamente lo que le había indicado, se adelantó un par de centímetros y arrancó un jadeo placentero de la boca de ambos.

—Hazlo, Drake —susurró—. No me harás daño. Nunca. Tómame. Hazme tuya. Por favor. Te necesito tanto… Te necesito. Lo necesito.

Drake gruñó, como si estuviera manteniendo una lucha interior, pero, al parecer, el «Por favor» de ella, o tal vez que le hubiera dicho que lo necesitaba, le hizo perder el control y la arremetió con tal embestida que se la hundió hasta los testículos.

A ella se le salieron los ojos de las órbitas como si estuviera experimentando un bombardeo de mil sensaciones sobrecogedoras. Y ninguna era de dolor. Apretó las piernas alrededor de la cintura de él. Le clavó las uñas en los hombros. Se arqueó hacia arriba para tenerlo lo más adentro posible.

Aun así, él siguió metiendo y sacando a un ritmo lento, hundiéndola hasta el fondo antes de volver a retirarla, dejando solo la punta del capullo en su abertura, para introducirla de nuevo lánguidamente en lo más profundo de ella.

Evangeline no había experimentado nunca algo tan bonito. Y jamás volvería a hacerlo. Estaba tan segura de ello como de que el sol salía cada mañana. Su orgasmo florecía como una rosa abriéndose bajo un rayo de sol. Notaba la tensión de Drake sobre ella y sabía que él estaba tan cerca como ella. La noche que le había provocado el orgasmo en su despacho había sido un subidón rápido que había acabado en una explosión arrebatadora que la había dejado sin fuerzas. Esto era mucho más dulce, aunque no menos intenso y demoledor para sus sentidos. No solo era físico como la vez anterior. Había empezado a sentir con el corazón y no podía pararlo.

—Juntos —susurró ella—. Me falta muy poco, Drake. No podré… No aguantaré mucho más.

—Entonces, déjate llevar. Acabaremos juntos —le susurró él al oído.

El mundo se emborronó a su alrededor y lo único que siguió perfectamente definido ante ella fue la cara de Drake, que besaba con una pasión arrebatadora y la miraba con el brillo de la ternura. Al final, no pudo más y se aferró a él, lo envolvió con todo el cuerpo y empezó a romperse en mil pedazos, como una lluvia de estrellas en una noche clara.

Él soltó un grito ronco y, después, se dejó caer con delicadeza sobre ella, sin dejar de embestirla despacio hasta que, al fin, sus caderas se detuvieron. Ambos se quedaron quietos, callados y sin aliento, Evangeline no tenía palabras para describirlo. Era algo de otro planeta.

Ahora sabía cómo se suponía que tenía que ser y su único pesar era que Drake no hubiera sido el primero. Pero no. Él le había dicho que esta era la primera vez... Que él era el primero. Eddie estaba olvidado y no volvería a recordarlo. Ahora solo existía Drake.

—Vuelvo enseguida, mi ángel —susurró él—. Voy a quitarme el condón, pero no te muevas.

Como si pudiera moverse. Era como si se hubiera quedado sin huesos; no podía moverse aunque quisiera. Al instante, Drake volvió a subirse a la cama con ella y ambos se giraron cara a cara.

Él le puso la mano en la mejilla y la acarició suavemente.

—No siempre lo haré así, pero esta vez necesitabas que fuera así. Tal como tenía que haber sido tu primera vez, en lugar de tener a un gilipollas que te hizo daño y se llevó todo el placer sin darte nada a cambio. Tenía que haberte tratado con cuidado y ternura y hacerte el amor con sumo cuidado. Lo he dicho en serio. Quiero que consideres esta tu primera vez y que olvides a cualquier otro capullo anterior.

Por ridículo que pareciera, y teniendo en cuenta que, desde que lo había conocido, se había dedicado a volverle el mundo patas arriba, ese hombre tenía la habilidad de superar todas sus barreras y ponerlo todo en su sitio.

Cálida y satisfecha, se acurrucó entre los brazos de Drake; no pudo resistir la tentación de pasearle las manos por la musculosa superficie del pecho y del abdomen. Por encima de los hombros y los brazos bien definidos resultado de un entrenamiento estricto. No era de los que se pasaban todo el tiempo detrás del escritorio, disfrutando de la buena comida sin cuidar su cuerpo.

Acarició sus largos tirabuzones con la mano, sin dejar de detenerse de vez en cuando para darle un beso en la sien, en la frente, en los labios e incluso en los párpados.

Cuando remitió parte de la euforia, volvieron a la mente de Evangeline las palabras que él había pronunciado antes e inclinó la cabeza hacia atrás para poder verlo bajo la tenue luz de la única lámpara de la habitación.

—¿Drake?

—Dime, mi ángel.

—¿Qué querías decir?

La besó con suavidad antes de apartarse de ella.

—¿Sobre qué?

—Cuando has dicho que no siempre sería así. ¿Qué querías decir?

Le puso la mano debajo de la barbilla y su mirada se endureció.

—Ya sabes qué soy, qué quiero y qué espero.

Ella asintió.

—Solo quería decir que no haremos siempre el amor como esta noche. Me gusta la variedad en el sexo. Brusco, suave, duro, tierno. Con ataduras, con azotes, que te sometas completamente a mi voluntad, tener el control en todo momento. Me encanta el vicio. Me gusta saber que mi mujer está disponible para mí en todo momento. Y después de esta noche, no habrá más preservativos. Cuando me corra, será dentro de ti y no en una puta goma. Te daré los resultados de mis últimos análisis y programaré inmediatamente una cita con el médico para que te mande anticonceptivos.

Ella agachó la vista un segundo, pero él le agarró la barbilla y le levantó la cara, mirándola con curiosidad.

—¿Y si te decepciono, Drake? —preguntó ella, vacilante—. Ya sabes que no tengo experiencia y menos aún en tu... mundo. O en lo que esperas.

Él sonrió y volvió a besarla.

—Primero, me regocijaré enseñándote todo lo que tienes que saber para complacerme y también aprenderé lo que te complace a ti. En segundo lugar, mientras me des lo que me has dado esta noche, tu entrega, tu dulzura, tu sumisión completa, no me defraudarás. Cielo, tú brillas desde tu interior y eso es lo más bonito que he visto en mi puta vida. No me decepcionarás. Eso es imposible y punto. Por otro lado, casi seguro que yo sí te decepcionaré, te desesperaré y te haré cabrear a menudo. Soy un cabrón muy exigente y, a veces, mis peticiones serán extremas. Pero si te quedas conmigo, mi ángel, si te quedas conmigo y lo resistes, si no me retiras la confianza que has depositado en mí, te garantizo que gozarás del viaje.

14

De nuevo, al despertarse cómodamente acurrucada en la cama de Drake, Evangeline descubrió que él no estaba. Tal como había hecho la noche anterior, alargó la mano en busca de algún rastro cálido del cuerpo de Drake, pero, aparte de su huella en el colchón, las sábanas estaban completamente heladas.

Suspiró y se preguntó si aquel hombre dormía alguna vez. Era obvio que llevaba unos horarios poco usuales, aunque el día anterior había llegado a las seis de la tarde a casa. ¿Había hecho una excepción por ella? ¿O la excepción había sido que estuviera en su club a las cuatro de la mañana porque ella lo había hecho esperar?

Era un misterio. Pero después de esa noche y de haber consentido en... Bueno, no estaba en absoluto segura de dónde se había metido. Eso sí, él había sido muy claro con sus expectativas y el tipo de relación que tendrían, aun así tenía un millón de interrogantes dando vueltas en la cabeza. ¿Qué persona en su sano juicio no dudaría en la misma situación? Pero es que una persona en su sano juicio no estaría por segunda mañana consecutiva en la cama de un hombre al que apenas conocía, y mucho menos habría consentido someterse a él en todos los sentidos.

Su mano dio con algo duro entre las suaves y suntuosas sábanas que le hizo fruncir el ceño. Se incorporó en la cama. Tiró de las sábanas para taparse los senos y se rio. ¿De quién se estaba escondiendo? No había nadie.

Miró la caja con emoción, porque le pareció casi idéntica en forma y tamaño a la del regalo que había recibido la noche anterior. Se llevó la mano automáticamente al collar que él le había regalado y que aún llevaba en el cuello.

Se le encogió el corazón. ¿Sería otro regalo escandalosamente caro?

Había una nota al lado, pero no pudo evitar abrir primero esa caja, que parecía tentarla. Esta vez, echó mano deprisa al joyero y, al abrirlo, encontró un par de pendientes alucinantes con un diamante solitario.

Ay. Mi. Madre.

No podía apartar de ellos la mirada absolutamente perpleja. Eran enormes. No tenía ni idea sobre quilates, pero estaba segura de que aquello alcanzaba la categoría máxima de pendientes de diamantes. Nunca había visto pendientes con esos pedruscos tan grandes. ¿Y se suponía que debía ponérselos? ¿Y si se desprendía uno? ¿Y si los perdía?

Con esos pendientes, seguro que podía comprarse una casa entera en su ciudad natal. Hasta se sentía algo mal al tener algo tan caro entre las manos, así que los dejó a un lado y cogió la nota.

Jax irá a buscarte a la una en punto y te traerá al club. Ven vestida informal, pero tráete algo más elegante y atractivo para cambiarte después. Pasarás el día conmigo y esta noche volveremos tarde a casa. Espero que te gusten los pendientes. Tú ya brillas más que ellos por ti sola, pero quiero que mi ángel resplandezca. Comerás y cenarás conmigo.

Evangeline flaqueó. ¿La estaba poniendo a prueba expresamente al designarle un hombre nuevo cada día o solo le estaba presentando a todos los hombres que había insistido en que la acompañarían siempre que no estuviera con él?

Miró fijamente los diamantes brillantes y concluyó que tendría que ponérselos si no quería arriesgarse a hacerlo enfadar por rechazarlos. Rezaría para que no se le cayera ninguno y tendría cuidado de no extraviarlos al quitárselos al final de la noche.

Entonces, miró la hora y se puso nerviosa. Drake le había dicho que Jax, fuera quien fuera, llegaría a la una. ¡Ya era la una y diez! Jamás había dormido tanto. Incluso después de un turno largo, siempre se había despertado antes que las demás. Tenía demasiadas cosas que hacer, demasiadas responsabilidades.

De repente, le vino a la cabeza algo que había dicho Drake la noche anterior. Quería el número de cuenta y el código de transferencia de sus padres. Los tenía, por supuesto, pero ¿cómo iba a explicar esa repentina entrada de dinero en el banco? Nunca había mentido a su madre, pero valoraba la tentación dolorosa de inventarse algo como que le había tocado la lotería u otra excusa igualmente absurda.

Estaba al borde del ataque de nervios cuando oyó una voz a lo lejos:

—Evangeline, soy Jax. Drake quería que te recogiera a la una. Tienes que darte prisa. Al jefe no le gusta esperar.

Dio un respingo y a punto estuvo de gritar, pero se llevó la mano a la boca para no hacerlo. Tenía el corazón desbocado y sintió un inesperado pavor. Y entonces, se enfadó; estaba harta de oír que a Drake no le gustaba esperar.

—Dile a Drake que me tengo que preparar —gritó Evangeline, enfadada—. Estaré lista cuando lo esté, y no antes.

Obtuvo una profunda risotada masculina por respuesta.

A pesar del exabrupto, saltó de la cama y empezó a dar vueltas mientras intentaba decidir qué hacer primero. Una ducha. Vale. Después ya pensaría en qué ponerse. Ya se encargaría de sus padres cuando llegara al club, porque ahora no tenía tiempo para llamadas.

Se duchó en cinco minutos, se desenredó el pelo mojado a toda prisa y se lo secó tan bien como pudo con la toalla. Entonces, se dirigió al armario donde tenía todas sus cosas.

Informal. Muy bien, no había problema. Estaba muy puesta en el rollo informal. Con lo de elegante iba perdida. ¿Qué quería decir Drake exactamente con elegante?

Escogió unos vaqueros escandalosamente caros, pero que resultaron ser tan cómodos que hasta suspiró al ponérselos. Acto seguido, cogió el sujetador *push-up* de encaje que había elegido y se centró en qué ponerse arriba.

Los últimos días había refrescado, aunque el verano no había acabado de ceder el terreno al otoño, pero recordó que el despacho de Drake era como una nevera, así que escogió un suéter de cachemira de manga corta con un escote pronunciado que escondía discretamente lo que tenía que esconder.

En cuanto al calzado, se decantó por un par de zapatos planos brillantes a los que no pudo resistirse.

Entonces, recordó las instrucciones de Drake, corrió al dormitorio, desenganchó alegremente los pendientes de las sujeciones del estuche y se los puso. Nerviosa, se acercó al espejo para comprobar su aspecto y vio a una mujer a la que apenas reconocía. Iba despeinada y todavía tenía los labios ligeramente hinchados de los besos apasionados de Drake. Lo más evidente era el brillo en las mejillas y los ojos que delataban a una mujer muy satisfecha. Estaba casi... guapa. Entonces, se reprendió por seguir maravillándose con ese mundo de ensueño al que había sido transportada y se recordó que seguía siendo la misma Evangeline de siempre. La ropa y las joyas caras no iban a transformarla milagrosamente en alguien que no era, y era peligroso abandonarse a esa fantasía, aunque fuera por un segundo. Esos pensamientos acabarían por darle una bofetada de cruda realidad que la devolvería al mundo al que pertenecía de verdad.

Consciente de que no tenía mucho tiempo, se aplicó una somera capa de maquillaje y brillo de labios, y terminó dándose un toque de rímel para resaltar lo que ella misma admitía como su punto fuerte: los ojos.

Pero se puso nerviosa, porque todavía tenía que pensar en qué llevarse para luego. Lo último que quería era quedar como una tonta o, peor todavía, poner a Drake en ridículo. Como no podía llamarlo y preguntarle qué quería exactamente que se pusiera, su única opción era... Jax.

Gruñó, pero ¡y qué más daba! Como si no hubiese quedado ya como una idiota delante de sus demás ayudantes. ¿Por qué iba a excluir a Jax? Seguramente ya había oído hablar de ella y se estaba maldiciendo porque le había tocado la china aquel día. O tal vez se había prestado voluntario para ver semejante desastre.

Nerviosa, salió de la habitación y, al asomar la cabeza por la sala de estar, vio a un hombre grandote repantingado en el sofá de Drake, con el mando de la tele en una mano y una copa en la otra.

—Esto... ¿Jax? —dijo ella, con cautela.

Jax se giró y ella retrocedió un paso instintivamente. Sí,

todos los colaboradores de Drake eran tipos cachas sin sonrisa ni escrúpulos, pero ¡ese tío era enorme! Tenía los brazos tatuados de arriba abajo y el dibujo le trepaba también por el cuello, por lo que sospechó que tendría una obra de arte gigante cubriéndole el torso entero. Llevaba al menos tres aros en cada oreja y el pelo largo y despeinado a lo «me importa una mierda cómo me quede».

Menudos ojos. ¡Guau! Tenía el pelo negro como el azabache, pero sus ojos eran de un azul cristalino. No pudo más que quedarse mirándolo en silencio, mientras él la observaba, a la espera de que le preguntara lo que le tuviera que preguntar. Y, por cierto... ¿qué había ido a preguntarle?

Entonces sonrió y, como había sucedido con los demás, la sonrisa transformó a un tío para nada apetecible en un hombre capaz de parar el mundo con esa sonrisa. Se levantó y se acercó despacio a ella, casi como si supiera que Evangeline podía echar a correr para encerrarse de nuevo en la habitación.

—El mismo. Y tú debes de ser Evangeline, a menos que Drake tenga a dos preciosas rubias de ojos azules en su apartamento —dijo con una sonrisa seductora—. ¿Hay algún problema? ¿Necesitas algo?

Se le había endulzado la voz y se había detenido a unos pasos de ella, por casualidad o, tal vez, por deferencia al obvio nerviosismo de ella.

—Mmm, sí. Bueno, no.

Evangeline gruñó y se dio un toque en la frente. Jax se rio.

—¿Qué ocurre?

—Sí, soy Evangeline, y no, no tiene a dos mujeres rubias en su apartamento. O más le vale.

Las últimas palabras las murmuró, pero supo que Jax la había oído porque había curvado los labios y se le habían encendido los ojos con una chispa de humor.

—Tenían razón contigo —dijo Jax, ladeando la cabeza, como si la estuviera estudiando.

Ella achinó los ojos.

—¿Quiénes? ¿De quiénes hablas?

Vaya, parece que le tocaba ser el hazmerreír de otro tío. Él se limitó a sonreír.

—¿Qué puedo hacer por ti, señorita Evangeline?

Entonces, recordó por qué había ido en busca de Jax y quiso morirse de vergüenza. Se puso roja como un tomate y cerró los ojos. ¿Cómo iba a sobrevivir en el mundo de Drake, si un solo día ya le parecía un reto?

Jax se enterneció al ver a aquella preciosa y dulce mujer tan angustiada. Joder, pero los otros no se habían equivocado. La inquietud de Evangeline lo empujaba a querer hacer lo que fuera por corregir la situación. Se rio al recordar a Thane, Maddox y Justice mientras le explicaban sus excelencias. Era la chica perfecta de verdad. Tenía algo inocente, al mismo tiempo, era una tigresa cuando se trataba de defender a la gente que ella creía ninguneada de forma injusta.

—Evangeline, ¿qué ocurre? —preguntó con amabilidad—. ¿Puedo ayudarte en algo?

Mierda. Parecía a punto de llorar y si había algo que le superaba era ver a una mujer llorando.

En lugar de responderle, Evangeline le tendió el papel. Él lo desdobló, desconcertado, y leyó los característicos garabatos de Drake. Después, levantó la vista hacia ella, que cada vez estaba más nerviosa.

¿Por qué le causaba tanta angustia la puñetera nota de Drake? Era muy clara. Típica de él. No veía nada que pudiera provocar tal reacción de miedo en ella.

—¿Qué quiere decir con elegante y atractiva? —preguntó, alzando la voz con cada palabra—. No soy atractiva y no tengo ni idea de cuál es su concepto de elegancia, porque, créeme, entre mi concepto y el suyo hay un abismo. Y es obvio que no soy sexy, a ver ¿cómo voy a saber vestirme así?

Jax abrió la boca de pasmo. ¿Qué no era sexy? ¿Estaba loca?

—No quiero avergonzarlo —susurró Evangeline, con lágrimas en los ojos.

Hizo todo lo posible por no atraerla hacia sí y abrazarla. ¡Por Dios! ¿Se estaba planteando abrazar a alguien? Tendría que haber sabido que lo estaban poniendo a prueba cuando le sugirieron que fuera él a recoger a Evangeline. Que tenía que conocer a todos los hombres de Drake, había insistido Maddox con aire de suficiencia.

Jax apretó los labios, alargó la mano para coger la de Evangeline y tiró de ella para acompañarla hasta el armario.

No entendía de moda, pero sabía lo que le quedaba bien a una mujer, sobre todo a una como ella. ¡Pero si estaría guapa hasta con un saco de patatas! ¿Qué narices había hecho Drake para que esa mujer no se sintiera atractiva? Si esa mujer fuera suya, no pasaría ni un solo día en su vida sin saber lo deseable que era.

—Quédate aquí —ordenó, dejándola en el centro del vestidor—. A ver, lo que llevas ahora es perfecto para la parte informal. Eso lo dominas perfectamente. Supongo que Drake tendrá la mosca detrás de la oreja cuando tenga que entrar cualquier otro hombre en su despacho.

Ella lo miró como si no entendiera de qué le estaba hablando.

Jax estuvo a punto de sacudir la cabeza. Joder, los demás no le habían tomado el pelo con la mujer de Drake. Habían dicho la puta verdad.

—Elegante y sexy para pasar la noche en el club significa algo un poco más brillante, divertido e incluso atrevido.

Se planteó que tal vez no tendría que haber mencionado la última parte, porque podría ganarse una paliza de Drake si su chica aparecía con algo demasiado atrevido y acababan pegándose con aquellos que se comieran el culito de Evangeline con la mirada.

—¿Quieres decir algo así? —preguntó en voz baja, alargando la mano hacia una de las perchas.

Los dedos de Evangeline se deslizaron sobre la tela plateada y blanca y Jax le vio brillar el deseo en los ojos. En ese momento, no hubiera importado lo más mínimo que no fuera lo adecuado. No habría podido resistir la tentación de ningún modo.

—Por supuesto —respondió él, que asintió con firmeza—. ¿Tienes zapatos para el vestido o necesitas parar a comprar unos? Drake lo entenderá.

Evangeline abrió los ojos como platos.

—Uy, no. Tengo zapatos. Además, ya voy tarde y, como todo el mundo me recuerda a todas horas, a Drake no le gusta esperar, así que es probable que ya esté enfadado.

Jax frunció el ceño.

—No, espera un momento. Es cierto que Drake es un cabrón impaciente y que no le gusta esperar, pero no se enfadaría contigo y, por supuesto, jamás te haría daño. Además, le diré que he tenido un imprevisto y que he llegado tarde a recogerte.

Ella sonrió y, por un instante, se olvidó de respirar. Por Dios, esa mujer era mortal para cualquier hombre y ni siquiera se daba cuenta.

—Eres muy amable, Jax, pero nunca permitiría que te cargaras tú la culpa de que yo me haya dormido y de ser tan boba que no sé lo que tengo que ponerme. Si Drake tiene que enfadarse con alguien, será conmigo y con nadie más.

Inclinó la barbilla con tanta decisión que Jax supo que lo decía en serio.

—Tengo los zapatos allí —dijo, mientras se inclinaba para revolver unas cuantas cajas y sacar un par de zapatos de tacón de aguja relucientes que iban a quedar de escándalo en sus ya magníficas piernas. Pero, entonces, frunció el ceño—. Puede que tenga que llevarme maquillaje y cosméticos. ¿Nos da tiempo a prepararme un pequeño neceser?

—Tómate el tiempo que necesites. Te esperaré en la sala de estar.

Jax ya estaba casi en la puerta cuando ella le gritó:

—¡Ah, Jax! Casi se me olvida. ¿Me puedes hacer un favor?

Podía pedirle cualquier cosa, que la haría o moriría en el intento.

—Claro. Dime.

—Hay una caja con *cupcakes* en la barra de la cocina. ¿Puedes cogerla? Los iba a guardar para Drake, pero, como vamos a ir al club y hay un montón, he pensado en llevarlos para los chicos.

Por un instante, se quedó sin palabras. ¿*Cupcakes*? ¿Quería llevar *cupcakes* a los chicos del Impulse? Drake se moriría de vergüenza, así que Jax, regocijándose en la idea, fue a por la caja y la esperó en la cocina.

Evangeline metió el vestido en uno de los portatrajes de Drake con mucho cuidado, cogió un bolso de viaje, metió los zapatos, los artículos de aseo y el maquillaje y corrió a la cocina, donde pilló a Jax llevándose a la boca los restos de un *cupcake*.

Al oírla, levantó la cabeza e, ignorando la mirada acusadora y el brazo en jarras de Evangeline, exclamó:

—¡Joder, son alucinantes! ¿Dónde los has comprado?

Ella se revolvió inquieta.

—Los he hecho yo.

A Jax casi se le salieron los ojos de las órbitas.

—¿Los has hecho tú?

Ella agachó la cabeza y asintió.

—Me gusta cocinar. Y la repostería.

—Madre mía, me encantan —gruñó él—. ¿Hay alguna posibilidad de que te olvides de llevar la caja a los chicos para que pueda llevármela a mi casa?

Ella sonrió.

—No, pero pasaré por alto que ya te has comido uno y te dejaré coger otro cuando lleguemos al club.

—Bien. Me muero de hambre. Todavía no he podido comer nada.

Evangeline frunció el ceño, dejó sus cosas sobre la barra de la cocina empujó a un sorprendido Jax hacia la otra punta, donde hizo que se sentara.

—¿Qué estás haciendo? —preguntó bastante desconcertado.

—Darte de comer. Tengo sobras de la cena que preparé ayer para Drake. Solo me llevará unos minutos calentarlas y, como bien has dicho, ya vamos tarde, conque no pasará nada por unos minutos más, ¿no? El tráfico estaba fatal.

Jax se rio.

—Ya me caes bien.

—No estará tan rico como anoche —advirtió, a modo de disculpa—, pero no estará mal. Te lo prometo.

—¿Cocinaste para Drake de verdad?

—Sí. Al principio, pensé que había metido la pata y se había enfadado. Había pedido comida a domicilio para las siete y yo entendí mal el mensaje. Como dijo que llegaría a las seis y que cenaríamos en casa, di por hecho que quería que cocinara: hubo un poco de tensión. Hasta que probó el plato —añadió ella, con una sonrisa.

Unos minutos después, dejó el plato con las sobras de pescado y acompañamientos, excepto la patata asada, delante de Jax y observó como él se lo comía con el olfato.

—Joder —murmuró Jax—. Eres una diosa. Si se supone que no está tan rico como ayer, es un milagro que Drake siga vivo y haya podido ir hoy a trabajar. Esto sabe a gloria. ¿Hay algo que no sepas hacer? Eres bonita, dulce, generosa y, encima, ¿sabes cocinar? ¿Por qué no he encontrado a mujeres así? —añadió con aire de lamento.

Evangeline se ruborizó de satisfacción ante tal cumplido sincero, pero se apresuró a quitarle el plato de delante y lo dejó en el fregadero.

—Bueno, más vale que nos pongamos en marcha o Drake nos estrangulará a los dos —dijo ella, medio en broma.

Entonces sonó el teléfono de Jax y soltó un gemido.

—Es el jefe, que se pregunta dónde leches está su chica.

—¿Sí? Pues tendrás que contarle que estamos en un atasco terrible —dijo ella, fingiendo un gesto de seriedad absoluta.

Jax se rio y dijo algo muy raro:

—Vaya, vaya, Drake nos ha traído algo que nos va a tener más entretenidos que nunca.

15

*D*rake se contuvo para no mirar el reloj de nuevo, consciente de que Silas y Hatcher se percatarían de que no estaba centrado en lo que tenía que estar: un asunto que requería una intervención inmediata. Y Maddox, el capullo, siempre apostado entre las sombras, que, con una sola salida de tono, sabría con exactitud dónde tenía la cabeza, y no era precisamente en Eddie Ryker. Además, por alguna razón que desconocía, Justice y Thane estaban sentados en el sofá, muy bien acomodados, como si no tuvieran nada mejor que hacer que pasar el rato. Ya se encargaría de averiguar el motivo cuando hubiera terminado con el asunto que más apremiaba.

—Entonces, ¿qué quieres hacer, Drake? —preguntó Silas en su característico tono pausado y sereno.

Silas era un enigma, uno de esos que Drake jamás admitiría no haber podido desentrañar. Sabía lo suficiente del que consideraba su socio y hombre de confianza más apreciado para que no le preocupara su lealtad. Sabía, por lo que había podido averiguar en los archivos públicos, que la infancia de Silas había sido un verdadero infierno, pero tampoco sabía mucho más.

Drake no se habría fiado nunca de un tipo así, pero de Silas, sí. No le gustaba contratar a hombres que se ocultaban tras las sombras en lugar de tras un traje como todos los demás. Sin embargo, en Silas veía un espíritu afín, un hombre que daba un gran valor a la palabra, sobre todo cuando era la suya la que estaba en juego. Durante los años que llevaban trabajando juntos, Silas no había roto ni una sola vez sus promesas. En ninguna circunstancia. Drake lo habría sabido. Se tomaba muy en serio saber todo lo que hacían sus hombres de confianza. Aunque Silas era la excepción, porque nadie sabía nada que él mismo no hubiera querido revelar.

Drake miró a Hatcher, cuyo rostro permanecía relajado y sereno, pero vio que tenía los puños cerrados en una muestra inequívoca de irritación, y frunció el ceño ante aquel ademán revelador. Los hombres que anunciaban al mundo su estado de ánimo, sus pensamientos o sus intenciones eran los primeros en morir.

—Encárgate tú, Silas —dijo Drake, cambiando repentinamente de tercio. Tenía pensado encargarle el trabajo a Hatcher, porque, aunque tenía plena confianza en Silas, cuando se trataba de resolver imprevistos, no tenía demasiado arte. Cualquiera de sus hombres podía hacer lo que fuera necesario y, si bien no se pensaba demasiado a cuál de los hombres con los que trabajaba y a los que hacía inmensamente ricos le encargaba un trabajo en concreto, tenía que admitir que, de vez en cuando, le preocupaba bastante que Silas, principalmente, cargara solo con el peso de hacerle el trabajo sucio. Era un tipo demasiado valioso, demasiado completo para la mayoría de los encargos turbios de Drake.

Si Silas descubría que le había pasado por la cabeza enviar al musculitos a hacer el trabajo, se lo habría tomado como una traición. Silas daba mucha importancia a la lealtad y siempre ponía por delante completar cualquier misión que le asignara, independientemente de lo mucho que tuviera que ensuciarse las manos. Y la verdadera razón por la que Drake lo escogía para tales asuntos era que tenía la capacidad de desconectarse y llevar a cabo el encargo de una forma impersonal, sin sentimientos ni arrepentimientos, dos cualidades que Drake pedía a su equipo, pero, sobre todo, a Silas.

Él nunca cuestionaba sus decisiones o sus motivos, pero, si lo hubiera hecho, Drake se habría limitado a ser sincero y le habría dicho que de todos sus hombres, Hatcher era el que llevaba menos tiempo con ellos, lo cual implicaba que todavía tenía que demostrar su entereza, no solo ante su jefe, sino también ante sus compañeros y hermanos.

Drake volvió a echar un vistazo a Hatcher, satisfecho de que, por lo menos, no hubiera manifestado ningún tipo de reacción ante su decisión. Sin embargo, Drake no podía culparlo por la rabia que sentía por Eddie; él mismo no pensaba en nada más que en dar caza y matar a ese capullo con sus propias manos.

Pero la cosa no iba directamente de Eddie. Eddie había recibido un mensaje alto y claro, cortesía de Silas, Jax y Justice, para que pusiera tierra de por medio con Evangeline Hawthorn. Un mensaje del que seguro que aún se estaba recuperando. Solo que la noche anterior había aparecido en el club de Steven Cavendar y no solo le habían dejado entrar, sino que le habían respetado su condición de vip y todas las ventajas que ello suponía.

Drake había hecho sus deberes con Eddie y eso aún lo había disgustado más, si cabía. No tenía dinero, ni trabajo ni ambición por hacer nada que no fuera vivir de la riqueza de sus padres y derrochar el dinero sin pensárselo dos veces con el único fin de impresionar a hombres y mujeres por igual. Buscaba algo que no podía conseguir: respeto. Era una sanguijuela, un parásito y, en su cabeza, Eddie no había albergado la menor duda de que Evangeline era pan comido y que caería en su regazo como una ciruela madura a punto para hincarle el diente.

Sin duda, se había equivocado de mujer al elegirla a ella y, desde luego, había ido a mear al árbol equivocado. Evangeline quería, necesitaba, deseaba a un hombre fuerte y dominante, aunque seguramente ella aún no lo sabía. Eddie, por muy bueno que hubiera sido en la cama, le hubiera fallado en todo lo demás que un hombre puede fallar a una mujer. Era un tipo débil y sin sangre, vivía sin escrúpulos a costa de sus padres. De pequeño, lo habían malcriado y no sabía nada del mundo real del que procedían Drake, sus hombres y Evangeline, ni de cómo se habían labrado su propio camino. Era un capullo engreído que pretendía tener a una mujer comiendo de su mano con tan solo levantar un dedo.

Hasta que llegó Evangeline, que no solo le había herido el orgullo obligándolo a emplear todos sus encantos para seducirla, sino que lo había hecho quedar como un imbécil, y él lo sabía, aunque nunca lo admitiría. Se había propuesto desvirgar a Evangeline, pegarle la patada al día siguiente y no volver a pensar en ella nunca más.

—¿Cómo de explícita fue la lección que le disteis a nuestro querido amigo Eddie? —preguntó Drake a Silas, cambiando de tema—. Porque me parece que, si ayer pudo pasar la noche de fiesta en el local de Cavendar, es que no recibió ni la mitad de lo que merecía.

La afirmación de Drake terminó con un gruñido que hizo que Maddox apareciese en uno de los rincones de la sala, cerca de la puerta secreta. Maddox siempre observaba los acontecimientos con los ojos entornados como si valorara en qué momento debía intervenir.

—Me sorprende que pudiera andar —replicó Silas en su característico tono neutro e inexpresivo.

—¿Eso quiere decir que tiene poderes mágicos de curación? ¿O qué? —le reprendió Drake.

El sarcasmo llenó de tensión la sala en la que ahora no se oía ni una mosca.

Hatcher se limitó a encogerse de hombros.

—Un hombre puede hacer cosas increíbles cuando le tocan el orgullo. Seguramente, se desesperaría al ver que le cerraban unas cuantas puertas en los morros. Y todos sabemos que Cavendar es un puto mercenario que hasta vendería a su madre si le ofrecieran un buen precio. Que Eddie entrara o pudiera mantenerse en pie, no le incumbía. Lo vieron y no lo vetaron. Y del mismo modo que se puede comprar a Cavendar, dudo que a las mujeres que van con Eddie les importe una mierda que parezca que le ha pasado un camión por encima, mientras las tenga contentas y les dé carta blanca con el dinero de sus padres.

—Por eso quiero que vayas a tener una charlita con Cavendar —dijo Drake, dirigiéndose a Silas.

Silas asintió.

—Infórmame cuando... —Joder. A punto estuvo de hablar más de la cuenta y olvidar que iba a pasar el resto del día, y la noche, con Evangeline—. Me pondré en contacto contigo mañana —rectificó—. Espero que el asunto esté ya solucionado.

Silas volvió a asentir.

—Ese gilipollas tendría que estar en el fondo del Hudson —sentenció Maddox en tono amenazador. Era la primera vez que hablaba.

Un grito ahogado procedente del ascensor hizo que los cuatro hombres se giraran hacia allí. Evangeline estaba de pie junto a Jax, que sacudía la cabeza como si estuviera pensando que eran unos capullos estúpidos por perder las formas.

¡Joder! ¿Cuánto habría escuchado Evangeline? Pero la chica no miraba a Drake, sino a Maddox, a quien miraba fijamente y con turbación. Sin embargo, si algo tenía Maddox era que nunca perdía comba. Se acercó a ella, le cogió todo lo que llevaba en las manos y, ni corto ni perezoso, lo depositó en los brazos de un sorprendido Silas, cosa que a este no le gustó nada, porque lo ponía en el punto de mira en un momento en el que habría optado por largarse en silencio, tal como hacía siempre que llegaba alguien. Entonces, Maddox abrazó a Evangeline y le dio una palmada sonora en la mejilla.

—¿Cómo está mi secuestrada favorita? —bromeó.

Drake tuvo que contener la rabia ante la espontánea y exagerada muestra de afecto de Maddox. Sabía perfectamente por qué su hombre había reaccionado así. Si él no hubiera estado tan distraído, algo que iba en aumento desde que Evangeline había entrado en su club por primera vez, se habría dado cuenta de que ella y Jax estaban subiendo en el maldito ascensor. Habría sabido incluso el momento preciso en que cruzaban la puerta del club.

Al ver que Evangeline seguía mirándolo con desconfianza, Maddox le puso ojitos y se rio.

—Ahora no te pongas tímida conmigo, corazón. Ya me has enseñado tus garras. No te preocupes. No he tirado a nadie al Hudson. Solo era una broma. Son cosas que se piensan cuando el contable te informa de que, después de haber hecho una declaración y haber pagado los impuestos estimados, porque resulta que los intereses de mis inversiones no llegan hasta después del quince de abril, aún te toca pagar mucho más de lo previsto.

Hasta Silas parpadeó ante la convincente actuación de Maddox. Drake se percató de que Maddox había usado a propósito términos que, a ella, dada su situación económica, difícilmente le sonarían. Además, rico o pobre, a nadie le gusta la fiscalidad.

Evangeline se rio y el melodioso sonido rebajó la tensión en la sala.

—Ay, pobrecito. He traído algo que os hará sentir mejor

a todos —dijo en el mismo tono condescendiente que él había utilizado.

Drake enseñó los dientes. Evangeline había llegado casi una hora más tarde y él no se había tragado la excusa manida de Jax sobre el atasco. Lo importante era que ya había venido y eso significaba a su vez que el resto no debería estar allí. Y, sin embargo, allí estaban todos. Entonces comprendió el alcance de su distracción. Sus hombres sabían que Evangeline iba a ir al club. Los que no la conocían aún debían de estar muriéndose de curiosidad y los demás solo buscaban una excusa para volver a verla. De repente, la propuesta de Maddox de tirar a alguien al Hudson cobró cierto atractivo, solo que iban a ser muchos los que iban a tocar el fondo.

Evangeline cogió la caja que sostenía Jax y adoptó una mirada de cachorrillo herido que hizo que a Drake le entraran ganas de estamparle la cabeza contra el escritorio. ¿En serio su equipo se estaba comportando como una manada de calzonazos? ¡Por Dios!

—Suéltala o no te daré —dijo Evangeline en un tono que pretendía sonar amenazador, pero que solo arrancó las risas de Thane y Justice.

Jax suspiró y le entregó la caja con un gesto fingido de reticencia. ¿Era una caja o una fiambrera?

Evangeline levantó la tapa, metió la mano y, para sorpresa de Drake, sacó uno de los *cupcakes* que le había ofrecido como postre la noche anterior. Acto seguido, acercó uno a la nariz de Maddox.

—¿Mejor?

El hombre entornó los ojos.

—Eso depende de si los has envenenado o no.

—Si así fuera, te lo merecerías. Seguro que tu contable me lo agradecería.

Volvieron a oírse las risas y Drake se reclinó en la butaca, tratando de disimular la irritación que sentía, aunque nadie le estaba prestando la más mínima atención.

—¿Eso son *cupcakes*? —preguntó Justice con incredulidad.

Él y Thane miraban a Maddox y a Evangeline como si hubiera brotado una tercera cabeza entre ellos. Drake supuso que, en el fondo, tenía que reconocer la gracia de tener a una mujer con una caja de *cupcakes* en su santuario más íntimo, un lugar que no había pisado ninguna otra antes. ¡Y mucho menos con *cupcakes*!

Evangeline se giró hacia Thane y Justice, pero Jax carraspeó.

Evangeline puso los ojos en blanco y le dio una de esas delicias. Drake tuvo la terrible sensación de que su ángel iba a tener a los hombres a sus pies y como cachorrillos a golpe de golosinas.

Luego, Evangeline se acercó al sofá de cuero donde se sentaban Thane y Justice y les entregó su *cupcake* correspondiente.

Lo que hizo a continuación dejó a Drake pasmado.

Primero se acercó a Hatcher, que iba pasando la mirada de ella a Drake, como si estuviera valorando la reacción de su jefe o hablar con ella.

—Hola —saludó ella con voz tímida, mientras le ofrecía un *cupcake*—. Me llamo Evangeline.

Hatcher lo aceptó y le sonrió.

—Hola, Evangeline. Yo soy Hatcher.

Pero cuando la chica centró la atención en Silas, que se había retirado al rincón más oscuro y alejado del despacho, una zona tan mal iluminada que a Drake le sorprendió incluso que Evangeline hubiera sido capaz de localizarlo tan fácilmente, la sala entera pareció contener la respiración.

Fue directa hacia el hombretón, que permanecía quieto y mudo como una estatua, y le mostró una sonrisa temblorosa. Drake se percató entonces de que, a pesar de su falso empuje, Evangeline estaba realmente aterrorizada y la irritación que le corría por las venas se transformó de inmediato en orgullo. Evangeline estaba haciendo justo lo que le había pedido: entrar en su mundo y aceptarlo... Aceptarlo a él. Era evidente que Evangeline había comprendido que, al aceptarlo, estaba aceptando también a sus hombres como un todo.

Los celos desaparecieron de repente: ella lo estaba haciendo todo por él.

Volvió a acomodarse en la butaca, con una sonrisa en los labios, mientras observaba cómo levantaba la cabeza para mirar a Silas, que era mucho más alto que ella. Metió la mano en la caja, sacó un *cupcake* y se lo ofreció.

—Hola —dijo, repitiendo su anterior presentación a Hatcher—. Me llamo Evangeline. Te prometo que no he envenenado tu *cupcake*. Solo el de Maddox. Y me he asegurado de que el suyo tenga confites y glaseado rosa —añadió en un susurro conspirador, inclinándose hacia él.

Se oyeron risotadas, pero ella siguió centrando su solemne atención en Silas, que levantó lentamente la palma de la mano, donde ella le depositó el *cupcake*. El hombre estaba totalmente contrariado y la miraba con una perplejidad absoluta, como si no supiera qué hacer con ella.

«Ya somos dos, hermano».

—Joder, ¿ahora resulta que hacemos fiestas de *cupcakes*?

La voz de Zander retronó en la sala silenciosa como una ametralladora. Evangeline dio un respingo y tiró sin querer el *cupcake* de la mano de Silas. En su camino hacia el suelo, el pastelito rebotó en los pantalones de este y le dejó un manchurrón de glaseado.

—Ay, madre mía, lo siento mucho —dijo ella con voz preocupada, mientras se apresuraba a limpiar el glaseado de la rodilla de Silas—. Espero no haberte estropeado los pantalones. ¡Qué patosa he sido!

Sus ojos se inundaron de lágrimas de vergüenza y el apuro que coloreó sus mejillas se le extendió cuello abajo. Ya no miraba a ninguno de los hombres. Tenía la mirada gacha y trataba sin éxito de arreglar el desastre que había provocado en los pantalones de Silas.

Drake maldijo a Zander y lo habría matado allí mismo por el daño que había causado sin darse cuenta. Por un momento, Evangeline había conseguido superar su timidez y su inseguridad y se había relajado con Drake y su séquito, pero, ahora, parecía desear que la tierra se la tragase.

Silas lanzó a Zander una mirada asesina y, a continuación, para sorpresa de todos, se agachó y agarró la mano de Evangeline, que seguía frotándole desesperadamente los pantalones.

—Evangeline —dijo con tono pausado—. No pasa nada. No ha sido culpa tuya. Si Zander tuviera un mínimo de educación, no habría entrado aquí de malas maneras y no te habría dado un susto de muerte. Te aseguro que le haré llegar la factura de la tintorería.

Drake también lanzó a Zander una mirada fulminante, una de esas que prometen venganza. La mirada asombrada de Zander solo consiguió enfurecer más a Drake, porque el puto imbécil ni siquiera sabía lo que se acababa de cargar en tan solo tres segundos.

Evangeline seguía disgustada, seguía llorando y, como no paraba de temblar, a punto estuvo de volcar la caja que sujetaba con la otra mano, pero Silas cogió el recipiente al vuelo, lo dejó a un lado y le agarró también esa mano.

Ahora que Silas le sujetaba las dos manos y le habían dejado de temblar, el temblor de la barbilla había aumentado. Era como si estuviera concentrando todas sus fuerzas para no romper a llorar desesperadamente y echar a correr por la puerta.

Drake no podía soportar la angustia de Evangeline y abrió la boca para dar la orden de que vaciaran la sala de inmediato, pero, antes de que pudiera decir nada, Silas le apretó más las manos y la miró directamente a los ojos con total sinceridad.

—Si todavía te queda alguno, me encantaría probarlo —dijo Silas, como si Evangeline le hubiera ofrecido la luna.

Drake, y todos sus hombres, se quedaron pasmados al ver cómo Silas conseguía despejar el miedo y el apuro de Evangeline con tan solo unas palabras y un gesto reconfortante.

La sonrisa de la chica mientras cogía otra madalena y la depositaba en la mano de Silas bien podía haber iluminado una manzana entera de la ciudad. Y por encima de su cabeza, él volvió a fulminar a Zander con la mirada.

—Le debes una disculpa a la dama —dijo Silas, con voz de témpano—. La dama de Drake.

—¡Vaya! —exclamó Zander—. Supongo que he fastidiado mis posibilidades de probar uno.

Drake vio que Evangeline echaba un vistazo a la caja y, por un instante, pensó que le iba a dar una madalena a Zander, pero ella cogió el último y giró la caja boca abajo para que vieran que no quedaban más.

—Lo siento —dijo, con voz pausada—, pero este es para Drake.

Los demás se rieron entre dientes y Maddox miró a Zander con aire muy serio.

—Créeme, colega. No quieras ponerte a malas.

Drake ignoró la escena, mientras Evangeline se aventuraba vacilante a entrar en su espacio, dando la vuelta al escritorio para plantarse delante de la silla que Drake había girado para presenciar su conversación con Silas.

—Siento haber llegado tarde —susurró—. No hemos encontrado ningún atasco. Me he dormido.

Drake contuvo la sonrisa, pero, finalmente, la esbozó, sin importarle una mierda que todos vieran cómo reaccionaba ante aquel ángel portador de *cupcakes*.

—Lo sé —susurró él, absurdamente complacido porque Evangeline no fuera capaz siquiera de un pequeño engaño como aquel.

Ella esbozó una sonrisa ligeramente torcida.

—¿Si te doy el último *cupcake*, estoy perdonada?

Él la arrastró al espacio abierto entre sus rodillas y ella se acercó aún con el pastelillo en la mano.

—Eso depende de si me lames el azúcar de los labios cuando me lo termine.

El rubor se apoderó de sus mejillas, pero no había de qué preocuparse. Los hombres de Drake habían desaparecido en el instante en que ella se había acercado a la mesa. Tal vez fueran idiotas e irreverentes en muchos casos y, sin duda, habían puesto a prueba los límites de la paciencia de Drake al ocupar su despacho sabiendo que iba a ir Evangeline, pero sabían perfectamente cuándo tenían que poner pies en polvorosa.

Cuando miró deprisa a su alrededor y descubrió lo que Drake ya sabía, se relajó y un brillo travieso le iluminó los ojos. Pasó un dedo por encima del *cupcake* para coger un poco de glaseado y, entonces, antes de que él pudiera adivinar sus intenciones, se abalanzó sobre él y le embadurnó la boca.

Él parpadeó sorprendido y la sentó en su regazo, olvidando por completo el *cupcake*. Ella le miró los labios y susurró:

—Mmm.

Estaba a punto de rematar esa actuación sensual cuando, de repente, la echó al traste poniéndose colorada como un tomate. Drake echó la cabeza atrás con una carcajada. De todas las noches, aquella era, sin duda, la más desordenada, caótica y alejada de la aburrida rutina que había vivido en mucho tiempo. Y todo gracias a un angelito travieso de pelo dorado y ojos azules con una caja llena de *cupcakes*.

16

*E*vangeline dudó porque sabía que se había envalentonado impulsivamente y ahora no podía coger una servilleta y limpiarle el glaseado de los labios. Le asustaba lo que acababa de hacer, pero había sido un arrebato que no podía pasar por alto. Sus insinuaciones le habían hecho pensar en besarle y lamerle todo ese glaseado de la boca, y al final se había lanzado sin siquiera pensar en lo que hacía.

¿Quién era esta mujer cuya existencia desconocía? Se sentía muy seductora y sensual, y aunque una parte de ella estaba algo avergonzada, la otra aplaudía que hubiera tomado la iniciativa.

La mirada de Drake le decía que no se había equivocado. Con ese aire expectante, estaba claro que ahora esperaba que terminara lo que había empezado.

Algo vacilante, le acarició la mandíbula cincelada y se le acercó para lamerle la comisura de los labios, donde el azúcar se le había quedado prendido. Le dio un lametón que terminó con aquella sustancia dulce y la alentó para que siguiera. Entonces lo besó y se le mancharon los labios de glaseado al sacar la lengua sin dejar de lamerle la piel con delicadeza. Luego le introdujo la lengua para que saboreara el glaseado que ahora compartían.

Ella notó cómo inspiraba; saboreó este dulzor antes de seguir con aquellos lametones lentos y sensuales. No se dejó ni un milímetro de su boca; lamía y succionaba hasta que sus labios se fundieron en uno. Con un último lametón pausado, se apartó, casi sin respiración, buscando en su mirada alguna reacción.

Le brillaron los ojos de un modo peligroso y ella se estremeció, preguntándose qué era lo que había provocado. Esa mirada la hizo sentir como si fuera una presa y él un depredador a punto de atacar.

Él la incorporó y ambos quedaron de pie; entonces, frente a ella, empezó a desabrocharse los pantalones sin decir ni una palabra. Se sacó el pene erecto por la abertura de los bóxers.

Ella se quedó mirando su enorme erección; se le cortó la respiración ante semejante expectativa. La emoción, los nervios y todo un cúmulo de sensaciones le revoloteaban en el vientre hasta que empezó a sentirse mareada.

—Empápate los dedos con el glaseado —pidió él.

Sorprendida, se lo quedó mirando con incredulidad; no estaba segura de dónde se había metido. Se había quedado helada e incapaz de moverse. Solo parecía ser capaz de mirarlo boquiabierta.

Él entrecerró los ojos y supo que lo había contrariado; eso la dejó con una sensación de fracaso que no le gustaba para nada.

—¿Me estás cuestionando? —preguntó en un tono peligrosamente bajo.

—N… no, pe… pero ¿y si entra alguien? —tartamudeó con un hilo de voz, algo desesperada, como si las paredes tuvieran oídos y por lo que había visto hasta entonces, bien podría ser.

Él frunció el ceño y su mirada contrariada se volvió más intensa, al igual que la desazón de ella.

—Primero, nadie se atrevería a entrar si estoy a solas con mi mujer y, además, si te digo que me chupes la polla y alguien entra, espero que sigas haciendo exactamente lo que te haya pedido. ¿Lo entiendes?

Ella se mordió el labio inferior para reprimir la protesta que tenía en la punta de la lengua, pero en lugar de eso, asintió.

—¿A quién perteneces, mi ángel? —preguntó con dureza.

—A… a ti —susurró.

—¿Quién es tu dueño? ¿A quién debes obedecer sin cuestionar?

Ay, dios. ¿Qué había hecho? ¿Esto era lo que quería de verdad? Su parte más cuerda gritaba que no, que estaba loca por contemplarlo siquiera. Su parte más impulsiva le recordaba que ya sabía a lo que se exponía dada la naturaleza dominante y exigente de Drake. Le había dejado muy claras sus expectativas; no cabía duda.

—A ti, Drake —dijo, aliviada porque había respondido con una voz más firme y convincente que antes.

Él alargó el brazo y le cogió la barbilla con firmeza.

—Entonces, arrodíllate y pon la boca donde te he dicho.

Obediente, ella se arrodilló y cogió el *cupcake*, de cuyo glaseado se impregnó los dedos. Con un movimiento vacilante, le untó aquella sustancia pegajosa por el miembro erecto. Contenta por haber hecho lo que le había pedido, tiró el resto del *cupcake* a la papelera que había junto al escritorio de Drake, se giró para mirar aquella erección, gratamente sorprendida.

Sabía que la tenía grande. Su cuerpo había protestado cuando él le había hecho el amor, pero había estado demasiado embargada por el placer para darse cuenta realmente del tamaño. Sin embargo, ahora no estaba tan segura de poder hacerlo.

Seguro que sabía que no lo había hecho antes. Tenía que saberlo.

—Evangeline —dijo con una voz menos tensa que antes.

Ella levantó la vista y tragó saliva, nerviosa.

—Yo te guiaré. Si quisiera una mujer que fuera experta en chuparla, podría tener a cualquiera. Pero tu inocencia me excita muchísimo más que ninguna. Me gusta ser el único hombre que ha notado tu dulce boca alrededor de su polla. Tranquila. Te prometo que tenerme en tu boca será pura perfección.

Animada por sus palabras y contenta por saberse deseada, que le gustara su inexperiencia, se le acercó y le colocó las manos en los muslos, que él se apresuró a colocar en los suyos.

—No levantes las manos. Yo dirigiré tus movimientos. Solo relájate y confía en mí.

Fue entonces cuando ella se dio cuenta, a pesar de los recelos, de que confiaba en él, aunque no supiera bien por qué. Aquel inicio tumultuoso y escarpado de su… fuera lo que fuera que había entre ellos… no se prestaba precisamente a la confianza, pero se sentía a salvo con él y en el fondo sabía que nunca le haría daño.

Después de asegurarse de tener las manos donde debía, se recolocó y le pasó la lengua por el prepucio para dejárselo bien limpio. Entonces abrió más la boca para acogerlo mejor sin dejar de mover la lengua y no dejar ni un solo centímetro sin lamer.

Sin embargo, para su asombro, solo había introducido la mitad cuando notó que el prepucio le rozaba la garganta. Lo sabía;

no le cabría entera. No sin hacer un espectáculo y quedar en evidencia atragantándose. Qué humillante sería. No sabía cómo hacer una felación, tan solo lo conocía de oídas, gracias a las conversaciones más picantes de sus amigas. Según ellas, a los hombres les encantaba que se la chuparan hasta el fondo. Sin embargo, Drake había refutado eso al contarle que, de haber querido una mujer experta en mamarla —dicho literalmente—, no le faltarían mujeres. Le había asegurado que la quería a ella. Eso tenía que significar algo, ¿no?

—Tranquila —dijo con tacto—. Me gusta ir despacio. Correrme deprisa en una boca tan dulce como la tuya sería un crimen. Respira hondo, yo te guío. Respira por la nariz y no te agobies.

Sus palabras tuvieron un efecto calmante y se tranquilizó al momento. Él le enredó los dedos en el pelo y con la otra mano le sujetó la cabeza para marcar el ritmo.

Él empujó y Evangeline pensó en sus instrucciones. Drake se detuvo un momento y ella levantó la vista: tenía el rostro contraído de placer. Se echó hacia atrás y luego otra vez hacia delante para meterla más al fondo.

Ella sintió un instante de pánico, se esforzó por tranquilizarse y respirar por la nariz.

Drake siguió moviéndose hacia delante y hacia atrás varios minutos, entraba un poco más a medida que ella se acostumbraba a sentirla y al tamaño de su miembro.

Evangeline notó un cambio en él y supo que estaba a punto de llegar al clímax. De repente, había empezado a sujetarle la cabeza con más fuerza y sus movimientos eran algo más toscos. Mientras le pasaba la lengua una y otra vez, lo notaba más caliente, duro pero sedoso.

—Quiero follarte la boca, mi ángel, y voy a hacerlo duro.

Ella no tuvo tiempo de reaccionar. Él empezó a empujar más fuerte, follándole la boca como lo había hecho ya con su sexo. No tuvo tiempo de reaccionar, pensar o de sentir pánico. Estaba demasiado centrada en permanecer lo más relajada posible y respirar bien. Le costó bastante no atragantarse, pero de ningún modo quería decepcionarlo.

Notó una gotita en la lengua que la sorprendió; sabía que estaba muy a punto.

—Trágatelo. No dejes escapar ni una gotita cuando me corra.

Ella se estremeció al oírlo. Le temblaba el cuerpo entero y se notó los pezones tan duros y el clítoris tan hinchado de la excitación que con una sola caricia llegaría al orgasmo.

Nunca había practicado sexo oral y aún menos se había tragado el semen. Y encima le había dado órdenes estrictas de no dejar escapar ni una gota. Cerró los ojos y cedió a su petición, se dejó llevar porque sabía que no fallaría si él estaba al mando.

Siguió con los envites y en algún momento notó sus testículos rebotar en la barbilla. Tenía el cuerpo rígido y le revolvía el pelo con las manos. Era como si no pudiera estarse quieto; las manos y los dedos no dejaban de tocarle y acariciarle la cabeza mientras murmuraba palabras de elogio y aliento.

Y entonces dio un último empujón fuerte, más fuerte que las embestidas anteriores, y notó una explosión de líquido caliente en la garganta que pronto le llenó la boca. Al recordar su orden, se apresuró a tragárselo todo… y luego una vez más, ya que le vino una segunda oleada.

Siguió empujando, aunque sus movimientos se habían ralentizado y ya no tenían la urgencia de antes. El semen le bañaba la lengua, el interior de los carrillos y la garganta; toda su esencia la llenaba y ella se lo tragó todo, asegurándose de que no se le escapara ni una gota. Cuando se retiró, ella se la lamió para limpiarle los restos de simiente igual que había hecho antes con el glaseado.

Entonces, él la ayudó a incorporarse; Evangeline temblaba como una hoja; tenía los sentidos embotados por lo que acababa de ocurrir. Nunca había tenido el más mínimo interés en comérsela a un hombre. Le parecía algo confuso, laborioso y no muy agradable, vaya, pero Drake había conseguido que cambiara de parecer en cuestión de minutos.

Le encantaba poder darle tanto placer y casi haber ejercido cierto poder sobre él.

—Ve a asearte —dijo con voz ronca—, el lavabo está allí. —Señaló una puerta—. No te molestarán. Ve y ponte la ropa de esta noche y pediré que nos traigan algo de comer para cuando tengamos hambre.

17

*E*vangeline se sintió como una princesa de cuento al mirarse en el espejo para repasar con ojo crítico el maquillaje, cómo le quedaba el vestido y el pelo, que se había ondulado y recogido en lo alto de la cabeza de forma que le cayera con suavidad sobre la nuca.

Por mucho que lo intentase, no podía poner ningún reparo a su aspecto. Desde luego, había pasado muchísimo tiempo perfeccionando al máximo cada detalle.

Era la hora de la verdad. El recuerdo de la última vez que había entrado en el club todavía la avergonzaba. Nada había cambiado, salvo que ahora era la chica de Drake. ¿Se había vuelto atractiva de la noche a la mañana solo por eso? Como rezaba el dicho, aunque la mona se vista de seda, mona se queda.

Sí, el vestido era de infarto, y más caro que el que llevaba aquella noche, pero tampoco había intentado entrar en el club con ropa de imitación barata. Trató de localizar alguna diferencia notable que la hiciese merecedora de estar en Impulse, pero fue en vano.

Al menos no tenía que preocuparse de que la echaran, de que la agredieran o de que Eddie apareciera a fastidiar la noche. Ya se había dado cuenta de que Drake no había mentido al decir que siempre protegía lo suyo.

Fue escalofriante recordar las palabras de Maddox. Le había dicho muy serio que Eddie nunca volvería a hacerle daño ni a acercarse a más de un kilómetro de ella. Tenía un destello amenazador en los ojos, y Evangeline lo creía sin reservas, pero no quería pensar en cómo estaba tan seguro y en qué medidas habría tomado para poder afirmar con tanta rotundidad que Eddie no volvería a causarle problemas.

Drake era propietario de un club, una discoteca, pero por frases sueltas que había oído, Evangeline presentía que tenía intereses comerciales muy variados. No estaba segura de si quería saber en qué andaba metido para necesitar rodearse de tantos guardaespaldas y contratar a hombres con pinta de poder partirle el cuello a alguien con una sola mirada.

No, no quería saberlo. Hay cosas de las que es mejor no hablar. Puede que fuera mala persona por ello, poco íntegra, además de tonta e ingenua. Pero solo quería centrarse en lo que había entre Drake y ella, fuera lo que fuera, y en descubrir a dónde los llevaba.

Drake se había enfadado. No, «enfadado» era una palabra muy fuerte. «Contrariado» quizá describía mejor su reacción cuando ella había vacilado y cuestionado su autoridad tras haberse comprometido a obedecer sus órdenes y someterse a él. Y, sin embargo, la autoridad tan patente en su voz la había excitado. ¿Estaba loca? ¿Había sacado a la luz Drake una parte de Evangeline que ni ella misma sabía que existía, y que probablemente nunca habría descubierto si no fuese por él? Había cobrado vida al tocarlo, y no podía imaginarse reaccionando de esa forma ante ningún otro. Todos los hombres de Drake eran muy atractivos, cada uno a su manera, pero ellos no le hacían sentir más que admiración por su belleza masculina. No le provocaban fantasías sexuales intensas.

Evangeline sabía que había perdido demasiado tiempo cambiándose, peinándose y maquillándose y que seguramente Drake estaría contrariado otra vez, así que tras darse un último repaso ante el espejo y alisarse el vestido, respiró hondo y se puso los tacones.

Con la mano a unos milímetros del pomo de la puerta, hizo acopio de valor para entrar en el despacho de Drake; rezó para que le diera el visto bueno y le gustara su aspecto.

Tras tragar saliva, enderezar la espalda y erguir la cabeza para al menos transmitir sensación de seguridad y aplomo, abrió la puerta y se acercó a Drake con toda la calma de la que fue capaz. Por dentro, sin embargo, estaba hecha un manojo de nervios.

Tan pronto como abrió la puerta y apareció ante Drake, vio como sus ojos se clavaban en ella y parecían incendiarse.

No pronunció palabra alguna, pero su mirada lo decía todo. Absorbió cada detalle de su aspecto, la recorrió despacio con la mirada de arriba abajo, y pronto las mejillas de Evangeline ardían tanto como los ojos de Drake.

—Estás espectacular —declaró con una voz suave, ronca y sensual que le provocó un intenso hormigueo en las partes íntimas—. Mi ángel se ha vuelto toda una seductora. Estoy tentado de cambiar los planes que tengo para ti esta noche y que te quedes aquí, toda para mí. No me gusta compartir a una mujer tan cautivadora con nadie. Prefiero tenerte en mi regazo para lamerte, tocarte y saborearte toda la noche.

Se ruborizó de placer al oír en su voz la sinceridad y la… posesión. Siempre había pensado que ella no era de las mujeres que se sentirían atraídas por un hombre tan exageradamente posesivo, pero la idea de que la considerase suya y de que fuese tan sobreprotector con lo que ahora consideraba suyo despertaba algo en ella que desconocía. Le gustaba, y mucho. ¿Qué mujer no querría pertenecer a un hombre como Drake Donovan y que la mimaran, consintieran y adoraran hasta tal extremo?

—El vestido te sienta bien. Está hecho para ti. Y esos tacones… Cuando te folle más tarde, solo llevarás puestos esos tacones. Pero, preciosa, no hay vestido, maquillaje o zapato que pueda hacer a una mujer como tú más bella de lo que ya eres. Brillas con luz propia, lleves lo que lleves puesto, y sobre todo cuando no llevas nada. Ninguna mujer del mundo estaría tan guapa como tú con ese vestido y esos tacones. Es mérito tuyo. No lo olvides nunca.

Sus palabras y su semblante eran de absoluta convicción, y había un brillo de posesión tan claro en su mirada que a Evangeline le temblaron las rodillas. La idea de llevar solo los tacones puestos mientras Drake la follaba le provocó tales palpitaciones en el clítoris que se revolvió, inquieta.

Ese hombre podía tener a cualquier mujer del mundo y aun así la elegía a ella. No lo entendía. No podía concebirlo. Pero en ese momento estaba viviendo un cuento de hadas y no le apetecía poner en duda que ese hombre espléndido la encontrara guapa y la deseara. No a ninguna otra: a ella, Evangeline Hawthorn, una chica normal. No tenía nada de especial y, sin embargo, él la hacía sentir especial y deseada.

Se acercó a Drake y se inclinó hacia él hasta que sus labios estuvieron a apenas un suspiro.

—Me alegro de que des tu aprobación —susurró.

Y luego lo besó, sin preocuparse de que se le borrara el brillo de labios. En ese momento, tenía que besarlo. Tenía que demostrarle lo que sus palabras habían significado para ella.

Se abalanzó con avidez sobre su boca, chupándole la punta de la lengua cuando separó los labios y luego adentrándose más para poder saborearlo, devorarlo.

Un gruñido resonó en la garganta de Drake e hizo vibrar la lengua de Evangeline, que le provocó un escalofrío.

Se apartó lentamente de Drake, que frunció el ceño como diciendo que no había terminado con ella todavía, pero Evangeline quería bucear en su mirada una vez más y deleitarse en el deseo y la aprobación que veía en sus ojos oscuros.

—«Aprobación» no acaba de describirlo del todo, mi ángel. No tengo claro si eres un ángel o un demonio disfrazado de ángel. Nunca me había afectado tanto un simple beso.

—Ni a mí —susurró ella.

Entonces él sonrió.

—Dime, mi ángel, ¿a cuántos hombres has besado?

Evangeline se sonrojó y apartó la mirada, avergonzada. Drake la cogió por el mentón y acercó su cara con cuidado para que lo mirara a los ojos.

—No lo pregunto para avergonzarte. Espero que la respuesta sea que solo has besado a un tío aparte de mí, porque desde luego ese capullo no cuenta, así que yo sería el primero. El primero que ha significado algo. Porque me encanta esa idea y me importa una mierda que seas inexperta. Quiero ser el hombre que te enseñe el placer y el erotismo. Quiero que, con el tiempo, te olvides por completo de Eddie Ryker y te convenzas de que fui el primero para ti en todos los aspectos del sexo.

A Evangeline le dio un vuelco el corazón y, por un momento, se quedó sin aliento. Luego sonrió, sin ser consciente del efecto demoledor que tenía esa sonrisa sobre la población masculina.

—¿Quién es Eddie? —preguntó risueña.

Drake gruñó y esta vez fue él quien la atacó a ella para besarla tan fuerte que casi no podía respirar.

—Así me gusta —dijo mientras acariciaba con el pulgar sus labios hinchados.

—Y Drake, que conste que sí has sido el primero —murmuró Evangeline—. Lo que hizo Eddie no se puede considerar nada más que un polvo rápido que se centró en su placer sin darme ninguno a mí. Tú eres el único hombre que me ha dado eso en mi vida.

La inmensa satisfacción de Drake con su respuesta era evidente. Aflojó los brazos para que ella pudiera apartarse un poco, sin dejar de observar maravillado el cuerpo de Evangeline, lo que la llenó de orgullo y emoción. A Drake le gustaba lo que veía. Su reacción ante ella era totalmente genuina, y esa sensación la embriagaba. Era como vivir un sueño maravilloso del que nunca quería despertar.

—Ve a ponerte cómoda —dijo Drake—. Pronto llegará la comida y después dos de mis hombres te acompañarán abajo. Quiero que disfrutes de la noche como deberías haberla disfrutado la primera vez que viniste a mi club.

Evangeline se giró deprisa para que Drake no viera la preocupación en su rostro. Recordaba perfectamente cómo habían reaccionado los otros clientes ante ella. Ser la chica de Drake no cambiaba quién era y lo que era, y los demás seguirían juzgándola y mirándola por encima del hombro, la viera como la viera Drake.

—Evangeline.

Ella estaba a punto de desplomarse en uno de los lujosos sillones que había junto al escritorio, pero se detuvo al oír su voz. Se dio la vuelta y lo miró, inquisitiva.

—Todo irá bien —afirmó con suavidad.

Ella cerró los ojos por un momento, decidida a impedir que el disgusto de volver a recordar aquella noche le estropeara el maquillaje.

—No tienes ni idea de lo horrible que fue aquella noche para mí, Drake. Antes incluso de que apareciera Eddie.

Drake entornó los ojos.

—Explícate.

Evangeline suspiró, deseaba haberse quedado callada.

Maldijo su manía de soltar siempre la verdad, por incómoda o bochornosa que fuera. A nadie le interesaban sus pensamientos, pero ella seguía empeñada en contar siempre la pura verdad, sin filtros.

—¿Evangeline? —inquirió él.

Mierda, no iba a dejarlo estar. Ya conocía el característico tono con el que acababa de pronunciar esa sola palabra. Su nombre. No era una petición: era una orden que se sentía obligada a obedecer, por mucho que la incomodase rememorar aquella noche.

Exhaló otro suspiro de resignación e hizo acopio de toda su fuerza y compostura.

—En cuanto salí del taxi, empezaron a juzgarme. La gente de la cola, digo. Incluso el dichoso gorila, o como se diga. El tío que se pone en la puerta a decirle a la gente que pase o que se ponga a la cola. Pero a mí ni siquiera me dijo que me pusiera a la cola: me dijo que me largase. Y todos los de la puñetera cola me miraron con sonrisitas de superioridad como si fuera imbécil por intentar siquiera entrar en un sitio como Impulse. Luego enseñé mi pase vip al tío que me había dicho que me fuera y puso cara de chupar limones; a los de la cola les cabreó mucho que alguien como yo pudiese entrar mientras ellos seguían esperando en la acera. Me miraban como si fuese un bicho. Otros directamente empezaron a reírse.

Hizo una pausa para tomar aliento, sorprendida de que aquella experiencia tan humillante todavía la hiciera bullir de rabia.

—Una vez dentro, la cosa no mejoró. Todos me miraban como si fuera una alienígena que acababa de bajar de un ovni. Había caras arrogantes, divertidas, engreídas, y me sentí como si me estuvieran examinando con lupa. Solo el camarero fue agradable. Él sí fue simpático y amable conmigo. Me trató como a una persona normal, como si valiera lo mismo que el resto y tuviera el mismo derecho a estar allí, mientras que las demás personas de la barra me trataban como si me hubiera colado en una fiesta sin estar invitada. Fue horrible. Ya tenía decidido marcharme. Fui tonta por dejar que mis amigas me convencieran de ir. Pero entonces vi a Eddie. Llevaba una tía aferrada al brazo, con una pinta que parecía gritarme: «Soy más guapa, más elegante y mejor que tú, y puedo satisfacer a mi hombre, no como tú, que fuiste un desastre en la cama». Y si no me largué fue por mi dichoso orgullo, porque no quería que pareciera que me daba corte o vergüenza encontrarme con él. Así que allí me quedé, rezando para que no se fijara en mí. Pero no hubo suerte —masculló.

—Es imposible que un hombre no se fije en ti, mi ángel, a menos que esté muerto —apuntó Drake con sequedad—. Te subestimas demasiado, pero pienso arreglar eso.

Evangeline se estremeció y continuó como si él no hubiera intervenido.

—Fue horrible. Toda esa noche fue… espantosa. ¿Y ahora tengo que entrar y soportar eso otra vez? ¿Hacer como si aquello no hubiera ocurrido y como si no estuviera todo el mundo juzgándome, riéndose de mí y preguntándose por qué el portero me ha dejado entrar?

De no haber tenido tan a flor de piel los sentimientos al revivir aquella noche, la expresión en el rostro de Drake la habría aterrado. Estaba furioso, con los ojos inexpresivos y la mandíbula tan apretada que tenía que dolerle.

—Esta noche no pasará nada de eso —aseguró con suavidad y un deje amenazador—. Todos mis empleados están al corriente de quién eres y de que tienen que atender todas tus peticiones y tratarte con respeto absoluto. Mis hombres estarán siempre cerca de ti, y no te preocupes: si alguien te falta al respeto, se encargarán de él y la cosa se pondrá muy fea. Es más, si alguien se pasa de la raya contigo o te mira mal, quiero saberlo inmediatamente. Júramelo, Evangeline. Se lo dirás a uno de mis hombres para que me informen y se resolverá el problema enseguida. No voy a tolerar que nadie te falte al respeto.

—Está bien —farfulló ella, que sabía por experiencia que Drake quería palabras, no gestos.

La voz de Drake se suavizó, así como su semblante y sus ojos.

—Quiero que te lo pases bien esta noche, mi ángel. No soy tan cabrón para dejar que lo pases mal a propósito y nunca te pondría en una posición incómoda o embarazosa. Te he preparado una sorpresa, creo que te gustará y que te olvidarás completamente de la primera vez que viniste al Impulse.

Evangeline se acomodó en el lujoso asiento de cuero mientras asimilaba esa afirmación enigmática, y lo miró con curiosidad.

Drake sonrió.

—Quiero que te diviertas esta noche, mi ángel. Me da la impresión de que no te has divertido mucho en tu vida. Has estado muy ocupada trabajando y cuidando de los demás.

El corazón le dio un vuelco. Era un gesto precioso y no pudo evitar sonreír y que una sensación cálida se le extendiera por el pecho.

—Hablando de eso, aún tienes que darme los datos del banco de tus padres y su número de cuenta. Mañana por la mañana le diré a mi asistente que llame y haga la transferencia. Pero he pensado que antes querrías llamarlos y ponerlos al corriente de la situación, para que no les sorprenda ver la transferencia.

La euforia que acababa de experimentar Evangeline se convirtió en pánico.

—Madre mía, Drake. ¿Qué les digo? ¿Cómo voy a explicar una transferencia repentina que claramente no he hecho yo? ¿Qué van a pensar? Les parecerá muy raro, por no hablar de las cosas que pueden pensar de mí y de qué habré hecho para conseguir tanto dinero tan de repente.

Sintió que se le acaloraban las mejillas. La vergüenza. ¿Cómo podía explicar lo de Drake y su relación con un hombre que había conocido tan solo unos días antes?

—¿Y si piensan que soy traficante de drogas o prostituta? —preguntó horrorizada.

En un pueblo pequeño como el suyo, si alguien conseguía dinero de repente y de manera misteriosa, se disparaban las habladurías y en ningún caso quería hacer pasar a sus padres por eso. Si solo la afectase a ella, no le importaría, pero sí le importaba cómo tratara la gente a sus padres y lo que dijeran de ellos. Y le importaba lo que pensaran de ella sus padres.

—¿Qué se supone que soy? —susurró Evangeline, sin dejar de mirar a Drake muy agitada—. ¿Tu querida? ¿Tu chica de compañía?

Paró de hablar y se cubrió la cara con las manos, se olvidó de que luego tendría que retocarse casi por completo el maquillaje.

—Yo no soy así —balbució—. Esta no soy yo, no dejo que otra persona solucione mis problemas por mí, y menos aún alguien a quien apenas conozco. Puedo soportar el desprecio o la vergüenza porque haría cualquier cosa por mis padres. Pero no quiero que ellos se sientan decepcionados por mí o avergonzados de mí, porque sé que no querrían que hiciera algo que va en contra de la educación que me dieron para ayudarlos.

Cuando por fin se armó de valor para destaparse la cara, se esperaba ver enfado en el rostro y en los ojos de Drake, incluso ira. Pero no vio nada de eso. En ese instante, se formó un vínculo inexplicable entre ellos. Un vínculo de comprensión y de orgullo.

Ninguno dijo nada, conscientes ambos de la conexión, que no era física, sino sentimental. Puede que vivieran en mundos opuestos, pero conceptos como el orgullo y el respeto por uno mismo eran universales y, en ese aspecto, compartían una afinidad. No había diferencias sociales o económicas. Eran personas, simple y llanamente personas, que podían sentir y respetar cosas que no entendían de barreras.

—¿Prefieres que los llame y se lo explique yo, mi ángel? —preguntó él con suavidad.

Era una propuesta tentadora. Demasiado tentadora. Evangeline aborrecía los conflictos e intentaba huir de ellos a cualquier precio, porque normalmente seguía dándoles vueltas durante días e incluso semanas después de que se hubieran solucionado. Pero tenía que mantener el control sobre alguna parte de su vida al menos, ya que lo había perdido en todas las otras desde que había conocido a Drake. Y Evangeline podía ser muchas cosas —muy gallina, como ella misma reconocía—, pero tener miedo de hacer frente a las dos personas más importantes de su vida era una vergüenza que la acompañaría siempre.

—N...no. No —dijo con más firmeza la segunda vez. Respiró hondo—. Tengo que hacerlo yo misma. Les debo una explicación y tengo que dársela yo, no un hombre que no conocen de nada. No me educaron para eso. Sobre todo, me enseñaron a responsabilizarme de mis actos y a no esconderme detrás de otros. Puede que me esconda de mí misma, pero nunca dejaré que se me acuse de hacerlo tras otra persona.

Los ojos de Drake volvieron a mostrar un brillo de respeto y parecieron más profundos y oscuros de lo normal. Y, en ese momento, Evangeline se dio cuenta de que su aprobación y su respeto significaban mucho más para ella de lo que deberían, teniendo en cuenta que apenas lo conocía.

—¿Te has acordado de traer el móvil nuevo o te presto el mío? —preguntó él con tono desenfadado, como si Evangeline no estuviera a punto de hacer una llamada que podría provocarle una crisis nerviosa.

—Lo he traído —respondió mientras escudriñaba la habitación con la mirada, al intentar recordar, con todo el aturdimiento, dónde había dejado el bolso.

—Si buscas el bolso, te lo has llevado al baño.

Tras mirarlo con agradecimiento, se levantó como un resorte y fue hacia el baño casi corriendo, antes de que la abandonase el coraje. Su bolso estaba en la encimera, al lado del lavabo. Mientras revolvía en él para buscar el teléfono, recordó que no había guardado los contactos en el móvil nuevo, aunque tampoco tenía muchos. En su situación actual, bastaría con teclear de memoria el número de sus padres.

Con la vista fija en la pantalla táctil luminosa, regresó al despacho de Drake, concentrada en teclear. Volvió al asiento del que acababa de levantarse y se acomodó en él mientras se llevaba el teléfono a la oreja.

Al alzar la mirada se encontró con la de Drake y sintió que se ahogaba. Era como si fueran dos imanes, como si él la atrajera y la absorbiera. Sin pensar en lo que hacía, apartó el teléfono de la oreja y activó el altavoz. Luego se levantó y se acercó a Drake. Colocó el móvil en el escritorio con intención de quedarse allí de pie para hablar con sus padres, pero en cuanto oyó la voz familiar de su madre, Drake la agarró por la muñeca y la atrajo hacia sí para sentarla en su regazo. Luego cogió el móvil y lo colocó más cerca de Evangeline.

De repente, se sentía más serena. La fuerza de Drake y su muestra de apoyo le dieron ánimos, y la calma se impuso a los nervios.

—Hola, mamá —dijo con voz alegre.

—¿Evangeline? ¿Eres tú? ¿Has perdido el teléfono? He estado a punto de no contestar. Me llegan muchas llamadas de gente que quiere venderme cosas o estafarme diciendo que le debo unas cantidades desorbitadas a Hacienda. Es absurdo, de verdad. Que una no pueda ni coger el teléfono sin que la acose alguien que ni siquiera dice bien la palabra «tributario». Pero luego me di cuenta de que era tu prefijo y me dije, ¿y si le ha pasado algo y me están llamando para notificármelo? Me sentiría fatal si ignorase una llamada como esa.

Los ojos de Drake brillaron divertidos y esbozó una sonrisa.

—Estoy bien, mamá —dijo Evangeline, para tranquilizarla enseguida, antes de que diera rienda suelta a la imaginación y empezaran a pasarle por la cabeza todas las cosas horribles que podrían haberle ocurrido a su hija.

Su madre estaba convencida de que en esa ciudad depravada iban a atracar, violar o asesinar a Evangeline en menos de una semana. Tanto ella como su padre le habían suplicado que no se mudase a Nueva York y que no se marchase tan lejos de ellos. «Sobreprotectores» se quedaba corto para describir su actitud hacia ella.

Se mordió el labio. Sabía que cuando explicase la situación su madre se pondría como loca y le rogaría que volviera a casa y su padre también. Drake la tranquilizó con un apretón y asintió con la cabeza para darle ánimos y Evangeline se lo agradeció inmensamente. Se moría de ganas de apoyar la cabeza en su pecho y abrazarlo muy fuerte.

—Tengo un teléfono nuevo. El viejo… Bueno, se me rompió y necesitaba una forma de comunicarme.

Hizo una mueca al soltar aquella mentira piadosa, porque ella nunca mentía y no le gustaba sentirse embustera. Notó un nudo de culpa en la garganta y pidió perdón en silencio por la mentirijilla.

—Ah, claro. Me alegro de que hayas sido sensata y te hayas comprado otro enseguida —contestó su madre—. No puede ser que vivas en esa ciudad tan grande sin tener con qué llamar para pedir ayuda. ¿Y si te pasara algo o alguien te atacara? Por cierto, justo el otro día leí un artículo en el periódico sobre dos mujeres que sufrieron un ataque en Nueva York. No sé a dónde vamos a ir a parar.

Evangeline se estremeció y cerró los ojos al ver que la mentira crecía más y más. Ella no había comprado el teléfono: había sido Drake. Él lo había comprado todo hasta el momento. Sentada en el regazo de Drake, escuchó el discursito de su madre sobre los peligros de vivir en una ciudad en la cual uno no puede contar con sus vecinos y la gente nunca se para a ayudar.

Ya había intentado explicar a su madre que lo de Nueva York era un estereotipo y que, en realidad, era una ciudad bastante segura, aunque Evangeline vivía en una zona un poco difícil. Bueno, en realidad ya no vivía allí. Otra cosa más que aún tenía que contar a su madre. Pero la madre se negaba a creer que una ciudad tan grande como Nueva York pudiera ser segura y le recordaba constantemente que era un alma cándida e inocente y que no debía dejarse engatusar. Sin duda pensaría que ahora se había dejado engatusar completamente, abandonando toda precaución y cediendo el control sobre su vida a un hombre que había conocido solo unos días antes.

Notó que Drake daba una sacudida y lo miró enseguida para ver qué pasaba, pero tan solo reía en silencio. Claramente, se estaba divirtiendo.

—Oye, mamá, ¿anda papá por ahí? ¿Puede ponerse también él? Tengo algo que deciros.

—Claro.

Hubo una larga pausa mientras su madre asimilaba la petición de ella. Era habitual que le pidiera eso, así que Evangeline dedujo que su madre había notado algo raro en su voz.

—Cariño, ¿va todo bien? —indagó, nerviosa.

—Evangeline, ¿cómo estás, cariño?

La voz ronca de su padre inundó los oídos de Evangeline y, por un instante, sintió tanta morriña que se quedó sin aliento. Drake le dio un apretón y ella suspiró. Ya fuera en persona o por teléfono, sus sentimientos eran tan evidentes como las luces de neón de Times Square.

—Estoy bien, papá —respondió con tono despreocupado—. La pregunta es: ¿cómo estás tú? ¿Va todo bien?

—Me las apaño—dijo con aspereza—. Tu madre se está preocupando, conque escupe ya lo que sea que quieres decirnos antes de que tenga una crisis de ansiedad.

Evangeline no pudo evitar ablandarse y sonreír. Cómo los echaba de menos. Lo que más deseaba en el mundo era ir a casa a visitarlos, pero lo que se gastaría en el billete de avión era dinero que no le podía dar a sus padres y, en ese momento, necesitaban más el apoyo económico que una visita suya.

Pero todo eso estaba cambiando con Drake. Tal vez… Apartó esos pensamientos de su cabeza. Puede que él se hubiera ocupado de sus padres, y se lo agradecía, pero ella ya no tenía trabajo ni forma de ahorrar el dinero necesario para visitar a la familia. Dependía de Drake para todo, y se le cayó el alma a los pies al pensar en todo lo que eso conllevaba.

—Ya no trabajo de camarera en el pub —informó Evangeline, que había decidido empezar con las noticias de menor importancia y luego llevar la conversación hacia las más impactantes.

—Gracias a Dios —exclamó la madre fervientemente.

—Bien —añadió el padre con rotundidad—. Nunca me gustó que trabajaras en un lugar así. Un bar no es sitio para una buena chica como tú. Odiaba que tuvieras que trabajar allí por culpa de que yo ya no soy capaz de sacar adelante a mi propia familia.

A Evangeline se le encogió el corazón al vislumbrar el dolor en la voz de su padre. ¿No sabía que haría cualquier cosa, lo que fuera, para devolverles todo lo que le habían dado durante su infancia?

Drake le acariciaba el brazo de arriba abajo y se detuvo en el hombro un momento antes de continuar con el gesto mecánico. Estaba completamente absorto en la conversación y se le veía pensativo.

—Además, he conocido a alguien —dijo Evangeline en voz baja.

Mientras lo decía, observó a Drake, quien, en silencio, le rogaba que comprendiera el cuento que se iba a inventar. Sus padres no lo entenderían, simple y llanamente. La naturaleza de su relación les asombraría y Evangeline no tenía duda de que cogerían el próximo vuelo a Nueva York… No, mejor dicho: su madre tendría que conducir hasta Nueva York porque su padre llevaría la escopeta con él, para acribillar a perdigones a Drake por «deshonrar» a su niña.

—Ahora trabajo para él —anunció, sin concretar mucho—. Es un trabajo muy bueno, con un sueldo fantástico. Y muchas prestaciones —añadió enseguida para que la oyera Drake.

Los ojos de Drake centellearon y mostró sus dientes blanquísimos. Estaba tan atractivo que Evangeline sintió que el cuerpo se le encendía y cobraba vida propia. Los pezones se le endurecieron y notó una sensibilidad en la entrepierna que la hizo removerse en el regazo de Drake, incómoda.

—Madre mía, ¡eso es fantástico, cariño! —aplaudió la madre—. ¿Cuándo podemos conocerlo?

A Evangeline le dio miedo y esquivó la mirada de Drake, porque no quería ser demasiado atrevida. Le había dejado muy claro que las riendas las llevaba él.

—Muy pronto —contestó vagamente—. Pero hay algo más. No le gustaba que trabajara en el pub.

El padre la interrumpió antes de que pudiera continuar.

—Bien. Parece un hombre con dos dedos de frente que va a cuidar bien de mi niña. Me alegro de que te haya hecho entrar en razón.

Drake se tapó la boca con la mano para amortiguar una carcajada y Evangeline lo fulminó con la mirada.

—Como insistía en saber por qué trabajaba tanto y hasta tan tarde en ese sitio, le conté que lo hacía para ayudar a mi familia.

Su madre emitió un gemido angustiado y Evangeline cerró los ojos, porque sabía lo importante que era su orgullo para ella. Tanto la madre como el padre se lo habían inculcado.

—Quiere ayudar —continuó, para eludir el momento incómodo—. No quiere que vuelva a trabajar allí bajo ningún concepto, así que mañana os va a hacer una transferencia. Quería llamar y avisaros para que no pensarais que había algún error ni sacarais conclusiones equivocadas.

Su madre contuvo el aliento, sorprendida, pero se repuso enseguida.

—¿Pero conoces bien a este hombre, Evangeline? ¿Te trata bien? Ya sabes que siempre puedes volver a casa. Nos apañaremos, como siempre hemos hecho.

Fue entonces cuando Drake la sorprendió. Cogió el teléfono, apagó el altavoz y se lo acercó a la oreja. Antes de que Evangeline pudiera pedirle que se lo devolviera, Drake estaba hablando con su madre.

—Señora Hawthorn, me llamo Drake Donovan y me importa muchísimo su hija. Ese lugar en el que trabajaba era peligroso.

Evangeline empezó a protestar, pero él la mandó callar enseguida con un firme apretón del brazo con que le rodeaba el cuerpo.

—No solo eso, sino que estaba viviendo en un edificio en mal estado y en un barrio poco recomendable. Su piso estaba en la séptima planta y los ascensores llevaban al menos un año sin funcionar. La cerradura era tan frágil que hasta un niño podría haberla forzado. No iba a quedarme sentado viendo cómo Evangeline se ponía en peligro, cuando yo tengo los medios para ayudar, que es lo que pienso hacer. Evangeline es mi prioridad, y ustedes son la suya, de modo que también son importantes para mí. Porque quiero que Evangeline sea feliz, pero sobre todo quiero que esté a salvo. Estaba trabajando hasta la extenuación, expuesta a hombres que le harían daño sin pensárselo dos veces y eso sí que no lo voy a permitir bajo ningún concepto. Entiendo y comparto su preocupación. Pero quédense tranquilos: con mi protección y mis cuidados, estará totalmente segura, y creo que todos estamos de acuerdo en que, si ustedes ya no tienen problemas económicos, ella tendrá una carga menos que sobrellevar.

Hubo un silencio prolongado de Drake mientras escuchaba con atención lo que fuera que los padres le estaban diciendo y Evangeline se retorció de frustración e impaciencia. La estaban dejando al margen de una conversación muy importante y que la incumbía. Allí atrapada por el brazo de Drake, sintió su rabia crecer más y más hasta que casi le hirvió la sangre.

—La protegeré constantemente y a partir de ahora vivirá conmigo. Estará siempre a salvo y su felicidad será de suma importancia para mí, algo que creo que tenemos en común. No podría considerarme hombre si no hiciera todo lo posible para aliviar las preocupaciones y el estrés de Evangeline y eso incluye asegurarme de que a las dos personas que más quiere no les falta de nada. Antes, se ocupaba de ello por sí sola. A partir de ahora, eso va a cambiar. Ahora me tiene a mí. Les proporcionaré con gusto todos mis números de contacto, así como el teléfono fijo de nuestra residencia y el nuevo número de Evangeline ya se les debe de haber quedado guardado. Pueden llamar siempre que quieran. Sin embargo, si hay algo que les inquieta y, sobre todo, si necesitan algo, preferiría que contactasen antes conmigo para que Evangeline no se preocupe sin necesidad.

Evangeline clavó la mirada en Drake, atónita. ¿Quería cortarle la comunicación con sus padres? ¿Le estaba restringiendo el acceso a ellos?

Drake la abrazó y la besó en la frente mientras escuchaba la respuesta de sus padres.

—Bien —respondió por fin—. Parece que estamos todos de acuerdo en este asunto.

Los ojos de Evangeline se llenaron de lágrimas de impotencia. «Todos menos yo», pensó. No lo dijo en voz alta y las palabras quedaron reducidas a un eco en su mente.

—Sí, señor, lo entiendo perfectamente y si yo fuera usted me sentiría igual, así que voy a prometerle algo. Evangeline siempre estará a salvo conmigo, removeré cielo y tierra para hacerla feliz y que no se arrepienta nunca de haber depositado su confianza en mí.

Pero ya se estaba arrepintiendo, a pesar de que sus padres, y en concreto su padre, hubieran dado su aprobación a toda aquella locura. Porque sentía que los pilares que la sostenían, que sostenían su vida, se estaban derrumbando cada vez más rápido y su control se estaba desvaneciendo a favor de la dominación de Drake. Se preguntó si podría permanecer indemne ante la influencia de alguien tan poderoso y exigente como Drake, sin acabar convirtiéndose en una persona distinta a ella, a Evangeline.

Puede que no tuviera mucho, pero siempre había sabido quién era y cuál era su lugar. Ahora, Drake lo amenazaba todo. Le había afectado muchísimo lo que acababa de ocurrir. Quizá había estado tan enfrascada jugando a ser Cenicienta que no se había dado cuenta de la magnitud de aquello en lo que se estaba metiendo.

O a lo mejor sí sabía exactamente en qué se estaba metiendo y aquella parte secreta de ella que disfrutaba con la autoridad de Drake se había impuesto y había salido a buscar algo que siempre le había faltado, una parte esencial de sí misma a la que no había tenido acceso. Podía resistirse y volver a su vida ordinaria y predecible, arriesgándose a sentirse insatisfecha para siempre. O podía aceptar con los brazos abiertos la vida desconocida pero tentadora que Drake le ofrecía y quizá acabaría descubriendo quién era realmente y qué quería la verdadera Evangeline.

$\mathcal{D}$rake sabía que Evangeline estaba alterada y algo desconcertada cuando se levantó de su regazo al terminar la llamada
con sus padres. Se había excusado con que debía ir a retocarse
el maquillaje.

No iba a impedírselo ni a recordarle que había prometido
cederle todo el control, así como darle toda la confianza. No
quería arruinar la noche que le tenía preparada. Era comprensible que hubiera actuado así. Cuanto más la conocía e
iba despojándola de esas delicadas capas que formaban la mujer que ahora llamaba suya, más le gustaba quién era y lo que
veía. Estaba muy orgulloso de ella. Era gilipollas por reconocer que apenas había sentido respeto y admiración —y mucho menos orgullo— por ninguna de las mujeres con las que
había estado, pero su ángel estaba en un plano completamente distinto. Cómo podría resistirse a tal desafío, por mucho que quisiera, y la deseaba, quería el lote completo y esperaba con emoción todos los pasos de aquella relación.
Esperaba que ella pudiera gestionar lo que él iba a darle, porque pensaba devolverle todo lo que ella le daba a él.

Era una mujer aparentemente frágil e inocente, pero tenía
un interior de acero. Y después de escuchar la conversación
que había mantenido con sus padres y de haber hablado él
con ellos, también se daba cuenta de que se había equivocado con
sus padres.

Se había enfadado. No, enfadado no. Había estado furioso
porque pensaba que las dos personas que deberían haber pro-
tegido a Evangeline se estaban aprovechando de ella. Ahora,
después de oír aquel afecto y amor que se profesaban los tres,
sabía que a sus padres no les gustaba que Evangeline renun-

ciara a tanto por ellos. Era ella quien quería hacer lo que estuviera en sus manos para ayudar a las personas que amaba y que la habían criado. No muchas chicas interrumpirían su vida de forma indefinida para hacer lo correcto.

Cuando Drake les contó que no volvería a trabajar en el pub y que la mantendría a salvo en todo momento, solo oyó alivio en las voces de su madre y su padre. Al pensar en el pasado se alegró de haber puesto el teléfono en silencio antes de interrumpir la conversación, porque oír lo que sus padres habían dicho le hubiera hecho daño y la hubiera hecho sentir una fracasada.

Ellos no querían ayuda económica a expensas de su hija. Sí, necesitaban el dinero que ella les enviaba regularmente, pero preferían que Evangeline estudiara y fuera feliz, que llevara las riendas de su vida y que no atara su futuro a ellos, debía anteponer siempre las necesidades de ella a las suyas. Era evidente: ambos se sentían muy culpables y querían algo mucho mejor para la hija a la que claramente adoraban. Drake pensaba asegurarse de que así fuera, que ella tuviera una vida mejor y, por extensión, también sus padres.

Su padre estaba especialmente preocupado porque según había contado a Drake en un tono de advertencia, Evangeline no había tenido novios en el instituto, aunque muchos chicos se habían interesado por ella. Por eso, ella había tenido muy pocas experiencias y confiaba en la gente con demasiada facilidad. Le preocupaba que careciera de la sofisticación de las urbanitas de Nueva York y que se aprovecharan de ella. Otra cosa más en la que tanto su padre como él estaban de acuerdo.

Pero lo último que dijo su padre inquietó a Drake que, por regla general, se mostraba imperturbable. El hombre le había contado que Evangeline era introvertida, que huía de las relaciones y que no era consciente de su capacidad de atracción. Sin embargo, cuando amaba, amaba con toda el alma y corazón; no había mujer más leal con el hombre al que amaba. Y que si Drake acababa siendo ese hombre, sería el más afortunado del mundo.

Estuvo a punto de soltar un exabrupto mientras esperaba a que volviera Evangeline. Quería que sonriera, que fuera feliz y estuviera contenta. Quería que brillara, que iluminara la sala entera cuando apareciera en el reservado que tenía preparado. Complacería todos sus deseos y no repararía en gastos para que disfrutara de su sorpresa.

Se dejó de tanta introspección cuando Evangeline reapareció; se había retocado el maquillaje, pero tenía una mirada apagada que no le hizo ninguna gracia. Algo le preocupaba, pero esta noche quería que fuera feliz y que disfrutara, no que estuviera mentalmente a kilómetros de allí.

Suspiró y le tendió la mano, contento cuando ella obedeció y se acercó al escritorio. La sentó de nuevo en su regazo, pero esta vez ella no se relajó ni se fundió con su cuerpo como había hecho antes.

—Tenemos un acuerdo, cariño. Si hay algo que te preocupe, sea grande o pequeño, tienes que confiar en mí, y está claro que algo te ronda por la cabeza. No quiero que nada te fastidie la noche, así que hasta que me cuentes lo que piensas, te quedarás aquí conmigo.

Ella parecía… triste. Maldita sea. No le gustaba reaccionar así ante su infelicidad, ni sentir que eso le molestaba tanto.

Evangeline se volvió para mirarlo; la inquietud y turbación se reflejaban en sus ojos.

—Pediste a mis padres que te llamaran a ti, no a mí, porque no querías que me preocupara sin necesidad. ¿Ahora me impides hablar con ellos? A partir de ahora, ¿la información que tenga de ellos vendrá únicamente de ti? ¿Se me permitirá hablar con ellos?

Él maldijo en voz baja; acababa de darse cuenta de que había malinterpretado la conversación unilateral que había oído.

—Qué va, no es mi intención. Pueden contactar contigo y puedes hablar con ellos cuando quieras. Sin embargo, si necesitan algo, espero que acudan a mí y no a ti porque no quiero que te preocupes por algo que yo puedo arreglar.

Ella asintió lentamente y se relajó, aliviada. Entonces lo miró con pesar:

—Lo siento, ya te estoy fallando. Prometí que confiaría en ti y a la primera de cambio ya te estoy cuestionando.

En circunstancias normales, sí, Drake estaría impaciente y cabreado. Se hubiera enfadado con cualquier otra mujer si esta hubiera cometido la misma transgresión, pero la de Evangeline era comprensible y no podía reprenderla porque sus preocupaciones se centraban en otros y no en ella misma.

La besó en la frente.

—No me has fallado, mi ángel. Supongo que ambos cometeremos errores al principio de nuestra relación. Sé paciente conmigo y yo seré paciente contigo.

Ella sonrió; el brillo había vuelto a sus ojos.

—Bueno, ¿y qué me decías de una sorpresa?

Él le acarició la espalda, incapaz de contenerse en tocar su piel sedosa.

—Pues, para empezar, vamos a comer, que debes de estar muerta de hambre. Además, aún no es hora de la sorpresa.

Ella hizo un mohín gracioso, aunque Drake dudaba que lo hiciera a propósito o que se diera cuenta de que lo estaba haciendo. Frunció el ceño y bajó la vista hasta su vestido, contrariada.

—Tendría que haber comido antes de cambiarme. Soy capaz de mancharme el vestido y tener que volver a maquillarme.

—No, ya verás que no —dijo Drake con tranquilidad—. Porque cada bocado que des vendrá de mi mano.

Ella se dio la vuelta con los ojos abiertos como platos.

—Sí, cariño. Te quedarás aquí sentada en mi regazo mientras te doy de comer y pienso disfrutar hasta el último minuto. Y no te preocupes, que si te manchas los labios, será un placer limpiártelos.

Estaba desconcertada.

—¿Y por qué quieres darme de comer? ¿No debería hacerlo yo como tu sumisa?

Era la primera vez que hablaba de eso sin tapujos, que decía en voz alta lo que era, y le gustó que le saliera tan natural, sin pensarlo ni dudarlo.

Le apretó la mano para hacerle saber que le gustaba la pregunta y la aceptación que se reflejaba en su voz.

—Yo también tengo responsabilidades como tu dominante. Sí, debes obedecerme y responder solo ante mí, pero también es cosa mía cuidar de ti y darte todo lo que necesites. Dar de comer a mi mujer es un acto muy íntimo, algo que disfruto muchísimo, de modo que es una forma de complacerme.

—Ah —dijo en voz baja, con una mirada pensativa mientras procesaba su explicación.

Llamaron a la puerta, lo que indicó que la comida que Drake había pedido ya estaba allí. Evangeline se puso tensa, pero él la rodeó con el brazo para que no se levantara de su regazo y volvió a apretarle la mano a modo de advertencia, con lo que ella se relajó.

—Adelante —dijo Drake.

Se abrió la puerta y un trabajador de la cocina empujó un carrito desde el ascensor y empezó a llevar los platos hasta el escritorio de Drake. Colocó los entrantes y la cubertería y sirvió vino para ambos. Enseguida, Evangeline y él volvieron a estar a solas.

Él la atrajo más hacia sí para apoyársela en el pecho y que pudiera utilizar el brazo con que la sujetaba para cortar el suculento bistec en porciones pequeñas.

Pinchó un trozo y se lo llevó a los labios, esperando que ella abriera la boca y aceptara su ofrenda.

Ella se pasó la lengua deprisa por los labios y eso casi lo hizo gemir. Abrió la boca y dejó que le acercara de forma sensual el tenedor, tras lo cual hizo un ruido de lo más seductor al masticar.

—¿Está bueno? —preguntó él.

—Mucho —respondió ella con voz ronca.

A medida que le daba de comer —deteniéndose cada cierto tiempo para comer algo también—, ella se fue dejando llevar hasta quedar fundida en su cuerpo. Sentía todos sus movimientos, cómo masticaba y tragaba, cómo se contoneaba: estaba embargado de felicidad, una felicidad esquiva durante tanto tiempo.

Se dio cuenta de que cada vez que él tomaba un bocado y le daba otro a ella, esta lamía con detenimiento el tenedor como si absorbiera la esencia que su lengua había dejado poco antes. Era algo completamente inocente. Dudaba de que se percatara de lo que hacía, pero lo estaba excitando muchísimo y la erección acabaría dejándole marca en el trasero.

Le daba igual la incomodidad. No pensaba moverse ni una

pizca para aliviar el dolor de la entrepierna porque le gustaba tenerla así. Era suya. Le pertenecía. Disfrutaba de la sola idea de tenerla en cualquier momento y como quisiera. Nunca había ido tan despacio con ninguna mujer, pero Evangeline no era una mujer cualquiera y por eso la espera era mucho más dulce.

Pero esta noche… Después, cuando volvieran a casa, le enseñaría su dominación y le exigiría sumisión. Físicamente. Su ángel era dura. Su apariencia era engañosa, igual que su ingenuidad. Poseía mucha más fuerza interior que la mayoría de los hombres que conocía y, a pesar de eso, contaba con un espíritu dulce y suave capaz de cautivar a cualquiera al instante.

No le cabía la menor duda de que ella no podría resistirse a lo que le tenía preparado. Ahora solo tenía ganas de que acabara la velada para poder llevarla a casa y satisfacer las fantasías eróticas que lo consumían desde que la vio por primera vez.

Entre sus brazos y apoyada en su pecho con la cabeza colocada bajo su barbilla, Evangeline suspiró, satisfecha.

—No puedo comer más. Quiero, pero voy a reventar de lo llena que estoy —dijo en un tono pesaroso.

Él apartó el plato y la abrazó, se dejó llevar por la sensación de la suavidad femenina de sus brazos. No había mejor sensación que tener a una mujer satisfecha en su regazo; satisfecha gracias a él. Era un subidón de ego increíble, tenía que reconocerlo.

Hundió la cara en su pelo, con cuidado de no despeinarle el moño que se había hecho o saldría corriendo al lavabo a rehacérselo, y prefería que se quedara allí con él.

—Tenías razón —dijo en un hilo de voz, con un aliento que le rozaba ligeramente la piel.

La curiosidad le pudo porque estaba empezando a aprender que Evangeline siempre decía lo que le pasaba por la cabeza y él no podía leerle la mente.

—¿Sobre qué tenía razón?

—Que es muy íntimo que te den de comer —confesó—. Antes pensaba que era una tontería, pero… me ha excitado.

Él sonrió al notarle la sinceridad en la voz y se felicitó por haber hecho de esta mujer rubia de ojos azules su ángel.

—A mí también me ha excitado —confesó con voz ronca.

—Qué pena que tengas otros planes para mí —dijo con un tono travieso.

Él soltó una carcajada.

—Ah, no te preocupes por eso, mi ángel. Para esta noche tengo preparadas otras cosas además de la sorpresa. De hecho, tengo mucho previsto para cuando volvamos a casa.

Ella se removió en su regazo, excitada por su insinuación. Él estuvo a punto de gemir porque se movía de tal manera que no ayudaba para nada a mitigar su erección. Tenía unas ganas tremendas de penetrarla hasta el fondo.

Ella suspiró.

—Mira que te gusta provocarme, Drake. ¿Cómo voy a disfrutar de mi sorpresa ahora que sé lo que me espera?

Él le tocó un pecho a través de la fina tela del vestido que llevaba y le acarició el pezón hasta que se le endureció. Evangeline dio un grito ahogado y él la besó hasta que a ambos empezó a costarles respirar.

—Pues te lo pasarás muy bien y luego disfrutaremos el uno del otro.

19

*P*asaron el camino de vuelta a casa en un silencio algo incómodo, pero, al menos, Evangeline estaba acurrucada junto al firme cuerpo de Drake, que la rodeaba con el brazo, y con la mejilla apoyada en su gran torso. Aunque la agarraba para dejar constancia de que tenía el control, los últimos días con él le habían servido para darse cuenta de que eso le gustaba, y mucho. Quizás se debiese a que sentía que, por primera vez en mucho tiempo, formaba parte de algo, que encajaba, por mucho que le resultase absurdo sentirse integrada en una forma de vida tan reluciente y llena de excesos como la que él le ofrecía. Pero allí estaba, creyendo formar parte de algo especial, lo que no le pasaba desde el momento en que dejó la casa de sus padres para mudarse a la ciudad.

Si alguien le hubiese dicho que iba a disfrutar tanto en la discoteca en la que había sufrido tantas vejaciones hacía tan poco tiempo, no lo hubiese creído. Y es que, en realidad, no había pasado mucho desde aquello, pero a ella le parecía una eternidad por todo lo que había ocurrido desde aquella fatídica noche. Al acceder al plan propuesto por las amigas, con todo lo que desencadenó, se convirtió en la responsable de que estuviese allí ahora, y, sobre todo, de estar con quien estaba. Aun así, le costaba creer que fuese verdad.

Su madre le decía que el destino siempre guardaba ases bajo la manga y que intentar predecir el futuro era tan inútil como intentar evitar que el agua se colara entre los dedos. Dejó escapar un suspiro y se pegó más a Drake que, con la barbilla apoyada sobre la cabeza de ella, la miró.

—¿Y ese suspiro? —preguntó él.

Ella se encogió de hombros y le apoyó la cara en el pecho.

Por una vez no le soltó toda la verdad. Tampoco sabría cómo explicar lo que ni siquiera ella comprendía. Por no mencionar que, por muy limitadas que fuesen sus experiencias con otros hombres, estaba segura de que usar palabras como «destino» durante los primeros momentos de una relación haría que cualquiera pegara un frenazo, en todos los sentidos de la expresión. Se estaba adelantando a los acontecimientos y tenía que recordar, por una vez en la vida, que no debía centrarse en lo que pasaría el año o el mes siguientes. Ni siquiera la semana siguiente. Tenía que vivir el presente y disfrutar de cada día como si fuese el último.

Le sorprendió que Drake no insistiese. A lo mejor se había percatado de que estaba reflexionando sobre algo. Nadie dijo nada más durante el resto del recorrido, y ella se dejó envolver por la calidez que desprendía su abrazo, como si de una capa protectora se tratase.

Cuando llegaron al piso de Drake, la sacó del coche sujetándola con dulzura y le pasó un brazo alrededor del cuerpo mientras se dirigía a la entrada con presteza. Entonces, se despidió de los dos hombres que lo habían acompañado y estos desaparecieron entre las sombras. Ella no había reparado en su presencia y, cuando se esfumaron, se preguntó si no habrían sido producto de su imaginación. Al salir del ascensor, Drake se quitó la chaqueta y la tiró en el perchero, como hacía siempre que entraba en el piso. Después, se desabotonó las mangas de la camisa y se remangó despreocupadamente para estar más cómodo.

—¿Ha disfrutado mi ángel de su noche de fiesta? —preguntó Drake—. Aunque, más bien, parecías una princesa: tenías a un montón de admiradores pendientes de ti en todo momento, estuvieses en la barra o en la pista.

Ella se sonrojó, algo avergonzada, y él respondió con una sonrisa amable. Al principio, ir a Impulse le hacía la misma gracia que ir a un funeral, pero tenía que admitir que, una vez allí y cuando se soltó, lo había pasado bastante bien.

Ser vip molaba, pero ser una «princesa vip», como la había apodado Maddox, era otro nivel. En más de una ocasión había comparado todo lo que le había pasado hasta el momento con un cuento de hadas, pero lo de esa noche había sido una fantasía tecnológica, futurista y llena de ritmo que habría dejado a cualquier cuento de hadas a la altura del betún.

Se lo había pasado en grande, varios desconocidos habían sido agradables con ella y seguro que no había sido cosa de Drake: por mucho poder que tuviese, era imposible que, con tan poca antelación, hubiese ordenado a todos los del club que actuasen para ella y que fingiesen que les caía bien. Así que solo podía ser cuestión de... magia: en algún lugar, tenía un hada madrina invisible que había agitado su varita mágica para cambiarle la vida. Lo mejor es que ya era más de medianoche, su príncipe estaba frente a ella y la contemplaba excitado.

Se arrojó a los brazos de Drake y lo estrechó con intensidad.

—Gracias. Ha sido la mejor noche de mi vida. Que sepas que lo mejor ha sido cuando estábamos en tu despacho a solas y me diste de comer.

De repente, se sonrojó; no podía creer que hubiese soltado eso tal cual. Parecía una gata que ronroneaba de felicidad porque su dueño le había dado una galletita.

Él le sujetó la barbilla y se la levantó para que las miradas de ambos se cruzasen.

—Me alegra saber que te ha gustado porque tengo pensado repetirlo con asiduidad. Cuando digo que me quiero hacer cargo de ti, hablo muy en serio, Evangeline. En todos los sentidos. Y esta noche, sin ir más lejos, voy a enseñarte una parte de mí que todavía no conoces. ¿Estás preparada?

Tragó saliva, nerviosa. A pesar de eso, sintió cómo la confianza le inundaba el pecho, la emoción le recorría el estómago y la expectación la hacía temblar como un flan. Se le secó la boca y se pasó la lengua por el labio inferior. Él percibió ese gesto tan inocente y reaccionó observándole la boca con una mirada llena de calor que recorrió su cuerpo de arriba abajo... muy abajo.

—Ve a la habitación y desvístete —dijo con calma—. Suéltate el pelo, pero déjate las medias y los tacones. Cuando entre, quiero verte a cuatro patas, con las piernas lo más separadas que puedas sin que te resulte incómodo. Te dejo unos minutos para que te prepares. Iré en cuanto haga unas llamadas.

Lo había dicho con un tono pausado, pero lo último que quería Evangeline era no estar preparada cuando él volviese, así que se fue a la habitación y se quitó la ropa. Esta vez dejó a un lado el decoro y la incomodidad ante aquellas reglas tan explícitas que le acababa de dar.

Se lo quitó todo y colocó con cuidado todos los regalos que Drake le había dado en uno de los joyeros que venía con uno de dichos regalos; en cuanto al vestido y a los tacones, los dejó en el armario. Mientras se quitaba la ropa interior, recordó que quería verla con las medias y los tacones puestos. Soltó una palabrota y se los volvió a poner, para luego quitarse el sujetador y las bragas. Ni cuando se estaba soltando el pelo se atrevió a mirarse en el espejo: no quería ver cómo estaba ni lo que vería Drake cuando entrase en el cuarto.

Antes de subirse a la cama, la ojeó con cierto nerviosismo, recordando las directrices que Drake le había dado y preguntándose cómo podría hacer para colocarse según lo pedido. Al final se puso a cuatro patas: plantó las manos en el colchón con firmeza y, poco a poco, echó las rodillas hacia atrás hasta que las piernas y los tobillos le quedaron colgando de la cama.

Sabía que no vería a Drake cuando entrase en la habitación porque estaba de espaldas a la puerta y eso la hizo sentir vulnerable. Se preguntó, entonces, si no le habría pedido que se pusiese así a propósito para contar con el factor sorpresa. Al fin y al cabo, él siempre quería llevar la delantera en todo; de hecho, lo exigía.

En ese momento, se empezó a plantear si no habría sido demasiado rápida y si no tendría que esperar en esa postura mucho tiempo. Drake no había concretado el número de llamadas que tenía que hacer ni cuánto le llevarían, probablemente para hacer que la expectación continuase durante el mayor tiempo posible.

Notaba calientes todas las partes del cuerpo y se estremecía al imaginar lo que él le haría, cómo la tocaría o cuán duro y exigente sería. Recordó el aviso que le dio después de hacerle el amor por primera vez: que, aunque ella necesitaba hacerlo como si fuera la primera vez, con él no siempre sería así.

Tiritó, pero no porque estuviese asustada, sino por las ganas que tenía de que desatase todo su poder sobre ella. Debería tenerle miedo, pero no le salía; temía lo desconocido y no saber lo que tenía preparado para ella, pero no a él.

A Eddie le había llevado meses convencerla de que se acostase con él y aun así, aunque pensaba que era «el mejor», hubiese preferido no haber dado ese paso; fue entonces cuando se dio cuenta de que nunca había confiado plenamente en él, y con razón. Por otro lado, tras apenas unas horas con Drake, había disfrutado de un orgasmo de infarto seguido de un sexo tan bueno que Eddie y, sobre todo, la experiencia que había tenido con él empezaron a no ser más que un recuerdo cada vez más remoto y que, por desgracia, todavía no se había esfumado.

Cerró los ojos y se dejó llevar por la euforia que le invadía el cuerpo despacio, y que la dejaba tan aletargada y excitada que tardó un poco en darse cuenta de que Drake se encontraba ya en la habitación. Hasta que la agarró del pelo y le levantó la cabeza con cuidado no fue consciente de que estaba allí.

De pronto, la echó hacia delante, le pegó la cara al colchón y le ordenó que se apoyase de lado, sobre una mejilla, para poder respirar. En ese momento, para su sorpresa, le cogió las manos y se las colocó en la espalda y, acto seguido, procedió a atárselas con una cuerda para inmovilizarla.

Estuvo a punto de soltar un quejido, pero lo contuvo; no quería mostrar resistencia ante la primera muestra de dominación de Drake. La forma en que la forzaba a seguir sus órdenes la ponía cachonda, y que ella no tuviese control sobre la situación no hacía sino aumentar la expectación que sentía; de hecho, ya había empezado a gemir un poco. Tenía todos los músculos del cuerpo agarrotados, por lo que cualquier tipo de presión en los pezones equivaldría a una tortura. Además, la entrepierna le había empezado a palpitar, y, para intentar evitarlo, no paraba de retorcerse de un lado a otro.

—Estate quieta —ordenó Drake con dureza. Eso consiguió que cesase en su empeño y que se concentrase de nuevo en lo que importaba.

Para reafirmar sus palabras, le dio un azote en el culo. Durante un momento, el ardor la descolocó, pero no tardó en olvidarse de este para disfrutar del placer que le provocaba y que se había manifestado en una calurosa marca sobre la piel. Se sentía mareada, como si estuviese en una cuerda floja entre el dolor y el placer; Drake parecía conocer los límites de las mujeres.

En cuanto ese pensamiento se le pasó por la cabeza, cerró los ojos para evitar que le fastidiase el resto de la noche. No quería saber cuántas mujeres habían pasado por las manos de Drake antes que ella, ni tampoco cuántas lo harían después; lo único que le interesaba era disfrutar del placer que Drake podía ofrecerle, sin importar cuánto fuese a durar la relación.

En ese momento, le acarició el culo con ambas manos, para después usar los dedos. Le introdujo uno en la vagina y empezó a masturbarla, lo que hizo que las paredes del sexo se cerniesen en torno al dedo, impacientes. Quería más; no solo los dedos, sino todo.

Ahora que sabía que le cabía sin problemas, estaba deseosa de probar esa polla todo lo que fuese posible. Estaba convencida de que nunca habría otro hombre que la fuese a complacer tanto, o con el que fuese a estar tan compenetrada, como Drake, capaz de mover cielo y tierra solo para ofrecerle lo que necesitaba.

—Hoy, yo soy el protagonista —murmuró él—. No habrá ni una sola parte de ti que no vaya a marcar o a dominar. Sí, has escuchado bien, he dicho «marcar». Así no te quedará ni la más mínima duda de a quién perteneces en cuerpo y alma.

Ella suspiró y cerró los ojos al escucharle hablar con tanta convicción y, no sin cierta languidez, dejó que sus palabras la anegasen como si de un torrente de agua se tratara. Enseguida supo que necesitaba eso, lo que quería, y, aunque al principio le resultó extraño, tras tantos años siendo la que se ocupaba de todo y la que tenía que tomar el control y las decisiones necesarias, estaba bien tener a alguien que hiciese eso por ella; de ese modo, la responsabilidad recaía en los hombros de otro. Con Drake, todo se reducía a sentirse libre y a disfrutar de su control.

—Mi ángel puede soportar eso y más —dijo él—. No solo pareces inocente, sino que también lo eres. Eres única, una rareza, no solo porque eres bella por dentro y por fuera, sino también por tu singularidad. Pero sé que escondes una fortaleza en tu interior de la que muchos hombres carecen: estoy seguro de que podrás con todo lo que tenga preparado para ti esta noche y de que lo disfrutarás de principio a fin.

Sintió un escalofrío y un gemido se le escapó entre los labios. Drake reaccionó apretándole el culo con una mano y palpándole aún más el coño con la otra. Ella había aprendido a distinguir su lenguaje corporal, cómo la tocaba para saber si algo le complacía o no, y ese simple gemido de aceptación y de excitación le había complacido. Y mucho.

Recordó, entonces, algo que le había dicho Drake al principio de todo: «A mí nadie me dice que no. Nunca». Eso tendría que alarmarla porque, al fin y al cabo, estaba a su merced y podía hacerle lo que quisiese, no había nada que pudiese evitarlo. Sin embargo, no quería que se detuviese y llegó a la conclusión de que confiaba en él sentimental y físicamente. Tenía claro que no le iba a hacer daño y que, por mucho que hubiese dicho que esa noche él era el protagonista, los dos iban a disfrutar del sexo.

Le dio otro cachete en el culo. En esa ocasión, no se sobresaltó ni se inmutó por el dolor porque sabía que el placer no tardaría en llegar.

Dejó escapar otro gemido, él soltó otro taco y sacó los dedos de su interior.

—Te gusta —dijo con una satisfacción patente—. Me has dejado los dedos chorreando en cuanto te he dado ese cachete en el culito. Te lo voy a follar, mi ángel, pero antes vienen los calentamientos. Cuando acaben, tendrás tantas ganas de que lo haga que serás tú la que me ruegue que te lo folle.

Abrió los ojos de par en par ante aquella declaración. Nunca había contemplado la posibilidad de practicar sexo anal; era una de las cosas que no tenía pensado experimentar antes de morir. Pero con Drake era distinto… No es que le hubiese dado opción a negarse, pero acceder a todo lo que él le pidiese, aunque fuese eso, no la desmotivaba.

—No te pasará nada, mi ángel —dijo con calma—; yo tomaré las riendas y veré hasta dónde eres capaz de llegar. Puede que no distingas entre placer y dolor, pero el placer siempre será más palpable y no tardarás en descubrir que, cuando un hombre sabe lo que hace, el dolor se convierte en placer. Es una mezcla que puede resultar embriagadora y que no tiene que ver con nada que hayas vivido hasta ahora, pero yo me encargaré de que no te sobrepase y de que el placer siempre sea más intenso que el dolor.

La sinceridad latente en sus palabras la derritió por dentro y, de pronto, le entraron ganas de que empezase de una vez; quería experimentar todo lo que le había prometido. Se volvió a retorcer de un lado a otro, incapaz de controlar el calor que le consumía el cuerpo y sabía que sería mucho peor cuando pusiese en práctica todo lo que había dicho.

Eso hizo que la golpease casi de forma instintiva otra vez en el culo carnoso como señal de aprobación de su cuerpo, por muy imperfecto que fuera. No tenía mucha cintura, pero tampoco es que fuese una tabla, y algunas partes, como los pechos, las tenía blandas. Las caderas eran anchas, lo que le daba una figura redondeada que apenas guardaba proporción con la cintura o con los pechos. Por no hablar del trasero, que era demasiado rollizo para el gusto de Evangeline, razón por la cual casi nunca llevaba ropa ajustada. El caso es que, como a Drake sí le gustaba que vistiese así, y sus últimas adquisiciones las había comprado siguiendo sus órdenes, casi todo lo que llevaba era de ese estilo.

Él nunca había dicho nada que sugiriese que no le atraían sus curvas generosas. Las amigas de Evangeline siempre ponían los ojos en blanco cada vez que se describía como «rechoncha», pero ella prefería decir eso antes que mentir. Cada vez que se miraba en el espejo, veía que tenía un cuerpo que no se parecía en nada al que la sociedad consideraba como ideal para una mujer. Y Drake, que podría tener a cualquier mujer mucho más deseable con un simple chasquido de dedos, la había escogido a ella, y se enfadaba si la escuchaba menospreciarse; de hecho, muchas veces le decía que se dejase de gilipolleces.

Entonces, recordó la noche en que le había dicho que las demás mujeres la trataban como lo hacían porque no contaban con la belleza natural que ella poseía; una belleza que intentaban conseguir gastando cientos de miles de dólares, sin resultados. Parecía que había querido dejárselo claro, pero no para hacerla sentir mejor. ¿Cómo podía reaccionar ante algo así?

Lo que sí sabía es que, aunque no era nada del otro mundo, tampoco era fea, sino más bien del montón. A pesar de eso, Drake veía algo especial en ella, y se le notaba cada vez que la miraba, sin saber que ella también se fijaba en él discretamente. Fuese cual fuese el motivo, él sentía atracción hacia ella, pero le costaba creer que hubiera hecho todas esas cosas por ella teniendo en cuenta el poco tiempo que llevaban juntos.

Se había asegurado de que a la familia y a las amigas no les faltase de nada porque no quería que se siguiese preocupando; quería que renunciase a todo el control, que se lo cediese a él, y eso, más que gustarle, le encantaba. Quizás demasiado, teniendo en cuenta que era una mujer independiente acostumbrada a sacar adelante a su familia y a sí misma sin ayuda de nadie.

La voz brusca de Drake interrumpió sus pensamientos.

—¿Sigues aquí, Evangeline? Porque si tienes otras cosas que hacer, no me gustaría ser un obstáculo.

Pestañeó y se giró todo lo que el cuerpo le permitió para poder mirarlo a la cara. Casi se encogió ante la tangible muestra de ira en su voz. Mierda. Había pasado de él y no creía que nunca nadie hubiese cometido ese error.

—Estaba pensando —dijo con voz queda. No sabía qué otra cosa hacer, por mucho que jugase en su contra.

—¿En qué? —preguntó en un tono gélido—. Porque o soy lo único en lo que piensas mientras te follo o me parece que tenemos un problema.

—Estaba pensando lo guapa que me haces sentir —respondió con una voz cargada de sinceridad para demostrarle que no mentía—. Antes de conocerte, nunca me había sentido así. Resulta inquietante, pero es de las cosas más increíbles del mundo, y…

Se detuvo, pero Drake seguía observándola; sin embargo, ya no tenía la mirada gélida y cargada de ira.

—Y… —dijo él, con más dulzura que antes.

—Que ya sabía que confiaba en ti a un nivel emocional,

pero ahora que estoy inmovilizada y atada en tu cama, y sabiendo que estoy indefensa, me acabo de dar cuenta de que podrías hacerme lo que quisieses y, aun así, sé que no me harías daño. Lo sé, Drake.

Él se quedó algo descolocado, como si no supiese qué responder a un discurso tan apasionado.

—Lo siento si te ha parecido que no te prestaba atención —dijo con calma—. Todo ha empezado porque me preguntaba qué me harías. No quiero que te contengas, Drake. Tenías razón: soy más fuerte de lo que parezco y no voy a salir corriendo de tu apartamento ni aunque hagas todo lo que has dicho que vas a hacer. Quiero ver a tu verdadero yo, y todo lo que me puedes ofrecer tanto física como emocionalmente.

Evitó aludir al dinero y estaba segura de que él se había dado cuenta de ese detalle; lo que menos le apetecía era que se pensase que estaba con él por eso. Solo le quitaría valor a lo que tenían, y no quería que eso ensuciara la belleza o la progresión de la relación.

Drake relajó el rostro por completo, y habló sin ira ni irritación en los ojos ni en la voz cuando volvió a hablar.

—¿Tienes idea de lo que cuesta encontrar a alguien tan sincera como tú? —preguntó con voz ronca.

Ella cerró los ojos, cohibida. Tenía la cara ardiendo solo por cómo la miraba, como si pudiese ver en ella mucho más que cualquier otro, incluso más que las amigas. Lo que ellas consideraban un fallo o algo que solo le traería dolor y vergüenza, para Drake era distinto.

Le dio la sensación de que ese hombre había pasado por muchos engaños a lo largo de su vida, lo que explicaría por qué era tan brusco y directo; no intentaba dorarle la píldora a la gente para hacerlos sentir mejor. Por eso creyó que tenía sentido que, si apenas tenía a personas en las que poder confiar, y como él no se andaba con rodeos, apreciase que Evangeline poseyese esas cualidades. Ella actuaba conforme a su manera de ser y las mentiras no formaban parte de su carácter.

Además, no se le había pasado por alto que los hombres en que Drake más confiaba, aquellos que no parecían empleados comunes y corrientes, compartían las mismas características que él: eran bruscos, directos, no les gustaban las gilipolleces y exigían obediencia y respeto.

—Mírame, mi ángel —ordenó Drake, y ella le obedeció para que las miradas de ambos se pudiesen encontrar—. Nunca te avergüences de ser sincera y auténtica. La gente así es excepcional y precisamente por eso son de los que más se suelen aprovechar los demás, por desgracia. No pienses que hago eso contigo. Yo te quiero y deseo que seas mía, pero nunca me voy a aprovechar de ti.

—A veces, peco de ser demasiado sincera —murmuró—. Hay gente que prefiere no escuchar la verdad y no todo el mundo quiere saber lo que pienso en todo momento.

Le deslizó la mano por la curvatura del culo hasta llegar al muslo y le rodeó el ano con un dedo.

—Yo siempre quiero la verdad —dijo con un tono serio—, sobre todo en lo que se refiere a ti, para saber en qué piensas o cómo te sientes, así que nunca te veas en la necesidad de mentirme. Pero, si lo hicieses, implicaría dos cosas: que no lo estoy haciendo bien y que no he podido conservar tu confianza. En cualquier caso, no me parecería admisible.

Ella suspiró, aliviada. Llevaba mucho tiempo midiendo sus palabras y conteniéndose para no herir los sentimientos de los demás sin querer. Era difícil ir en contra de algo que sus padres le habían inculcado desde tan pequeña, pero también se negaba a mentir porque sí, por eso, en más de una ocasión, simplemente se quedaba callada.

—Para mí, poder estar juntos significa más de lo que imaginas, Drake —dijo, mirándolo fijamente a sus ojos cautivadores.

Le metió otro dedo, y ella gimió. Abrió y cerró los ojos varias veces por el placer que le atravesaba el cuerpo en un recorrido ardiente, como si se hubiese quemado por su tacto.

—Abre los ojos. Quiero verte cuando te corras —dijo Drake. Ya no quedaba rastro de la dulzura y de la amabilidad de antes.

Sintió otro escalofrío por la facilidad con la que había retomado su papel de macho dominante con poder absoluto sobre su hembra. En cuanto lo obedeció, supo que era lo que quería. Probablemente, a muchos les resultaba imposible entender su lenguaje corporal o distinguir los cambios inapreciables de su mirada, pero ella ya podía interpretar cada gesto o, al menos, los que hacía por ella.

Entonces, se acordó de algo que había dicho hacía poco y lo miró, frunciendo el ceño, mientras él la masturbaba despacio.

—¿No ibas a ser tú el protagonista? —preguntó con una voz ronca y sensual que hasta a ella le pareció irreconocible.

Los ojos le brillaron y los rasgos tan marcados de la cara provocaron que la sonrisa que emitió casi pareciese cruel. Estaba muy bueno y era un macho alfa, y eso a ella le encantaba. Nunca se había imaginado que existiesen hombres como él en la vida real.

Los demás lo temían, reconocían su poder y que era depredador. Por norma general, siempre había evitado a los hombres como Drake: no tenía ni idea de por qué se sentía tan atraída hacia él y hacia su carácter dominante. Tendría que estar aterrada y no expectante por las cosas que le había prometido que le haría.

—Mi ángel, si crees que no soy el protagonista al hacer que te corras y me dejes la mano chorreando mientras tienes el culo en pompa, estás muy equivocada. Sí, soy el protagonista y yo decido lo que quiero y lo que quiero que hagas. Soy el protagonista puesto que voy a ver cómo te corres usando las manos, la lengua y la polla. Todo gira en torno a mí. ¿Qué hombre no querría a una mujer como tú atada en su cama como un ángel inocente?

La opresión que sintió en el pecho era tanta que le dolía... Se había quedado sin palabras y, aunque no fuese el caso, tampoco podría haber dicho nada porque Drake empezó a meterle caña: con una mano, procedió a explorarle la zona más delicada y sensible del cuerpo; la otra la usaba para apretarle los pezones, los pechos, el vientre y para recorrerle la espalda hasta llegar al culo y golpeárselo.

Evangeline respiraba entrecortadamente y no creía poder aguantar mucho más, pero deseaba que no acabase nunca; daba igual que él le hubiese prometido que no era más que el principio. En ese momento, empezó a temblar con fuerza y se echó sobre el colchón, incapaz de soportar su peso solo con los brazos. Iba a tener un orgasmo enorme y arrollador, pero no estaba segura de si podría mantenerse consciente una vez que llegase. Tenía la mente en otra parte, estaba fuera de control y parecía no poder percibir algo que no fuesen Drake, su voz y cómo la tocaba.

No pensaba con claridad. Solo sabía que se estaba moviendo sin parar, acercándose poco a poco al enorme abismo al que se arrojaría en caída libre y que solo Drake estaría abajo para atraparla y protegerla, como le había prometido que haría.

—Así me gusta, mi ángel —dijo Drake con una voz áspera y cargada de excitación—; déjate llevar, pero no apartes la mirada de mí. Cuando te corras, quiero ver cómo esos ojos azules se vuelven borrosos por el placer que te estoy proporcionando y saber que ningún otro hombre verá lo que yo estoy viendo, ni tendrá lo que me estás dando ni será capaz de ofrecerte lo que yo te ofrezco. Eres mía, y antes de que salga el sol, tú también sabrás quién es el dueño de tu cuerpo y de tu alma.

Costaba no rendirse y cerrar los ojos tras escuchar la verdad que impregnaba el discurso cargado de pasión de Drake, que la había dejado trastocada. Era su verdad. Eran sus reglas. Ella le pertenecía y nunca hubiese imaginado que unas palabras así le pudiesen llegar al corazón de forma tan directa. Se preguntó si Drake y esa dominación no serían lo que le había faltado a su vida hasta el momento y no tardó en tener clara la respuesta, que le recorrió, serpenteante, cada célula del cuerpo.

En cualquier caso, se centró en Drake, como él le había pedido que hiciese. Las miradas de ambos estaban conectadas, la chispa que creaba dicha conexión sobrepasó el placer físico y la precipitó a una entrega total. Era como si se hubiese roto en mil pedazos, pero ahora que las miradas de los dos eran una, no podría desprenderse de ella por nada del mundo. El reflejo de su placer en la mirada de Drake era la sensación más erótica y poderosa que había experimentado nunca.

Fue entonces cuando se sintió completamente segura, como si nada ni nadie le pudiesen volver a hacer daño; en brazos de Drake, estaría a salvo. El mundo exterior dejó de existir. La vida que había llevado y sus costumbres se evaporaron hasta que solo quedó el momento presente y el mundo en el que había accedido a entrar: el de Drake. Quizás estaba loca por ser tan impulsiva y actuar de esa forma tan impropia de ella, pero por mucho que así fuera, tenía muy claro que lo que había entre ella y Drake era real. Tan real que la asustaba, pero, a la vez, le daba la sensación de que formaba parte de algo, una cosa que no había sentido desde que se fue de casa de sus padres para mudarse a Nueva York a trabajar.

Ahora que tenía a Drake, anhelaba disfrutar de todo lo que le tenía que ofrecer más incluso que respirar. Con el tiempo, los miedos y las preocupaciones que la asolaban no serían más que un recuerdo lejano; o eso se obligaba a creer porque lo que tenían le importaba demasiado como para plantearse una vida tras algo tan bello y que la había consumido tanto.

No creía posible regresar a esa vida que llevaba antes después de pasar por un mundo en que Drake era quien dictaba las normas y quien llevaba la batuta en todo, incluso en su entorno. Le había abierto la puerta a un universo fascinante y de colores vivos que contrastaba con la gama de grises en la que habitaba antes, repleto de tareas y responsabilidades que realizaba de forma mecánica, y que convertían su día a día en una monotonía insufrible.

Desechó cualquier pensamiento en que Drake no formase parte de su vida. Lo último que quería era fastidiar ese momento, en el que la reclamaba y ejercía una dominación física sobre ella: la única parte de su relación que todavía no se había afianzado.

No fue plenamente consciente del momento en que Drake empezó a desnudarse porque se lo impidió la respiración pesada y errática que tenía al acabar de tocarla. Antes de poder procesar los efectos explosivos del orgasmo que había tenido, así como que no podía estarse quieta y la entrepierna le palpitaba porque quería más, le agarró el culo y se lo movió hacia arriba y a los lados.

Estaba empalmado y la tenía muy grande, así que le acercó el glande, primero poco a poco, para, de repente, metérselo con fuerza. El dolor y que no estuviese preparada causaron en ella una sensación inexplicable que se le expandió por todo el cuerpo, a la vez que el tejido dolorido luchaba contra esa irrupción enérgica. La notaba tan apretada dentro de ella que sabía que le quedarían marcas y le encantaba pensar que, cada vez que se sentase durante los próximos días, recordaría que la había poseído y que aquellas marcas podían demostrar su dominación.

Se la fue sacando hasta que solo la notó rozándole la entrada y luego se la volvió a meter con más fuerza aún que antes. A ella se le escapó un grito ahogado cuando se dio cuenta de que se la había metido hasta el fondo y que ya no podía hundirla más.

La primera vez no se parecía en nada a aquello; entonces había sido dulce y amable, la había llevado paso a paso y casi parecía que la veneraba, lo que la había hecho llorar. También le había dicho que la primera vez juntos la pasaría como debía haber sido su primera vez con un hombre.

La había avisado de que no siempre sería así y ese pensamiento le rondaba la cabeza porque aquello era solo una muestra de lo que estaba por llegar y de lo que implicaría estar con él. Eso la excitaba y la ponía tan cachonda que ya podía notar las primeras señales de un orgasmo inminente.

Sentía que no podía dar más de sí. El ardor interior volvía borrosa la fina línea que separaba el dolor y el placer y unía ambas sensaciones una y otra vez hasta que lo único que distinguía era el puro éxtasis.

—Te voy a follar largo y tendido, mi ángel. Voy a jugar con esa boca tan dulce que tienes y luego pasaré al culo, que es más dulce, si cabe. Después, me correré sobre ti para marcarte y para que no te quepa duda de a quién perteneces.

Se estremeció intensamente. Solo con escucharlo sentía que estaba más cerca de otro orgasmo igual de explosivo que el anterior. Le gustaba mucho la forma tan descriptiva y explícita con que se expresaba, con esas palabras tan obscenas, pero cargadas de sensualidad; en definitiva, surtían el mismo efecto excitante y estimulante que la forma en que la tocaba.

Comenzó a penetrarla, y ella recibió las fuertes embestidas. Le pasó las manos por la cadera y se la apretó con los dedos para que no se moviera, a medida que la echaba hacia atrás para que recibiese la siguiente embestida.

Entonces con una mano le sujetó las muñecas atadas y con la otra le agarró del pelo y tiró de él. Tiró tan fuerte que le levantó la cabeza de la cama y, entonces, pudo verlo: tenía las piernas separadas y estaba encorvado sobre ella mientras la penetraba cada vez más fuerte. Se quedó así, mirándola.

Permanecieron de este modo un buen rato, compartiendo, sin palabras, el poder magnético que los unía, como si fuesen incapaces de hacer nada para romperlo. Ella no quería que acabase y, a juzgar por la mirada inquietante y llena de determinación de Drake, él, tampoco.

Entonces, él cerró los ojos y, entre sacudidas, se retiró de su cuerpo dolorido poco a poco. Se acercó a su lado de la cama, la arrodilló sin desatarle las manos y se puso de pie en la cama. Con la espalda apoyada en el cabezal, abrió las piernas y colocó a Evangeline frente a él.

Le agarró la cara y se la dirigió a la gran erección que tenía.

—Abre —dijo con brusquedad—, pero no te muevas ni hagas nada que no sea quedarte en esta posición mientras te follo la boca lo más fuerte que pueda.

Estaba inclinada hacia delante, tenía las manos atadas a la espalda y Drake le sujetaba la cabeza para guiarla. No le quedaba otra: tenía que seguir sus instrucciones. Al abrir la boca, él le bajó la cabeza un poco más y se la metió con fuerza hasta que llegó a la garganta, momento en que se detuvo para proferir un gemido que le vibró en la polla y en la boca de ella. Enredó las manos en el cabello de Evangeline y tiró de él hacia arriba para poder ver, sin ningún tipo de impedimento, cómo se la estaba chupando.

A ella también le hubiese gustado poder verlo todo mejor. Darle tanto placer a su hombre la hacía estremecer completamente y tenía los sentidos tan agudizados que sentía que pronto tendría otro orgasmo por el puro hecho de complacerlo.

Jadeó con aquella gran erección en la boca y él la recompensó con otro sonido entrecortado procedente de la garganta. Al escucharlo, sonrió, lo que le sirvió para relajar un poco la mandíbula y para que él tuviese vía libre para hacerle lo que quisiese.

De pronto, soltó una palabrota y se quedó inmóvil, y ella se asustó tanto que se le aceleró el pulso. Se puso nerviosa y pensó que había hecho algo mal, que le había hecho daño; él, al percibir eso, le acarició el pelo y le levantó la barbilla para que pudiese verle la cara, por lo que la mayor parte de la polla se le salió de la boca.

—Me queda poco —reconoció—. Demasiado poco, y no estoy listo para que se acabe.

Ella volvió a sonreír y aprovechó para jugar con delicadeza con la lengua alrededor del glande.

—Quiero ese culo, mi ángel, pero va a pasar algo de tiempo hasta que estés preparada. Te voy a desatar porque quiero que te toques mientras te preparo y, sobre todo, cuando te la meta, para que no sientas dolor.

La idea de masturbarse delante de él hizo que se ruborizase. Como si pudiese leerle la mente, Drake la puso de rodillas ante las suyas, sonrió y le pasó el pulgar por los labios hinchados.

—Confía en mí, cielo. Será complicado que pueda disfrutar si tú no te das placer, sobre todo cuando te la meta. Se trata de que llegues a un punto en que anheles tanto correrte que me rogarás que te folle más rápido y más fuerte para que lo puedas hacer. Y que te quede claro: no te correrás hasta que yo te lo diga. Más que nada porque no sería lo mismo si tú ya has acabado, y yo todavía me estoy motivando. Tengo pensado follarte el culito un buen rato.

Ella notó que la invadía el calor por todo el cuerpo e, incapaz de estarse quieta, se movió sin parar; deseaba experimentar de una vez la posesión total de Drake. Este le desató las manos y le frotó las muñecas para asegurarse de que estaban bien; luego, tiró la cuerda al suelo y la agarró del mentón para mirarla a los ojos.

—Ponte como estabas antes, con las rodillas en el borde de la cama. Agacha la cabeza y apoya el pecho en el colchón para que te puedas masturbar de la forma que prefieras. Voy al baño a por algo de lubricante. Mientras tanto, ve haciendo lo que te he pedido; cuando vuelva, quiero verte poniéndote a tono.

Había algo en la forma en que se lo dijo que le dio la sensación de que sería mejor hacerle caso.

Se alejó de él, se puso a cuatro patas y, poco a poco, acercó las rodillas al borde de la cama. Entonces, se inclinó hacia abajo, apoyó la cara y el pecho en el colchón y, con la mano en la pelvis, empezó a moverse en busca de la posición adecuada. Fue acercando cada vez más los dedos al clítoris, que no dejaba de palpitarle y, cuando llegaron a él, suspiró de alegría a medida que unas oleadas de placer empezaban a correrle por las venas.

Drake volvió enseguida; todo lo que estaba sintiendo la tenía tan absorbida que no fue consciente de que estaba allí hasta que le pasó una mano por el culo. Eso la sobresaltó y se bajó de la nube en que estaba.

—Si crees que te vas a correr, deja de tocarte —ordenó Drake—. Recuerda que no puedes hasta que te lo indique, porque cuando lo haga, querrá decir que también estoy a punto, y quiero que lo hagamos juntos.

—Estoy contigo, Drake —susurró y luego sonrió. Supo que eso le había gustado por la mirada abrasadora que le lanzó.

Se untó un dedo con lubricante y se lo frotó en el culo; el líquido estaba tan frío que contrastaba con lo calientes que tenía las manos. Acto seguido, se lo introdujo solo un poco y, gracias al lubricante, no tardó en tenerlo todo dentro. Ella abrió los ojos de par en par porque no se esperaba que lo fuese a notar tanto.

—Tócate —ordenó con un tono cortante—. No te he dado permiso para que pares y te voy a follar el culo estés preparada o no, así que tú misma.

Si para aguantar con el dedo dentro ya tenía que hacer un gran esfuerzo, no se podía imaginar cómo le iba a caber una polla tan grande. No quería que se lo tuviese que recordar y no quería que se enfadara, por lo que se rozó el clítoris con un dedo y empezó a moverlo hasta que dio con el ángulo correcto, con la presión suficiente y con la velocidad necesaria que le permitiesen distraerse de la exploración, amable pero constante, que llevaba a cabo Drake para asegurarse de que estaba bien lubricada para follarla.

Recordó que no debía dejar de tocarse ni aun cuando le metiese toda la polla, así que cerró los ojos y se centró única y exclusivamente en la sensación de placer que le proporcionaban los dedos. Entonces, la presión abrumadora y la quemazón que acompañaron su primera exploración se convirtieron en otra cosa.

Estaba tensa, nerviosa. Quería que parase y, al mismo tiempo, que la follase sin parar para ponerle fin a todo aquello.

Emitió un sonido similar a un gimoteo y él paró en seco en cuanto lo escuchó.

—¿Es demasiado? —murmuró Drake mientras se la metía un poco más.

—No. Quiero más, Drake. Por favor. Lo necesito. Estoy a punto y te quiero sentir dentro. Ya no hay dolor, solo placer.

Como si fuese ella la que daba las órdenes, al escucharla decir eso, Drake se la metió aún más fuerte que antes, ella articuló un grito ronco y se vio obligada a dejar de tocarse para no correrse en ese preciso instante. Resolló y se agitó sin parar mientras Drake se la metía tan hasta el fondo que notaba los testículos en las nalgas.

¡Joder! Era la sensación más increíble que había experimentado nunca. Eso decía mucho, teniendo en cuenta que jamás se habría imaginado que le gustaría el sexo anal; al contrario, le provocaba náuseas. Pero, en ese instante, simbolizaba el control total de Drake y la dominación que ejercía sobre ella.

A ella le hacía falta algo así. Le hacía falta él.

Se la fue sacando poco a poco hasta que solo le quedó la puntita. Permaneció así unos segundos y se la volvió a meter de golpe, lo que la hizo gritar de nuevo.

—Dios, Drake… Es demasiado. No aguantaré mucho más —dijo, impotente—. ¿Qué hago?

—Silencio. Aún no he terminado. Apoya las manos en la cama, échalas hacia delante y quédate así hasta que esté listo.

Lo obedeció a regañadientes y cerró los ojos para prepararse para lo que pasaría a continuación. El coño y la boca se los había follado con más intensidad, pero eso no quitaba que siguiese siendo duro: cada embestida parecía llegar más hasta el fondo que la anterior. Sin embargo, al poco empezó a meter y a sacar a un ritmo lento y pausado hasta que el mundo se volvió difuso a su alrededor.

Tras lo que le pareció una eternidad, le sujetó la cadera con firmeza con una mano y, con la otra, la agarró del pelo y tiró de él hacia arriba, obligándola a alzar el cuello.

—Tócate, mi ángel. Ya me queda poco, así que tienes que hacerlo para que podamos llegar a la vez.

Esperaba aquel momento con impaciencia. Volvió a llevarse la mano al clítoris y no tardó en encontrar su zona preferida. Gimió en cuanto la invadió la primera sacudida.

—Me lo dices como si no estuviese preparada —dijo, casi sin aliento—. Hazlo, Drake. A mí también me queda poco y quiero que sea duro, fuerte o como tú lo prefieras, pero quiero ser tuya; solo tuya.

Pasó la mano que le sujetaba el pelo a la cintura e inclinó a Evangeline hacia arriba todavía más. Entonces, la empezó a follar como si no hubiese mañana y, al poco, ella se notó en el sexo la humedad previa a un orgasmo cual maremoto que arrasa todo a su paso.

Gritó con fuerza y enloqueció bajo el cuerpo de Drake. Este no tardó en echarse sobre ella y la presionó contra la cama mientras la seguía follando sin parar.

De repente, notó que Drake se apartaba de ella y le sacaba la polla del ano y, casi a la vez, un chorro caliente le cayó en la espalda y en el trasero. Entonces, se la volvió a meter y se quedó así unos instantes, moviéndose de un lado a otro entre estremecimientos y vaciándose en su interior.

—Qué hermosa visión —dijo con voz ronca—. Eres mía, mi ángel. Toda mía. Ten por seguro que me perteneces y que ningún otro hombre tocará o poseerá lo mío.

20

Como era de esperar, la mañana siguiente Evangeline se despertó sola en la cama. Drake se habría levantado hacía un buen rato. No tenía ni idea de cómo se las apañaba para trabajar tantas horas y aun así encontrar tiempo para ella en su apretada agenda.

Cerró los ojos al ver que la ofrenda de esta mañana era la misma de todas las mañanas desde que se fuera a vivir con Drake de forma oficial. Tenía miedo de ver el regalo escandalosamente caro que habría escogido para ella esta vez.

Con un suspiro de resignación, abrió primero el regalo y dejó para después la nota que Drake le había dejado.

Era una pulsera deslumbrante y carísima con unos diamantes enormes que rodeaban la joya entera. Hacían juego con los pendientes de diamantes que le había regalado ya, y ahora le preocupaba que pronto la obsequiara con el collar también.

El único regalo que nunca se quitaba era el collar que Drake le había dado porque era un símbolo para ella. Representaba el apodo cariñoso que le había dado; un apelativo que solo usaba él y, además, había sido su primer regalo. Por aquel entonces no sabía que esto se convertiría en un ritual diario, el ritual de regalarle joyas caras que la hacían sentir culpable por lo innecesario y derrochador del asunto.

La incomodaba la idea que había detrás de esos regalos. Si tal vez quería comprarla cuando lo único que ella quería era a él. Se sentía culpable al llevar esas joyas tan caras cuando sus padres y amigos vivían al día, y apenas llegaban a fin de mes.

Sí, Drake se había ocupado de sus amigas y su familia, pero le seguía preocupando vivir con tanto lujo y que la colmara de regalos. Un solo regalo de los suyos cubriría los gastos de sus padres de un año entero.

Con otro suspiro, dejó la pulsera en su estuche y salió de la cama para colocarlo junto a los demás antes de volver para ver lo que Drake tenía que contarle esta mañana.

Hoy tengo un día largo en la oficina. Tengo que ocuparme de varios asuntos y algunas reuniones a las que asistir. Me gustaría que cocinaras algo que pueda recalentarse, ya que no sé a qué hora voy a llegar. Te llamaré de camino para que puedas calentarlo antes de que llegue. Haz la lista de la compra y Zander la recogerá esta tarde e irá a comprar todo lo que necesites para la noche. Disfruta del día y descansa. Ayer fui bastante duro con mi ángel.

Evangeline apretó los labios. ¿Ahora no podía ir al mercado y comprar unas cuantas cosas para cocinar? ¿Acaso era una prisionera, por mucho que le dijera Drake? Solo estaba segura de una cosa: no pensaba quedarse enjaulada en el piso todo el día mientras Zander hacía de chico de los recados. Era un día precioso y el hombre del tiempo había dicho que les esperaban unas temperaturas más frescas y típicas del otoño tanto hoy como el resto de la semana. No tenía la intención de quedarse allí encerrada todos los días.

Como no sabía a qué hora llegaría Zander… ¿Y por qué era él el niñero del día? ¿No lo habían reprendido anoche? Tal vez se la fueran pasando los hombres de Drake, uno a uno, hasta que conociera al último de la manada y vuelta a empezar.

Se encogió de hombros. Bueno, no sabía cuándo iba a llegar y al mercado se podía ir andando. Si no había llegado para cuando se hubiera duchado y vestido, ella misma iría al mercado a comprar los ingredientes de la cena.

Mientras se duchaba repasó mentalmente las posibilidades; quería algo más refinado de lo que solía cocinar para sus amigas, que solían ser comidas económicas para aprovechar el dinero al máximo.

Entonces se acordó de aquel bistec —¿era Wagyu?— que Justice la había llevado a comer y lo caro que había sido el almuerzo. La pregunta era, ¿qué mercado vendería esa carne tan cara? ¿Se podría conseguir fuera de los restaurantes caros y elegantes que la servían?

Conocía una receta para una salsa sencilla de mantequilla porque la carne que sabía tan bien no necesitaba nada muy pesado que enmascarara el sabor natural. Además, la mantequilla hacía que todo supiera mejor, o eso decía siempre su madre. Las judías verdes serían el complemento perfecto, igual que esa deliciosa receta casera de macarrones con queso *gourmet*. Hasta podría ponerle unas cigalas para darle un punto especial. Eso solo dejaba las patatas, porque un bistec sin patatas era un pecado imperdonable para ella. ¿Patatas gratinadas o bastaría con asarlas al horno con el aderezo que quisiera Drake?

Cuando terminó de ponerse los vaqueros y las zapatillas, ya tenía el menú decidido. Cogió un jersey grande de cuello ancho que solo dejaba entrever un poco de escote, y que quedaba precioso con los nuevos sujetadores que había comprado.

Le echó un vistazo a la gama cada vez mayor de joyas que Drake le había regalado, pero optó por no llevar nada más que el collar del ángel. Era sencillo y no demasiado ostentoso. Además, las otras piezas no eran tan típicas de ella.

Se puso un poco de maquillaje y se peinó la melena, que quiso dejarse suelta para que se secara antes. Salió al comedor para coger el bolso e ir a comprar.

Estaba tan absorta en sus pensamientos que no se percató de Zander hasta que este carraspeó. Del susto, pegó un brinco y un grito. Retrocedió, asustada, maldiciendo la manía que tenían los hombres de Drake de aparecer como por arte de magia. ¿Drake les había dado manga ancha para entrar en su piso o no eran partidarios de llamar a la puerta?

—Perdona por haberte asustado otra vez —dijo Zander—. Drake me dijo que sabrías que vendría.

—Dijo que ibas a venir, no que estarías aquí cuando me levantara —murmuró ella—. Al parecer, esto de llamar a la puerta o al timbre no se os da muy bien.

Zander sonrió.

—Me largaré en cuanto me des la lista de las cosas que quieres que compre en el mercado.

Ella frunció el ceño.

—De hecho, ya voy yo a comprar. Lo que hagas tú con tu tarde es cosa tuya.

A Zander se le borró la sonrisa y la miró, incómodo.

—Eh… Eso no era lo que yo tenía entendido.

—Pues ahora sí lo es —dijo ella con firmeza—. Me voy a comprar. Que vengas o no depende de ti.

Entonces se fue derecha al ascensor, que tenía las puertas abiertas.

—Mierda, a Drake no le va a hacer ni puta gracia —murmuró el hombre detrás de ella.

Evangeline pulsó un botón y vio divertida cómo Zander la fulminaba con la mirada al ver que las puertas se le cerraban en la cara y le impedían entrar con ella al ascensor.

Al llegar abajo, pasó junto al portero que, perplejo, no había tenido tiempo de abrirle la puerta de la calle. Salió y la sorprendió el aire fresco; parpadeó al notar aquel sol tan fuerte. Estaba en lo cierto, hacía un día fantástico. Inspiró hondo y sintió como si viera el mundo exterior por primera vez desde que entrara en el mundo de Drake.

No se entretuvo mucho en paladear la libertad; echó a caminar calle abajo hacia el mercado que estaba a solo unas manzanas, con la lista bien aprendida. Zander la alcanzó en la esquina mientras esperaba a que el semáforo se pusiera en verde.

La cogió por el codo y la hizo girar; los ojos le brillaban de rabia.

—¿Qué narices crees que haces, mujer? —le ladró—. ¿Quieres cabrear a Drake?

—La pregunta apropiada es si él quiere cabrearme a mí —contestó con dulzura—. Me encanta que me planifiquen las compras, que por lo visto no me incluyen ni a mí, cuando solo yo sé lo que voy a cocinar y lo que necesito: marcas, especias, ingredientes, etcétera.

—Para eso están las listas de la compra —masculló.

A Evangeline le sonó el teléfono y empezó a rebuscar en el bolso. Al ver el nombre de Drake en la llamada entrante, lanzó a Zander una mirada acusadora.

Él se encogió de hombros.

—Acabas de cavar tu propia tumba.

—¿Sí? —preguntó, recelosa.

—¿Qué narices crees que haces? —espetó Drake.

—Voy a comprar para poder hacer la cena, como me has pedido —dijo a la defensiva; no le hacía gracia tener a Zander tan cerca y que este pudiera escuchar todo lo que Drake decía incluso por encima del ruido del tráfico que los rodeaba.

—A lo mejor no recuerdas la conversación que tuvimos tú y yo en la que dije muy claramente que quería saber dónde estás en todo momento y que si ibas a salir tenías que contarme tus planes, y que no quería que se te olvidara.

Le hablaba con un tono frío y furioso. No estaba enfadado. Como ya le había dicho Zander, estaba cabreado.

—No me has dado esa opción —contestó ella con el mismo tono frío—. Has escrito que le diera una lista y que él iría a comprar en mi lugar. Prefiero ir yo misma a hacer la compra, sobre todo si es para un menú que he planificado meticulosamente. Él se ha negado y pretendía que me quedara en el apartamento cuando hace un día fantástico y me apetecía ir a hacer la compra. Por lo tanto, he optado por salir.

—Pues solo tenías que coger el teléfono y llamarme —dijo Drake, con una rabia que aún se reflejaba en su voz—. Podrías haberme dicho lo que querías hacer y yo me hubiera quedado tranquilo sabiendo dónde estabas, en lugar de recibir una llamada del hombre a quien asigné tu protección, diciéndome que le habías dado esquinazo y habías desaparecido.

Ella se quedó callada y con la boca abierta. Drake tenía esa habilidad pasmosa de hacer que todo pareciera simple y, sin embargo, entre líneas sus palabras dejaban claro que ella no tenía ni voz ni voto en el asunto.

—Como vuelvas a cometer un error semejante, no seré tan comprensivo ni indulgente —dijo con la voz igual de fría, pero algo más tranquila—. Ahora ve a hacer la compra y no hagas que el trabajo de Zander sea más difícil de lo que es. Su tarea es ocuparse de tu seguridad, y no puede hacerlo si no estás con él.

—De acuerdo —susurró ella, avergonzada por el ligero escozor de las lágrimas que se notaba en los ojos.

Él colgó y ella se quedó mirando un buen rato la pantalla;

luego guardó el teléfono en el bolso y procuró no mirar a Zander a los ojos.

Él suspiro a su lado y entonces fue a darle un apretón en el hombro.

—No hemos empezado con buen pie, ¿verdad, Evangeline? —preguntó con pesar.

—Serás chivato… —murmuró.

Zander se echó a reír y la tensión se alivió un poco. Entonces añadió con una voz seria:

—Tiene razón en una cosa. No deberías salir sola, es peligroso y podrías hacerte daño. Yo me ocupo de tu seguridad, deja que lo haga y nuestras vidas serán mucho más fáciles. —Soltó un suspiro exagerado—. Supongo que esto significa que seguiremos andando y dejarás que yo cargue con toda la compra.

Ella esbozó una sonrisa que pareció gustarle; al fin y al cabo, se había portado como una cabrona. No era culpa suya. Solo seguía órdenes.

Ella suspiró también.

—Siento hacerte el trabajo más difícil. No es tu culpa.

Él parecía perplejo y algo incómodo con sus disculpas.

Siguieron andando, Zander hacía las veces de escudo protector a su alrededor para que nadie la rozara al pasar.

Después de pasarse casi una hora examinando las carnicerías del mercado e incluso algunas locales, Evangeline empezaba a preguntarse si la ternera Wagyu existía fuera del restaurante al que Justice la había llevado. Tal vez la importaran expresamente. Se le daba bien preparar comidas excelentes con lo que tenía al alcance. Sin embargo, los productos *gourmet* más caros eran otro cantar.

—¿Qué es lo que buscas y no encuentras? —preguntó él, frustrado—. Si lo supiera, podría ayudarte.

A Evangeline se le encendió la mirada y gruñó por no haber caído en eso antes.

—¿Tienes el número de teléfono de Justice? ¿Estará ocupado? —preguntó algo nerviosa.

Zander no pudo esconder la expresión de perplejidad mientras la miraba, incapaz de hablar.

—¿Lo tienes o no? —inquirió, exasperada—. ¿Quieres que nos pasemos la tarde de compras o llamarás a Justice?

La respuesta a esa pregunta quedó clara cuando sacó el teléfono, pulso un botón y le pasó el móvil.

—¿Qué pasa, tío? ¿Cómo va con el angelito? ¿Algún desastre a la vista? —preguntó Justice alegremente.

—Eso depende de lo que llames tú un desastre —dijo ella con dulzura—. Meter la pata hasta el fondo podría considerarse un desastre, sí.

—Ay, mierda —masculló él—. Hola, Evangeline. ¿Todo bien? ¿Por qué me llamas desde el móvil de Zander? Deberías tener mi número y el de los demás hombres guardados en la agenda de tu móvil.

—Ah. No lo he mirado. La verdad es que he pedido a Zander que te llamara. No sabía que tenía tu número. No sé ni cómo funciona esta cosa.

—¿Necesitas algo? —Su voz se volvió más seria—. ¿Tienes algún problema?

—No, no, bueno, nada grave. ¿Te acuerdas de aquel restaurante al que me llevaste, donde pediste aquel bistec tan caro?

—Sí —dijo él, asombrado.

—No encuentro aquella ternera por ningún lado —prosiguió ella, frustrada—. Drake quiere que cocine hoy y le gusta el bistec, así que he pensado en comprarle el Wagyu y hacerlo a la plancha, pero no lo encuentro en ningún sitio.

Justice soltó una carcajada.

—No, claro que no. Pero hagamos una cosa. Voy a hacer una llamada ahora mismo. Dile a Zander que te lleve a ese restaurante y que pregunte por el chef. Él sabrá que vas a ir y te estará esperando.

—¿En serio? —susurró ella, alucinada por los contactos que no solo tenía Drake, sino también todos sus hombres. ¿Tan fácil era? Había perdido una hora entera cuando con una simple llamada hubiera tenido resultados al instante.

—Sí, muy en serio. Voy a colgar para llamar. Cuando llegues allí, te recibirá el chef.

Ella colgó y le devolvió el teléfono a Zander.

—Esto… dice que te diga que me lleves al restaurante donde me llevó a comer el bistec Wagyu del otro día.

—Joder. ¿Le vas a preparar a Drake un bistec Wagyu y no

me has invitado? —preguntó él con un tono triste muy mono.

—No, pero si te portas bien conmigo el resto del día, te reservaré un poco de postre. Esta aún más bueno que mis *cupcakes*. Te lo prometo.

El hombretón masculló.

—Drake es un cabrón con suerte. Espero que lo sepa.

—Yo también lo espero —murmuró ella bajito para que él no la oyera.

A juzgar por su ceja arqueada y la mirada curiosa que le lanzó, no había tenido suerte.

—Ya lo sabe —repuso él en voz baja—. No creas que no lo sabe. Si crees que hace lo mismo con todas, te equivocas. Eres especial para él, aunque no te hayas dado cuenta aún.

No sabía cómo tomárselo, conque trató de no pensar en eso mientras iban de camino al restaurante.

Como Justice había dicho, cuando llegaron, aunque aún no habían abierto al público, los dejaron entrar y accedieron a la cocina, donde los recibió un hombre de mediana edad que supuso que era el chef.

El hombre sonrió al verla y le dio un apretón de manos.

—Justice me ha dicho que le gustó el bistec del otro día.

—Es el bistec más maravilloso que he probado nunca —dijo Evangeline con sinceridad—. Quería prepararlo esta noche para la cena, pero no lo he encontrado en ningún sitio.

El chef se acercó a la encimera donde había un paquetito blanco, que volvió a envolver con film transparente para que no goteara, y se lo tendió a Evangeline.

—El secreto está en darle el punto correcto de cocción —le explicó—. Estos bistecs tienen muchas vetas. Para una persona que normalmente come la carne poco hecha, sugiero que la haga al punto, pero tampoco la cueza de más. Lo ideal es que la grasa se disuelva lo justo y la carne se caliente uniformemente. Si no están bien hechos, los bistecs acabarán con una consistencia gelatinosa por el veteado y no serán lo suculentos que deben ser. Sin embargo, si los cuece demasiado, obtendrá una carne quemada que no tiene el gusto maravilloso que debería tener.

—Muchas gracias, de verdad —dijo ella, dedicándole una sonrisa radiante al hombre—. Seguro que la cena será todo un éxito gracias a su generosidad y su consejo. ¿Cuánto le debo por la carne?

El chef pestañeó y de repente pareció incómodo. Zander interrumpió y dijo:

—Drake tiene cuenta en el restaurante y le pasarán la factura. No te preocupes por eso.

¿La gente tenía cuenta en restaurantes? ¿Y era normal entablar tal relación con los chefs de manera que fuera posible conseguir carne exclusiva para cocinar en casa?

Cuanto más entraba en la vida de Drake, más consciente era de lo poco que sabía de este mundo de dinero y relaciones. Todo le sonaba a película. No era la vida real y aún menos su vida.

Entonces sorprendió aún más al chef dándole un abrazo repentino.

—Gracias por el detalle. Estoy convencida de que la cena será exquisita gracias a usted, y no se preocupe que le diré que el mérito es suyo por proporcionarme una carne tan increíble.

El hombre se ruborizó.

—Ha sido un placer, señorita Hawthorne. Por lo que he oído es usted una cocinera maravillosa; no me importaría contratarla y que trabajara en mi cocina, aunque seguramente me quedaría pronto sin trabajo.

En ese momento fue ella quien se ruborizó y se preguntó cómo sabría este hombre cómo cocinaba.

—Bueno, no lo entretengo más —dijo ella—. Tengo que volver a casa para que no se me estropee la comida que he comprado. Gracias otra vez.

Zander la acompañó hasta la calle, donde una vez más pestañeó y entornó los ojos bajo el brillante sol de otoño.

—Necesitas unas gafas de sol —murmuró él.

Ella lo miró, extrañada, y negó con la cabeza. Sin embargo, mientras paseaban por la acera, Zander se detuvo frente a una tienda de marca, donde le pidió que escogiera unas gafas de diseño de precio desorbitado, que le hizo sentirse horrorizada.

Ella sacudió la cabeza; se oponía a plantearse siquiera comprar algo tan caro. Él no le hizo ni caso y como ella no quería escoger, eligió los dos pares de gafas que le parecieron que le quedaban mejor y la miró de aquella manera tan peculiar que tenían tanto Drake como todo su séquito. Esa mirada que decía: «No voy a cambiar de opinión».

Después de pagarlas, cogió unas, se las puso y se las ajustó antes de salir de la tienda. Parecía contento consigo mismo, de modo que Evangeline no tuvo valor para aguarle la fiesta y se abstuvo de decirle lo ridículo que era pagar cientos de dólares por unas gafas de sol. Le hubiera bastado con unas de cinco dólares del supermercado o la farmacia.

No obstante, lo que llevaba ahora era un reflejo de Drake, y sabía que no le gustaría verla llevar nada que no fuera lo mejor.

Y por esa exasperación y no llevar cuidado tropezó y cayó a la acera antes de que Zander pudiera cogerla. El impacto de la caída le cortó la respiración y justo entonces oyó los expresivos tacos de Zander.

—Joder, Evangeline, ¿estás bien?

Lo vio asustado cuando le dio la vuelta para mirarla. Ella se llevó la mano a los ojos, preocupada por haber roto las gafas y, cuando se dio cuenta de que se habían partido en dos, estuvo a punto de echarse a llorar.

—Las he roto —dijo con lágrimas en los ojos.

—A la mierda las gafas —dijo él, enfadado—. Me preocupa más que te hayas roto algo. ¿Te puedes levantar? ¿Te has hecho daño?

Ella se dejó ayudar e hizo una mueca de dolor cuando estiró completamente la pierna.

—Solo la rodilla —dijo ella—. Creo que mehe hecho un rasguño. Lo siento, soy muy patosa.

Zander se arrodilló en medio de la acera y le dijo que se apoyara en su hombro, mientras examinaba el roto de sus vaqueros y apartaba el tejido de un lado a otro para poder valorar los daños.

—Está sangrando —anunció con seriedad—. No puedo verlo bien, así que no sé cómo de profundo es el corte o si vas a necesitar puntos. Tendré que llamar a Drake.

—¡No! —exclamó—. Por el amor de Dios, Zander. Me he hecho un rasguño en la rodilla, no es el fin del mundo. No hace falta que molestes a Drake por haber sido patosa, caerme y haberme hecho daño en la rodilla. Tiene un día muy ajetreado; hoy tenía varias reuniones y volverá tarde a casa. No quiero trastocarle los planes por algo tan insignificante.

Zander frunció el ceño porque no le gustaba la respuesta. Conocía bastante bien a Drake para saber que, si se había hecho daño, a él le importaría bien poco una puñetera reunión. Sin embargo, ella parecía al borde de un ataque de nervios, y como ya había tenido que soportar el cabreo de Drake aquella mañana, imaginaba que no quería arriesgarse a volver a enfadarlo. Sin embargo, Zander sabía que no se cabrearía por eso.

—Por favor —le imploró—. Esto ya es bastante vergonzoso, no hace falta que lo sepa Drake también.

La expresión del hombre se suavizó y entonces sacudió la cabeza antes de coger el móvil. Al parecer, y para sorpresa de Evangeline, su súplica no lo había convencido.

—Oye, soy Zander. Tendrías que venir a buscarnos a Evangeline y a mí y darle un toque al médico de Drake. Voy a llevarla a que la examine.

Hubo una pausa larga.

—No. No quiere que lo sepa Drake. Solo se ha caído. Le duele la rodilla, pero no puedo examinarla aquí mismo, en medio de la puta acera. Ven y punto.

Después de dar la dirección a con quien quiera que hablase, cogió las bolsas que había dejado en el suelo al caer ella. Entonces le rodeó la cintura con su fuerte brazo tatuado.

—Apóyate en mí y no cargues mucho peso en esa pierna. Vayamos a algún sitio donde no choquemos con ningún transeúnte gilipollas que vaya con prisa. Preferiblemente un sitio donde puedas sentarte y no cargues esa rodilla.

Él la condujo a ella y las bolsas hasta un restaurante cercano y la sentó en un banco destinado a que esperaran los clientes. Cuando la mujer que estaba en la puerta iba a protestar porque se sentaran, la fulminó con la mirada y ella cerró la boca y se fue a su sitio.

—¿A quién has llamado? —preguntó ella.

—A Justice. No está lejos, si no hubiera llamado a alguien que estuviera más cerca para venir a buscarte.

—¿De verdad hace falta que vaya al médico? —preguntó ella con el ceño fruncido—. Deberíamos irnos a casa. Yo misma puedo curarme la herida, no es grave. En realidad, tampoco me duele tanto.

—Es que nos vamos a casa —dijo él tan tranquilo—. El médico personal de Drake tiene una clínica en la segunda planta de su edificio de oficinas. Tiene consulta propia, pero su función principal es atender a Drake y a sus empleados. Y créeme, requerimos atención constantemente —añadió con una sonrisa.

Evangeline, sin embargo, no le devolvió la sonrisa. Seguía frunciendo el ceño pensando en lo que acababa de contarle. ¿Drake necesitaba tener un médico personal en nómina? ¿Un doctor que lo atendiera a él y a sus hombres? ¿Acaso sus trabajos eran peligrosos? Cayó en la cuenta de que aún no había averiguado a qué se dedicaban exactamente Drake y sus hombres. Con un club así no se garantizaba la riqueza que tenían Drake y sus empleados, y no había necesidad de tener a un médico en plantilla que atendiera al personal con regularidad.

Se mareó un poco al pensar en lo que se habría metido y si ya estaba demasiado implicada.

—¿Te duele mucho? —preguntó Zander abruptamente.

Ella levantó la vista y tuvo que entrecerrar los ojos por el fuerte sol que la deslumbraba. Él frunció el ceño, sacó el otro par de gafas que había comprado y se las puso inmediatamente.

—Solo me pica un poco. Estás exagerando —murmuró—. Ni que me hubieran pegado un tiro.

A Zander no le hizo ni pizca de gracia, y al verle aquella expresión tan seria, ella se preguntó si recibir un tiro era una posibilidad no tan descabellada. Que Drake estuviera tan pesado con protegerla cada vez que saliera del piso ¿se debía a que podía pasarle algo?

Si pensara que planteándolo recibiría respuesta, se lo preguntaría a Zander, pero este se mordería la lengua antes de contarle nada. Así pues, suspiró y se resignó a que la viera el médico.

A los cinco minutos un coche elegante que no reconoció se detuvo frente a ellos y, para su sorpresa, no solo apareció Justice, sino también Silas. Y al parecer, a juzgar por su reacción, la aparición de este último también sorprendió a Zander.

Justice se encogió de hombros y se acercó a Evangeline, que seguía sentada en el banco.

—Silas estaba conmigo y al saber lo que había pasado, ha dicho que me acompañaba.

Pero no dijo lo que todos sabían: nadie dice que no a Silas.

—Solo espero que no le dé miedo —murmuró Zander para que solo lo oyera su compañero.

Evangeline se puso como una furia y se levantó de golpe, tras lo que hizo una mueca de dolor porque la rodilla se resintió. Señaló a Zander con el dedo.

—Hasta ahora, el único que me ha dado miedo eres tú, por no hablar de lo maleducado que fuiste. Y encima te atreves a decir que me va a dar miedo un hombre que ha tenido unos modos impecables y que se esforzó para que no me sintiera avergonzada cuando le tiré un *cupcake* en los pantalones, algo que, por cierto, fue culpa tuya. Mira, sinceramente, estoy mejor con él.

Silas se la quedó mirando como si fuera una extraterrestre, con la sorpresa patente en su rostro. Y entonces se acercó hasta donde ella estaba, temblando, y la rodeó con el brazo.

—¿Te duele mucho? —preguntó en voz baja.

—Pues un poco —murmuró ella—. Solo quiero ir a casa. Tampoco es tan grave y no merece la pena ir al médico de Drake que, curiosamente, trabaja en el mismo edificio. Joder, seguro que Drake es el propietario de todo el edificio.

—Lo es —dijo con voz sombría.

Evangeline cerró los ojos. No tendría que haber dicho eso. Era culpa suya por haber hecho el comentario.

Silas le dio un apretón cariñoso en la mano para tranquilizarla. No sabía por qué los demás parecían tener tanto miedo y respeto a este hombre. Bueno, el respeto se lo había ganado a pulso, normal. Pero lo que no entendía era lo del miedo ni por qué creían que le tendría miedo, cuando se había portado muy amablemente con ella.

Y como estaba convencida de todas esas cosas y siempre decía lo que le pasaba por la cabeza, lo soltó antes de pensárselo dos veces.

—¿Me… me acompañarías al médico? —susurró para que no la oyeran los demás—. Zander cree que me das miedo, pero en realidad él me da más miedo que cualquiera de los demás. Si de verdad tengo que ir al médico, me siento más cómoda si me acompañaras tú y no él.

Silas se quedó inmóvil, y ella se dio cuenta entonces de que acababa de cometer un gran error. Maldita fuera ella y su manía de decir lo que le pasaba por la mente. Tendría que llevar mordaza siempre.

—Lo siento —repuso ella con sinceridad—. Ya te he partido el día con algo que no es ni por asomo un accidente grave. Debería volver a casa de Drake y limpiarme la herida. Las tiritas son milagrosas.

—Me entristecería mucho que una mujer como tú me tuviera miedo —dijo él, con tanta sinceridad como ella—. Que tú no me temas, y hasta me defiendas delante de los demás, hace que te tenga aún más estima. Si acompañándote te vas a sentir más cómoda, iré. No hace falta dar más explicaciones. Venga, te ayudo a entrar en el coche. Zander puede volver al piso con las bolsas mientras Justice y yo te llevamos a la clínica.

—No eres mala persona, Silas —susurró ella—. De hecho, creo que eres un caballero y nunca me convencerás de lo contrario.

Una sombra se asomó a sus ojos antes de desaparecer, pero en esa sombra fugaz vio dolor, recuerdos, cosas que habían moldeado al hombre que era ahora. Y como le parecía que era lo correcto, lo abrazó, atrapando su enorme figura con los brazos y dándole un fuerte apretón.

—Gracias por venir tan deprisa. Preferiría que Drake no lo supiera, pero si no salimos ya, no podré hacer a tiempo la cena que se supone que tengo que preparar y no quiero que Drake esté aún más decepcionado conmigo de lo que está ahora.

Silas frunció el ceño.

—Creo que comprenderá perfectamente que no hagas la cena, teniendo en cuenta que te has hecho daño en la rodilla y a saber qué más.

Evangeline negó con la cabeza.

—No quiero que sepa nada de esto. Nada de nada. El día ya ha empezado mal y esto aún nos fastidiará la noche. ¿Podemos irnos ya para quitarnos esto de encima?

Silas se limitó a levantarla en volandas y a sentarse en la parte de atrás del coche. Cuando estuvo bien colocado, con ella aún en el regazo, le puso un cojín debajo de la rodilla herida, le dijo que se relajara, que estaban cerca del apartamento de Drake.

Ella suspiró. Aquello de «Bienvenida al mundo de Drake» debería ser «Bienvenida al loco mundo de Drake donde nada tiene sentido».

No era normal estar sentada en el regazo de un hombre que inspiraba miedo a los demás mientras la llevaban a una clínica privada, propiedad de Drake, un hombre increíblemente rico y muy misterioso que ahora —según decía él y reconocía ella también—, era su dueño.

Una locura. La única palabra que puede describirlo si se tiene en cuenta su vida anterior: aburrida, sosa y anodina.

Cosas como estas no solían pasarles a las chicas de pueblo como en el que ella se crio. Pero estaba pasando y era tan real que la incomodaba.

21

Al doctor McInnis había que agradecerle que reconociese de inmediato la angustia y desasosiego de Evangeline, aunque murmurase constantemente que aquello no era necesario le dio sin duda más pistas que cualquier otro detalle.

El doctor le mostró una sonrisa tranquilizadora, le dijo que la curaría en un abrir y cerrar de ojos y que no tenía de qué preocuparse. Sin embargo, cuando mencionó que necesitaba unos cuantos puntos de sutura porque la herida era bastante profunda y que corría el riesgo de infectarse si se dejaba expuesta a las bacterias, los gérmenes y a saber qué más, se puso histérica.

Fue Silas quien la calmó y le dijo que, de hecho, era ella quien estaba alargando el proceso. Que bastaba con que se relajara para permitir al doctor hacer lo que él considerase necesario, porque, al fin y al cabo, él era el médico, para terminar con aquello de una vez y volver al apartamento de Drake.

Evangeline le tendió la mano, más en busca de consuelo que de otra cosa, pero le ofreció un apretón agradecido, preguntándose por qué ella parecía ser la única persona capaz de ver, más allá del rígido exterior de aquel hombre, al amable caballero tras la fachada fingida. Seguramente, la había creado por pura necesidad. Tenía la misma impresión respecto de los demás hombres de Drake. De que tal vez ninguno de ellos había salido de los mejores barrios y que, al parecer, todos se habían abierto paso a zarpazos en su camino hacia el éxito, ganándose cada brizna del respeto y del dinero del que disponían. Era, desde luego, un grupo extraño. Desde el refinamiento de Drake y sus suaves palabras, hasta los hombres más forjados en la crueldad y el ambiente callejero, como Zander y, bueno, Justice, solo que de una forma distinta. Silas era una combinación misteriosa de los modales refinados y los trajes caros de Drake, pero con la actitud directa que Zander y los otros poseían. Sin embargo, había un rasgo que todos tenían en común: la actitud de «me importa una mierda lo que piensen los demás».

No le cabía duda de que, así como Silas no había mostrado hacia ella más que paciencia y amabilidad, no se comportaba de ese mismo modo con muchas otras personas. Evangeline había visto un atisbo de frialdad en sus ojos. Y de dolor. Aunque seguramente él no se hubiese dado cuenta de que ella se había percatado, y que no le agradaría que lo supiera.

Pero era muy observadora con las personas. Para chicas como ella, observar era lo más cercano a vivir otros estilos de vida y disfrutaba en cierto modo de esas experiencias de segunda mano al observar sus mundos. En consecuencia, a menudo iba mucho más allá de lo que veían los demás. Estudiaba a las personas, no les quitaba ojo mientras no se daban cuenta de que estaban siendo observadas. Era en aquellos momentos cuando la mayoría de las personas dejaban aflorar, y revelaban con mayor facilidad, todo aquello que escondían de forma habitual.

Era presuntuoso por su parte creer que sabía algo sobre Silas, su pasado o sus razones de ser. Pero había percibido un tormento interno que venía por lo menos de la infancia y ¿acaso no estaba la mayoría de la gente marcada por su infancia? Su familia o la ausencia de esta, los mecanismos de defensa aprendidos desde muy temprano y la habilidad de excluir a los demás y levantar escudos para poder sobrevivir.

Consideraba que ella era quien era gracias a cómo la habían criado, al amor incondicional y la guía constante de los padres. Los ideales que habían transmitido a Evangeline. Sus padres eran buenas personas. De las mejores. Era una de las afortunadas, al contrario que Silas y, según imaginaba, la mayoría de los hombres de Drake, o el propio Drake incluso.

Era un hombre huraño que escondía una pasión incendiaria dentro de sí. Que creía firmemente en lo que consideraba su propio código de valores. Ella no necesitaba un manual para entenderlo. No hacía falta más que mirarlo para caer en la cuenta de que su pasado, casi seguro, había moldeado al hombre en quien se había convertido. Un hombre por el que ella se sentía atraída sin remedio, incluso aunque su mente, o más bien su cordura, cuestionara sus motivaciones y sus decisiones. Con bastante frecuencia se preguntaba si había perdido la cabeza para zambullirse de esa forma tan temeraria, sin pensárselo bien, en una relación tan extrema con un hombre al que apenas conocía.

Y aun a sabiendas de que tenía frente a sí un largo camino antes de poder ni tan siquiera arañar la superficie de aquel hombre complejo y misterioso, sintió el ansia, y sí, la sensación del reto, de retirar capa tras capa hasta alcanzar su corazón. Solo entonces comprendería del todo por qué Drake era tal macho alfa inflexible, intransigente y dominante. No pensaba que estos rasgos fueran malos, no cuando se expresaban de esa forma tan deliciosa.

Sin embargo, lo había cabreado y desobedecido descaradamente aquella mañana y no le había parecido que estuviera muy contento con ella. Se mordió el labio inferior, mordisqueándolo con nerviosismo al pensar en las consecuencias de sus actos y cuál podría ser la respuesta de Drake al volver a casa.

A pesar de que cocinar podría ser una buena distracción, dudaba mucho de que disuadiese a Drake de hablar sobre su desobediencia, que ya había dicho que no toleraría en ninguna circunstancia. Echó la vista atrás y se dio cuenta de que él tenía razón y ella había actuado como una niña petulante con un berrinche, dispuesta a demostrar algo tras tomar aquella decisión malhumorada. Conocía las reglas, se las sabía de memoria. Y Drake tenía razón. Hubiera bastado con coger el teléfono y llamarlo, contarle lo que quería hacer y a él seguramente le habría parecido bien.

Recordó algo que le había escrito en su nota y eso la hizo sentir aún más culpable. Le había dicho que se quedara en casa descansando y que le diese a su hombre la lista de la compra con todo lo que necesitase. Sus palabras exactas fueron: «Ayer fui bastante duro con mi ángel».

Suspiró. Solo quería cuidarla, ¡qué tierno! Y ella se había portado como una zorra al malinterpretarlo y cabrearse con la ridícula idea de que ni siquiera podía salir al mercado sin que se pusiese en marcha una operación de seguridad a gran escala.

Debía una disculpa a Drake. Una disculpa sincera y no solo lo que él querría escuchar, con el objeto de no enfadarlo.

—¿Evangeline?

El tono preocupado de Silas la sacó de su ensimismamiento.

—¿Te duele? Te ha anestesiado la zona, así que no deberías sentir nada mientras te pone los puntos de sutura, pero si lo notas, dínoslo.

El doctor se estaba preparando para coserle la rodilla y alzó la vista, preocupado.

—Puedo ponerle una inyección para el dolor. Voy a ponerle una inyección de antibióticos y a darle una pomada para que se la aplique tres veces al día. No creo que hagan falta antibióticos por vía oral, pero si nota algún enrojecimiento, hinchazón o sensibilidad en la zona, sobre todo si siente malestar y le sube la fiebre, aunque sean unas pocas décimas, quiero que vuelva de inmediato para prescribirle antibióticos.

Ella le devolvió una sonrisa tranquilizadora.

—Estoy bien. De verdad. No siento nada en absoluto. No necesito medicación para el dolor. Estoy segura de que el ibuprofeno bastará si me duele luego. Estaba absorta pensando en todos los errores que he cometido hoy y no he notado ninguna molestia en la rodilla. Es una mierda darse cuenta de que te has comportado como una cría que busca cualquier razón ridícula para mosquearse.

Lo último lo dijo en un susurro y frunció los labios.

Silas arrugó la frente, lo que la sorprendió porque, por primera vez, no había ni rastro de la caballerosidad que lo caracterizaba.

—Es cierto que te conozco desde hace poco tiempo y que no hemos hablado demasiado, cosa que espero que se remedie en cuanto Drake afloje un poco la correa con la que te tiene atada. —Un destello travieso se asomó a su mirada y dejó de fruncir el ceño; estaba bromeando—. Pero lo último que atribuiría a tu persona es inmadurez o necedad. Eres muy honesta y sincera, dos cualidades que la sociedad ha tirado por la borda, por desgracia. Encima, no tienes ni idea de las muchas cualidades buenas que posees y pareces desconcertada cuando alguien te hace un cumplido, como ahora mismo al escucharme, a juzgar por tu mirada.

Se ruborizó porque estaba ocurriendo justamente eso.

—Hasta hace nada, nadie me hacía cumplidos —murmuró.

—Entonces es que no te has relacionado con las personas apropiadas. Yo apostaría a que más bien las personas con las que te has movido son envidiosas. Si eran hombres, seguramente querían acercarse más a ti y tú, al parecer, no tienes ni idea de eso tampoco, cosa que los enfada y destruye su frágil ego masculino.

—De acuerdo, para ya —dijo, sintiéndose más incómoda a cada segundo que pasaba.

Pero no lo hizo. Alargó un dedo hacia su barbilla y la levantó, forzándola a mirarlo para que no siguiese evitando su mirada.

—Evangeline, tú eres especial. Y si alguna vez te menosprecias en mi presencia de nuevo, me encargaré de tumbarte sobre mis rodillas y azotarte ese culo perfecto que tienes hasta que me prometas que olvidarás todas las palabras negativas con las que te describes. ¿Estamos?

¡Joder! Mierda. Empleó de nuevo esas palabras que avergonzarían a su madre y la harían preguntarse qué había hecho mal al educarla, ya que le había enseñado que una verdadera dama jamás usa un lenguaje tan vulgar como aquel.

Miró a Silas con los ojos de par en par, que ya no necesitaba usar la mano para forzar su sumisión. Vio cómo brillaba la dominación en sus ojos con la misma claridad con la que la había visto en Drake. ¿Cómo había pasado por alto aquello hasta aquel momento? «Dulce y amable, y una mierda». Silas, Drake y, bueno, todos los hombres de Drake eran dominantes; casi hoscos, machos alfa. Pero tras aquellas pocas palabras que Silas le había soltado con tanta suavidad, vio a un hombre que parecía ser muchísimo más dominante que el resto. Tal vez incluso más que el propio Drake, y aquello le resultó desconcertante.

En ese momento, vio la faceta temible que los otros veían claramente y experimentaban a diario, y allí estaba ella, haciendo unas suposiciones ingenuas tras dos breves encuentros en los que se había portado como un auténtico caballero.

Tragó saliva con dificultad porque no creía que Silas fuera de farol. No había ni rastro de burla en su mirada. Solo una sombría realidad y una seriedad absoluta. Y entonces, dado que le habían frito el cerebro hasta casi estar a punto de balbucear, profirió una respuesta ridícula.

—¡D… Drake nunca te lo permitiría! —dijo con un suspiro lleno de asombro.

Para acrecentar aún más su humillación, se dio cuenta de que el doctor seguía allí, cosiendo la rodilla que no sentía en aquel momento, y que había sido testigo de toda la conversación.

El médico tenía en los labios una mueca divertida aun cuando no había levantado la vista de su tarea en ningún momento y sus manos se mantenían firmes.

Silas le mostró una leve mueca, torció una comisura de la boca para mostrarle lo que pensaba de su ingenua aseveración.

—No estés tan segura de lo que Drake permitirá o dejará de permitir, Evangeline. Hacer eso te llevará ineludiblemente a engaño. Estoy seguro de que Drake ha sido muy específico en cuanto a sus exigencias, y la principal es que seas obediente. Yo diría que eso deja mucho terreno por explorar, ¿no crees?

Evangeline quiso gritar. ¿Cómo narices sabían los hombres de Drake —¡aquel hombre!— tanto sobre lo que Drake le había o no dicho a ella? ¿O es que sus mujeres, sus requerimientos y sus expectativas no cambiaban en absoluto y su séquito sabía de sus necesidades y exigencias?

A ver, ¿acaso dirigían o pertenecían a algún club de sadomasoquismo? ¿Tenían todos un carné de socio de algún lugar donde hubiese manuales y reglamentos para esas cuestiones y se regían todos por el mismo código?

Deseó soltarse el pelo y cubrirse la cara con los mechones y estar a kilómetros de distancia, porque aquello se estaba volviendo cada vez más desconcertante.

—Tú no me harías daño —dijo rozando la desesperación.

La mirada de Silas se enterneció.

—No, Evangeline, yo nunca jamás te haría daño. La disciplina no necesariamente tiene que ver con el dolor. A no ser que te vaya eso. —Se encogió de hombros—. A cada uno le gusta lo que le gusta. No me corresponde juzgarlo. Pero si lo que me preguntas es si seguiré adelante con mi amenaza, la respuesta es sí. No amenazo en vano. Nunca. Así que, efectivamente, te tumbaré sobre las rodillas y te azotaré si vuelves otra vez a decir mierdas sobre ti en mi presencia. Si no quieres que eso ocurra, lo más sencillo es no decir gilipolleces, ¿de acuerdo? ¿Me has entendido?

—Sí, está bien, entendido… —dijo atragantándose, porque si se parecía en algo a Drake, y esa era la impresión que daba, sabía que ambos querían oír las palabras y no recibir solo una negación o un asentimiento con la cabeza en señal de respuesta.

—¿Ha acabado? —preguntó Silas al médico en tono cortante.

El doctor parecía haber acabado ya, pero inmerso en la conversación entre Silas y Evangeline, se limitaba a sostener una gasa sobre la rodilla mientras los miraba a ambos, preso de la fascinación.

—Ah, sí, claro. Tan solo déjeme ponerle el vendaje para tapar la rodilla.

Entonces solo miró a Evangeline.

—Manténgalo tapado esta noche. Puede quitarse el vendaje por la mañana, pero mantenga la zona limpia y aplíquese la pomada tal como le he indicado; y, una vez más, si nota algún problema o cualquiera de los síntomas que le he enumerado, venga enseguida.

Evangeline asintió, avergonzada todavía por airear su intimidad con tal exceso de información personal. ¿Todos los que trabajaban para Drake sabían cada sórdido detalle de su relación? ¿O solo elucubraban sobre sus relaciones anteriores?

Fue como poner el dedo en la llaga pensar que su relación, o lo que quiera que hubiese entre ella y Drake, estaba siguiendo algún esquema o programa que él llevaba a cabo por norma, independientemente de quién fuese su mujer en aquel momento.

¿Le serviría cualquier mujer? ¿La cara de Evangeline se confundía entre las muchas caras de las numerosas mujeres que había habido antes que ella? ¿Destacaba ella? Supuso que tenía suerte de que, al menos, recordara su nombre y no la hubiese llamado por el nombre de alguna otra mujer. Seguramente lo apuñalaría con un cuchillo jamonero si eso ocurría alguna vez.

Silas la ayudó a bajar de la camilla y la acompañó desde la consulta hasta el ascensor que los llevaría al último piso. Insertó su propia llave de seguridad, una prueba más de la confianza depositada en los hombres de Drake y de que tenían pleno acceso incluso hasta su espacio más personal.

Cuando entraron en el apartamento, vio que habían dejado las bolsas de la compra sobre la encimera de la cocina y cuando hizo el ademán de apresurarse a ponerlo todo en orden, Silas le bloqueó el paso, la empujó hacia el salón y la sentó de inmediato en el sofá, echando mano de un cojín para colocarlo bajo su pierna.

—Tú te quedas aquí —ordenó Silas—. Sé con seguridad que Drake va a llegar tarde y también sé que te llamará para decirte que está en camino. Así que, hasta que recibas esa llamada, debes reposar y no agravar tu herida. Drake entenderá que te retrases con la cena, dadas las circunstancias.

Evangeline se mordió el labio y optó por no recordarle a Silas que Drake no sabía que se había lastimado. A no ser que alguno de sus hombres ya se hubiera chivado, claro, que era otra posibilidad.

Pero cuando Drake finalmente llamó, ella se percató de que no lo sabía; y más aún, de que todavía estaba enfadado por la transgresión de aquella mañana.

22

*E*l teléfono sonó y Evangeline dio un brinco sobre el sofá. ¡Joder! ¿Cómo había podido quedarse dormida? Tenía pensado que, en cuanto saliera Silas del apartamento, iba a empezar a preparar la cena, independientemente de que le hubiera dicho que debía descansar hasta que la llamase Drake.

Se tambaleó hasta el teléfono, agradecida de que, al menos, Silas lo hubiera colocado a su alcance.

Estuvo a punto de gemir de dolor cuando balanceó las piernas hacia el extremo del sofá para poder levantarse y dirigirse a la cocina mientras hablaba con Drake.

—¿Hola? —dijo ella casi sin aliento.

—Llegaré a casa dentro de veinte minutos —contestó tajantemente.

—Va… vale —respondió ella, apretando con fuerza el teléfono.

Mientras hablaba ya estaba hurgando en las bolsas, buscando las cacerolas apropiadas y calentando la parrilla del fogón de gama alta.

—La cena podrá esperar un poco, ¿verdad? —dijo él.

—Sí, por supuesto —se apresuró a contestar ella—. Puedo tenerla dispuesta en cuanto estés listo para cenar.

—Bien. Entonces lo que quiero que hagas es que vayas al salón y te desnudes. Cuando llegue, quiero que estés en el extremo del sofá, inclinada sobre tu vientre frente al brazo del sofá y con las piernas ligeramente separadas. Entonces, cuando te lo indique, te inclinarás hacia delante y bajarás las manos de modo que quedes reclinada sobre el brazo.

Ella titubeó, una mirada de desconcierto le arrugó la frente.

—Está bien —respondió en voz baja.

—Tu castigo, mi ángel —Evidentemente, se había percatado de su confusión—. No creas que he olvidado lo de esta mañana.

Casi se le cayó el teléfono entre las manos, pero se las arregló para mantenerlo agarrado antes de que se estampara contra el suelo.

—Asegúrate de estar lista y de seguir todas y cada una de mis instrucciones o no estaré nada contento —dijo Drake con voz aterciopelada.

—No te decepcionaré, Drake —respondió ella con voz queda.

Entonces él titubeó antes de hablar de nuevo.

—Lo sé, mi ángel, eso lo sé.

Y entonces colgó, dejándola con la mirada fija en el teléfono.

Cerró los ojos, no quería concentrarse en que iba a castigarla. Debía empezar a hacer la cena para que no pensase que no lo había hecho ya. Todo aquel día no había sido más que una cagada monumental.

Pensó por un momento hacer caso al consejo de Silas sobre lo de contar a Drake todo lo ocurrido en cuanto entrara por la puerta, pero entonces frunció el ceño. Menuda cobarde estaba siendo. A la primera de cambio estaba tratando de huir del problema, cuando todo era culpa suya.

No, se pondría en marcha con la cena y luego iría al salón y haría lo que Drake le había indicado. No pensaba ablandarse en la primera ocasión en que se pusiera a prueba su relación o, al menos, la primera vez que ella lo había desobedecido.

Cuando quedaban cinco minutos, ya lo tenía todo preparado en el fogón; el chisporroteo de lo que se estaba cocinando y los tentadores aromas impregnaban el aire. Solo faltaban por hacer los filetes y no los prepararía hasta que no estuviesen a punto de cenar.

Sabiendo como sabía que quedaban menos de cinco minutos para que llegase Drake, voló hasta el salón sin hacer caso de las punzadas de dolor en la rodilla. Si en lugar de haber pasado toda la tarde sesteando en el sofá, se hubiese estado moviendo de aquí para allá, la rodilla ni siquiera le molestaría. Pero tras tantas horas de inactividad era normal que se resintiera por aquellos movimientos súbitos.

Se desnudó a toda prisa. Luego dobló con cuidado la ropa y la colocó sobre la mesa de centro. No quería que pareciese que lo había hecho todo precipitadamente, aun cuando era precisamente lo que había ocurrido.

Deslizó los zapatos por debajo de la mesa y colocó el sujetador y las braguitas encima de los vaqueros rasgados y la camiseta.

Cuando estuvo desnuda, caminó hasta el extremo del sofá y se inclinó, recorriendo con sus manos el brazo de piel. Entonces se dobló hacia delante para probar si estaría cómoda cuando él le pidiese que se inclinara completamente.

De acuerdo, no estaba tan mal.

Se enderezó, adoptó con diligencia la postura exacta que él le había descrito y entonces cerró los ojos, sabiendo que los siguientes escasos minutos hasta que llegase se le antojarían una eternidad.

Drake esperó con impaciencia que las puertas del ascensor se abrieran y entró de inmediato, sin perder tiempo ni tan siquiera en colgar el abrigo en el perchero. Se lo quitó mientras caminaba hacia el salón y lo arrojó a un lado.

Se quedó sin respiración al ver a Evangeline colocada en el extremo del sofá, tal como le había ordenado, con la piel desnuda brillando en la tenue luz. Solo estaba encendida una lámpara en una esquina distante, lo que creaba un ambiente íntimo en la habitación.

Caminó hasta quedar tras ella, incapaz de resistir aquella tentación tan hermosa. Le colocó el cabello sobre uno de los hombros y presionó sus labios contra la curva del cuello.

Ella se estremeció al sentirlo y le danzaron por la piel oleadas de escalofríos.

—Eres tan sensible —murmuró Drake—. Tan bonita…

Oyó el delicado suspiro de Evangeline, igual de bonito que ella.

—Quédate justo donde estás —ordenó él.

Luego salió del salón para coger la fusta del dormitorio. Esta iba a ser su primera experiencia con otra cosa que no fuesen sus manos y los pocos azotes que le había dado en el trasero, por tanto, no podía subir la intensidad a algo más duro. No hasta estar seguro de que estaba preparada y que le iba a seguir el juego.

Cuando volvió, seguía allí, inmóvil como una estatua, con la pálida piel resplandeciendo bajo aquella luz sobrenatural. Era una diosa, y era toda suya.

Deslizó el extremo del látigo a lo largo de la espalda, provocándole un nuevo escalofrío. Continuó su delicada exploración para que se acostumbrase al tacto del cuero antes de marcarle el impresionante trasero.

Se colocó a su lado para poder verle la cara, la expresión.

—Voy a darte seis latigazos —dijo con tono tranquilo—. Solo para que en el futuro recuerdes que no debes desobedecerme. Pero quiero advertirte, mi ángel, que si ocurre de nuevo, no seré tan misericordioso.

Ella cambió el peso de pierna, un movimiento apenas perceptible, pero él estaba perfectamente sintonizado con ella y no pasaba nada por alto. Estaba a punto de administrar el primer latigazo, todavía a su costado porque quería ver su reacción. El momento en que el dolor inicial se desvanecía sustituido por el placer. Quería ver cómo se le entornaban los ojos ante el placer que le estaba proporcionando.

Pero una repentina punzada de dolor y una evidente angustia se asomaron fugazmente a sus ojos antes de desaparecer, y se preguntó si se lo había imaginado. Pero no. Lo había visto con claridad. Frunció el ceño porque no había hecho más que rozarle la piel con la fusta.

Dejó caer la mano a un lado mientras mantenía sobre ella una mirada penetrante.

—¿Qué te pasa? —exigió saber—. Evangeline, mírame.

Giró lentamente la cabeza hasta poder mirarlo completamente de frente para que él no viera únicamente su perfil. Estaba a punto de llorar y aquello lo destrozó por dentro.

—No pasa nada, Drake. No volveré a desobedecerte otra vez —dijo ella en voz baja—. Lo siento. Me he equivocado. Me he comportado como una cría petulante y como una zorra. No mereces que me porte así contigo. No volverá a pasar.

Entonces volvió a cambiar el peso de pierna, y él vio que apoyaba la mayor parte en una pierna en lugar de apoyar ambos pies en el suelo por igual.

Torció la boca en una mueca de dolor, el dolor que cruzó relampagueando una vez más sus ojos antes de que lograra recuperar la compostura y volver a mirar al frente. Se inclinó hacia delante para apoyar sus manos en el sofá tal como él le había indicado antes, pero lo único que vio él, lo único que pudo recordar, fue el dolor en sus ojos. Un dolor que él no había causado de ninguna manera.

Paseó la mirada a lo largo de su cuerpo en busca de cualquier fuente de molestia discernible. Entonces, sus ojos se entornaron al ver lo que el sofá había logrado ocultarle a la vista. Llevaba la rodilla vendada.

—Pero ¿qué cojones…? —murmuró, con cuidado de bajar el tono para que sus palabras no contuviesen rabia o acritud hacia ella.

Se irguió enseguida y la tomó en brazos apoyandola sobre el pecho. Se dirigió hacia la parte frontal del sofá y la tendió con cuidado. Entonces, le alzó las piernas con delicadeza para no causarle aún más daño y las colocó sobre su regazo para así poder verle más de cerca la rodilla.

—¿Qué ha pasado? —insistió.

Ella suspiró.

—No es nada, Drake. Te lo prometo. Fue una estupidez por mi parte y una torpeza. Zander y yo salimos para hacer la compra y él insistió en que necesitaba unas gafas de sol, así que paró en una tienda y compró unas gafas supercaras.

Se estremeció y cerró los ojos, y él se dio cuenta de que estaba más disgustada por el precio de las gafas que por la herida de la rodilla.

—Al salir, tropecé. Ni siquiera estoy segura de qué fue lo que pasó, tan solo de que un segundo antes estaba de pie y al siguiente estaba tendida en la acera y Zander se cagó de miedo. Quiso llamarte de inmediato, pero yo le supliqué que no lo hiciese. Así que llamó a Justice para que viniera a recogernos. Solo que llegaron Justice y Silas, y entonces Silas insistió en llevarme a tu médico.

Los ojos de Drake permanecieron entornados mientras asimilaba su declaración.

—¿Y por qué no te pareció importante contármelo?

—Estabas ocupado —murmuró, con la voz cargada de angustia—. Tu nota decía que estarías ocupado, que estarías liado con reuniones importantes durante todo el día y que llegarías tarde a cenar. No merecía la pena molestarte por esto. Tu doctor me cosió la herida en pocos minutos y me dio medicamentos para mitigar el dolor.

—¿Te han dado puntos? —preguntó con los dientes fuertemente apretados.

El miedo y el nerviosismo crecieron aún más en los ojos de Evangeline, pero él estaba demasiado concentrado en llegar al fondo de todo aquel desastre antes que en disipar el temor de Evangeline ante la posibilidad de enfadarse con ella. Joder, tendría que haber sido él quien estuviera a su lado en todo momento.

—Solo unos pocos puntos—añadió ella a la defensiva—. Ni siquiera entiendo por qué se tomó la molestia. He sufrido heridas mucho peores y bastó con ponerles una tirita.

—Puede que eso bastara antes —dijo él tratando de contener sus emociones—. Antes de que fueras mía, quiero decir. Pero ahora ya no basta. Ahora me perteneces y pienso asegurarme de que recibas los mejores cuidados. No hay nada más importante que tu bienestar y tu seguridad. No deberías haber ido a la clínica con un extraño. Yo debería haber estado allí para abrazarte, traerte al apartamento y procurar tu bienestar. Eso es tarea mía, mi ángel.

La atravesó con una mirada intensa.

—Ahora dime, ¿cuál es tu tarea?

Ella pareció confusa y frunció el ceño, visiblemente desconcertada.

—No entiendo qué me estás preguntando —dijo impotente—. Y no, no me estoy haciendo la tonta, Drake. Me confunde tu pregunta.

—Mi tarea es cuidar de ti todo el tiempo. Mantenerte. Asegurar tu bienestar cuando no puedo estar cerca y, sobre todo, asegurarme de que te sientes cómoda. Tú solo tienes una tarea, mi ángel: obedecer.

Evangeline miró con asombro a Drake mientras la asaltaban un montón de emociones encontradas ante aquella exposición de los hechos, de la verdad según la veía él. Se sintió algo irritada, pero, más que nada, sintió un profundo alivio. Como si le hubiesen quitado un peso de encima.

¿De verdad era tan sencillo como él lo hacía parecer? ¿Que aquel hombre, aquel hermoso y dominante hombre, la iba a querer, a mimar, a consentir, a malcriar, a proteger, a cuidar; y a cambio todo lo que ella tenía que hacer era obedecer? Era casi inconcebible, como si estuviese en una fantasía sin fin en que todo podía desaparecer en un abrir y cerrar de ojos, de modo que se aferró con ganas a su sueño y apretó los párpados con fuerza para mantener a raya la realidad.

Entonces él se inclinó hacia ella y, con mucho cuidado, levantó el vendaje. Tras un momento de inspección, le presionó con solemnidad los labios contra la herida. Evangeline se quedó atónita porque había pasado de la fuerza bruta, de ser un macho alfa a punto de disciplinar a su sumisa, a un cariño y ternura que le daban ganas de llorar y no de dolor.

—De ahora en adelante si cualquier cosa, y quiero decir cualquier cosa, te ocurriera quiero estar al tanto enseguida. No me interesa lo importante que te parezca a ti. Espero saberlo en cuanto ocurra. ¿Me explico?

Ella tragó saliva y se las arregló para responder a pesar del nudo en la garganta.

Entonces, para su desconcierto, él se la acercó al regazo hasta que pudo mecerla contra su pecho. Presionó firmemente sus labios contra su frente y se puso en pie, levantándola con los brazos. La llevó hasta la cocina y la dejó en la encimera central.

—Esta noche cocino yo para mi princesa —dijo, con un destello en la mirada.

Horrorizada, profirió una protesta de inmediato.

—Oye, que unos cuantos puntos de sutura no van a impedirme cocinar. Además, todo está casi listo salvo los filetes, y solo necesitan unos pocos minutos a la parrilla por cada lado.

Él, afectuoso, le pellizcó la nariz y luego concluyó con un largo beso, sin prisas, en los labios.

—Entonces no me queda mucho por hacer, ¿no? Tú te vas a quedar sentada justo donde estás y me dirigirás desde ahí arriba. Dime qué hacer y cómo, y tendré la cena lista enseguida.

Evangeline miró fascinada cómo se encargaba de la cocina, deteniéndose de vez en cuando para preguntarle si lo estaba haciendo bien. Mientras lo miraba y repasaba mentalmente todo lo que había pasado, que él se hubiera olvidado del propósito de castigarla y, en lugar de eso, quisiera asegurarse de que estuviese bien y que recibiera los cuidados apropiados, tuvo una especie de revelación.

Drake disfrutaba cuidando de ella. De hecho, parecía deleitarse en hacerlo. Aquello, ella, le importaba, y se tomaba lo que él llamaba «su tarea» en serio. Se preguntó si él habría tenido alguna vez en su vida a alguien que se preocupase por él de verdad y si por eso parecía tan dispuesto a darle algo que él mismo no había tenido.

Aquello la hizo estar más decidida no solo a aceptarlo de forma incondicional, sino a hacer todo lo que estuviese en su mano para cuidarlo y protegerlo. Puede que nadie de su pasado le hubiese cuidado o hecho feliz, pero ella no pensaba comportarse como aquella gente. Drake sabría sin ningún lugar a dudas que había al menos una persona que se preocupaba por él y que garantizaría para siempre su felicidad y bienestar. Y si podía conseguirlo complaciéndolo y siguiendo sus normas, entonces lo haría sin dudar y sin cuestionarlo más.

—Drake —dijo dubitativa.

Él se volvió como si hubiese percibido la gravedad en su tono de voz.

—Lo siento —dijo en voz baja—. Lo de hoy. Lo de antes. Me he portado como una niñata y, como he dicho, no mereces eso de mí. Me avergüenzo por el modo en que me he comportado. Lo he hecho sin pensar y eso te ha herido. Me siento fatal por ello. ¿Me perdonas? Intentaré no volverte a dar motivos para que estés descontento conmigo. Quiero complacerte. Es importante para mí, más importante de lo que imaginas.

La expresión de él se suavizó, y se le acercó tras haber dado la vuelta a los filetes. La rodeó con los brazos.

—No eres ninguna niñata, ni muchísimo menos. Creo que los dos deberíamos ponernos de acuerdo en olvidar todo lo que ha pasado hoy y seguir adelante. Pero, cariño, quiero que me prometas algo. No permitas que te castigue o te ponga en una situación en que te sientas herida o incómoda. Tendrías que habérmelo contado en cuanto ocurrió el accidente y, si no en ese momento, al menos antes de que fuera a azotarte con la fusta. Menos mal que me di cuenta antes de castigarte, porque nunca me hubiese perdonado el haberte causado un daño innecesario.

En su tono había auténtico remordimiento y escarnio hacia sí mismo. El corazón se le ablandó hasta el punto de derretirse al ver lo horrorizado que parecía él ante la posibilidad de haberle causado aún más dolor.

—Y no puedo expresarte cuánto significa para mí que me digas de esa forma tan tierna y sincera que te importo, que quieres complacerme y que eso es importante para ti. Nunca he tenido eso —reconoció, mostrándose avergonzado de inmediato por haber compartido algo que consideraba muy íntimo. Pero aquello solo respaldó lo que ella había supuesto.

—Quiero que sepas que complacerte es exactamente igual de importante como lo es para ti complacerme a mí. Quiero que seas feliz, que resplandezcas para mí. Siempre y únicamente para mí.

Ella se relajó y le dio un beso. Entonces se apartó con una sonrisa burlona en la cara.

—Así que ¿no hay castigo para mí esta noche? —preguntó con tono despreocupado.

Él volvió al fogón y levantó un filete por uno de sus extremos, sosteniéndolo en alto para que ella pudiese inspeccionarlo.

—Solo un minuto o dos más —aconsejó ella.

Él la contempló con cierta seriedad.

—No, mi ángel. Creo que ya has tenido demasiadas emociones en un mismo día. Nunca me he tenido por un hombre paciente, pero últimamente veo que, cuando la recompensa es importante, estoy dispuesto a contenerme. Tan solo ten en cuenta que ahora que conoces bien los parámetros y los límites que he fijado para ti, no seré tan misericordioso en el futuro. La desobediencia será castigada, pero nunca lo llevaré demasiado lejos, me cortaría el brazo derecho antes que hacerte daño aposta.

Un hormigueo le recorrió el cuerpo cuando una mezcla de decepción y curiosidad se le enroscó en el estómago. Se dio cuenta en aquel momento de que ella no temía que Drake le hiciese daño físicamente. Era demasiado comedido y disciplinado para todo. Su parte física fantaseaba acerca de cómo sería sentir el castigo y si ella ardería de placer como lo había hecho la noche en que él la azotó varias veces con las manos. Su lado más emocional no soportaba volver a decepcionarlo otra vez para merecer un castigo. Su aprobación, tal como ella había comprendido, significaba mucho.

—¿Y si quisiera que usaras la fusta conmigo? —preguntó con voz ronca antes de poder comedir sus palabras—. No como un castigo. ¿Eso te gustaría, Drake? Porque he fantaseado sobre eso y creo que…

—¿Qué crees, mi ángel?

—Que eso me gustaría —admitió ella.

Él estaba sacando los filetes de la parrilla, colocándolos en un plato, y aquella confesión lo dejó de piedra. Apagó el fuego del resto de sartenes y se dio la vuelta despacio, con un ardor creciente en la mirada.

—Tal vez si no tuviese que estar de pie… —se apresuró a decir antes de perder el valor—. Un hombre con tu pericia seguro que conoce miles de formas de azotar a una mujer sin que tenga que apoyar nada de peso en la rodilla.

—Lo que creo —respondió lentamente— es que primero deberíamos comer. Luego, al terminar, podemos tener esta conversación. Preferiblemente, contigo en mi cama, atada e indefensa, sin poder hacer otra cosa que aceptar el placer que yo te dé.

Evangeline tragó saliva. ¿Se suponía que debía comer ahora y recordar a qué sabían las cosas?

Drake sirvió la comida en dos platos que llevó después a la mesa. Volvió, la levantó de la encimera con delicadeza y la llevó hasta la mesa. Pero, en lugar de dejarla en su propia silla, se la sentó en el regazo.

Cayó en la cuenta de que, una vez más, iba a darle de comer, pero esta vez ella ya no recelaba. Había disfrutado la primera vez que le dio de comer. Un velo de intimidad se posó sobre ellos, sumiéndolos en una neblina de deseo y pasión.

Cuando empezó a darle de comer y a comer él mismo también, la felicitó por hacer un plato excelente, una vez más.

—¡Pero lo has cocinado tú, no yo! —protestó Evangeline.

—No puede llamarse cocinar a soltar dos filetes sobre la parrilla y darles la vuelta cuando tú lo indicas mientras enciendo los fuegos para calentar la comida que tú ya habías preparado —respondió con sequedad—. Estaba delicioso y aprecio tu esfuerzo por hacer algo especial. Significa mucho para mí, mi ángel. Solo lamento que te hicieras daño durante el proceso.

—Una rodilla desollada merece la pena con tal de complacerte —dijo ella susurrando—. Quiero complacerte de verdad, Drake. Es una necesidad que hay dentro de mí y que ni siquiera puedo explicarme. Me das tanto. Me haces sentir querida y hermosa. Deseo muchísimo devolverte aunque sea una parte de lo que me has dado de una manera tan desinteresada.

Él la besó, estrechándola contra su cuerpo.

—Tú me complaces, mi ángel, no lo dudes nunca. Bueno, ¿y qué me dices de continuar esta conversación en el dormitorio, donde pueda atender apropiadamente a mi ángel y darle lo que desea y necesita de su hombre?

—Pues digo que es la mejor idea que he oído en todo el día —susurró ella frente a sus labios.

23

*D*rake cargó con Evangeline hasta el dormitorio y la tumbó reverentemente sobre la cama. Después, se quedó de pie sobre ella, recorriendo de arriba abajo con la mirada su cuerpo desnudo, con evidente admiración.

Por una vez no se sintió tímida o cohibida. Se sintió… descarada. Como una seductora con mucha más experiencia de la que realmente tenía. No quería ser una participante pasiva en lo que fuera que Drake tuviese pensado para aquella noche, pero, al mismo tiempo, la idea de que él tomase todas las decisiones y tuviese el control le provocaba una emoción indescriptible.

Drake frunció el ceño con aspecto pensativo cuando detuvo la mirada sobre la rodilla herida.

—¿Te duele mucho? —le preguntó—. Y no lo suavices. No quiero hacer nada que te cause más dolor esta noche.

—De hecho, la noto mucho mejor ahora —dijo la verdad—. Me quedé dormida en el sofá porque Silas no quiso marcharse hasta que yo estuviese descansando allí. Tenía la intención de levantarme en cuanto se fuera para poder empezar a hacer la cena, pero me quedé dormida y no me desperté hasta que llamaste. Como estuve inmóvil tanto rato, la rodilla se quedó rígida y dolorida un buen rato cuando empecé a moverme de aquí para allá. Pero ya se me está pasando y no está ni mucho menos tan sensible.

Drake apretó los labios.

—Y si me hubieses llamado, me habría asegurado de que hacías justamente lo que Silas te había indicado, solo que habrías estado entre mis brazos; te habría estado abrazando mientras descansabas.

La imagen fue tan tentadora que en aquel momento deseó haber permitido que Zander llamase a Drake.

—Ahora desearía haberte llamado —susurró.

Él se inclinó y le rozó la rodilla con un delicado beso. Después, alzó la vista hasta que sus miradas se encontraron.

—De ahora en adelante, hazlo.

—Lo haré —le prometió ella.

Un tipo diferente de destello iluminó sus ojos. El propio de un depredador, lleno de ardor y con unas expectativas que la hicieron sentir inquieta y sin aliento, en un indescriptible estado de anhelo.

—Puedes hacerme sentir mucho mejor ahora —dijo ella con una tentadora voz ronca.

—Claro que sí, mi ángel. Eso pienso hacer, pero antes, voy a azotar ese precioso culo que tienes para que lleve mis señales cuando te folle.

Ella no pudo contener ni el escalofrío ni el leve gemido que se le escapó de los labios.

Su expresión se volvió más seria.

—Pero no haré nada que te cause más dolor en la rodilla.

—Lo sé, Drake —respondió ella con el corazón afligido—. Sé que nunca me harías daño. Quiero hacerlo. Te deseo, y deseo todo lo que quieras darme. Siempre lo atesoraré.

Drake se enterneció y a su mirada se asomó un cálido brillo.

—Eres tan dulce y generosa… —murmuró—. ¿Qué habré hecho para merecer un ángel como este?

Drake se alejó de la cama y ella percibió que le faltaba su calor, la presión de su mirada y las manos que habían acariciado reverentemente su cuerpo.

Regresó un instante después con una cuerda y la fusta. A ella se le aceleró el pulso y los jadeos se le escaparon erráticos entre los labios.

—Mi ángel está excitado —dijo con los ojos resplandecientes de aprobación.

—Oh, sí —respondió—. Lo quiero todo, Drake. Te quiero… a ti.

Él le dio la vuelta teniendo cuidado con su rodilla, le apartó ambas manos y las dejó sobre la parte baja de su espalda antes de enrollar la cuerda con cuidado alrededor, asegurándose de comprobar que no le estaban rasgando la piel. Se alejó de ella una vez más solo el tiempo necesario para quitarse la ropa y luego volvió, levantándola de donde estaba tendida en la cama.

Se sentó en una esquina y la tumbó bocabajo, de modo que el vientre le quedó reposando sobre el regazo y las piernas colgando a un lado de las de él. Él le recorrió con las manos la espalda, los hombros, el culo y luego descendió por las piernas. Cada roce la encendía en llamas.

Le propinó un leve manotazo en una nalga y ella comenzó a jadear de inmediato. Luego le acarició la zona para calmar el dolor mientras la cálida quemazón de placer sustituía enseguida al dolor.

Entonces, tal como había hecho en el salón, le rozó la espalda y el culo con el extremo de la fusta, y antes de que ella pudiera prepararse, hizo restallar la fusta contra la nalga contraria.

El fuego le abrasó la piel, pero al igual que cuando la azotaba con las manos, el dolor se desvaneció y lo reemplazó un escozor placentero, prohibido y perverso.

—¿Cuántos quieres, mi ángel? ¿Cuántos puedes soportar?

—Tantos como quieras darme —respondió ella sin aliento—. Soy tuya, Drake. Solo tuya. Te pertenezco y puedes hacer conmigo lo que quieras.

Evangeline notó cuánto le complació la respuesta por la calidez y ternura de su caricia mientras paseaba la mano por la zona que acababa de golpear y por el sonido de aprobación que hizo.

—Estás hecha para mí —dijo él, con un matiz de satisfacción en la voz—. Y sí, mi querido ángel, me perteneces y voy a hacer contigo todo cuanto me plazca.

Le dio un fustazo en el otro cachete, por lo que se estremeció y luego la hizo gemir conforme la euforia la envolvía en una nube. La rodilla y lo que había pasado a lo largo de aquel día se convirtieron en cosa del pasado cuando él comenzó a azotarla, cada latigazo más enérgico, más fuerte que el anterior.

Tuvo cuidado de no abrumarla. En lugar de ello, fue haciéndole subir de nivel poco a poco de suave a duro y, a medida que aumentaba el dolor, también lo hacía un placer inimaginable.

—Qué bonito, joder —dijo Drake de forma brusca mientras pasaba una mano sobre la carne palpitante—. Tu culo está tan rojo con mis marcas, con mi sello de propiedad. Dime, mi ángel, ¿quieres más? ¿O quieres que te folle ese dulce culo? ¿O tal vez prefieres que me folle ese coño, que también me pertenece?

Ella gimió, casi inconsciente, hundida en la fina niebla que la rodeaba.

—Lo quiero todo —susurró—. Todo lo que tengas, todo lo que puedas darme, Drake. Por favor, lo necesito.

Las palabras apenas habían escapado de sus labios antes de que él le abriera las piernas, le puso el culo en alto, le separó las nalgas, y entonces se abalanzó con fiereza profundamente dentro de su coño. A ella le faltó poco para correrse en aquel preciso instante. Cerró los ojos, le apretó con firmeza la piel, tratando de contener su orgasmo al tiempo que él la montaba con fuerza. La poseía con brutalidad, sin pausas entre las embestidas.

Se abalanzó dentro de ella una y otra vez, con las caderas que le golpeaban fuerte el culo, mientras acariciaba todo el tiempo la piel ardiente de aquel trasero que ella sabía que llevaba las marcas del látigo.

—¡Drake! —rogó ella con desesperación—. ¡Estoy muy cerca! ¡Estoy a punto de correrme!

Él se retiró, provocando que ella gimiese ante la abrupta salida de su enorme erección a través de su piel hinchada e hipersensible. Las punzadas de dolor mezcladas con placer componían una sensación embriagadora y cerró los ojos, mordiéndose el labio inferior para reprimir el orgasmo.

Un momento después, saltó cuando la fusta le restalló sobre el culo, rápida y colérica, enfatizando cada centímetro de su dolor.

Sin dejar de azotarla, le habló con un murmullo de voz ronca.

—Voy a desatarte las manos para que puedas tocarte mientras te follo el culo, pero no te pongas de rodillas ni apoyes nada de peso sobre la sutura, ¿de acuerdo?

—Sí —dijo ella con un poco de desesperación.

Los azotes cesaron, le desató las muñecas con impaciencia y luego las frotó con delicadeza para eliminar cualquier rastro de adormecimiento. Después le agarró la mano izquierda y la pasó entre ella y el colchón hasta que deslizó los dedos sobre su clítoris hinchado.

Oyó un chorro cuando Drake estrujó el tubo de lubricante y entonces le separó con los dedos los cachetes del culo. Sabiendo lo que estaba a punto de ocurrir, ella comenzó a tocarse y, en el momento oportuno, la penetró con tanta fuerza como lo había hecho en su coño.

Evangeline comenzó a estremecerse mientras acariciaba con los dedos la sensible protuberancia y Drake la llevaba más y más allá, cada vez más cerca de su liberación final. Justo cuando creía que iba a llegar, él se retiró, dejándola prácticamente al borde del orgasmo, y ella gruñó de frustración.

Él se rio y el fuego le encendió el trasero de nuevo al recibir otro fustazo que la dejó sin respiración. Su pecho se agitó e inhaló con brusquedad al mismo tiempo que el dolor se iba transformando en euforia. Cerró los ojos mientras le llovían más golpes sobre las nalgas y se adentraba en un mundo neblinoso que lo empañaba todo alrededor y en que solo existía la felicidad.

Él le separó las nalgas brutalmente y se sumergió dentro de nuevo, pero ella estaba demasiado lánguida para seguir tocándose, demasiado letárgica para vislumbrar la necesidad de hacerlo.

—Tócate, nena —ordenó Drake—. Quiero que estés conmigo y estoy a punto de correrme dentro de tu culo rosado.

Ella se acarició con pereza, ya que la necesidad de unos minutos atrás se había disipado. Como si hubiese notado el estado de irrealidad en que estaba inmersa, él se abstuvo de penetrarla con esa dureza y, en cambio, lo hizo prolongada y lentamente, marcando un ritmo pausado.

Mientras que antes su orgasmo había exigido su total intensidad, en ese momento ascendía poco a poco hacia el clímax, y cuando Drake le hincó con más fuerza los dedos en la cadera y se adentró incluso todavía más en ella, Evangeline aplicó mayor presión, decidida a acabar juntos. Siempre juntos.

El orgasmo la desbordó, el espasmo más pausado y dulce que acompasó a su cuerpo por entero, prendiéndole en llamas cada una de las terminaciones nerviosas. Se estremeció de pies a cabeza, la piel de gallina le cubrió deliciosamente la piel, volviéndola hipersensible a cada roce.

Él se inclinó y presionó sus labios contra su columna antes de lamer toda la piel hasta la nuca. El mundo entero se estremeció a su alrededor y se dejó llevar en la dicha más exquisita que había experimentado en toda su vida.

La calidez de la descarga de Drake la inundó, la incendió de dentro afuera. Entonces este levantó la cabeza y se retiró, y los ardientes chorros de semen le cubrieron la espalda: se estremeció por completo de nuevo.

Durante un buen rato él se quedó allí, entre sus muslos separados. Luego le sacó con delicadeza el brazo de debajo y lo acarició a todo lo largo desde el hombro hasta la muñeca. Le dio un beso firme en el hombro.

—Volveré enseguida para cuidar de mi ángel —dijo con voz ronca.

Al cabo de un momento regresó con una toallita húmeda con la que limpió los restos de su simiente sobre la espalda y trasero. Tuvo cuidado con aquella piel sensible tras los azotes y su brutal y luego tierna posesión.

Cuando terminó, la volvió con tiento sobre la espalda, con cuidado de no lastimarle la rodilla, y ella levantó la vista hacia aquellos ojos y su brillo de satisfacción y aprobación.

—Mi ángel ha tenido un día largo y ahora necesita descansar, y yo me muero de ganas de abrazarla mientras duerme.

24

*E*vangeline se despertó y se acurrucó de inmediato, sumergiéndose aún más en el edredón. El leve dolor que sentía en el trasero le hizo recordar el placer delicioso que Drake le había proporcionado la noche anterior. No tenía ganas de levantarse y salir de aquella burbuja para entrar en la realidad, así que se quedó acostada durante un largo rato, saboreando cada detalle de la noche anterior.

Fue como tener un sueño tan bonito del que nunca querría despertar. Entonces recordó la nota de marras que acompañaba el regalo exageradamente caro con que se había despertado cada mañana desde que se mudó a vivir con Drake. Se dio la vuelta a regañadientes, con la esperanza de que...

Dejó escapar un suspiro cuando sus esperanzas se desvanecieron. Vio una caja envuelta para regalo, junto a una nota. La mayoría de las mujeres lo consideraría muy romántico, pero cada vez que Drake le dejaba un regalo hacía de su relación algo vulgar, pues la convertía en una transacción comercial. Como si le estuviese pagando por el sexo, cuando el mejor regalo que le podría hacer sería despertar entre sus brazos.

Se estremeció y después se sentó con las piernas contra el pecho, rodeándolas con los brazos, abrazándose mientras miraba fijamente la ofensiva cajita.

Era mejor no posponerlo, ya que seguramente Drake habría dejado las instrucciones para el día indicadas en la nota.

Lo primero que hizo fue abrir la caja, temiendo lo que podría contener. Pero ni siquiera ella estaba preparada para una extravagancia como la de aquella ofrenda. La dejó caer como si la hubiese quemado y se quedó mirando horrorizada a lo que había debido de costar decenas de miles de dólares.

Era una gargantilla de diamantes y zafiros que brillaba en la luz. Tenía piedras muy grandes y piedrecitas incrustadas en los bordes. Era verdaderamente hermosa, nunca se habría imaginado llevando algo así.

¿Drake no había aprendido nada en absoluto sobre ella? ¿Que todos esos regalos tan caros eran totalmente innecesarios? ¿No le había dado garantías suficientes de que era él, y solo él, lo único que necesitaba y quería? Y no regalos todas las mañanas.

Abrió la nota con manos temblorosas y leyó los garabatos que le resultaban ya tan familiares.

Buenos días, mi ángel. Espero que esta mañana tengas la rodilla mucho mejor. Deseo que te guste la gargantilla que he elegido especialmente para ti. No es nada en comparación con tu belleza y tus preciosos ojos azules, pero creo que los complementa a ambos a la perfección. Cuídate y hazme saber si sales del piso, y recuerda también que no debes hacerlo sin la compañía de uno de mis hombres.

Aquello no debería molestarla. Pensaba que ya lo había solventado la noche anterior, cuando fue consciente de Drake y su necesidad, de lo mucho que él disfrutaba cuidándola y protegiéndola. Pero ahora que ya no estaba sumida en la fantasía de aquel momento, la irritaba su necesidad de restringir su libertad de una forma tan tajante. ¿Era necesario montar todo ese circo para salir de casa?

—Esto lo has escogido tú —se recordó en voz alta.

Drake le había hecho saber claramente cuáles eran sus exigencias y ella se había mostrado dispuesta a aceptarlas, consciente de las consecuencias y recompensas de sus actos.

Bueno, tampoco iba a durar para siempre. Tan solo hasta que… ¿qué? ¿Hasta que Drake se cansase de ella y decidiera que quería a otro mono amaestrado?

Aquel pensamiento la entristeció y se culpó por quererlo todo, por querer estar en misa y repicando. Tenía que dejar de darle mil vueltas a todo. Vivir el momento por una vez en su vida. No pensar en el mañana hasta que llegara. Durante un glorioso momento en su vida, pensaba disfrutar de lo que deseaba e iba a poner sus necesidades por delante de las del resto, y se negaba a vivir toda la relación con Drake sintiéndose culpable por disfrutar, tal como había hecho en un principio. ¿Cuándo en toda su vida había cedido ante los impulsos o había mandado la prudencia a tomar viento y se había lanzado temerariamente? ¡Ah!, esa era fácil: nunca.

Había cosas que le gustaría hacer, como visitar a sus amigas o, sencillamente, disfrutar de un día fuera de casa. Pero, en realidad, lo que más necesitaba era tomarse un descanso de toda aquella testosterona que siempre abundaba allá donde estuviese Drake o, mejor dicho, donde no pudiese estar en ese momento. Si tenía que pasar otro día más con uno de los hombres de Drake encima, acabaría histérica.

De repente, le apeteció muchísimo disfrutar de un día a solas sin salir del apartamento de Drake.

Se levantó y se tomó su tiempo para darse una ducha. Luego se acordó de que tenía que aplicarse la pomada en la rodilla. Era demasiado tarde para desayunar, así que repasó mentalmente todas las posibilidades que tenía para almorzar.

Se sintió tentada de pedir comida a domicilio, a pesar de que tenía un montón de cosas para prepararse algo en pocos minutos. La comida a domicilio siempre había supuesto un lujo para ella, un capricho que solo se permitía en ocasiones especiales. Cuanto más pensaba en ello, más le apetecía comida china o tailandesa de calidad. Y ¿por qué no? Tenía un montón de dinero en efectivo a su disposición. Los asistentes de Drake no estaban alrededor para sacar de repente una tarjeta de crédito.

Pero ¿no debería ahorrar dinero? No podía dar nada por sentado. Si Drake repentinamente se cansaba de ella y la mandaba a paseo, necesitaría hasta el último céntimo ahorrado para mantenerse hasta encontrar un trabajo y un lugar donde vivir. Porque había una cosa que ya tenía clara: si Drake acababa con aquella relación, no pensaba volver a su antiguo piso a sabiendas de que Drake había pagado el alquiler de los dos años siguientes.

Sacudió la cabeza para quitarse esos pensamientos de la cabeza, se fue a la cocina y cogió el teléfono para buscar restaurantes cercanos que pudieran traerle la comida.

Después de unos minutos frustrantes tras los cuales se dio cuenta de lo poco familiarizada que estaba con esa parte de la ciudad, estuvo a punto de descartar la idea de pedir comida. Entonces, cayó en la cuenta de que seguramente el portero o el conserje podrían recomendarle algo.

Feliz por no tener que renunciar a su antojo ahora que se había encaprichado y no podía pensar en otra cosa, acabó de vestirse y bajó en el ascensor hasta el vestíbulo.

Cuando salió miró alrededor con inquietud, sin tener muy claro dónde encontrar al conserje. La verdad es que las veces anteriores en que pasó en volandas por el vestíbulo no tuvo la ocasión de verlo.

Por suerte pronto apareció el portero, que se le acercó con una sonrisa de bienvenida.

—Señorita Hawthorn, ¿hay algo que pueda hacer por usted?

—Sí —dijo agradecida—, aunque a lo mejor le parece una estupidez.

Ella se ruborizó, pero el portero le sonrió y le ofreció una mirada amable.

—Le aseguro que nada de lo que pida será estúpido. Así pues, ¿en qué puedo ayudarla?

—Bueno, verá, ¿puede decirme dónde encontrar al conserje? Es que quería pedir comida china o tailandesa a domicilio, pero no estoy muy familiarizada con esta parte de la ciudad y no tengo la menor idea de quién reparte por esta zona y quién no. ¿Cree que el conserje podrá ayudarme con esto?

El portero pareció horrorizado.

—¡Por supuesto! Pero, señorita Hawthorn, de ahora en adelante no tiene por qué molestarse en llamar usted misma. Puedo ofrecerle varios menús, así como los servicios de comida a domicilio que el señor Donovan emplea con mayor frecuencia. Con o sin menú, solo tiene que llamarnos y pedirnos lo que desea al conserje o a mí y nosotros nos encargaremos de inmediato y le subiremos la comida al apartamento.

—Ah —dijo con lentitud, porque se dio cuenta de que había metido la pata por ignorante.

—¿Por casualidad sabe ya lo que quiere? Conozco un restaurante excelente que ofrece tanto comida china como tailandesa y que está a solo unas manzanas de aquí. Puedo pedir que le traigan lo que le apetezca en unos pocos minutos.

Ella recitó un extenso pedido que incluía aperitivos y platos principales, ya que su intención era probarlo todo. El portero se limitó a asentir y le explicó que solo tenía que volver al apartamento y que él le llevaría el pedido pasados unos veinte minutos o menos.

—Pero espere. Necesito saber cuánto cuesta —protestó ella mientras se sacaba del bolsillo un billete de veinte doblado.

Una vez más, el portero pareció horrorizado y alzó las palmas de las manos como muestra de asombro.

—No puedo aceptar su dinero, señorita Hawthorn. El señor Donovan se ofendería mucho. Se me ha solicitado que atienda todas y cada una de sus necesidades. Él se encargará de esto, no se preocupe.

Evangeline suspiró. Por supuesto. ¿Cómo no lo había visto venir? A pesar de ello, como no quería impacientar más al portero, sonrió y se guardó el dinero en el bolsillo.

—Gracias. Y, por favor, llámeme Evangeline. «Señorita Hawthorn» suena demasiado formal y, bueno, estoy segura de que ya se habrá dado cuenta de que no soy el tipo de chica que necesita que la llamen «señorita lo que sea».

Él hombre sonrió, parecía complacido por la proposición de Evangeline.

—Pues entonces llámame Edward y tuteémonos, porque «señor» es algo a lo que tampoco estoy acostumbrado yo.

—Edward entonces —dijo ella, iluminando aún más su sonrisa.

—Y Evangeline, por favor, si en cualquier momento puedo serte de ayuda, dímelo. No quiero que el señor Donovan piense que no estoy haciendo mi trabajo como es debido. Me dejó muy claro que debo atenderte y que debes recibir un trato prioritario.

—Eso lo haré, Edward. No quiero que el señor Donovan piense que alguno de los dos estamos cometiendo un pecado imperdonable —respondió con una sonrisa burlona.

Edward se relajó, un destello le cruzó los ojos.

—Eres un soplo de aire fresco, Evangeline. Creo que tú y yo nos llevaremos bien.

—Eso me encantaría —respondió con sinceridad—. Nunca se tienen suficientes amigos.

Pareció sorprendido de repente y luego absurdamente complacido con la idea de que ella pudiera considerarse su amiga. Seguramente estaría acostumbrado a atender a la gente rica y de alto copete, y estaría poco habituado a que se le mostrase respeto. Se sintió culpable de inmediato por haber hecho una generalización como aquella. Como si toda la gente adinerada fuese maleducada y pedante. Drake no poseía ninguna de esas cualidades y, sin embargo, ella no creía que él hubiese llegado a conocer el nombre de pila de Edward, y mucho menos a considerarlo su amigo.

—Ahora vuelve arriba para que yo pueda ocuparme de tu almuerzo —dijo al mismo tiempo que movía las manos para indicar que se marchara—. No puedo consentir que pases hambre durante mi guardia.

«Así que esta es la vida de una princesa rica y malcriada», reflexionó mientras subía de vuelta al apartamento en el ascensor. Seguía resultándole desconcertante cómo había subido de nivel tan rápido hasta el extremo de cambiar toda su vida.

Suponía que otras mujeres no perderían el tiempo angustiándose por ello y pensarían en todo lo bueno que les pasaba. Probablemente se alegrarían de tener un estilo de vida como aquel y no tendrían problema alguno en adaptarse.

Sin embargo, la dignidad de Evangeline y el hecho de que ella evidentemente no veía lo que Drake al mirarla la hacía mantener la cautela. Pero si era tan cuidadosa, iba a acabar pareciendo una arpía desagradecida, y eso era la última cosa que quería que Drake pensase de ella. O cualquier otra persona a ese respecto. Su madre la había educado mejor que eso y estaría muy decepcionada con ella si descubriese que Evangeline se había comportado de tal modo.

Mientras esperaba a que le subiesen el pedido, sonó el teléfono con un tono de llamada diferente. Frunciendo el ceño, echó mano al aparato y vio el nombre de Drake en la llamada entrante. Él había debido cambiar el tono para su número desde la última vez que la llamó para que ella supiese quién la estaba llamando antes incluso de mirarlo.

Sonrió y pensó que era entrañable que hubiese hecho algo tan considerado y tierno.

—¿Sí? —preguntó en un tono de expectación.

—¿Cómo está mi ángel hoy? —respondió él en tono brusco—. No te estarás sobrecargando, ¿verdad?

—Estoy bien —dijo con sinceridad—. Apenas noto nada.

Hubo un breve silencio antes de que hablara de nuevo.

—Voy a llegar tarde esta noche otra vez. Lo siento, pero es ineludible. Tengo una reunión a última hora que no puede reprogramarse. Tenía la esperanza de llegar a casa lo suficientemente temprano como para llevarte a cenar fuera esta noche, pero prefiero que no me esperes porque no sé a qué hora llegaré. Si, aun así, quieres salir a cenar, haré que uno de mis hombres vaya a recogerte y te lleve a donde prefieras ir. O, si lo prefieres, puedes quedarte en casa. Como te apetezca.

El sincero tono de decepción de su voz le decía que, de verdad, había intentado hacer aquella noche algo totalmente distinto, y la animó saber que él estaba desilusionado por no poder verla tan temprano como había planeado.

—Voy a pedir comida a domicilio para almorzar, dudo mucho que vaya a tener hambre más tarde, pero si es así me prepararé algo aquí. Creo que prefiero quedarme en casa —dijo en voz baja.

Hubo una pausa diferente, en la que parecía estar analizando su respuesta.

—¿Pasa algo? —le preguntó.

—No —contestó casi con un suspiro—. No pasa nada malo en absoluto, Drake. Por favor, no te preocupes por mi cuando tienes problemas de trabajo que atender. Nos vemos cuando llegues.

Antes de permitirle que continuase con el interrogatorio, que es lo que hubiese hecho, ella cortó la llamada y silenció el teléfono. No quería exponerle sus sentimientos contradictorios. Ni siquiera ella podía entenderlos por completo, así que cómo pretender que lo hiciese él.

Unos minutos después recibió un mensaje de texto de Drake con el que no estaba muy segura de qué hacer.

Silas va a ir dentro de pocos minutos a llevarte una cartilla del banco y dos tarjetas de crédito, todo a tu nombre. También te dará una cantidad sustancial de dinero en efectivo por si lo necesitases.

Activa las dos tarjetas, espero que las uses para cualquier cosa que necesites. Y me refiero a cualquier cosa, mi ángel.

Ahora se preguntaba si el portero había llamado de inmediato a Drake para contarle que había querido pagar la comida a domicilio. Torció el gesto porque no quería ni necesitaba una cuenta en el banco ni dos tarjetas de crédito, y mucho menos el dinero en efectivo que Drake había dicho que le llevaría Silas. Pero de nuevo la idea de que estuviese actuando como una arpía desagradecida puso el freno a las quejas. Podía aceptarlo con elegancia, pero aquello no quería decir que en efecto fuera a volverse loca y fundir la tarjeta de crédito con dos paseos yendo de compras. Tan solo usaría las tarjetas o el efectivo cuando fuese a hacer la compra para las noches en que Drake quisiera que cocinase.

Deambuló por el apartamento, inspeccionando las habitaciones en que aún no había entrado. Cuando entró en lo que parecía ser el despacho de Drake, se quedó helada y enseguida se retiró, con la sensación de que estaba violando un área que estaba fuera de sus límites.

Había cuatro dormitorios en total, aunque el único en el que ella había estado o visto era el de Drake. Este dejaba huella en cualquier lugar de su espacioso apartamento que cubría toda la planta superior del edificio. Incluso la decoración reflejaba pura masculinidad. Ni rastro de decoración recargada o muy refinada; solo virilidad. Una fuerte presencia de macho alfa que la rodeaba y la tenía inmersa en él incluso cuando no estaba allí. Le hacía sentir segura y le resultaba un consuelo aun cuando él no estaba.

Se dio cuenta de que aquel era su refugio, su santuario. Una barrera entre ella y el crudo mundo de allí fuera.

El timbre del portero automático sonó y ella se apresuró a contestar.

—Señorita Hawthorn… Quiero decir, Evangeline —se apresuró a corregirse Edward—. Ha llegado la comida, pero está aquí otro caballero que quiere verte y se ha ofrecido a subirte la comida él mismo. ¿Te parece bien?

—¿Es Silas? —le preguntó.

—Sí.

—Entonces sí, por supuesto, mándalo arriba. Y gracias otra vez, Edward, por tu paciencia y amabilidad. Lo aprecio de verdad.

—Lo que necesites, Evangeline. Si hay algo que pueda hacer por ti en cualquier momento, dímelo.

Se alejó del interfono y fue deprisa a la cocina. No quería que pareciese que había estado esperando con ansiedad a que llegara Silas. ¿Le habían encargado esa tarea o se había prestado él voluntario? Suspiró, porque ¿realmente qué más daría?

Por un instante, un anhelo le golpeó el pecho porque desde que se había mudado con Drake, ni una sola mañana se había despertado entre sus brazos. Cada mañana se despertaba sola. Drake se había ido mucho antes tras dejarle la nota y el regalo. Hubiera cambiado todos los regalos por despertarse una sola vez rodeada por sus brazos y que lo primero que viese al abrir los ojos fuese a él.

—Evangeline, soy Silas —dijo desde el vestíbulo.

—En la cocina —contestó ella.

Él apareció un instante después cargando con varias bolsas de comida para llevar y con una expresión traviesa en el rostro.

—¿Tienes pensado darle de comer a un ejército?

Ella sonrió y se relajó.

—Estaba hambrienta y todo, absolutamente todo, me sonaba bien, así que decidí pedir un poquito de cada cosa y probarlo todo.

Él soltó las bolsas y se echó mano al bolsillo para sacar un fajo de billetes y tres tarjetas de plástico.

—Drake me ha pedido que te deje esto.

—De acuerdo —murmuró ella, evitó mirar las tarjetas y el efectivo que él dejó sobre la isla de la cocina.

En lugar de eso, hizo caso omiso de todo aquello y comenzó a abrir las bolsas, de las que emanaba un tentador aroma que hizo que el estómago le rugiera expectante.

—¿Has comido? —preguntó de forma impulsiva.

Él pareció perplejo.

—No.

—Bueno, como puedes ver, tengo comida más que de sobra para uno. ¿Te gustaría comer conmigo? ¿O tienes otros asuntos urgentes que atender?

Silas se quedó en silencio como si no supiese qué responder ante aquella invitación y ella se lamentó porque, ¡joder!, siempre soltaba las cosas sin pensar y él era un hombre ocupado. Todo el séquito de Drake lo era, y no quería que Silas se sintiese obligado a comer con ella por miedo a herir sus sentimientos.

—No pasa nada si tienes que salir corriendo —añadió de repente—. De verdad que no me voy a molestar. No quisiera que dejaras de hacer algo importante porque me estás entreteniendo.

—En absoluto —respondió Silas con voz solemne—. Casualmente me encanta la comida asiática, de modo que si no te importa compartirla, será un honor comer contigo.

Ella le devolvió una sonrisa encantadora y luego sacó dos platos de las alacenas y los utensilios y cucharas de servir de un cajón. Se sentaron en los taburetes de la isla central y abrieron todos los envases y las bolsas que contenían los aperitivos.

—¡Ah! Una mujer hecha a la medida de mi corazón —exclamó Silas con un exagerado suspiro—. Todos mis platos favoritos. Brochetas de pollo teriyaki, cangrejo de Rangún, rollitos de huevo, y esto son solo los aperitivos. Estoy deseando ver qué entrantes has pedido.

—Cerdo *lo mein* picante, pollo General T'so con arroz frito, ternera estilo Mongolia, ternera *kung pao*, pollo a la naranja con fideos fritos, picante, por supuesto. Ah, y Phat si-io. Como puedes ver, no es estrictamente comida china. Hay algunos platos tailandeses mezclados: tenemos lo mejor de cada mundo.

—Tomaré un poco de cada uno —declaró Silas.

Evangeline soltó una carcajada.

—Yo también. Por eso he pedido un poco de cada cosa. Cuando estoy indecisa voy a por todo.

—Estoy de acuerdo.

Llenaron los platos a rebosar y entonces se lanzaron a saborearlos. Silas parecía estar disfrutando tanto como Evangeline. Aquello era el paraíso. Habían pasado meses desde que se entregara por última vez a su comida a domicilio preferida, y en ese momento, aunque seguía siendo un derroche, no se sentía culpable como sí hubiera pasado unas semanas atrás.

—Estos son los mejores rollitos de huevo del mundo —comentó Evangeline a punto de gemir de placer—. No creo que haya probado jamás unos mejores. Tengo que grabar este restaurante en la agenda. Me da que voy a pedir comida para llevar al menos una vez por semana.

—Lo dices como si fuera un lujo —comentó Silas, mirándola con intensidad.

Ella agachó la cabeza y se ruborizó, con las mejillas encendidas.

—Te pido disculpas —dijo Silas—. No pretendía avergonzarte.

Ella negó con la cabeza.

—Quizá es que estoy demasiado susceptible. Tienes razón, es o, mejor dicho, era un lujo. Uno que no me podía permitir muy a menudo. Yo trabajo… bueno, trabajaba muchas horas para conseguir tanto dinero como pudiera y poder mandárselo a casa a mis padres, que necesitan toda la ayuda económica que puedan recibir. Solo me quedaba lo que era absolutamente necesario para pagar el alquiler, las facturas y la comida. Comer fuera, aunque fuera pedir comida para llevar, era un derroche que no podía permitirme. No tenía lógica, sabiendo que mis padres estaban tan necesitados. Así que todo lo que compraba era de marca blanca y lo cocinaba yo misma, sobre todo porque no salir a comer fuera significaba más dinero que mandar a mis padres cada semana. De modo que sí, se puede decir que esto está cerca de ser el paraíso y pienso atiborrarme de tal manera que puede que luego me encuentre mal, pero ahora mismo me da igual.

Silas tenía una expresión feroz en la mirada y la mandíbula parecía hinchada de tanto apretarla para no abrir la boca. Daba la impresión de que estuviese haciendo un gran esfuerzo para no soltar un torrente de obscenidades, lo cual era sorprendente, ya que no era tan mal hablado o vulgar como los otros hombres de Drake.

Tras un instante, una vez hubo recobrado la calma, la tensión se disipó.

—Si estás de acuerdo, voto por que tengamos una cita semanal para almorzar. Yo traeré comida para llevar, la que te apetezca esa semana, y almorzaremos juntos. ¿Te parece bien?

Ella le devolvió una sonrisa deslumbrante, sin ser consciente del efecto que tendría en aquel hombre curtido e introvertido, ni de que algo dentro de él se enterneció, cuando él mismo se creía incapaz de experimentar esos sentimientos. Había acertado de pleno al decir a Evangeline que era especial. De hecho, era una entre un millón, y que ella misma no tuviese ni idea la hacía aún más genuina. ¿Cómo habría sido su infancia de haber tenido a alguien como Evangeline que trajera su luz a la oscuridad de su desesperación?

—Me encantaría —respondió ella sin disimular el entusiasmo.

—Trato hecho entonces —contestó él—. Tú solo dime qué día estás libre, que Drake no haya hecho planes contigo y tengas intención de quedarte en casa y vendré y traeré la comida.

Ella frunció el ceño.

—Pero no dejes lo que tengas que hacer cuando te apetezca para venir a comer sin haberlo previsto.

—¿No puedo? —preguntó con tono serio—. Me organizo las tareas y, a no ser que Drake tenga un asunto urgente del que deba hacerme cargo, todo lo demás puede esperar.

¡Vaya! Cuanto más conocía del mundo de Drake más se daba cuenta de que «sus hombres», a pesar de que decían trabajar para Drake, parecían más ser sus compañeros, hermanos de algún modo, que subordinados que recibieran órdenes del «jefe». Estaba claro que ellos mismos programaban las tareas e iban y venían como les pareciese a menos que, tal como había mencionado Silas, a Drake le surgiese algún asunto urgente del que hubiera que ocuparse de inmediato. Y ella prefería no saber qué consideraban un «asunto urgente».

—De acuerdo, trato hecho. —Entonces frunció el ceño—. ¿Tengo tu número en mi teléfono? No sé cómo funciona el puñetero cacharro.

Él estiró el brazo a lo largo de la isla para alcanzar el teléfono. Después de trastear con él un instante, se inclinó para que ella pudiese ver la pantalla en la que se mostraban los contactos.

—Aquí está el número de Drake —dijo él señalando el nombre de Drake y el número que aparecía abajo.

—¿Qué son todos esos otros números? —preguntó ella, asombrada por la cantidad de números que había en sus contactos.

—Después de Drake está Maddox. —Silas frunció el ceño

un instante y toqueteó los botones, quitándoselo de la vista durante un momento; luego se lo acercó para que ella pudiera verlo de nuevo—. Me he tomado la libertad de mover mi número para que quede justamente debajo del de Drake. Si, por cualquier razón, te ves en algún problema quiero que me llames en caso de que no consigas localizarlo a él.

Ella arqueó una ceja, pero no dijo nada, no quería ofenderlo. Y, bueno, se le antojaba tierno que adoptara el papel de su segundo protector.

—Después de mí están Maddox, Justice, Thane, Hartley, Hatcher, Zander y Jonas. He visto que tus padres no están entre tus contactos, y tampoco lo están tus amigas, tal vez deberías incluirlos. Puedo hacerlo por ti si me dices los nombres y los números.

Evangeline arrugó la frente.

—¿Quién es Jonas? Creo que no lo conozco.

Silas sonrió.

—Ya lo harás. Sin duda. Drake se asegurará de que conozcas bien a todos los hombres a los que se les ha asignado tu protección.

—¿Tiene que estar obligatoriamente Zander entre mis contactos? —preguntó ella, sin ni siquiera tratar de disimular la irritación en la voz.

Silas la sorprendió al poner una mano sobre la de ella y apretarla un poco.

—Zander no es tan capullo como parece. Es cierto que no empezasteis con buen pie, pero es un buen hombre y estaría dispuesto a ir al paredón por cualquiera de nosotros, y ahora por ti. No permitirá que nadie te haga daño cuando esté contigo. Es barriobajero y tiene los modales de un jabalí, pero no encontrarás muchos hombres tan leales como él. Aún no sabe bien a qué atenerse contigo y eso lo pone nervioso, no es una sensación que le guste ni con la que esté familiarizado.

—¿Que yo lo pongo nervioso? —preguntó incrédula—. ¡Podría aplastarme como a un bicho con su dedo meñique!

Silas pareció estar a punto de reírse, lo cual la desconcertó de repente, porque era siempre calmado y solemne, muy serio. Como si rara vez tuviera motivos para reír o divertirse con algo.

—Ninguno de los hombres de Drake sabe bien a qué atenerse, de hecho. No tienes nada que ver con lo que ellos se han topado antes, por lo que no han sido capaces aún de aprender a tratarte, cosa que no les hace mucha gracia porque se sienten en desventaja. Creo que se sienten intimidados por ti.

Ella meneó la cabeza con incredulidad y comenzó a reír ante la idea de que todos aquellos macarras con los que era mejor no meterse se sintiesen intimidados por ella. Era totalmente hilarante y no pudo dejar de reír. Cuando consiguió controlar el ataque de risa, le faltaba el aire.

—Crees que me estoy quedando contigo —dijo Silas con semblante serio—. Pero te estoy contando la pura verdad. Respecto a eso, todos estamos convencidos de que Drake tampoco acababa de tomarte la medida aún, y eso es bastante curioso, porque puede ver a través de la gente como si fuesen de cristal. Pero desde que entraste en su club… no es él mismo.

Evangeline frunció el ceño al escucharlo.

—No estoy segura de cómo tomarme eso. No sé si es bueno o malo.

Silas sonrió mientras continuaban comiendo. El teléfono quedó sobre la encimera un momento.

—Conozco a Drake desde hace mucho tiempo, Evangeline, créeme. Es algo muy bueno. Tú le haces bien. Eres lo mejor que le ha pasado nunca.

Se quedó congelada, asimilando el impacto enorme que aquella declaración había tenido sobre ella. El corazón le palpitó y el pulso latió erráticamente conforme la felicidad se le filtraba en lo más hondo del corazón.

Comieron en silencio unos cuantos minutos más antes de que Silas volviera a prestar atención al teléfono.

—Si cualquier cosa, y quiero decir cualquier cosa, te llegase a ocurrir alguna vez, si te ves metida en una situación que te haga sentir mínimamente incómoda o resultas herida, amenazada o agraviada de algún modo, debes llamar de inmediato a Drake en primer lugar. Si no puedes dar con él, entonces me llamas a mí. Llevo el teléfono conmigo las veinticuatro horas, siete días a la semana, de modo que es muy poco probable que no consigas localizarme. Pero, en el caso improbable de que no puedas dar conmigo, ve bajando por orden en la lista y llama a todos y cada uno de los hombres de Drake hasta dar con alguno de ellos. No te gustaría tener que responder ante Drake si la mierda nos llega hasta el cuello y no has llamado a nadie, así que quiero que me lo prometas, Evangeline. No importa lo que sea, no importa que creas que no es importante, debes coger el teléfono y empezar a hacer llamadas, ¿de acuerdo?

Ella lo miraba con los ojos de par en par, pero tragó la comida que tenía en la boca y entonces contestó.

—Sí, lo entiendo. Y sí, lo prometo.

—Bien. Entonces, ¿necesitas ayuda para introducir tus demás contactos?

Ella arrugó la nariz.

—Aun a riesgo de sonar como el arquetipo de rubia tonta, soy una analfabeta tecnológica, de modo que sí, por favor, si no te importa ¿podrías introducir los números de mis padres y luego los de mis amigas? Solo hay que introducir cinco números, no te robaré mucho tiempo.

—No tengo que ir a ningún lado, Evangeline, deja de disculparte y de preocuparte por estar robándome demasiado tiempo.

—Gracias —respondió ella con calidez—. Me caes muy bien, Silas. No has sido otra cosa sino dulce y amable conmigo. No tienes idea de cuánto significan para mí las dos veces que has acudido en mi «rescate».

Él la miró como si acabara de acusarlo de asesinar gente con un hacha, a juzgar por su cara. Casi se asfixió mientras la miraba fijamente, preso de la estupefacción.

—Por dios —murmuró él—. No soy ni dulce ni amable, y nunca nadie ha dicho o pensado algo así. No soy un buen hombre, Evangeline. No te quiero engañar. Parece que tienes una opinión errónea sobre mí. Eres demasiado confiada. Así vas a acabar herida o asesinada. —Meneó la cabeza—. No, no soy un buen hombre, pero no tienes nada que temer de mí. Lo juro por mi vida. Incluso aunque no fueses la mujer de Drake tendrías mi protección incondicional. Por eso quiero ser la segunda persona a la que llames si no consigues contactar con Drake y tienes problemas o necesitas ayuda.

—Y tú te equivocas, Silas —contestó ella con obstinación—. No sé a qué clase de mierdas te has visto sometido o quién te hizo sentir que eres inferior, pero fuera quien fuese es un mierda que no vale nada y si alguna vez encuentro a quien te hizo sentir de este modo respecto a ti mismo, lo machacaré y luego mandaré a Zander para que acabe el trabajo, ya que parecen gustarle este tipo de cosas.

Silas se había quedado impactado y desconcertado; tenía una expresión como diciendo «qué cojones». Pero entonces, para sorpresa de Evangeline, echó la cabeza atrás y comenzó a reírse. Una carcajada a mandíbula batiente, una risa auténticamente divertida, algo de lo que ella no lo creía capaz. Se quedó observando maravillada cómo su risa, un sonido tan hermoso, lo transformó por completo de un hombre sereno, de buenos modales, comedido y refinado, con más sombras que color en la mirada, a alguien que parecía varios años más joven. Las líneas y surcos de la cara y de la frente desaparecieron y los ojos le chispearon en aquella genuina carcajada. Ella no podía hacer otra cosa más que observarlo fascinada, incapaz de quitar la vista de la transformación asombrosa que estaba ocurriendo delante de ella.

—Eres un tesoro, Evangeline —declaró con los ojos aún relucientes de alegría—. Y pena me da el tonto que alguna vez trate de fastidiar a alguien que te importe. Puede que parezcas un gatito y un ángel, pero debajo de todo eso eres un león furibundo con garras y colmillos mortíferos.

Aun riéndose entre dientes, echó mano al teléfono.

—Dime los nombres y los números de los contactos que quieres que introduzca antes de que empieces a planear el asalto, y a saber qué más, y que entonces Drake y yo tengamos que ir a pagar la fianza para sacarte de la cárcel.

Ella sonrió, absurdamente complacida consigo por haber sido capaz de sacar a Silas fuera de su caparazón. Y, bueno, no le había mentido. Le caía bien Silas. Había algo en él que le recordaba a Drake. Sospechaba que había tenido que soportar una vida durísima desde la infancia, y le dolía el alma al pensar en el niño que había sido. El cariño, alguien que te apoye, alguien que te quiera, eran conceptos que parecían tan extraños para él como si nunca los hubiese experimentado. Y eso la ponía furiosa.

Ella le dictó primero los nombres y números de sus padres y luego los números de móvil de Steph, de Lana y de Nikki, así como el número fijo del apartamento que compartían.

—¿Ya está? —preguntó Silas cuando se quedó por fin callada.

Ella asintió con la cabeza, un poco cohibida.

—No conozco a mucha gente en la ciudad y Steph, Lana y Nikki son mis únicas amigas. No tenía precisamente mucho tiempo para salir y conocer gente porque trabajaba tantas horas como podía.

Ella deseó haber cerrado la bocaza porque la sonrisa desapareció de la boca y los ojos de Silas. Él frunció los labios, parecía enfadado.

Pero, sorprendentemente, no dijo nada. Se limitó a alargar las manos a través de la isla y cogerle las suyas, dándoles un suave apretón.

—Bueno, ahora nos tienes a nosotros. A todos nosotros, con nuestras virtudes y nuestros defectos. Tú perteneces a Drake, en efecto, pero también eres una de los nuestros. Drake es lo más cercano a un hermano que jamás he tenido, y lo mismo con los demás. Y por ser su mujer, nuestra lealtad, amistad y protección ahora son extensibles también a ti. Ahora tienes amigos, Evangeline. Nunca pienses lo contrario. Por eso espero que me llames si necesitas cualquier cosa. Si hay cualquier cosa que yo pueda hacer por ti, me molestaría muchísimo que no sientas que puedes contar conmigo.

—No me hagas llorar —dijo ella fingiendo enfado—. Verme llorar no es bonito para la vista. Algunas mujeres han perfeccionado el arte de soltar una o dos lagrimitas y sorber delicada y femeninamente. Yo soy espantosa llorando. Me pongo como un tomate, se me hinchan los ojos y la nariz empieza a soltar mocos como si fuera un grifo. Hazme caso, es mejor que no lo veas.

Silas no respondió a su intento de responder con un humor despreocupado. Su expresión se volvió más sombría y la tristeza le cruzó fugaz por los ojos, pero desapareció casi antes de que ella la descubriera.

—Odiaría que alguna vez tuvieras motivos para llorar —dijo con pena en la voz—. Mereces ser feliz, Evangeline. Y espero que Drake mueva cielo y tierra para que así sea. Porque será un capullo si no lo hace.

25

*E*ra ya bien entrada la noche y, a pesar de que Drake le había dicho claramente que no sabía cuándo llegaría a casa, ella no esperaba que fuese tan tarde. A las nueve se hizo un ovillo en el sofá, completamente desnuda, porque quería esperarlo despierta sin importar a qué hora apareciese y, aunque no había dejado instrucciones acerca de cómo debía estar cuando llegase, ni siquiera si debía esperarlo despierta, quería que se la encontrara allí. Para que supiese que era importante, que sus necesidades le importaban y que quería complacerlo. Quería verle en los ojos la calidez de su aprobación: la que había llegado a ansiar tanto que a veces le daba miedo.

No supo a qué hora se quedó dormida, solo que cuando abrió los ojos, aún somnolienta, Drake estaba de pie frente al sofá, con la mirada ardiendo sobre su piel desnuda.

Ella le sonrió de inmediato, aunque todavía estaba pestañeando para borrar los vestigios de sueño de los ojos. Él se enterneció y se inclinó para darle un beso largo y lleno de cariño.

—No tenías por qué esperarme despierta, mi ángel, pero me alegro mucho de que lo hayas hecho.

—Nunca dejaré de esperarte despierta, Drake —dijo ella con voz seria—. Quería que llegaras a casa y que la primera cosa que vieras fuera a mí esperándote. Pero siento haberme quedado dormida.

Él le puso un dedo sobre los labios.

—Shhh, cariño. Son casi las once. No tienes que pedir disculpas por haberte quedado dormida. No te he avisado esta vez porque no quería despertarte.

Ella se incorporó en lugar de permanecer tendida vulgarmente sobre el sofá.

—¿Qué tal te ha ido el día? Me dio la impresión de que estabas muy ocupado y pareces cansado. No estás descansando lo suficiente.

Él le volvió a sonreír.

—Mi ángel se preocupa por mí y quiere cuidarme. Nadie me ha cuidado nunca, ni ha querido hacerlo tampoco.

Mostró una leve sonrisa, seguida de una breve sombra de dolor y… necesidad. No importaba que aquel hombre disfrutara cuidándola, era evidente que él también necesitaba el mismo cuidado, aunque no fuese capaz de reconocerlo, algo que probablemente consideraría como un defecto de su persona.

Pues tendría que superarlo porque ella no tenía intención alguna de recibir sin que existiera reciprocidad por todos los medios posibles. Su felicidad se había convertido en importante para ella, aunque no fuera capaz de determinar con exactitud cuándo había comenzado aquello. Así que del mismo modo en que él la mimaba, la cuidaba y agasajaba con su atención cariñosa hacia ella; le devolvería el favor con creces.

Ella frunció el ceño.

—Ahora tienes a alguien que quiere cuidarte y que lo hará de todas las formas posibles. Quiero hacerte feliz, Drake, y no solo porque te ceda mi voluntad y me someta a ti. Voy a tratar de hacerte sentir tan amado como tú me haces sentir a mí.

Él se quedó impactado por la determinación con la que hizo aquella declaración, como si nunca antes se hubiese visto en una situación así y no supiese cómo reaccionar. Pero los ojos lo decían todo. Brillaban con una cálida complacencia y alegría. La miró como si fuese la cosa más preciada del mundo, de su mundo.

Alargó la mano para ayudarla a levantarse del sofá y tiró de ella hacia sí hasta que la tuvo amoldada al cuerpo. Le tomó la cara entre las manos y la besó durante un rato; se tomó su tiempo para saborear cada rincón de su boca, dentro y fuera.

—Tengo algo para ti —dijo con una voz ronca e impregnada de pasión.

El resplandor cálido que la había envuelto, sumiéndola en la silenciosa interacción entre ambos y en la mirada de fascinación de Drake, se evaporó al instante. El temor y la decepción reemplazaron su emoción por verlo llegar a casa, y se puso tensa de inmediato.

Él frunció el ceño al verla reaccionar así, pero no dijo nada. En vez de eso, se sacó una pequeña caja del bolsillo y se la puso en la mano.

—Ábrela.

Le temblaban los dedos, lo que podría interpretarse como emoción o expectación, pero nada de eso. No quería abrir la puñetera caja. De algún modo, convertía en algo vulgar lo que ella consideraba un profundo vínculo sentimental establecido con las escasas palabras que habían intercambiado y transformaba la velada por entero en algo totalmente diferente.

No quería ver lo que había en el interior. Ella tan solo lo quería a él, que la llevase a la cama para poder hacer exactamente lo que le había prometido y, de una vez, poder cuidar de él tras un largo día de trabajo. ¿Tan difícil era de comprender? ¿Nunca había tenido a alguien que lo quisiera, a él, Drake Donovan, y no a lo que tenía y su forma caballerosa de hacer regalos a diario?

Pero ella abrió la caja con diligencia y dejó a la vista un collar que hacía juego con los enormes pendientes que ya le había regalado anteriormente. Justo lo que había vaticinado, solo que lo había pensado a modo de sarcasmo. No creía realmente que fuese a llegar tan lejos. Pero debería haberlo visto venir.

Se quedó sin aliento cuando miró con atención el collar de diamantes. Era inmenso. ¡Más grande que los dos pendientes juntos! ¡Había un diamante en forma de lágrima del tamaño de su dedo pulgar!

Algo dentro de ella estalló y arremetió contra él, con una decepción demasiado intensa como para esconderla.

—¡Esto se tiene que acabar, Drake! ¡Ya basta! Cada día me das algún regalo escandalosamente caro, y este ya es el segundo de hoy. No quiero tus regalos, te quiero a ti. ¿No lo entiendes o qué? ¿No me conoces mejor que todo esto a estas alturas?

Empezó a llorar y temblaba de rabia y decepción.

—¡No los quiero! —bramó—. Ni siquiera sé qué hacer con el primer par que me compraste. ¿Qué narices se supone que voy a hacer con el resto?

La expresión de Drake se volvió furiosa, pero ella estaba

demasiado enfadada para reconocer la línea que acababa de cruzar.

Él maldijo, violento y expresivo, le dio la espalda un largo rato, con los puños apretados firmemente. Entonces se dio la vuelta de nuevo, con los ojos casi negros de rabia.

—¿Por qué cojones tienes que hacer un puto drama de todo cuanto te doy? —estalló—. No es solamente por las joyas. Parecía que te estaban llevando al matadero cuando te compré ropa. Te has opuesto a cada ocasión en que te he comprado algo, y tú conoces muy pero que muy bien las reglas que rigen el juego, así que no puedes decir que no sabías cómo iba esto. ¿Te has parado siquiera a pensar cómo me hace sentir? No se trata solo de que rechaces el obsequio. Me rechazas a mí y a mi deseo de mimarte y de hacerte sentir como la mujer tan especial que eres.

A ella se le enterneció hasta el alma y se sintió más avergonzada de sí misma que nunca. Dios, no había pensado que él pudiera entenderlo como un rechazo a su persona, cuando todo lo que ella quería era precisamente a él. Ni diamantes, ni joyas, ni ropa cara, ni tarjetas de crédito sin límite de fondos. Ella había convertido todo aquello en un completo y auténtico desastre, y todo por haber dejado que sus inseguridades sacaran lo peor de sí misma y por no llegar a entender por qué Drake la había elegido a ella. Él le decía que era especial, pero ¡no lo era! Salvo que él pensaba que lo era y ella no lo había creído. Lo cual significaba que le había mostrado la mayor falta de respeto al no tener fe en él. Ella estaba diciéndole a las claras que no confiaba en él, cuando nada podía estar más lejos de la verdad.

Fue hacia él de inmediato, acortando la distancia que los separaba para envolverse alrededor de su enorme cuerpo. Hizo caso omiso de su rigidez y de que no le devolviese el abrazo.

—Oh, Drake, lo siento tantísimo —dijo. Se le partió el alma en unos trozos cortantes que la dejaron totalmente desolada por haberlo herido—. No quería hacerte sentir así. Lo que pasa es que no entiendes lo duro que es para una chica como yo…

Ella se derrumbó y cerró los ojos, pero no antes de que Drake viera un toque fugaz de desesperación brillando en ellos.

A pesar del enfado, Drake la tomó de la mejilla y se la acarició con el pulgar, porque allí estaba pasando algo más y él se había lanzado a lo que parecían ser conclusiones del todo erróneas.

—Mi ángel, abre los ojos y mírame —dijo con voz firme.

Cuando finalmente consintió, él pudo ver las lágrimas que amenazaban con caer de sus ojos brillantes.

—¿Qué narices quieres decir con eso de que no entiendo lo duro que es para una chica como tú? ¿A qué clase de chica te refieres?

Ella se ruborizó y hubiera cerrado los ojos de nuevo, pero él le dio un golpecito de advertencia en la mejilla con el pulgar, solicitando su atención.

—Nunca he tenido nada —dijo en un tono de voz grave—. Salvo el amor de mis padres. El amor de mis amigos. Su apoyo. He trabajado para conseguir todo lo que he tenido; y, por descontado que no es mucho, pero es mío. Todo me lo he ganado y eso me produce un cierto orgullo. Una chica como yo debe trabajar para conseguir todo lo que tiene porque no hay un montón de hombres haciendo cola por una chica tímida, callada y aburrida que no desea ni quiere cosas. Me da la sensación de que tú me das mucho y yo no te doy nada a cambio.

Estaba peligrosamente cerca de echarse a llorar, y él notó su angustia como ondas que irradiaban de ella.

—Los regalos son preciosos. Los valoro mucho. Adoro todos y cada uno de ellos. Me da pánico llevarlos puestos porque ¿y si los pierdo? Pero, al mismo tiempo, cada regalo me recuerda cuánto me das y cuán poco te doy yo a cambio.

En ese punto, ya estaba llorando abiertamente: las lágrimas se deslizaron por sus mejillas hasta llegar a los pulgares de Drake.

—Lo único que me mantenía antes era mi amor propio —dijo con voz ahogada y llena de emoción—. No se puede poner una etiqueta que marque el precio del amor propio. Y en este momento, siento que no valgo nada en absoluto y odio ese sentimiento. Es un sentimiento de impotencia y, Dios, no hay nada peor que sentirse, que ser, impotente. Tú tienes un gran sentido de la dignidad, Drake. Seguro que comprendes lo que te estoy tratando de decir.

Por su actitud parecía que suplicaba y ese deje de desesperación en su voz hirió el alma de Drake en lo más hondo. Su apasionado arrebato le tocó la fibra sensible. Se quedó maravillado por que en todas las relaciones, o mejor dicho, aventuras que había tenido, nunca hubo una sola mujer que tuviese problemas con ninguno de los regalos que le había hecho. Al contrario, en muchas ocasiones la mujer se lamentaba, con un adorable gesto de puchero en la cara, de que los pendientes eran bonitos, pero sin el collar a juego no eran tan impresionantes.

Nunca había tenido a una mujer delante que hablase de algo con lo que estaba tan familiarizado. Dignidad. Amor propio. Que hablase acerca de no coger nada de nadie y ganarse cada puñetera cosa que tuviera. Y con todo, él la había reducido a eso colmándola de regalos como si pudiese comprar su afecto, su sonrisa, su felicidad; cuando, de hecho, al echar la vista atrás, la sonrisa más luminosa que recordaba haber visto fue cuando ella se encontró con él tras un largo día de trabajo. Parecía tan feliz cuando él decidía quedarse en casa y le permitía cocinar en aquellas raras ocasiones en las que no salían. Nada de lo que le había comprado había llegado a generar ni remotamente la alegría y felicidad que había visto en sus ojos y su rostro como simplemente estar con él parecía provocarle. ¿Era real? Lo tenía fascinado de verdad y, por primera vez en su vida, no sabía cómo tratar con una mujer. Aquella mujer. Y eso le hacía sentir indefenso, como un inútil de cuidado.

—Te equivocas cuando dices que no tienes nada que ofrecerme —dijo con brusquedad, lidiando aún con las revelaciones que todavía se arremolinaban en su mente—. Pero te entiendo perfectamente, mi ángel. Lo entiendo.

De repente, la distancia entre ellos era demasiado grande. No solo la distancia física, sino también la distancia sentimental. Él había cometido demasiados errores. E incluso sabiendo que no era como ninguna otra mujer que hubiese conocido, seguía tratándola igual que al resto. Colmándola de regalos caros en lugar de proporcionarle las cosas que realmente le importaban. Aun sabiendo el tesoro incalculable que poseía y que ella era única y singular, no había hecho el esfuerzo de descubrirla. Le tendió los brazos, conteniendo la respiración, con la esperanza de que no lo rechazara.

—Ven aquí, mi ángel. Me niego a tener esta conversación cuando pareces cansada y estoy deseando abrazarte.

Drake suspiró de alivio cuando, tras un ligero titubeo, ella se le acercó. La envolvió con los brazos y, durante largo rato, la abrazó sin más, con los ojos cerrados mientras hundía el rostro en aquella melena que tan bien olía.

Entonces la llevó al sofá y se sentó, tirando de ella hacia su regazo, envolviéndola una vez más firmemente con los brazos. Su ligero cuerpo anidaba a la perfección en el suyo. Como si estuviese hecha para él y solo para él. Dos piezas de un rompecabezas.

Todo en ella era perfecto. Era delicada, cálida; tan tierna y generosa. Era una luz que brillaba en lo más hondo de su alma corrupta. Un regalo de bienvenida a casa, un tesoro, cada vez que él cruzaba la puerta.

—En primer lugar, quiero tratar el asunto de la equidad y qué puedes hacer para contribuir y que sientas que me estás dando algo a cambio de lo que yo te doy. Aunque, cariño, el mejor regalo es cuando te me ofreces tú, entera. Es un regalo tan grande al que no puedo corresponder, porque nada que yo te pueda dar llegará jamás a ser más valioso que tú. No se puede poner un precio sobre algo que tiene un valor incalculable y que vale más que todo el dinero del mundo.

Él sintió su sonrisa contra su pecho y le acarició la melena. Dejó reposar la barbilla sobre su cabeza, fascinado ante la felicidad que le producía un acto tan simple como aquel.

—Eres una cocinera excelente, y tú misma has dicho que te encanta cocinar. Al principio, no me gustaba la idea de que tuvieses la comida hecha cuando llegase a casa porque, tal como te dije aquella primera noche, nunca he querido que fueses esclava de las tareas del hogar.

Ella se separó de su pecho para así poder mirarlo con ojos traviesos.

—Bueno, solo una esclava sexual —bromeó.

Él se relajó. El alivio le fluyó por las venas porque ella ya no estaba tensa, ni tampoco parecía enfadada.

Le dio una palmada juguetona en el trasero y dejó la mano allí, acariciando la delicada carnosidad de su culo.

—Completamente cierto —dijo sin ningún tipo de remordimiento—. Pero te quité algo que no debería haberte quitado. Te hice sentir como si no contribuyeses en nada a nuestra relación. Te gusta cocinar para mí y te hace feliz que a mí me encanten tus platos. Joder, me encantaron incluso esos *cupcakes* y tuviste a todos mis hombres comiendo de tu mano para poder probarlos. Si alguien me hubiese dicho hace un mes que vería a mi equipo haciendo cola desesperados por conseguir un *cupcake* de manos de un ángel, me habría echado a reír.

Ella se ruborizó, pero en los ojos le brillaba la satisfacción, con las comisuras de los labios levemente hacia arriba con esa peculiar y deliciosa media sonrisa suya que era tan característica. Algunos podrían considerarlo un defecto, pero Drake lo encontraba entrañable. Incluso en un momento como aquel, hizo una pausa para dejar caer la cabeza y mordisquearle la comisura de los labios, pasando la lengua sobre aquella deliciosa y pequeña peculiaridad. Ella se estremeció y estiró todo el cuerpo. Tan tremendamente sensible. Había pensado eso, dicho eso, demasiadas veces como para contarlas desde que ella entró en su vida o, mejor dicho, desde que lo arrastró a la suya.

Ella se ponía con él. Él. Solo con él. Joder, ella había estado con su equipo, sus hermanos, todos ellos hombres a los que la mayoría de las zorras no podían quitar las manos de encima. Evangeline les sonreía, era afectuosa con todos ellos, muy a su pesar, pero sus respuestas o actos no eran sensuales. No flirteaba con ellos. Era demasiado honrada, además de demasiado inocente, para saber cómo hacerlo. Si le caías bien, era amable contigo y te hacía saber que le agradabas. Tan simple como eso. Y, por lo visto, había decidido que le caían bien todos sus hombres, quienes morirían por tener una mujer que resplandeciera con solo mirarla. O tocarla, o besarla, o con susurrarle las palabras adecuadas. Él tenía una mujer así justo allí, en el regazo, entre los brazos. En su cama cada noche para ofrecerle total sumisión de una manera tan dulce como ninguna mujer había hecho jamás, y si no tenía cuidado iba a joderlo todo y a perderla.

Casi sacudió la cabeza. Ceder. Una palabra que no formaba parte de su vocabulario. Pero, tratándose de Evangeline, estaba aprendiendo palabras nuevas y, sin duda alguna, su significado.

—Me encanta cómo cocinas —le dijo—. Los mejores platos que he probado en mi puta vida.

Y lo eran. Drake haría un montón de cosas para conservar a una mujer como Evangeline, pero no era embustero. No mentiría ni siquiera para hacerla sentir mejor o para apaciguarla. Él valoraba el amor propio más que nada. ¿Cómo de vacío sería ese amor propio si estuviese construido sobre las mentiras que le contase?

Sus ojos resplandecían de placer, todo su rostro estaba iluminado, tan radiante que podría rivalizar con el sol, sus mejillas se volvían más rosadas por segundos. Ella lo miró como si acabase de rescatarla de un edificio en llamas. No costaba mucho complacer a esta mujer, en absoluto. Y allí había estado él para despilfarrar miles de dólares cuando, aparentemente, todo lo que ella quería de verdad era… a él.

No podía comprenderlo, pero la prueba estaba allí, mirándolo a los ojos. Ella quería al hombre que era Drake Donovan. No la riqueza, el poder, el estatus o el prestigio de estar entre sus brazos y protegida por él. Su dinero la espantaba. Los regalos que le había entregado la horrorizaban. Silas le había informado que ella no se inmutó al recibir el dinero en efectivo y las tarjetas de crédito que le había enviado, y que había mostrado más entusiasmo por pedir comida china a domicilio que por una tarjeta sin límite de crédito. Y se apostaría toda su fortuna a que no había tocado el efectivo, y ni mucho menos lo habría contado.

¿Cómo mantenías a una mujer como era su ángel feliz cuando ella parecía no querer nada?

«Ella solo te quiere a ti».

Y eso se lo podía dar. Si eso era todo lo que se necesitaba para hacerla feliz, para mantenerla feliz y para asegurarse de que nunca se largaría de su lado, entonces le daría justamente lo que quería.

—Una vez a la semana, el mismo día salvo que no se pueda evitar, cocinarás para mí. Fijaré mis horarios para estar en casa no más tarde de las seis. Y cuando digo salvo que no se pueda evitar, mi ángel, me refiero a que solo una cuestión de vida o muerte me impediría estar aquí. Por el momento, eso es lo más a lo que puedo comprometerme —dijo con voz seria—.

Tú eres mi responsabilidad más importante. Tú me has dado tu confianza y con esa confianza te has entregado y has depositado en mí la fe de que te haré feliz. Me tomo mis responsabilidades muy en serio y, por ello, voy a seguir mimándote todo lo que me dé la gana. No vas a mover un dedo salvo las noches en que cocines para mí y no vas a lavar los puñeteros platos después. Para algo pago a una asistenta. Y lo que puedes hacer por mí es aceptar lo que sea que decida darte, sabiendo que te lo doy no para despojarte de tu sentido del amor propio o remarcar la brecha económica, sino porque me hace feliz. Y lo que me haría aún más feliz, tal como te dije la noche en que te traje a casa por primera vez, es que pensases maneras más creativas de expresar tu gratitud. No que pienses modos de devolverme lo que me debes y desde luego no teniendo en mente que no eres capaz de devolvérmelo. Porque eso me cabrearía como no te puedes imaginar.

Ella lo sorprendió arrojándose sobre él y abrazándolo del cuello y con fuerza. Enterró su cara en el cuello masculino; y los suaves suspiros de sus exhalaciones que le rozaban la piel le hicieron arder de arriba abajo.

—Lo siento —dijo ella con voz conmovida, que se apagaba en su garganta.

Él la forzó a separarse de su cuerpo y se quedó mirándola ásperamente.

—Pero ¿de qué cojones te arrepientes ahora?

Sabía que se le notaba exasperado, pero era la mujer más desesperante y complicada que había conocido jamás.

—Fui… he sido una niñata desagradecida —dijo con pena—. Y egoísta. En ningún momento he tenido en cuenta tus sentimientos. Estaba sumida en mis propias inseguridades y cada vez que me regalabas algo me daba miedo. Tienes razón. En todo. Lo siento muchísimo, Drake.

Ella alzó la mano hacia su mandíbula y le acarició la mejilla. La sensación de terciopelo, el contraste entre la propia piel de ella, de bebé, y la embriagadora y adictiva piel áspera y mucho más curtida de él.

—Y —añadió con un ronco susurro—, puedes estar seguro de que seré mucho más creativa en mis modos de expresarte gratitud.

Drake le presionó los labios con un dedo y le devolvió una mirada reprobatoria.

—No quiero que vuelvas a hablar de ti misma en esos términos. Jamás. Ni siquiera deberíamos hablar de esto teniendo en cuenta que Silas tuvo justo la misma conversación contigo palabra por palabra. Y si no me crees capaz de permitir que él te tumbe sobre sus rodillas y azote ese culo precioso como vuelvas a decir esas gilipolleces sobre ti, es que no me conoces.

Los ojos de Evangeline se abrieron de par en par y se quedó con la boca abierta.

—¿No estaba bromeando? —chilló.

—¿Te parece Silas el tipo de hombre que dice las cosas de broma? —preguntó Drake con tono cortante.

—Entendido —murmuró ella.

Entonces lo miró con una chispa en los ojos que hizo que se le pusiera dura de inmediato.

—¿A qué viene esa mirada? —preguntó con recelo.

—Bueno... he prometido ser creativa en el modo de expresar mi gratitud —dijo con solemnidad, aunque la expresión exageradamente ingenua de su rostro le indicaba que estaba siendo cualquier cosa salvo solemne.

—Sí, lo has prometido, pero ¿hasta qué punto?

Ella le lanzó una fugaz sonrisa tímida y lo miró con aire inocente. Entonces alzó los brazos y rodeó el cuello de Drake, teniendo que ponerse de puntillas para elevar su diminuto cuerpo.

Tenía un aspecto adorable con esa timidez y ese color rosado en las mejillas.

—No quiero decepcionarte, Drake. Nunca. Y tú sabes que no tengo experiencia salvo contigo.

Él estaba extraordinariamente complacido con la afirmación de que había sido su única experiencia y con que no se hubiera hecho referencia alguna sobre el comemierda de su antiguo novio. No estaba tan contento con su afirmación acerca de no querer decepcionarlo, pero no la interrumpió porque ella estaba esforzándose de manera evidente en transmitirle lo que quería decir.

—Me gustaría que me enseñaras cómo complacerte. Solo a ti. Dijiste que la otra noche era para ti, pero, en realidad, fue toda para mí. Esta noche… —Ella inspiró hondo de nuevo—. Esta noche quiero que realmente sea toda para ti. Quiero que tengas control absoluto y que me enseñes a complacerte de cualquier forma que desees. Quiero que me hagas hacer cualquier cosa que quieras que haga, pero para ti. Y no quiero que te reprimas por miedo a hacerme daño o asustarme.

Se detuvo un instante mientras observaba sus ojos como si tratase de calibrar su reacción.

—Te deseo. Solo a ti. Nada más. Solo a ti, tu control, tu dominación, el hombre que eres, el hombre que sé que eres. No estoy tratando de cambiar las reglas, lo juro. No quiero tomar el control esta noche. Solo quiero que seas egoísta por una vez y que tomes de mí lo que necesites, del modo en que lo quieras, lo necesites o lo prefieras. Tan solo deseo saber lo suficiente como para no tener que preguntarte cómo darte todo lo que quiero darte.

Ella finalizó con un murmullo, con un leve tono de remordimiento en la voz.

Él estaba temblando. Él, que era imperturbable. Pero aquella súplica sincera le atravesó el mismísimo núcleo y las partes más recónditas del corazón, que habían quedado olvidadas mucho tiempo atrás para no volver a exponerse ni a sangrar de nuevo. Por nadie.

Tomó su precioso rostro entre las manos, lo sostuvo con dulzura mientras la miraba a los ojos, perdiendo toda noción de sí mismo.

—Me alegra que no tengas experiencia como para saber todo lo que hay que saber para complacerme —dijo en tono feroz—. No hay nada más bonito que una mujer que pide a su hombre que la guíe y le enseñe a complacerlo. Me haces sentir que soy el único hombre que haya entrado jamás en tu mundo, mi ángel. Ni te imaginas lo que es eso.

Ella sonrió, los ojos le brillaban con calidez.

—Entonces, ¿lo harás? ¿Me tomarás del modo en que quieras tomarme esta noche? Fuerte, duro, lento, dulce. No importa, Drake. Porque complacerte, darte placer, me da el mismo placer y aún mucho más. Muchísimo más.

Madre mía, ¿qué le estaba haciendo, en tan poco tiempo? Estaba perdiendo la puñetera cabeza y era muy consciente de ello, joder. No podía mantener sus defensas alzadas y firmes con ella alrededor... y tampoco quería hacerlo.

Por primera vez en su vida, quería dejar entrar a alguien. Solo rezaba para que, cuando eso ocurriera y ella viese el monstruo que era en realidad, no perdiese aquel preciado regalo que lo miraba absorta como si él fuese todo su mundo.

Contempló su dulce sonrisa, repasando cada una de las palabras, de los regalos, que ella le había dado. ¿Se haría ella una idea de lo oscuros que podían llegar a ser sus deseos? ¿Sabía lo que lo excitaba? Porque no estaba seguro de que así fuera. Siendo tan inocente, ¿cómo podría?

No le quedaba duda de que ella había sido absolutamente sincera y de que allí, en aquel preciso instante, le daría cualquier cosa que él le pidiese. Por él haría lo que fuera, pero ¿entendería o vería sus oscuras fantasías como una traición a la promesa de protegerla y cuidar siempre de ella?

—Tienes que estar muy segura de lo que me estás ofreciendo, mi ángel —dijo con tono grave y circunspecto.

—Estoy segura —contestó ella sin dudarlo.

—Entonces quiero que recuerdes algo, lo más importante de todo, cuando esta noche tome de ti lo que me plazca. Me has entregado tu confianza y vas a necesitar recordar no solo eso, sino también tener fe en esa confianza, y en mí.

Ella no pareció ni se mostró asustada. Había en ella un destello de curiosidad y un delicado escalofrío que le cubría el cuerpo como si de una estola se tratase, como si estuviera tratando de imaginar en qué estaba él pensando. Qué querría, qué le exigiría aquella noche.

Tiró de ella para acercarla hacia sí, hasta que no hubo separación entre ellos y envolvió con los brazos su satinada piel desnuda. Permitió que sus manos vagasen descendiendo por la espalda, sujetando sus nalgas y apretándolas.

—¿Confías en mí? —preguntó para que se lo pensara una última vez—. ¿Lo bastante como para no cuestionar nada de lo que yo te pida esta noche? ¿Como para seguir y atender mis instrucciones independientemente de lo que puedan suponer?

Ella dejó caer su cabeza hacia atrás, con una firme resolución y determinación en sus bonitos ojos. Enlazó los brazos con pereza alrededor de su cuello, sin librarse en ningún momento de su atenta mirada.

—Mi regalo para ti soy yo misma —dijo con una voz dulce que conmovía el alma y que era una caricia en sí misma—. Soy tuya, Drake. Sé que nunca me harás daño. No puedo prometer que no vaya a asustarme en ningún momento esta noche, pero tienes que saber que lo que me asusta no eres tú. Eso jamás. Si tengo miedo de algo, será de lo desconocido. Pero, más que nada, mi mayor temor será decepcionarte.

—Entonces ve y prepárate para mí —dijo con voz ronca—. Date un baño largo, quédate un buen rato. No hay prisa, me va a llevar un poco de tiempo organizar los preparativos precisos para una noche que mi ángel ha prometido toda para mí. Mi fantasía. Mi placer. Y has de saber, Evangeline, que serás recompensada con creces por el regalo que me estás ofreciendo esta noche. Yo también tengo previstas maneras muy creativas de expresar mi gratitud.

Bajó un dedo sobre su mejilla de seda mientras sus miradas permanecían esposadas.

—Cuando hayas acabado de darte el baño, sécate y sécate el pelo y luego ve a tumbarte en la cama. No retires las mantas ni la sábana. Quiero que te tumbes en el centro, con el pelo esparcido sobre las almohadas, los muslos separados, las manos sobre tu cabeza y los dedos entrelazados con los barrotes del cabecero.

Ella sonrió, luego suspiró y meneó la cabeza con tristeza.

—Y una vez más, una noche que se suponía iba a ser solo para ti y al final parece que seré yo la mimada, la princesa consentida.

Él la miró con solemnidad.

—No te quepa duda, mi ángel. Tú eres mi princesa consentida. Pero esta noche solo voy a mirar y nada más; esto es mucho para mí. Solo recuerda tu compromiso, que confiarás en mí. Recuerda que nunca dejaré que te hagan daño y esta noche será perfecta de cojones.

$\mathcal{M}$ientras Evangeline se relajaba en la bañera, pensó en lo extrañas que habían sido las últimas palabras de Drake al acompañarla al baño. Y al poco, desapareció y ella hizo caso de sus instrucciones. Parecían ser algo contradictorias y, por mucho que lo intentaba, no podía imaginarse la situación.

Según le había dicho, esta noche él se limitaría a mirar, pero le prometió solemnemente que no permitiría que le hicieran daño.

Esas dos cosas le parecían incongruentes. Ella no tenía experiencia con el sexo, y aún menos el más morboso, el dominante o el fetichismo. Ni siquiera sabía qué diferencia había entre algo morboso y un fetichismo, si es que eran distintos.

Sin embargo, no quería arruinar lo que prometía ser una noche la mar de emocionante analizando demasiado las palabras crípticas de Drake. Estaba más centrada en la reacción que manifestó cuando ella le dijo que quería complacerle, que quería que él la enseñara a hacerlo y que quería devolverle, al menos, una pequeña parte de todo lo que él le había dado.

Eso le había gustado muchísimo. Su asombro y sorpresa, así como su ilusión, quedaron patentes ante tal alarde de sinceridad. Y había reconocido lo que ella ya había descubierto por sí sola, que nunca nadie se había preocupado por él, nadie había cuidado de él ni antepuesto sus necesidades a las suyas. ¿Lo habría querido alguien? ¿Al menos alguien que se preocupara por él? ¿O la mayoría de la gente de su vida no hacía más que exprimirle hasta el último céntimo?

¿Y qué había de su familia? Nunca le había hablado de sus familiares y parecía desconcertado por la relación tan cercana que tenía ella con sus padres. De hecho, suponía que no les había tenido mucha estima, ni a que ella hubiera renunciado a tanto para ayudarlos, hasta que presenció de primera mano su amor y su preocupación por ella. Al final, él mismo había hablado con ellos y después de eso, no había vuelto a verle ese destello de rabia contenida cuando hablaba de su familia.

—Ay, Drake —susurró, con el corazón en un puño—. ¡Qué triste debe de haber sido vivir en un mundo donde nadie se ha preocupado por ti! Tiene que ser horrible que el dinero y el estatus social definan tu valía. ¿Ha visto alguien realmente a Drake Donovan?

Estaba dispuesta a demostrarle que su dinero no significaba nada para ella, aunque fuera lo último que hiciera. De hecho, ojalá no fuera rico así nunca tendría dudas sobre sus motivos para estar con él. Ella quería estar con él, entregarse con devoción a él y complacerlo, aunque no tuviera ni un duro.

¿Pero alguna vez la creería de verdad? ¿O, tal vez, enterrada bajo años de cinismo, siempre habría esa vocecita insidiosa que le diría que ella era igual que las demás?

Miró el reloj que había en la repisa y se dio cuenta de que se había pasado media hora meditando sobre el rompecabezas que era Drake Donovan. Él le había dicho que se tomara su tiempo, pero no había especificado lo suficiente. Ella sí le había dejado claro que esta noche le pertenecía, y de ningún modo quería hacerlo esperar, porque aún tenía que secarse el pelo y colocarse en la cama tal como le había pedido.

Intentó no pensar en esas preguntas y especulaciones sin sentido que le habían ocupado su sesión de baño mientras se levantaba y el agua le resbalaba por el cuerpo. Salió de la bañera, se envolvió el pelo con una toalla y luego cogió otra para secarse.

Después de escurrirse el pelo con la toalla, se sentó ante el tocador y empezó a peinarse la larga melena. Se separó el pelo en varios mechones y los fue secando uno a uno con un cepillo ancho

Quería estar hermosa y su pelo, recién lavado y bien peinado, era una de sus mejores bazas. Se cepilló la melena hasta que le quedó brillante y muy suave; le enmarcaba el rostro y, al llevarla cortada a capas, le quedaba suelta y con movimiento.

Después de darse unos toquecitos más con la toalla para secarse del todo, volvió al dormitorio. Por suerte, Drake no había aparecido aún.

Se subió a la cama y se colocó en el centro, suspiró al apoyar la cabeza en la almohada. Entonces recordó las demás directrices.

Se abrió de piernas para que se le vieran los labios y se agarró a los barrotes del cabecero. Aunque ahora mismo no estaba atada, la sensación de estar subyugada, cautiva, como una presa a la espera de lo que le aguardara, la hacía sentir oleadas de placer por todo el cuerpo. Se le endurecieron los pezones y empezaba a notar la humedad entre las piernas y el pulso en el clítoris, como si reclamara atención.

«Solo voy a mirar».

Le vinieron a la cabeza sus palabras y volvió a sentir que la curiosidad y la confusión le fluían por las venas. Si no le hubiera pedido que levantara los brazos por encima de la cabeza y se agarrara al cabecero, pensaría que quería mirarla mientras se masturbaba.

Y aunque la primera vez que le había pedido que se tocara cuando iban a hacer sexo anal se sintió incómoda, ahora lo había superado y se moría de ganas de hacerlo si eso lo complacía.

Giró la cabeza despacio cuando oyó que se abría la puerta del dormitorio y sonrió al ver a Drake en el umbral. Sin embargo, se le borró la sonrisa cuando vio que no estaba solo. Detrás de él había un hombre increíblemente apuesto y bien vestido que debía de tener la misma edad de Drake.

Se asustó y seguramente se le notó porque Drake le hizo una señal al hombre para que no lo siguiera mientras se acercaba a la cama. Entonces vio la cuerda.

Se sentó en el borde de la cama y la acarició con una mano; su sonrisa era cálida y tranquilizadora, pero la mirada le ardía de deseo.

—Confía en mí —susurró.

Y con esas tres palabras y su expresión tierna, el nerviosismo desapareció como por arte de magia.

—Ya confío en ti —dijo ella con voz baja, transmitiendo con una sonrisa toda la calidez y sentimiento que pudo.

Él le tomó una mano y le pasó la cuerda alrededor de la muñeca para atarla después al barrote del cabecero que sujetaba antes. Luego hizo lo mismo con la otra muñeca hasta que tuvo ambas manos atadas; ahora estaba indefensa y no podía ocultar su desnudez al extraño que acababa de entrar.

Drake se inclinó y la besó en la frente.

—Nunca te haré daño, mi ángel, ni permitiré que te lo hagan. Mi deseo es ver cómo otro hombre te da placer. Conoce mis límites y lo que voy y no voy a permitir.

Nerviosa, se lamió los labios; sorprendentemente, el miedo pasó a ser una oleada de deseo. Era como probar la fruta prohibida. Era morboso y perverso que otro hombre le diera placer —se acostara con ella— siguiendo las órdenes de Drake. Entonces pensó en algo que la hizo sentir culpable.

Su mirada de preocupación encontró la de Drake y lo escudriñó; le estaba dando vueltas a muchas preguntas. De todas las cosas que había imaginado, esta ni se le había pasado por la cabeza. Drake era tremendamente posesivo. No entendía que estuviera dispuesto a compartir su... posesión... con otro hombre.

A Drake se le enterneció la mirada al acariciarle los pechos al tiempo que jugueteaba con sus pezones, que ya empezaban a endurecerse.

—No me estás traicionando, mi ángel. No quiero que lo pienses y tampoco quiero que te niegues a sentir placer solo porque no sea yo quien te lo esté dando.

Ella frunció el ceño de la perplejidad, pero para Drake el asunto estaba zanjado ya. Se levantó y se dio la vuelta para hablar con el hombre que estaba a su espalda.

—Se llama Evangeline y es mía. Es un tesoro y espero que la trates como tal. Empezarás con suavidad hasta que se sienta cómoda con tu presencia y tus caricias. Solo entonces podrás hacer lo que quieras, que es lo que quiero, como ya hemos hablado.

Se volvió hacia ella.

—Mi ángel, te presento a Manuel, un hombre a quien considero mi amigo y alguien de confianza. Él te dará placer y espero que obedezcas sus órdenes porque son las mías. Esta noche, observaré mientras otro hombre se folla lo que es mío.

Ella se estremeció al oír esa expresión tan tosca, pero seguramente lo había hecho a propósito porque conocía su reacción cada vez que hablaba así.

A continuación, Drake se fue hasta la butaca que había en diagonal a la cama, donde tendría una vista privilegiada de ella follando con otro.

Se sentía confundida, curiosa y muy excitada al mismo tiempo. Respiraba entrecortadamente y se notaba la piel encendida.

Manuel se acercó a la cama como había hecho Drake y se la quedó mirando; el brillo de sus ojos azules indicaba que estaba excitadísimo.

—Es un honor —dijo con la voz ronca—. Es la primera vez que veo ante mí a una mujer tan hermosa, como un ángel, atada a la cama y con la melena en la almohada como la seda.

Este hombre era bueno, muy bueno. Sus palabras eran pura seducción.

—Tócala —pidió Drake—. Acaricia hasta el último centímetro de su hermosa piel.

Manuel apoyó una rodilla en la cama y le acarició el vientre con la palma de la mano; ella se sobresaltó inmediatamente al notar un cosquilleo por todo el cuerpo.

—No te haré daño —dijo él en voz baja.

—Ya lo sé —repuso ella igual de bajito—. Drake no te lo permitiría nunca.

Manuel sonrió.

—Drake es un cabrón con suerte. La confianza que depositas en él es un regalo con el que muchos hombres solo pueden soñar.

Ella miró a Drake y se percató de su mirada de aprobación. Estaba recostado en la butaca; parecía cómodo y relajado. La preocupación de que se enfadara al ver su respuesta sexual ante las caricias de aquel hombre se esfumó. Parecía... satisfecho. Como si se sintiera orgulloso de ella. Y si eso lo complacía, si eso era lo que quería, se lo daría sin reservas.

Como si supiera lo que se le estaba pasando por la cabeza, la miró con intensidad y expresión de orgullo.

—Tu placer me complace, mi ángel, que no se te olvide.

Querías regalarme lo que yo quisiera esta noche, y lo que más quiero es ver cómo te posee otro hombre durante una noche. Cuando estés cómoda con él, asumirá el control y yo pasaré a ser observador pasivo. Pero no pienses ni por un momento que no voy a disfrutar. Me resulta muy erótico ver a mi mujer atada a mi cama mientras otro hombre se la folla y domina.

Gimió mientras las manos de Manuel recorrían su cuerpo como Drake había hecho poco antes hasta sus pechos, pero su tacto era distinto. Distinguiría la diferencia, aunque llevara los ojos vendados.

—Puedes besarla, lamerla y usar la boca donde quieras salvo en sus labios —dijo Drake a Manuel—. Su boca es mía y solo mía, y esa dulzura solo puedo probarla yo.

—Me consolaré probando su dulce coño —repuso él—. Te aseguro que no será ningún problema. Y esos pezones… —murmuró mientras agachaba la cabeza hacia sus pechos.

Buscó a Drake con la mirada mientras arqueaba la espalda y Manuel le lamía un pezón y ella suspiró al notar que se lo succionaba con delicadeza, rozando la punta y luego dándole un mordisquito.

Para su decepción, Manuel levantó la cabeza y se incorporó, pero justo entonces se dio cuenta de que se estaba desnudando y se le aceleró el pulso. Miró a Drake, en lugar de a Manuel, mientras este se quitaba la última prenda.

—Míralo, mi ángel —ordenó Drake—. Mira al hombre que te va a follar.

Ella tragó saliva y apartó la mirada para darle un buen repaso; se le agrandaron los ojos al ver aquel físico espectacular junto a la cama. Se cogió el miembro de erección incipiente y empezó a masturbarse hasta que se le puso bien rígido y erguido.

—Levántale las manos atadas por encima de la cabeza y dale la vuelta para tenerla bien tendida, con las piernas por un lado de la cama, para que puedas probar y follar ese coño. Le gusta que se lo hagan duro, Manuel, pero de todos modos empieza suave para ir excitándola hasta que pueda aceptarte y esté preparada para tu polla.

Unas manos desconocidas, pero no por ello menos diestras, hicieron lo que Drake había pedido. Manuel se colocó entre sus piernas abiertas, mirándola con deseo.

Se arrodilló, le separó los labios y procedió a masajear aquella piel tan sensible. El deseo le llegó de repente y arqueó las caderas. Levantó los brazos, a pesar de tener las muñecas atadas, y de repente notó que unas manos familiares tiraban de la cuerda para volvérselos a bajar bruscamente hasta el colchón e inmovilizarlos.

La sensación doble de tener a un hombre entre las piernas y Drake sujetándole los brazos por arriba para que no pudiera moverse la puso nerviosa y se le escapó un gemido. Drake la besó en los labios.

—Deja que te dé placer, mi ángel, mientras lo veo poseer lo mío.

Manuel la lamía, succionaba y atormentaba; se tomaba su tiempo mientras le devoraba el sexo. El placer era arrebatador, pero ella no estaba atenta a Manuel. No miró su cabeza de pelo oscuro entre las piernas, no. Clavó la mirada en la de Drake y le apretó las manos, mientras contemplaba su reacción ante lo que estaba haciendo este hombre —un extraño para ella— para complacerlo.

Manuel le separó los muslos con fuerza y luego la cogió por la barbilla para dirigir su mirada.

—Mírame, Evangeline.

No había terminado de decirlo cuando la penetró con fuerza. Ella apretó aún más las manos de Drake y él liberó una para acariciarle el pelo como si quisiera tranquilizarla.

Manuel se incorporó y se colocó encima, aprisionando sus pechos contra su torso mientras la penetraba una y otra vez moviendo las caderas. Pero ella volvió a mirar a Drake, perdiéndose en su mirada cálida y llena de excitación.

—Eres tan guapa… —bramó Manuel, penetrándola cada vez más fuerte—. Dime, Evangeline. ¿Te gusta muy duro?

Y mientras se lo preguntaba, le agarró el pelo con una mano y le echó la cabeza hacia arriba para obligarla a mirarlo. Él agachó la suya y, por un instante, creyó que desobedecería a Drake y la besaría en la boca. Pero no. Le lamió y le dio unos mordisquitos en el cuello y la oreja, y luego siguió bajando los labios por su cuello susurrándole palabras de elogio.

—Por Drake puedo resistir lo que sea —contestó ella.

—Me pregunto si sabe la suerte que tiene —murmuró.

—La duda ofende —gruñó Drake.

—Ayúdame a darle la vuelta —dijo Manuel a Drake—. Quiero ese culo.

—No hasta que la haya preparado —advirtió Drake.

—Nunca le haría daño a una mujer, y mucho menos a la tuya —dijo el otro hombre entrecerrando los ojos.

Drake inclinó la cabeza.

—Pues claro, no lo decía a malas. Evangeline me importa muchísimo y no querría que nadie le hiciera daño.

Los dos la giraron y se aseguraron de que no estuviera incómoda. Drake le desató las muñecas y la colocó de tal manera que pudiera masturbarse con una mano. Manuel le puso una almohada debajo de las rodillas y luego se apartó para que Drake pudiera aplicarle lubricante mientras él lubricaba también el preservativo que llevaba puesto.

Drake se apoyó en el cabecero para tener una vista privilegiada de Evangeline y Manuel.

—Avísame si es demasiado —dijo Drake, serio y mirándola a los ojos.

—No te decepcionaré —repuso ella con la voz ronca.

Él frunció el ceño.

—Solo me decepcionarías si soportaras dolor solo por pensar que me complaces. Quiero que me prometas que no lo harás.

—Te lo prometo.

Drake miró a Manuel, que se había colocado ya de rodillas detrás de ella y le acariciaba el trasero.

—Déjaselo bien rojo antes de follarla.

—Claro —murmuró él.

Evangeline gimió y cerró los ojos brevemente ante la expectativa. ¿Cómo sería que otro hombre la azotara? Su única experiencia con azotes había sido con Drake. ¿Solo le gustaba porque se lo había hecho él?

Pronto obtuvo la respuesta cuando Manuel le dio una buena palmada en una nalga y notó el calor al instante; un calor que pronto dejó paso a la agradable calidez del placer. Abrió los ojos y vio la mirada de aprobación de Drake.

—A mi ángel le gusta el dolor.

—Es solo placer —susurró ella.

Manuel fue alternando las nalgas sin azotar el mismo punto dos veces, mientras cubría todo el trasero hasta que le doliera todo. Se movía, inquieta, mientras se masturbaba con timidez; sabía que era mejor ir despacio.

Se detuvo cuando él paró y le apoyó ambas palmas en las nalgas, tras lo cual le separó aún más las piernas; notaba cómo movía el pene en contacto con su sexo. Paró cuando la rozó con el glande y ella empezó a acariciarse: se preparaba para la entrada.

—Fóllatela bien duro —dijo Drake, que repitió la orden que le había dado antes—. Sin piedad.

Ay.

Ella empezó a estremecerse entera, como si estuviera a punto de correrse.

Manuel la penetró hasta que tuvo todo el glande dentro y sin que ella tuviera tiempo a respirar, empujó hasta el fondo. Evangeline gritó y se movió sin control.

Manuel la agarró por las caderas para que no se moviera, pero ella forcejeó, no contra él, sino contra las sensaciones que la embargaban.

—Joder —murmuró este mientras empujaba, atrapándola entre su cuerpo y la cama, sujetándola cuando volvía a salir para luego entrar otra vez en su ano.

Era salvaje, casi como un animal, la dominaba por completo, como Drake le había pedido. Ella se masturbaba rápidamente con la mano, atrapada entre su cuerpo y la cama, perseguía el orgasmo que amenazaba con estallar muy pronto.

Entonces, para su sorpresa, Manuel la colocó de lado en la cama, con la polla aún dentro, le apartó la mano y empezó a usar sus dedos para acariciarle el clítoris. Los sacó e introdujo de nuevo, y ella miró a Drake a los ojos; quería compartir este momento con él. Todo era por él y para él.

Este la miraba con deseo y Evangeline reparó en el bulto entre sus piernas. En ese momento deseó que la follara con tanta dureza como Manuel.

—Córrete, mi ángel —dijo con brusquedad—. No lo hagas esperar.

Ella gimió y echó la cabeza hacia atrás al tiempo que la boca de Manuel encontraba su cuello y le mordía con la fuerza suficiente para dejarle marca.

Y entonces se soltó y estalló de placer; Drake aparecía y desaparecía de su vista, el mundo se esfumaba a su alrededor. Seguía jadeando cuando Manuel se retiró de ella y la besó en la frente.

—Gracias por un regalo tan bonito, Evangeline —murmuró Manuel—. Nunca olvidaré la noche que he pasado con un ángel.

—Ya puedes irte —dijo Drake.

Evangeline apenas fue consciente de que se levantaba de la cama. Oyó que se vestía y cerraba la puerta con cuidado al salir. Miró a Drake y vio que se apresuraba a desnudarse.

Entonces se subió a la cama, le dio la vuelta y la penetró sin darle tiempo a nada.

Le introdujo la lengua en la boca con tanta fuerza como le embestía el sexo. La comía, la devoraba… su deseo era abrumador.

Lo notaba enorme dentro, mucho más que otras veces. Era como una carrera contrarreloj y, por primera vez, no se aseguró de que le siguiera el ritmo. Esta noche era para él. Ella se lo había dicho, de modo que se le abrazó a la espalda ancha y le acarició los músculos mientras él reclamaba lo suyo y ella se lo daba todo.

Le explotó en el interior en cuestión de segundos y se dejó caer encima de ella, quien seguía acariciándole la espalda con cariño. Él le acarició el cuello con la nariz y con los labios exploró su delicada piel mientras la besaba y le daba mordisquitos.

—Mía —bramó—. Eres preciosa… y toda mía.

27

*E*vangeline yacía de costado, cobijada bajo un hombro de Drake, con un brazo sobre su pecho desnudo y una pierna encima de la de él. Estaba allí tendida como una muñeca de trapo, completamente satisfecha. Dormir le resultaba tentador, con el cálido cuerpo de él al lado, pero aún se sentía abrumada por el cúmulo de reacciones contradictorias de aquella noche.

Y tal vez necesitaba algo de consuelo o reconfirmación, aunque él le había dejado muy claro que lo que había pasado le parecía bien. Bueno, él mismo lo había orquestado todo: sería el colmo de la hipocresía que encima tuviera resentimiento o sintiera celos. Sin embargo, no tenía experiencia con el tipo de vida que llevaba él, así que ¿cómo no iba a tener sentimientos encontrados?

—¿Drake? —preguntó con voz vacilante.

Él le pasó una mano por el pelo y se lo acarició con sensualidad.

—¿Qué te ronda por la cabeza, mi ángel? —preguntó con ternura.

Ella le hundió más el rostro en el pecho; tímida e insegura, de repente.

—¿Te he decepcionado esta noche? ¿Estás enfadado porque haya disfrutado del sexo con Manuel, porque haya llegado al orgasmo?

Él se dio la vuelta para mirarla de frente y le pasó el otro brazo alrededor para atraerla hacia sí.

—Mi ángel, mírame —dijo en voz baja.

Con renuencia y algo de pavor, ella levantó la barbilla poco a poco y al final lo miró a los ojos. Aliviada, comprobó que la miraba con afecto.

—No me has decepcionado de ninguna manera. No tienes ni idea de lo erótico y sensual que ha sido para mí ver como otro hombre se follaba lo que es mío, lo que me pertenece, y poder controlar como este te daba placer.

Ella abrió mucho los ojos porque no acababa de entender el concepto. Conociéndolo, le parecía incongruente que permitiera que otro hombre la tocara y aún menos que le hiciera el amor.

—Eres la mujer más hermosa y desinhibida que he conocido y me has dado algo muy especial hoy. Primero, me has dado tu confianza sin reservas y no has hecho amago de echarte atrás. Y en todo momento te has centrado en mí, no en quien te follaba. Te has regalado a ti misma, la posesión de tu cuerpo para que yo hiciera lo que quisiera. Aunque no te des cuenta, la magnitud de la confianza que tienes en mí para acceder a todo lo que te pido es enorme, y no muchas mujeres darían a un hombre algo tan preciado.

—Vaya —susurró—. No me lo había planteado así.

—Tú eres mi regalo, mi ángel. Y toda tú, todo lo que te convierte en quien eres. Todo eso es el mayor regalo que me hayan hecho nunca.

Ella inclinó la cabeza y estudió su semblante serio.

—¿Por qué te excita? —preguntó con una curiosidad auténtica—. Me refiero a lo de mirar, a ver cómo otro hombre me folla y me posee como tú.

—Bueno, primero —empezó a decir en un tono serio—, porque yo soy el único que te tiene. Que no se te olvide. Manuel ha venido porque lo he invitado yo y porque le he dado unas instrucciones muy claras sobre lo que podía y no podía hacer, pero nunca ha habido duda sobre quién es tu dueño. Manuel se ha sentido muy privilegiado por poder estar contigo, aunque sea poco tiempo. ¿A qué hombre no le pasaría? Y en cuanto a por qué me excita... —Se encogió de hombros y bajó la mano por la cintura hasta acariciarle el trasero—. ¿Por qué algo excita a una persona? No sé, algunas cosas excitan sin más. En mi caso, me excita muchísimo hacer lo que se me antoje con lo que poseo. Que tu cuerpo, tu coño, tu culo, tu boca, que tu alma me pertenezca solo a mí, eso me da el poder de decisión sobre cómo tratar a una posesión tan valiosa. Sí, otro hombre te ha follado, pero solo ha sido eso. Te ha follado, te ha dado placer y eso me ha complacido. Pero él no es tu dueño, no te posee. No te tiene ni te tendrá en la vida. Toda tú me perteneces y me pone muy cachondo ver cómo otro hombre ejerce poder sobre ti y te manda a mi voluntad, como yo le he ordenado, porque me gusta tener el privilegio, el honor, de ceder el poder que tengo sobre ti, aunque sea de forma temporal.

—¿Y quieres hacerlo más veces? —preguntó en voz baja.

Drake entrecerró los ojos mientras escudriñaba su rostro, buscando alguna pista o motivo tras su pregunta, inocente en apariencia. Pero solo vio una curiosidad genuina.

—Creo que la pregunta más acertada es si quieres hacerlo tú más veces.

Con una expresión honesta y una mirada que irradiaba sinceridad, contestó:

—Solo quiero complacerte, Drake. Quiero hacerte feliz. Y si entregarme a otro hombre mientras tú miras, te hace feliz, pues sí, claro que quiero volver a hacerlo. —Tragó saliva y antes de que él pudiera decir algo, prosiguió—: Solo te miraba a ti —susurró—, incluso cuando me ordenaba que lo mirara. Yo te miraba a ti porque quería ver tu placer y tu disfrute. Tú eres el único al que quiero. A ti y a nadie más. Sí, he sentido placer, pero ¿sabes por qué?

Él frunció el ceño sin dejar de mirarla, pasmado por su declaración, por su sinceridad y que se hubiera atrevido a poner las cartas sobre la mesa. Era vulnerable, y él lo sabía, sabía que la vulnerabilidad era una de las peores sensaciones del mundo, y no quería que se sintiera así con él.

—Me ha gustado estar con otro hombre porque te estaba complaciendo a ti y porque te gustaba mirar cómo otro hombre posee lo que te pertenece. Y eso me dio placer a mí. La verdad es que apenas recuerdo el placer físico. Sí, llegué al orgasmo, me gustó y no lo niego, pero mi placer no era lo importante. No me hizo daño y disfruté de los aspectos físicos, pero sentimentalmente solo pensaba en ti. Como me mirabas con tanto cariño, orgullo y aprobación, me hubiera dado igual a quién hubieras escogido para acostarse conmigo porque solo me importas tú.

Él fue incapaz de responder, de decir nada, de lo impactado que lo habían dejado sus palabras. Le habían llegado al alma. Había absorbido sus frases vehementes y apasionadas, su expresión, la sinceridad que asomaba a sus ojos, y de repente le pareció que iba a estallarle el corazón.

—¿Drake? —susurró con la mirada empañada por la preocupación y haciendo un mohín de tristeza—. ¿He hecho o he dicho algo malo? ¿Estás enfadado conmigo?

Con el corazón a punto de salírsele del pecho, le dio la vuelta, le separó las piernas y en cuanto la tuvo boca arriba, la penetró de tal forma que le arrancó un grito ahogado. La sorpresa inicial que se asomó a los ojos de ella se transformó en una mirada de deseo y pasión.

Se retiró con más tiento del que la había embestido, sabiendo que seguramente la zona estaba sensible después de hacerlo con dos hombres distintos tan seguido, y luego empujó de nuevo, hundiéndose hasta el fondo de sus profundidades sedosas.

La miraba fijamente y con intensidad al tiempo que movía las caderas hacia delante y hacia atrás con un ritmo pausado, pero le dolía. Sentía dolor allí donde no solía sentir nada porque no había permitido que nadie se le acercara tanto para rozar siquiera esa parte de él.

—No, joder, no —dijo, tajante—. Mierda, ¿cómo consigues poner mi vida patas arriba de esta forma? Me tienes tan destrozado por dentro que no puedo ni respirar. ¿Enfadado contigo? ¡No! ¿Crees que has hecho algo malo? Nada de lo que has hecho está mal. Tú eres todo lo correcto, lo perfecto y lo bueno que hay en mi mundo. No pienses ni por un momento que has dicho u hecho algo mal. Nunca tendré motivos para estar decepcionado o para enfadarme contigo, a no ser que me mientas.

A punto de llegar al orgasmo, sumido en su sedosa feminidad, volvió a penetrarla hasta el fondo y se quedó allí, con el pecho que le subía y bajaba de forma pesada por la emoción y el deseo… tanto deseo. Era como si le hubiera abierto una vieja herida. Como si por primera vez desde que era niño, cuando aprendió a aislarse de los demás y a no sentir nada, pudiera sentir de nuevo. No era una sensación cómoda. Se sentía demasiado expuesto y vulnerable, precisamente lo que lamentaba que sintiera ella hacía tan solo un instante.

—No te mentiré nunca, Drake —dijo con una voz y una expresión solemnes y sinceras—. Te he dado mi confianza incondicional, y me gustaría que tú pudieras confiar en mí de la misma manera. Entiendo que tal vez sea demasiado pronto y que no puedas dármela ahora mismo. Pero un día, espero ganármela porque tenerte, tener tu confianza, es lo único que quiero. No tu dinero ni tu estatus social. Solo te quiero a ti y espero que tengas tanta fe y confianza en mí como a la inversa.

Él sintió un sudor frío que lo dejó helado un momento, incapaz de hablar. Confiaba en muy poca gente, menos de diez personas y todos eran sus hermanos. Nunca había confiado en ninguna mujer con la que hubiera salido y tener fe ciega en ella aún menos. La experiencia le había enseñado que las mujeres que se le acercaban no tenían ningún interés en él, solo en lo que podía darles. A la mierda. Tenía que decirle algo. No podía quedarse allí mirándola como un idiota.

Sentía que se le escapaba igual que hace el agua entre los dedos, imposible de retener. Las mujeres, sobre todo una mujer como ella, que lo daba todo, abría su corazón y desnudaba su alma, se volvían vulnerables y se exponían al rechazo. Evangeline, la persona más sincera y honrada que había conocido, no se quedaría con un hombre si no sentía que este podría devolverle todo lo que ella le ofrecía de una forma tan incondicional.

Sin embargo, parecía entender la guerra interna que él libraba en su interior. Sonrió con dulzura, con una mirada cálida y comprensiva y le puso un dedo en los labios.

—No espero que confíes o tengas fe en mí ahora mismo —dijo con una voz dulce, con esa voz que la convertía en el ángel que era. Su ángel—. La fe y la confianza deben ganarse y no pasa de la noche a la mañana. Todo vendrá con el tiempo. O no. Mira, solo quiero que sepas que de mí ya las tienes, sin condiciones, sin reservas. No hay vuelta de hoja. Espero que algún día tú puedas ofrecerme lo mismo incondicionalmente. No quiero que digas nada solo para que me quede tranquila, Drake. Las palabras no significan nada. No me lo digas a no ser que las sientas de verdad. Hasta que las sientas y me las demuestres, seguiré aquí esperando. No me voy a ningún sitio, a menos que decidas que ya no me deseas.

Sus últimas palabras tenían un deje de tristeza y hasta la mirada se le apagó un poco antes de recomponerse y ofrecerle una sonrisa cálida que volvió a iluminarle los ojos.

¿Hasta que no la deseara? Esa declaración daría pie a reflexión para meses enteros y hasta años. ¿Cómo no iba a desearla?

De acuerdo, tal vez en sus líos del pasado —se negaba a llamarlos «relaciones» porque eso sería menospreciar lo que tenía con Evangeline ahora—, que una mujer le dijera lo mismo hubiera sido bastante posible. No, posible no, sería seguro. Sería inevitable porque él nunca pasaba más de un día, dos como mucho, con una misma mujer. Pero a pesar del poco tiempo que llevaba con Evangeline, no imaginaba no desearla. Y eso le daba muchísimo miedo.

Hundió el rostro en su pelo, abrumado por su carácter cariñoso y generoso, y por saberse tan egoísta.

—No te merezco —dijo él con voz ronca, reconociendo algo que no había dicho a ninguna otra mujer. Algo que nunca había creído y que no había contemplado hasta entonces. Sin embargo, ahora sabía, estuvieran su corazón y su mente de acuerdo o no, que ella merecía mucho más de lo que él podía darle. Imaginársela con otro hombre le hacía hervir la sangre en las venas.

Cerró los ojos e, inspirando el aroma de su pelo, acarició sus mechones sedosos.

—No merezco pisar siquiera el suelo que tú pisas, pero no pienso renunciar a ti. No puedo. Mereces a un hombre que pueda ofrecerte todo lo que le das y más. Más de lo que puedo darte yo, mi ángel. Mereces mucho más de lo que yo pueda darte nunca.

—Bueno, me alegro de que hayas dicho que no vas a renunciar a mí porque no pienso irme a ningún lado —repuso ella suavemente—. Soy tuya, Drake. Seré tuya siempre que me quieras a tu lado.

Se imaginaba la sonrisa que seguramente se le asomaba en la cara. La que lo iluminaba todo y la bañaba de luz. Sabía, sin verla, qué expresión tenía entonces y eso aún lo hizo sentir peor.

Ella le apartó un poco la cabeza para poder mirarlo a los ojos y le acarició las mejillas con las palmas; su tacto era tan tranquilizador como la brisa del mar. Su mirada era tan comprensiva que la coraza que había constreñido durante tanto tiempo su mente y su corazón empezó a quebrarse y partirse; sabía que no podía dejar que se rompiera del todo. ¿Cómo una mujer tan inocente podía causar tantos estragos en su vida ordenada? Su día a día, que con el tiempo se había convertido en una rutina inflexible, había saltado por los aires. Y la conciencia que nunca había tenido escogía precisamente ese momento para aparecer. Él era el *summum* de lo cruel y despiadado. No había llegado donde estaba siendo un flojo con síntomas de conciencia o ciñéndose a reglas que no fuesen las suyas. Y a pesar de todo eso, una pequeña mujer amenazaba con dar al traste el único modo de vida que conocía. La vida que se había creado por pura necesidad.

Sabía que debía dejarla marchar, hacer lo correcto y apartarla. Tenía que dejar que se fuera antes de que él los destruyera a ambos. No obstante, el hombre despiadado que era desde hacía tanto tiempo no había desaparecido... todavía. Y gracias a Dios, porque mientras fuera un cabrón egoísta y sin corazón, no dejaría que Evangeline se marchara.

Si eso lo convertía en un capullo, que así fuera. La protegería de la realidad del mundo en que vivía y se aseguraría de que su otra vida —de la que ella no tenía constancia— no la rozara siquiera.

Había aprendido a una edad muy temprana que no hay garantías de nada y que las promesas no suelen mantenerse. Sin embargo, estaba dispuesto a prometerse algo, un riesgo que no había asumido antes, porque si romper una promesa que había hecho a otro ya era malo, una hecha a sí mismo era impensable.

No haría daño a Evangeline ni le mentiría en la vida. Merecía ese respeto y era mucho más de lo que ofrecía a los demás. Haría todo lo que estuviera en su mano para protegerla de la verdad, de la realidad, pero no podía mentirle sabiendo que demostraba tanta fe y confianza en él.

Confiar en los demás era un concepto ajeno para él, pero tratándose de ella, lo intentaría. Podría aprender. Ya le había enseñado mucho, de hecho. Que el bien existía en un mundo que no había hecho gran cosa para demostrárselo a él. Evangeline no le había dado motivos para desconfiar de ella o de sus razones, y solo eso era más digno y meritorio de lo que él le ofrecía en esos momentos; fuera lo que fuera que el dinero pudiera comprar. Pero su ángel no estaba en venta, no podía comprarla. Lo que ella más deseaba era algo que dudaba poder darle.

Confiaba en sus hombres en la medida que podía confiar en las personas, pero no era inocente y sabía que podían traicionarlo en algún momento. ¿Podía ofrecerle a ella algo que ni siquiera daba a esos hombres a los que consideraba hermanos? Aún no tenía respuesta para eso, pero podía intentarlo.

Salió del abrazo sedoso de su sexo, que le tenía atrapado el miembro, y ambos gimieron por haber estado tanto rato sin moverse.

Ella se sentía la zona algo hinchada alrededor de su pene, que también estaba hipersensible porque las paredes del sexo lo apretaban como si protestaran ante su retirada.

—¿Te hago daño? —preguntó bruscamente.

—No. Sí. Ay, no lo sé. No pares —respondió con una voz algo ronca.

Ella se le agarró a los hombros y le hincó las uñas, marcándolo como él le había hecho antes. Ver la marca que le había dejado en la piel lo llevó al éxtasis.

Empezó a embestir de nuevo con un ritmo frenético y ella le pedía que siguiera. Arqueó la espalda para sentir aún más sus envites. Tenía el rostro contraído de la agonía y el éxtasis.

—Córrete, mi ángel. —La penetró hasta el fondo y notó esa primera expulsión de semen en su interior.

Ella gritó y le clavó las uñas aún más, aún más fuerte, hasta rasgarle la piel, y a él le encantó la punzada de dolor.

Drake siguió embistiendo más fuerte y más rápido hasta que solo se oía el sonido de piel chocando con piel. Ella gritó su nombre y estalló de placer, rodeándolo con los brazos y las piernas tan fuerte que él solo pudo seguir empujando y sentir cómo su semen se esparcía en ella.

Él se inclinó y la rodeó con los brazos para poder asirla con fuerza. Entonces se dejó caer y la cubrió con todo el cuerpo. Aún tenía el pene cobijado en el dulce sexo; notaba aquellas pequeñas réplicas mientras su simiente acababa de salirle del cuerpo tembloroso.

Apoyó la frente en la sien de Evangeline y se estremeció al notar su cálido aliento en el cuello. Nunca se había sentido tan tranquilo y relajado, aunque le invadiera el sentimiento de culpa por permitirse este lujo. Ella se lo había dado todo, él aún le ocultaba parte de sí mismo y de su alma.

Ella giró ligeramente la cabeza, lo justo para poder besarle el nacimiento del pelo. Fue un beso pequeño y exquisito que notó de la cabeza a los pies. Seguía enroscada a él mientras lo atraía más hacia sí, como si quedara algún resquicio entre ambos.

—Gracias por darme el regalo de tu placer —susurró ella—. Me moría de ganas de hacer algo para ti, complacerte y enseñarte lo mucho que me importas. Si alguna vez piensas que no le importas a nadie, recuerda esta noche y nunca olvides que eres el mundo para mí.

Él no pudo responder por el nudo que tenía en la garganta. Se limitó a abrazarla con fuerza; no quería que nada se interpusiera entre ellos en ese momento. Ni sus miedos, ni su sentimiento de culpa ni sus remordimientos. Porque nunca se arrepentiría de ese día. Por una noche, el tiempo se había detenido y había visto el cielo por primera vez. Había experimentado una paz que no había vivido hasta entonces y había descubierto qué se sentía al estar cobijado bajo las alas de un ángel.

28

A Evangeline la rodeaba una luz especial las semanas posteriores a la noche de fantasía perversa de Drake y las revelaciones sentimentales entre ambos que no se podían ignorar.

La única sombra que la perseguía era el distanciamiento continuo de sus amigas. Al principio, había estado tan ocupada con Drake, centrada en satisfacer sus peticiones y maravillada al descubrir algo nuevo e increíble que no se había percatado del paso del tiempo ni de que hacía siglos que no hablaba con ellas.

Claro que ellas tampoco habían hecho el esfuerzo de llamarla. Y darse cuenta de eso no le sentó nada bien. Si eran sus amigas, querrían que fuera feliz, ¿verdad? ¿No les gustaría verla contenta? ¿Cómo podían saberlo si ni se molestaban en llamarla o enviarle un mensaje?

El argumento volvía siempre a ella y a su sentimiento de culpa; esta culpa regresaba con fuerza porque, al igual que sus amigas no se habían puesto en contacto, ella tampoco había hecho nada al respecto.

Notó mucho más esa desconexión cuando Drake le dijo que tenía un compromiso fuera de la ciudad y pasaría la noche fuera. Evangeline esperaba que le pidiera que lo acompañara, ya que algo así le había comentado al principio de la relación cuando le enumeró las reglas. Sin embargo, no quería que se aburriera como una ostra porque le esperaba una jornada maratoniana de reuniones y no podría pasar mucho tiempo con ella. Sería un viaje rápido, se marchaba al mediodía siguiente y volvía al otro día por la mañana. Le había dicho que se lo pasara bien con la condición de que la acompañara alguno de sus asistentes dondequiera que fuera.

Algo nerviosa llamó a Lana, Nikki y Steph, pensando en ponerse al día y salvar la distancia que las separaba, pero no le contestaron las llamadas ni leyeron sus mensajes. Así pues, optó por quedarse en casa de Drake y no salir, porque ya no le apetecía. Temía haber perdido las amigas que tenía desde que se mudara del provinciano Misisipi.

Aquella noche durmió sola por primera vez desde que empezara con Drake y descubrió que no le gustaba mucho. Se pasó la noche dando vueltas en la cama, aferrada a la ridícula esperanza de que volviera antes de lo previsto. Cuando llegó la mañana de su llegada, estuvo tramando varias formas de asaltarlo en cuanto cruzara la puerta.

Pero apenas unos minutos después de que llegara a casa, y para su disgusto, su madre escogió el momento perfecto para llamar. Evangeline miró a Drake con pesar, pero él sonrió y se la sentó en el regazo mientras ella hablaba con su madre y su padre, y empezó a distraerla dándole mordisquitos en el cuello y en otras partes del cuerpo hasta que estuvo a punto de tirar el teléfono, darse la vuelta y atacarlo.

Drake se rio cuando oyó a su madre preguntar por su «muchacho» y si la estaba tratando bien y, para sorpresa de Evangeline, le quitó el teléfono y se puso a hablar con sus padres durante casi media hora.

Ella observaba cómo les hablaba con tono afectuoso, relajado y sonriendo a ratos. La felicidad le llenaba el pecho y se le acurrucó entre los brazos mientras Drake seguía la conversación, asegurándoles que la estaba cuidando muy bien, pero que ella lo trataba mejor a él.

Su relación con él era… muy buena. Ya no tenía que pelear con las preguntas y los miedos que la habían atormentado en el pasado. Las últimas semanas habían sido mágicas y se preguntaba si sería cierto que los sueños podían hacerse realidad. Se reprendió por pensar en negativo, por pensar que perdería el otro zapato de cristal y acabaría el cuento.

Era hora de dejar de tenerle tanto miedo a lo que deparara el futuro y dejarse llevar, disfrutar de todo el tiempo que pasara con Drake. ¿Quién sabe? A lo mejor conseguían establecer una relación duradera.

Él le había demostrado una y otra vez que no se había equivocado al darle toda su fe y confianza. Se había tomado ambos regalos muy en serio y había respetado todo lo que le había ofrecido, y lo había valorado —igual que a ella, claro— como había prometido.

Ya no se preguntaba si era lo bastante buena para él o qué le veía Drake para estar con ella. Estaba contenta. Era feliz. ¿Había algo que fuera más importante? Independientemente de cómo se viera ella, Drake veía a alguien muy distinto y no desaprovechaba ninguna oportunidad de demostrárselo.

Se sentía como una mariposa que sale de su capullo tras una larga hibernación; poder liberarse de aquellas inseguridades arraigadas desde hacía tanto tiempo era una bendición.

Evangeline Hawthorn estaba segura de sí misma por fin. Era hermosa y merecedora de Drake Donovan.

Se le escapó una sonrisa ridícula. Se había quedado tan sumida en sus pensamientos que no se dio cuenta de que Drake había colgado ya hasta que notó que sus labios le recorrían el cuello para finalmente morderle el lóbulo.

—Parece que mi ángel está contenta —murmuró—. Espero que mi regreso tenga algo que ver con eso.

Ella se dio la vuelta, le rodeó el cuello con los brazos y empezó a besarlo por toda la cara.

—Ay, Drake, es que lo estoy. Te he echado muchísimo de menos.

Él esbozó una sonrisa indulgente.

—Pero si solo he estado fuera un día, cariño.

—Pues se me ha hecho eterno —dijo, airada.

Él sonrió.

—Me caen bien tus padres.

El cambio repentino en la conversación la cogió desprevenida, pero luego se le dibujó una sonrisa de par en par.

—Te caen bien.

—Sí —insistió, serio—. Son buena gente.

Al recordar que era bastante improbable que Drake tuviera mucha experiencia con gente buena, se lo quedó mirando con la misma seriedad.

—Son los mejores —dijo ella con voz ronca—. Haría lo que fuera por ellos.

—Entonces tienen mucha suerte.

Ella le pasó una mano por la mejilla, áspera por la barba de dos días que llevaba.

—También haría lo que fuera por ti, Drake. Espero que no lo olvides.

Él le cogió la mano, se la acercó a los labios y la besó.

—Ya me lo has demostrado, mi ángel. Una y otra vez. Dudo que se me olvide.

Pero tras esa frase hizo una mueca y suspiró.

—¿Qué pasa? —preguntó con nerviosismo; la euforia de antes desapareció al percatarse de su expresión adusta.

Él se la quedó mirando; odiaba lo que estaba a punto de hacer: engañarla. O, mejor dicho, omitir una verdad, hacer que algo pareciera otra cosa. Y eso que se había prometido que nunca le mentiría ni haría daño. Si no llevaba esta situación con tacto, no solo le estaría mintiendo, sino que también podría hacerle daño si ella malinterpretaba sus motivos.

Sabía que cuanto más tiempo pasara callado, cuanto más lo alargara, peor parecería y podría estallarle todo en la cara, así que la besó y adoptó una expresión de pesar. La sentó en el sofá uno al lado del otro.

—Sé que mañana por la noche es cuando nos quedamos en casa y cocinas, pero tengo una reunión de negocios muy importante. He invitado a mis socios a casa. Me temo que es includible, ya sé que te prometí que no me perdería nuestras cenas a menos que fuera absolutamente necesario. Esta es una de las pocas veces en que es de vital importancia reunirnos en un lugar tranquilo y privado.

Confundida, Evangeline frunció el ceño mientras procesaba lo que acababa de decir y él se dio cuenta de la expresión de decepción de su mirada y sus intentos de ocultar su reacción.

—Lo entiendo —repuso ella con un ligero temblor en la voz que delataba lo que sentía—. Ya lo compensaremos otro día de esta semana.

Lo que de verdad lo fastidiaba era lo que venía a continuación. ¿Cómo asegurarse de que no estuviera presente en la reunión sin que fuera demasiado obvio que no la quería allí? Ya había roto una de las promesas que se había hecho, algo impensable, al mentir a Evangeline. Bajo ningún concepto quería romper la otra promesa: que la parte más oscura de su vida la rozara siquiera.

—Como anoche no saliste, he pensado que tal vez quieras salir mañana por el centro. Dime qué quieres hacer y lo organizo, sea lo que sea. La reunión será tediosa, sinceramente, así que no espero que aguantes a unos extraños y te sientas incómoda en tu propia casa. No hace falta que, encima, tengas que aguantar a seis cabronazos arrogantes que no harán más que compararse a ver quién la tiene más grande en las negociaciones.

No tuvo que hacerse el molesto y enfadado para ella, porque sentía las dos cosas de verdad. Si no dependiera tanto de este acuerdo, les diría que se fueran a tomar viento. Nunca abría su casa a nada ni a nadie que tuviera que ver con el trabajo porque era su refugio. Ahora también era el de Evangeline y, en resumidas cuentas, lo cabreaba tener que echarla de casa e ir de buenas con unos hombres que no querría que se acercaran a su mujer.

Ella se mordió el labio inferior, vacilante, sumida en sus pensamientos. Ojalá pudiera leerle la mente en esos momentos. Era transparente el noventa y nueve por ciento de las veces; sus ojos eran como ventanas a su alma, pero ahora mismo era ese uno por ciento del que no tenía ni idea de lo que pensaba o sentía.

Se contuvo de llamarla por su nombre porque seguramente le saldría un tono interrogativo e inseguro. Sabía que parecería indeciso y ahora mismo tenía que jugar bien sus cartas. Solo era una reunión de negocios y le estaba ofreciendo la ciudad en bandeja de plata. No tenía que parecer preocupado por lo que estuviera pensando.

—Mañana es la noche de chicas —dijo en voz baja—. Me gustaría… necesito verlas. No hemos hablado desde la noche que vino Steph. He… hemos dejado pasar demasiado tiempo y necesito hablar con ellas. Las llamé cuando estabas fuera de la ciudad pensando que podríamos salir a comer algo y ponernos al día, pero no me cogieron el teléfono ni llamaron después.

Drake apretó los labios. Maldita sea, no le hacía ninguna gracia que quedara con sus amigas, no si existía la posibilidad de que le llenaran la cabeza de tonterías. Sin embargo, eso le ofrecía la excusa perfecta. Estaría contenta y conseguiría mantenerla al margen del negocio.

—Pues entonces deberías ir —dijo con suavidad.

Ella puso unos ojos como platos.

—¿No te importa?

Él la atrajo hacia sí para que se apoyara en el recodo de su brazo y tenerla bien asida.

—Es evidente que este distanciamiento te pone triste —dijo él.

Le acarició la mejilla con la mano y luego le rozó la mandíbula, pasando el pulgar por su piel sedosa.

—Quiero que seas feliz, mi ángel, y si ver a tus amigas lo consigue, le diré a uno de mis hombres que te lleve mañana.

—¿Me quedo a dormir allí? —preguntó con la respiración entrecortada.

Drake frunció el ceño.

—Rotundamente no. Le diré a Maddox que te recoja sobre las once y si por algún motivo se alarga la reunión, se lo diré, pero después de cenar volverás aquí. Pasar una noche sin ti ya ha sido bastante. Ni de coña voy a pasar otra y menos en tan poco tiempo.

Ella sonrió al oír eso y luego le dedicó una sonrisa pícara.

—Y, dime, ¿vas a llamar a Maddox ahora mismo o puede esperar un poco más?

Él arqueó una ceja y la miró con recelo.

—Pues eso depende completamente de lo que tengas en la manga, pillina.

Ella se incorporó, se sentó a horcajadas encima de él y le puso los brazos alrededor del cuello. Luego se dejó caer hasta que quedó arrodillada entre sus muslos y no perdió ni un segundo en acercar las manos a su bragueta.

—No sé. ¿Cuánto tiempo tengo para darte la bienvenida como es debido?

Se relamió los labios mientras procedía a bajarle la cremallera.

A él se le iluminó la mirada y entrecerró los ojos.

—Bueno, viendo lo visto, tómate tu tiempo. Ya te digo que Maddox puede esperar. Yo no, así que, por supuesto, recibe a tu hombre como es debido.

29

*P*ara sorpresa y gozo de Evangeline, la mañana siguiente se despertó con el fuerte y cálido cuerpo de Drake envolviéndola. Lo tenía encima y apoyaba la cabeza en su hombro; tenía los brazos anclados alrededor de ella y una pierna sobre la suya. No podría haberse movido aunque quisiera, y evidentemente no quería.

Suspiró, satisfecha, pensando que nunca había sido tan feliz como en ese momento.

—Buenos días, mi ángel —susurró junto a su pelo.

—Buenos días —dijo ella sonriendo junto a su hombro.

—¿Estás sonriendo?

Ella asintió.

—¿Por algo en especial?

—Es la primera vez que me despierto entre tus brazos —dijo con una voz de ensueño—. Es… genial.

Él le frotó la espalda y luego le acarició el trasero.

—Bueno, es que he descubierto que no me gusta pasar ni una noche lejos de ti y no quería salir de la cama tan temprano.

—Me alegro. Esta es la mejor forma de despertarse.

Él suspiró.

—Lo malo es que no puedo entretenerme mucho más. Preferiría pasarme el día en casa, haciéndote el amor y tenerte desnuda hasta que salieras a ver a tus amigas, pero tengo que ponerme al día con unos asuntos. Un solo día fuera y se me acumula la montaña de mierda.

Ella inclinó la cabeza y le sonrió.

—No pasa nada, Drake. Con esto me basta. Ya me has alegrado el día y me dará más ganas de volver contigo más tarde, cuando hayas terminado la reunión.

Él la besó y se tomó su tiempo explorándole la boca y los labios. Entonces se dio la vuelta y salió de entre las sábanas.

—No me tientes, angelito mío. Si no me levanto ya, lo mandaré todo a tomar por saco y te tendré en la cama todo el día.

Ella le dedicó una sonrisa y le hizo un gesto con la mano.

—Anda, vete o llegarás tarde. Ya me lo compensarás esta noche.

Un brillo delicioso se asomó a los ojos de Drake cuando este repasó su cuerpo desnudo al apartar las sábanas para salir de la cama.

—No lo dudes, voy a compensarte esto y mucho más.

Ella se estremeció por ese tono de promesa que tenía en la voz y lo miró de arriba abajo con admiración cuando se dio la vuelta para entrar en el baño. Evangeline se quedó en la cama un buen rato después de que él se despidiera con un beso y se fuera. No quería abandonar la calidez de su cuerpo que aún impregnaba el colchón.

Al final, reunió el valor necesario y cogió el móvil de la mesita de noche y buscó el número de Lana. Probaría primero con ella y seguiría la cadena. Alguien respondería al final. Los días de fiesta solían empezar muy lentos porque se habían acostado tarde la noche anterior, de modo que estaba segura de que al menos una, si no las tres, estaría en casa.

Respiró hondo, le dio a marcar y esperó a ver si Lana respondía. Para su sorpresa, lo cogió al segundo tono.

—¿Sí?

Su entusiasmo se desvaneció y se reprendió porque la paranoia aumentaba por momentos. Lana parecía cansada como si acabara de despertarse, así que seguramente no había visto quién llamaba. Aprovecharía la oportunidad, pues.

—Hola, Lana, soy Evangeline. He estado intentando hablar con vosotras.

Ella vaciló y hubo un momento de silencio al otro lado de la línea.

—¿Vangie?

—La misma. ¿Te he despertado?

Para sus adentros pidió que no aprovechara la oportunidad que le estaba brindando para colgar y le dio un vuelco el corazón cuando le respondió que no.

—¿Cómo estás? —preguntó Evangeline—. ¿Y las demás? Os echo muchísimo de menos. Drake tiene una reunión importante hoy y he pensado que podríamos quedar, ya que esta noche libráis todas.

—Esto... Vangie, dame un segundo, ¿de acuerdo?

Frunció el ceño cuando dejó de oírla y entonces reparó en unos ruidos; Lana se estaba levantando de la cama y luego se oyó cómo se cerraba una puerta. ¿Era un grifo lo que oyó después? ¿Había entrado en el baño?

Entonces lo entendió todo y la invadió una gran tristeza. Lana no quería que Steph y Nikki supieran que estaba hablando con ella. Cerró los ojos; notaba el escozor de las lágrimas tras los párpados. ¿Por qué tenía que escoger entre Drake y sus mejores amigas? ¿Por qué no podían alegrarse por ella y desearle lo mejor?

—Mira, Vangie. No quiero que me malinterpretes, pero Steph está dolida por cómo fueron las cosas la última vez. Creo que no es una buena idea que quedemos todavía. Dale unas semanas para que se enfríe.

—¿Por qué no puede alegrarse por mí? —susurró—. ¿Por qué no os alegráis?

Lana suspiró.

—Solo queremos lo mejor para ti y no creemos que este Drake te convenga.

—¿Eso no debería decidirlo yo?

Lana volvió a suspirar.

—Solo te digo cómo son las cosas. Ya sabes cómo es Steph, que suele guardar rencor durante un tiempo, pero al final se le pasará. Dale tiempo.

—¿Queréis que quedemos Nikki, tú y yo esta noche? —preguntó Evangeline, desesperada por salvar los muebles.

—Imposible —contestó Lana con un deje de impaciencia en la voz—. Nos toca trabajar esta noche, desde la apertura hasta el cierre.

Frunció el ceño.

—Pero si es vuestro día libre. Siempre habéis librado.

—Ya no —dijo Lana con rencor—, no desde que te fuiste. Vamos escasos de personal y todas tenemos que hacer turnos extra para cubrir tu vacante hasta que la dirección contrate a tu sustituta. Y como al jefe le vale con ahorrarse ese sueldo, no se da mucha prisa para contratar a alguien.

Evangeline cerró los ojos; el pesar y el sentimiento de culpa se disputaban su atención. A pesar de afirmar que era Steph la que le guardaba rencor y era la única «descontenta» con ella, estaba claro que Lana tampoco estaba muy por la labor de reconciliarse.

—Siento haberte molestado —susurró Evangeline—. No te entretengo más, así puedes acostarte otra vez. Hoy te espera un turno largo.

Antes de que Lana pudiera responder, colgó y se llevó el teléfono al pecho; se quedó tumbada, inmóvil, mirando el techo con la mirada perdida. Las lágrimas que amenazaban con salir durante la llamada se derramaron entonces por el rabillo de los ojos, le resbalaron por la sien y desaparecieron entre el pelo, lo que acabó mojando la almohada sobre la que apoyaba la cabeza.

Ni en un millón de años se hubiera imaginado que tendría que escoger entre un hombre y sus mejores amigas, pero eso mismo había hecho. No podía culpar a sus amigas por estar molestas o sentirse traicionadas. Las cosas habían cambiado de la noche a la mañana.

—No me arrepiento —susurró con vehemencia.

Drake lo valía. Y si Steph, Lana y Nikki fueran amigas de verdad, la hubieran apoyado desde el principio. Querrían que fuera feliz en lugar de quedarse anclada a la vida tediosa y rutinaria que había llevado hasta entonces.

Se quedó en la cama, mirando al techo, lamentándose por la pérdida de tres personas a las que tanto quería. Era incapaz de culparlas o estar resentida con ellas. Evangeline misma había actuado de una forma impropia de ella. Irracional, mejor dicho. Las cosas habían salido bien al final, pero la situación podría haber acabado muy muy mal.

Si hubiera sido otra la que se hubiera comportado de una forma tan impulsiva, ella hubiera actuado de la misma manera. Hubiera luchado y tratado de hacerla entrar en razón.

Pero el amor no se regía por un conjunto de reglas preestablecidas. El amor bien valía hacer sacrificios. Igual que no podía —ni quería— culpar a las amigas por lo que sentían, ella tampoco se arrepentiría de la decisión de estar con Drake.

Lo amaba. Y él también se preocupaba por ella. ¿La quería? No estaba segura, pero sí sabía que ocupaba un lugar muy importante en su vida. ¿Podría llegar a amarla? Absolutamente. Al principio hubiera dicho que era imposible que alguien como Drake pudiera querer a alguien como ella, pero él había demostrado sus palabras una y otra vez. Había demostrado que no eran meras palabras para obtener la respuesta deseada de ella. Y no era solo sexo tampoco, porque podía conseguir la mujer que quisiera con solo mirarla.

Había visto cómo las mujeres lo seguían con la mirada. Eran expresiones lujuriosas y de flirteo; eran insinuaciones descaradas. Pero cuando estaba con ella, era como si las demás no existieran y centraba su atención solamente en ella.

Se dio la vuelta y se obligó a levantarse. No pensaba quedarse allí toda tristona cuando tenía el regalo más increíble de todos: Drake. Su vida había cambiado por completo la noche que fue al Impulse y, si echaba la mirada atrás, no cambiaría nada de lo que la había llevado a esa noche porque entonces no habría conocido a Drake.

Suspiró. Se había quedado sin planes para la noche: imaginaba que debía buscar un plan alternativo y contárselo a Drake para que este se lo dijera a su vez a Maddox. Pero por mucho que lo pensaba, no le apetecía hacer nada. No tenía ganas de salir si no era con Drake o las chicas.

«Ojalá Drake no tuviera esa dichosa reunión en casa».

Se detuvo en seco cuando iba a salir de la cama, dándole vueltas a algo en la cabeza. Sabía que él había pedido servicio de cáterin para la reunión y que había seis invitados. Ella podía dar mil vueltas a los del cáterin y dejar boquiabiertos a Drake y sus socios con una cena de postín.

Cuanto más pensaba en ello, más se animaba. No hacía falta que le trajeran la cena para la reunión porque ella misma podía preparar una cena de rechupete y hacer las veces de anfitriona. Quería que se sintiera orgulloso de ella, demostrarle que podía encajar en su mundo y no avergonzarlo delante de las personas con las que trabajaba.

Pondría todo su empeño y haría algo digno de un restaurante de cinco estrellas, se pondría de punta en blanco y luciría las joyas caras que le había regalado él. Esas joyas que había aceptado a regañadientes. Cuando hubiera servido la cena y una vez asegurados la comodidad y el disfrute de todo el mundo, desaparecería con discreción para que pudieran hablar de sus negocios sin estorbar.

Pero tenía mucho que hacer y, si no se ponía las pilas, sus planes fracasarían estrepitosamente.

El primer punto en la lista era planificar el menú, así que después de darse una ducha y cambiarse, se sentó en un taburete de la cocina para preparar una lista de las cosas que necesitaba. Luego llamaría a Edward y lo enviaría a hacer la compra.

Cuando tuvo ese tema zanjado, se fue al armario y se pasó una hora pensando en qué ponerse. No quería excederse o que pareciera que quería impresionarlos, aunque eso fuera precisamente lo que pensaba hacer, impresionar a Drake. Pero quería estar... elegante. Guapa y estilosa pero al mismo tiempo sencilla.

Al final optó por un vestido de cóctel de color azul sin tirantes y hasta la rodilla que era perfecto. Cayó en la cuenta de que la gargantilla de zafiros y diamantes que aún no había estrenado quedaría perfecta con el vestido y podía ponerse también los pendientes de diamantes que Drake le había comprado. Remataría el atuendo con el brazalete de diamantes y unos zapatos de tacón plateados. Se haría un recogido para lucir la gargantilla y los pendientes dejando unos mechones al aire que después rizaría con la plancha para que le rozaran el cuello y las mejillas.

Se detuvo cuando recordó el impedimento más importante para sacar adelante la sorpresa: Maddox, porque se suponía que debía llevarla al piso de sus amigas.

Frunció el ceño. Piensa, Evangeline, piensa. Tiene que haber alguna forma de hacerlo.

Espera. Lana dijo que tenían que trabajar desde la apertura hasta el cierre, lo que significaba que el piso estaría vacío... y ella aún tenía la llave. Solo tenía que dejarlo todo bien preparado antes y que Maddox la llevara hasta allí después. Como sabía que estaría esperando en el coche mientras estuviera en el piso, podía salir por la escalera de incendios, recorrer un par de manzanas a hurtadillas y llamar un taxi para que la llevara hasta el apartamento de Drake.

—¡Eres un genio, Evangeline! —exclamó con alegría.

El plan era impecable y perfectamente factible. Maddox no

sospecharía nunca que usaría la salida de emergencia para escapar, y podía regresar con tiempo de sobra para ultimar los preparativos antes de que llegara Drake con sus invitados.

Contenta por haber planificado hasta el último detalle, dejó la ropa sobre la cama y se puso algo más sencillo para salir con Maddox. Era ropa cómoda que no le impediría bajar por las escaleras de incendios desde la séptima planta.

Evangeline se pasó el resto del día mirando el reloj cada media hora, deseando que el tiempo fuera más deprisa. Suspiró aliviada cuando Edward le subió la compra que le había pedido. Nerviosa, le dijo que no contara a nadie que había salido a comprar para ella y este le guiñó un ojo. Le contó la verdad, que le estaba preparando una sorpresa a Drake, y al hombre pareció gustarle que lo incluyera en el complot.

Feliz por tener algo con lo que entretenerse, preparó todo lo que pudo de antemano y elaboró tres entrantes distintos y dos salsas para acompañar la ternera, que metería en el horno en cuanto volviera de casa de sus amigas.

Mezcló los ingredientes para las guarniciones, que luego guardó en la nevera. Satisfecha al tener la cena preparada y saber que en media hora lo tendría todo cocinado al volver, miró el reloj y pegó un gritito. ¡Ya eran las cuatro y media!

Se fue corriendo al dormitorio, se cepilló la melena, se la recogió en un moño desenfadado y se puso unas bailarinas. Después de mirarse deprisa en el espejo —al fin y al cabo, solo iba a casa de sus amigas—, salió a la cocina para volver a comprobar que todo estuviera bien y repasó el menú mentalmente una vez más por si hubiera dejado algún cabo suelto.

—¿Evangeline, estás lista? —preguntó Maddox desde el vestíbulo.

Sintió un subidón de adrenalina en las venas y tardó unos segundos en tranquilizarse antes de responder:

—Sí, espera que coja el bolso y ahora mismo voy.

Inspiró hondo mientras cogía el bolso y ponía rumbo a la entrada.

En fin, allá que iba. Esperaba que los planes le salieran a la perfección y que Drake se sintiera orgulloso de ella en su papel de anfitriona consumada.

30

*E*vangeline entró corriendo en el edificio de Drake medio asfixiada mientras buscaba a Edward. Para su alivio, estaba en el vestíbulo y cuando la vio, fue hacia ella con una cálida sonrisa en el rostro.

—No tengo mucho tiempo, Edward. Tengo que llegar al piso para poder organizar la sorpresa, pero necesito un favor. Igual que antes te he pedido que no dijeras nada de que te había enviado a comprar, cuando el señor Donovan entre, no le digas que estoy aquí. Si pregunta, dile que me fui con Maddox a las cinco y que no he vuelto.

Al hombre le brillaron los ojos, pero contestó solemne:

—Tu secreto está a salvo conmigo, Evangeline. No diré ni una palabra, te lo prometo.

Ella lo estrechó entre sus brazos y lo dejó algo nervioso y aturullado.

—Gracias —repuso ella con fervor—. Ahora, si me disculpas, subo que voy muy justa.

—¿Quieres que te avise cuando el señor Donovan entre en el ascensor?

Ella ni siquiera se lo había planteado y le pareció una idea excelente.

—Perfecto. No había caído en eso. Muchas gracias.

—De nada. Ahora, sube, que no se te estropee la sorpresa.

Pasó a toda prisa junto a él de camino a los ascensores y luego entró corriendo en el lujoso apartamento. Se fue derecha a la cocina, introdujo las guarniciones en el horno y usó tres sartenes para cocinar la ternera en la vitrocerámica. Calentar los entrantes era cuestión de segundos, así que los dejaría para el final.

Después de cerciorarse de que todo estuviera en orden, fue al dormitorio a cambiarse, peinarse y maquillarse. Se esmeró en quedar perfecta mirando el reloj de vez en cuando para que no se le estropeara la cena.

Cuando quedó satisfecha con el resultado final, se miró al espejo y puso unos ojos como platos.

Estaba... hermosa. Incluso *sexy*. Había optado por maquillarse los ojos dándoles un efecto ahumado y sensual, con un brillo de labios transparente para no robarle protagonismo al efecto dramático de la mirada. El pelo le había quedado bien recogido con un moño sutil con algunos mechones sueltos que flotaban delicadamente por su cuello.

La gargantilla y los pendientes le quedaban increíbles, muy en línea con la imagen de mujer sofisticada con la que podría verse a Drake. Además, el vestido le quedaba como un guante y le acentuaba las curvas. Por una vez, no se lamentaba de sus imperfecciones porque esta noche estaba muy femenina.

El vestido le llegaba un poco más arriba de las rodillas y los zapatos de tacón le hacían las piernas más largas y bonitas.

Se abrochó la última joya, el brazalete, se puso unas gotas de perfume en el cuello y las muñecas, e inspiró hondo. Drake no tardaría en llegar acompañado y quería estar lista para recibirles y ejercer de perfecta anfitriona.

Se había asegurado de tener una buena gama de vinos y los licores más caros que maridaran con los deliciosos entrantes que pensaba disponer con gracia en bandejas de plata. Iría a echarles un vistazo ahora, y cuando Edward la avisara de la llegada de Drake, sacaría el aperitivo a la mesita de centro del salón para que los hombres pudieran relajarse mientras terminaba la cena y ponía la mesa.

Volvió a mirarse en el espejo y sonrió, contenta con su aspecto. Se moría de ganas de ver la mirada de aprobación de Drake cuando se percatara de lo mucho que se había esforzado para satisfacer a sus invitados.

Temblaba de la emoción cuando salió del dormitorio para ir a la cocina a comprobar las guarniciones que tenía en el horno y el estado de la ternera en la vitrocerámica. Todo el apartamento olía deliciosamente; se quedó aliviada de que no oliera a comida pasada o quemada.

Abrió un poquito el horno y vio cómo burbujeaban las salsas de las guarniciones y luego le dio un par de vueltas a la ternera para que ambos lados quedaran hechos de forma uniforme. Entonces puso a calentar las salsas, que fue removiendo cada cierto tiempo para que no se le quemaran.

Se notaba el pulso acelerado e incluso se mareó un poco cuando oyó el timbre y escuchó la voz de Edward por el interfono:

—El señor Donovan y seis de sus socios están subiendo.

—Gracias, Edward —respondió con toda la sinceridad del mundo—. Te agradezco muchísimo lo que has hecho por mí.

—De nada, mujer. Solo hago mi trabajo, y me alegra satisfacer tus necesidades.

Llevó con pericia tres bandejas a la vez con los aperitivos —al fin y al cabo, había trabajado de camarera en un pub muy concurrido— y las dejó en el salón. Se dio la vuelta y dio unos pasos hasta el recibidor.

Se alisó el vestido y se quedó a una distancia prudencial del ascensor para poder recibirlos y, lo más importante, ver la mirada de aprobación y orgullo de Drake cuando se diera cuenta de lo mucho que se había esmerado para ser una buena mujer para él y que supiera que, tal como le había prometido, siempre lo cuidaría y protegería. Quería que se sintiera orgulloso y no se arrepintiera de estar con ella.

Drake había tardado años en perfeccionar esa imagen de persona inescrutable que le permitía entablar conversaciones que iban de lo más anodino a lo más obsceno con los «socios» que había invitado esa noche y con los que entraba ya en el ascensor. Hasta daba la impresión de que le importaba lo que tuvieran que decir.

No solía invitar a nadie a su casa, normalmente optaba por reunirse en una de las muchas salas de los complejos y oficinas que poseía, o bien en la sala privada de un restaurante exclusivo. Dependiendo del socio con el que quedara, a veces hasta se reunía en el Impulse y ocupaba la sala vip con vistas a la pista de baile, ya que Drake nunca permitía que nadie en quien no confiara entrara en el despacho del club.

Antes de conocer a Evangeline, lo hacía básicamente porque no quería que nadie entrara en sus dominios privados, pero ahora era para no profanarlos trayendo a esa escoria a su casa y la de ella.

Sin embargo, algunos asuntos requerían que no hubiera margen de error. No podía correr el riesgo de que alguien lo escuchara, lo malinterpretara o, en este caso, que lo vieran en un sitio público con esa gente.

Por suerte había tenido la previsión de que Evangeline no estuviera presente porque, aunque él sabía controlar sus expresiones, enmascarar lo que pensaba y permitir que nada de lo que sintiera se reflejara en sus ojos, con ella no podría aparentar indiferencia, sobre todo por lo sincera que era siempre. Además, su punto fuerte, el motivo por el que era invencible, era que no tenía puntos flacos que sus enemigos pudieran atacar.

Hasta ahora. Hasta Evangeline.

Si supieran que ella era su único punto débil, la usarían para machacarlo, porque en momentos en que no negociaría, porque no tenía motivos, ahora estaría dispuesto a hacer lo que fuera y sacrificar lo que hiciera falta para mantenerla a salvo.

La sola idea de pensar que podrían herirla o mancillarla por su culpa le helaba la sangre, y él era un hombre que no temía a nada ni a nadie.

—Vaya pisazo tienes, Donovan —dijo uno de los hombres al llegar a la planta superior.

Drake esbozó una sonrisa y respondió arrastrando las palabras:

—Solo lo mejor, ya sabes. Es la mejor forma de vivir.

—Ya te digo —terció otro.

Se abrieron las puertas del ascensor y Drake se detuvo en seco: le dio un vuelco el corazón al ver a Evangeline plantada al fondo del vestíbulo con una tímida sonrisa de bienvenida en la cara y tan increíblemente guapa que por un momento se quedó sin palabras.

Dios, no. Esto no podía estar pasando. ¿Qué narices...? Iba

a matar a Maddox. No, no podía ser cierto. No lo era. Seguro que se lo estaba imaginando, pero justo entonces oyó un silbido por detrás que le confirmó que la visión de aquel ángel era real. Tan real como la pura maldad a la que juró que nunca la expondría.

—Menuda tía —dijo uno de los hombres—. No nos habías dicho nada, Drake.

—No me importaría darle un buen repaso —dijo otro con crudeza, y los demás se echaron a reír.

—Oye, Donovan, ¿ella forma parte del entretenimiento de esta noche? Porque reconozco que tú sí sabes organizar una fiesta, colega.

Evangeline se ruborizó; los nervios y la vergüenza se reflejaban en su mirada. La incertidumbre y el miedo no tardaron en asomarse a sus facciones también. Entonces levantó la barbilla y se recompuso mientras se les acercaba con una sonrisa renovada.

—Buenas tardes, caballeros. Si pasan al salón encontrarán bebidas y algo de picar. La cena estará pronto en la mesa.

—Espero que ella sea el postre —murmuró uno.

A Drake se le cayó el alma a los pies y la tristeza le caló hasta los huesos al pensar en lo que tenía que hacer. Lo que no le quedaba más remedio que hacer. Nunca se había odiado tanto en su vida como en ese instante.

Evangeline había decidido hacer de anfitriona y se había tomado muchas molestias por y para él. Porque quería complacerle y que se sintiera orgulloso de ella, para que supiera que le importaba.

Estaba tan impresionante que quitaba el hipo. Se había puesto las joyas que le había regalado; unos regalos que la habían incomodado porque ella no quería que pensara que quería nada. Solo lo quería él, no las cosas materiales que este le ofrecía. Iba impecable como si quisiera que se sintiera orgulloso y digna de él, aunque era él quien no la merecía.

Estaba a punto de destrozar el regalo más valioso que le habían dado nunca porque no le quedaba más remedio.

—¿Qué narices haces aquí, puta? —rugió él—. ¿No entiendes las órdenes que se te dan? Si quisiera que mi última putita jugara a las casitas en mi piso, te aseguro que hubiera escogido a otra con más clase y la inteligencia necesaria para seguir las instrucciones más sencillas.

Evangeline puso unos ojos como platos de la impresión y la devastación. Se quedó inmóvil como una estatua, con lágrimas en los ojos y la cara roja de la humillación.

—Si no sabes ni cocinar, ¿crees de verdad que querría que hicieras la cena para mis socios y me dejaras en evidencia cuando ya había pedido servicio de cáterin de uno de los mejores restaurantes de la ciudad?

Las lágrimas le resbalaban ya por las mejillas y empezó a corrérsele el rímel, que le manchaba la cara de negro.

—Eres una inútil que no sirve ni para seguir instrucciones —repitió con un bramido—. Arrodíllate —ladró—. ¡Ya! —añadió al ver que dudaba.

Temblorosa y casi a punto de caerse, ella se arrodilló con torpeza e hizo una mueca de dolor cuando se dio contra el duro suelo de mármol italiano.

Drake se le acercó con paso decidido, se bajó la bragueta y se sacó el pene flácido.

—Chúpamela. Más te vale que me la pongas dura y te tragues hasta la última gota de semen.

Ella levantó la vista; la tristeza y la traición se reflejaban en sus ojos. Él la agarró por la cabeza y le deshizo el elegante recogido.

—Abre la puta boca.

Le temblaban los labios; la vergüenza y la humillación dieron paso al miedo. Miedo. Lo único que juró que no quería que sintiera.

No fue cuidadoso, no podía permitírselo. En cuanto separó los labios, le introdujo el miembro hasta la garganta, lo que la hizo atragantar.

—Ni siquiera sabes comérmela —dijo, asqueado.

Le asió la cabeza con fuerza y empezó a follarle la boca con una fuerza que nunca antes había empleado con ella.

Como sabía que no podría correrse de ninguna manera porque no estaba nada excitado por la brutalidad con la que la estaba tratando, le dijo con voz ronca:

—Trágatelo todo. Como se caiga una sola gota, te voy a castigar de tal manera que no podrás sentarte en una semana.

—¿Por qué me haces esto? —susurró ella con lágrimas en los ojos, lo suficientemente bajo para que los demás no la oyeran.

—Porque me has desobedecido descaradamente.

En el cuerpo y la expresión de Evangeline se reflejaba su sentimiento de derrota mientras se movía robóticamente, soportando ese trato brutal por parte de Drake. Sin embargo, verla llorar fue su perdición y se alegró de tener a los socios detrás para que no vieran la expresión atormentada de su rostro. Una aflicción de la que ni si quiera Evangeline se percató porque había desconectado y la embargaba un entumecimiento por todo el cuerpo.

Se odiaba mucho más de lo que llegaría a odiar a nadie. Ni siquiera a su padre o a su madre. Cuando hubo pasado un tiempo creíble follándole la boca para que resultara convincente que se había corrido, le pidió que se lo tragara y le lamiera hasta la última gota que le quedara en la polla y los labios.

Entonces la incorporó de malas formas y la empujó hacia la cocina.

—Deshazte de lo que sea que hayas cocinado, limpia las ollas, sartenes y utensilios que hayas usado, y tira a la basura la mierda que has sacado al salón. A partir de ahora, no te acerques a mi cocina ni a mis negocios. Solo me sirves en el dormitorio. Y para que te quede claro, cuando vuelva serás castigada con dureza por desobedecer una orden directa, una orden que no me trago que hayas malinterpretado.

Vaciló, odiándose cada vez más con cada palabra odiosa y despreciable que escupía.

—¿Cuál es tu deber, puta? ¿Qué es lo único que tienes que hacer?

—Obe... obedecer —dijo con la voz ahogada.

—Una sola cosa y ni siquiera sabes hacerla —le espetó con asco fingido.

Entonces se volvió hacia los hombres que lo habían acompañado, asqueado al ver lo excitados que estaban tras haber presenciado cómo humillaba a Evangeline y cómo la había obligado a hacerle una mamada delante de ellos. Le entraron ganas de vomitar.

—Larguémonos a cenar algo en condiciones. Siento la ineptitud de la imbécil esta.

Se fue derecho al ascensor y entonces se giró con la expresión más seria y fría que pudo.

—Cuando vuelva, quiero el piso como una patena y a ti en la cama, desnuda y preparada para recibir tu castigo. No voy a tener piedad.

Evangeline se quedó allí plantada, estupefacta, mirando las puertas del ascensor un rato después de que Drake se hubiera marchado. Bajó la vista y vio caer las lágrimas manchadas por el maquillaje.

¿Guapa? ¿Estilosa? ¿Elegante?

Se había estado engañando y Drake había llevado a cabo uno de los mayores engaños de la historia porque la había hecho sentir así.

«Inútil». «Imbécil». «Puta».

Los apelativos que había usado le resonaban en la cabeza una y otra vez, hasta que la rabia la hizo despertar por fin del estupor en el que estaba sumida. Puso el piloto automático hacia la cocina como un autómata diseñado para obedecer las órdenes de Drake, cuando, de golpe, se dio la vuelta, se quitó los zapatos y los tiró por el salón hacia la mesita de centro y las bandejas de comida que tanto le había costado preparar.

Los zapatos voladores tiraron de la mesa dos botellas de vino y dos de licor, que hicieron un estruendo gratificante al romperse en el suelo.

Entró en el dormitorio, donde prácticamente se arrancó el vestido. Con manos temblorosas, se quitó todas las joyas que le había comprado y las tiró sobre la cama.

Entonces se arrodilló en el suelo, casi desnuda salvo por las braguitas y el sujetador. El sonido desgarrador de sus sollozos se abrió paso desde sus entrañas hasta los labios, testimonio de su terrible pesar.

«Serás castigada con dureza».

¿Y que más? A la mierda con Drake. A la mierda con todas las mentiras que le había contado, por haber hecho que se creciera solo para destruirla después.

Se sentía como una vieja decrépita, se acercó al armario arrastrándose y rebuscó hasta que encontró unos vaqueros y una camiseta. Porque Drake le había tirado toda su ropa al mudarse con él, que, si no, no se llevaría nada que le hubiera comprado. Metió en una bolsa tres vaqueros, dos pares de zapatos y un vestido informal que le serviría para ir a buscar trabajo.

Dejó el resto de la ropa ahí colgada; la mayoría de las prendas con las etiquetas aún puestas. Luego empezó a borrar sistemáticamente todos los indicios de su presencia en el dormitorio. Fue habitación tras habitación tirando o destruyendo todo lo que pudiera recordarla.

Y entonces se acordó de la comida que tanto le había costado preparar. Esperaba que se hubiera quemado y dejado restos carbonizados.

Después de coger las bandejas de plata y tirar los aperitivos por el sofá, las butacas y el suelo, para que hicieran compañía a las botellas rotas, fue a la cocina y tiró al suelo todas las sartenes y fuentes para el horno.

—Vete a la mierda, Drake Donovan. Te lo he dado todo y esto es lo que recibo a cambio. Espero que te pudras en el infierno, que es donde debes estar. Por lo menos Eddie fue sincero.

Con las lágrimas resbalándole por las mejillas, bajó en el ascensor y se encontró a un Edward preocupado que se acercó corriendo y la asió suavemente por el codo.

—Señorita Hawthorn —se apresuró a decir, olvidándose de su trato familiar por las prisas como si él también quisiera deshacerse de ella.

Ella volvió a llorar e intentó zafarse de él.

—Evangeline, por favor. Dime qué pasa. El señor Donovan ha bajado poco después de subir y parecía furioso. ¿Estás bien?

—No, no volveré a estar bien —dijo rotundamente mientras lloraba.

—Deja que te ayude, por favor. Es lo único que puedo hacer.

Al darse cuenta de que el hombre estaba preocupado de verdad y que ignoraba lo que había pasado o que, por lo menos, no le habían pedido que le hiciera nada, se detuvo.

—Tengo que marcharme de aquí —dijo desesperadamente.

—De acuerdo. ¿Quieres que llame a uno de los hombres del señor Donovan?

—¡No! —chilló—. Necesito un taxi y no quiero que le digas a nadie, y aún menos a Drake o sus secuaces, que me has visto ni que me has ayudado. Temo que te echen a patadas como a mí.

Él la miró con compasión mientras la acompañaba a la puerta.

—¿Dónde le digo al taxista que te lleve? —preguntó con tacto.

Ella se encogió de hombros y se pasó una mano por el pelo revuelto; sabía que debía de estar espantosa despeinada y con todo el maquillaje corrido.

—No tengo adónde ir —susurró, a sabiendas de que no podía presentarse en casa de sus amigas. No resistiría su lastima ni sus «ya te lo dijimos». No conseguía digerir que tan solo unas horas antes estuviera tan contenta por preferir a Drake que la amistad con sus mejores amigas. ¿Cómo podría mirarlas a la cara? Además, aunque la recibieran con los brazos abiertos, sería el primer lugar al que iría Drake a buscarla. Aunque este pensara echarla a patadas (porque estaba segura de que era lo que pretendía), la buscaría de todos modos para castigarla y decirle a la cara que habían terminado. ¿Por qué iba a desaprovechar la oportunidad de seguir humillándola? Era mucho mejor hacerlo delante de sus amigas. Pues a tomar por el culo. Dadas las circunstancias, su madre perdonaría que usara este lenguaje tan soez.

Pero ¿qué más podía hacerle él que no le hubiera hecho ya? Le había robado el orgullo, la había avergonzado y humillado más que cuando estaba con Eddie. No volvería a ser la misma. Drake la había destrozado y ya no quedaba nada más salvo los restos fragmentados de su dignidad. A la mierda. No volvería a confiar en ningún hombre en la vida.

Edward apretó los labios en un rictus enfadado y la acompañó hasta fuera, donde hizo una señal a un taxi que estaba esperando.

—Mi hermana dirige un hotel en Brooklyn. A ver, no es nada sofisticado, pero la llamaré y le diré que vas a ir. Te tendrá preparada una habitación, puedes quedarte el tiempo que necesites hasta que decidas dónde quieres ir.

Ella miró a Edward; su rostro se volvía borroso tras el brillo de las lágrimas.

—No puedo aceptarlo, Edward. No tengo dinero para un hotel, al menos no para pasar más de una noche... hasta que encuentre trabajo.

Él le cogió ambas manos y luego le abrió la puerta del taxi para ayudarla a entrar.

—No te preocupes por eso —repuso para tranquilizarla—. Mi hermana se ocupará de todo.

Entonces se sacó varios billetes del bolsillo y se los dio al taxista al tiempo que le decía la dirección del hotel en Brooklyn.

—Adiós, Evangeline —dijo el hombre con voz suave y una mirada que rebosaba compasión—. Ha sido un placer conocerte y te deseo todo lo mejor.

El taxi arrancó, Evangeline hundió el rostro entre las manos y se echó a llorar desconsoladamente.

31

*L*a cena fue un suplicio para Drake. La fachada que mostraba con tanta arrogancia al subir en el ascensor con aquellos hombres, con los que se había reunido en su apartamento por «negocios», quedó destruida por completo. Solo mantenerse aferrado con uñas y dientes a lo poco que quedaba de su voluntad de hierro lo separaba de desistir y mandarlos a todos a tomar por culo.

En tal estado de la situación, cuando uno de los hombres soltó una risotada y le dio una palmada en el hombro, ya sentados en el reservado de uno de los restaurantes que Drake frecuentaba, y le dijo «Qué buen espectáculo, Drake. Nunca hay que dejar pasar la ocasión de recordar a una mujer el lugar del mundo que le corresponde», Drake estuvo a punto de lanzarse encima de él y reventarle las entrañas a golpes.

¿El lugar en el mundo que le correspondía a Evangeline? De algún modo, sin que ni siquiera se hubiese dado cuenta, ella se había convertido en todo su mundo. Y ya no podía imaginar su mundo sin su dulce y generosa sonrisa ni su entrañable determinación por cuidarlo y hacer que se sintiese cuidado. Precisamente de eso iba todo lo que había ocurrido aquella noche. ¡Joder!

No conseguía evitar que la mirada de desolación de Evangeline le pasara una y otra vez ante los ojos como si hubiera un carrete fotográfico sin fin dentro de su cabeza. Sus lágrimas y su miedo a él, joder. Él, que había jurado que jamás le daría razón alguna por la que tenerle miedo, que ella siempre estaría segura a su lado y que la protegería por encima de cualquier cosa. Y la idea de que se había comportado muchísimo peor que el cabronazo de su antiguo novio era casi insoportable.

Pero no podía reaccionar. No podía acortar la cena para poder llegar a casa pronto, hincarse de rodillas y suplicar su perdón, perdón que no merecía, porque entonces aquellos hombres sabrían exactamente qué significaba Evangeline para él y la utilizarían para chantajearlo y sacarle todo cuanto pudieran.

Drake era una fuente inagotable de frustración para sus enemigos y competidores porque no tenía ningún punto débil. No había manera de tocarlo, de herirlo, y lo temían porque era despiadado y tomaría cualquier represalia contra ellos y sus negocios. Por no mencionar que estaba rodeado por los hombres en los que más confiaba, los cuales darían su vida por proteger a Drake y eran exactamente igual de temibles que él.

Pero harían daño a Evangeline sin pensárselo dos veces y sin escrúpulos. La usarían como medio para destruirlo y no les importaría una mierda si acababan con ella, o con él mismo, por el camino. Saborearían la oportunidad de hundir por completo a Drake y a su monopolio en numerosos campos empresariales.

Y jamás podría vivir consigo mismo si Evangeline resultaba herida, si le pegaban una paliza de muerte o la mataban por su culpa. Él jamás podría vivir sin ella. Y lo jodido del asunto era que acababa de admitirlo, pero lo sabía desde hacía tiempo. Sencillamente no había sido capaz de afrontar la verdad, porque eso lo hacía débil y vulnerable.

¿Cómo podría hacerle entender aquello?

Acababa de destrozar algo muy preciado y de cagarse encima de la confianza incondicional y la fe que ella había depositado en él con tanta generosidad, sin ataduras, sin condiciones, a pesar de que bien sabía Dios que él nunca le había dado razones para hacerlo. Él había recibido, pero nunca le había dado nada importante. Al menos, nada importante para ella. Le había dejado regalitos caros por el camino como si le diera golosinas a un perro, cuando lo único que ella quería era lo que él había sido lo bastante valiente de ofrecerle: un acceso sin restricciones a su corazón. Era un cobarde de mierda que no se merecía ni siquiera lamerle los zapatos.

Uno de los hombres echó un vistazo a Drake, cuya actitud serena y calmada enmascaraba un estado de agitación interna como no había experimentado jamás en su vida.

—Vaya chochito que tienes allí, Donovan, te puedo asegurar que a mí me la pelaría que no supiera cocinar.

Los demás soltaron una carcajada y asintieron mostrando su conformidad.

—No me importaría poder probarla un tiempo. Si te vas a deshacer de ella, házmelo saber, ¿de acuerdo? Y si no vas a hacerlo en breve, avísame cuando lo hagas para que pueda agenciármela y catarla.

Drake sonrió a pesar de que estaba hirviendo por dentro.

—Está bien dotada en cuanto a otros talentos, ya sabes, lo que compensa sus carencias en el resto. De momento me entretiene, pero mantendré tu oferta en mente y cuando me canse de ella y lo bueno deje de compensar lo malo, encantado de que te la lleves.

Drake odió cada palabra. Le ponía enfermo hablar de Evangeline con aquella falta de respeto y discutir como si tal cosa el hecho de pasársela a otro hombre como si se tratase de mercancía usada. Solo podía pensar en los ojos de su ángel cuando la insultó y la humilló delante de los demás. Había invertido tanto en reconstruirla, en restaurar su confianza después de lo que su ex hizo con ella, y ahora, en tan solo unos pocos minutos, había destruido por completo todo en lo que él había trabajado para conseguir devolverle su seguridad.

Le entraron ganas de vomitar.

Tenía que arrastrarse y dar explicaciones como un condenado cuando volviese a casa. De rodillas. Tendría que hacer algo que había jurado no volver a hacer jamás. Suplicar. Lo que fuera con tal de que Evangeline lo perdonara y volviese a confiar otra vez en él. Porque durante el resto de su vida, no pasaría ni un solo día en que no recordase aquella noche, y la pena y la humillación, cómo caían las lágrimas por su hermoso rostro mientras él la desgarraba frente a los demás, que estaban allí en pie, observando entretenidos y mostrando su aprobación.

—Ahora, si podemos volver a hablar de negocios y despachar un asunto tan irrelevante como el último chochito que me he agenciado… —dijo Donovan con irritación.

El resto dejó de bromear, y la expresión en sus caras se tornó seria.

El cabecilla de la familia Luconi se inclinó hacia delante y habló con voz grave.

—¿Tienes intención de respaldar nuestro golpe para tomar el control sobre los Vanucci?

—Eso depende —contestó él arrastrando las palabras.

Ni de coña haría negocios con tipos que habían mostrado con tal descaro su falta de respeto hacia Evangeline, aun siendo el colmo de la hipocresía, ya que había sido él quien los había instigado. Pero podía amañarlo para que pareciera como si uno de los miembros de la familia Luconi estuviese pasando información a los Vanucci, lo que podría convertirse en el comienzo de una guerra entre las dos familias rivales y acabar resultando la eliminación de esos dos granos en el culo de Drake.

—Dinos cuál es tu precio, Donovan —dijo el Luconi más viejo con voz grave—. Tu nombre tiene bastante peso en sí mismo. Si estás relacionado en modo alguno con nosotros, los Vanucci ni siquiera nos plantarán cara, porque lo último que quieren es cabrearte.

—Tendré en cuenta tu proposición —contestó Drake, fingiendo que se planteaba el asunto seriamente—. Haré que uno de mis hombres se ponga en contacto con vosotros dentro de pocos días para discutir los términos. Cuando a los Vanucci les llegue el soplo de esta reunión, vendrán a verme con su oferta, así que será mejor que aparezcáis con la mejor oferta que tengáis.

El más viejo de los Luconi entrecerró los ojos mientras lo miraba fijamente.

—¿Y cómo cojones iban a saber ellos que nos hemos reunido contigo a no ser que se lo cuentes tú?

Drake se echó a reír con desdén.

—Eres un idiota, viejo. Si crees que los Vanucci no tienen un hombre dentro de tu organización informando de todas y cada una de las veces que vas al baño a cagar, es que no eres tan inteligente como creía.

Por lo pronto, ya estaba plantando la semilla de la duda para cuando él efectivamente filtrara la información a los Vanucci, lo que instigaría un baño de sangre entre las dos familias del crimen organizado.

Para alivio de Drake, sirvieron por fin los entrantes y los devoró deprisa, sin ni siquiera saborear lo que tenía por delante.

Puso mucha atención en no mirar el reloj para comprobar cuánto tiempo había pasado porque quería que aquellos hijos de puta se largasen, aunque ellos parecían estar tomándose su tiempo.

No eran estúpidos. Él se tomaba muy en serio no subestimar a sus socios o a sus enemigos. No le cabía duda de que estaban tomándose su tiempo y observando muy de cerca cada uno de sus gestos para poder determinar la importancia que le daba a Evangeline.

Y por eso fue Drake quien sugirió que se tomaran unas copas después de cenar, dejándoles decidir si no tenían prisa o si simplemente estaban tratando de que no descubrieran su farol.

Por suerte para él, una vez los Luconi hubieron discutido el asunto de los Vanucci en profundidad y tratado de forzar el compromiso de Drake allí mismo, acabaron dándose por vencidos y dieron la noche por terminada, conque cada uno se fue por su lado desde el restaurante mientras Drake se escabullía por la parte trasera como si nunca hubiera estado allí.

Llamó a su chófer y le dijo que fuera a buscarlo a dos calles del restaurante, entonces entró corriendo en el coche y le ordenó que llegara a casa lo más rápido posible. Su chófer, sin extrañarse por la petición, pisó a fondo de inmediato. Drake mantuvo las manos apretadas en un puño a lo largo de aquel interminable camino.

Maldijo cada semáforo, pero el chófer se movió con habilidad por las calles para dirigirse a las intersecciones que no solían tener demasiado tráfico. Cuando por fin llegaron, salió corriendo antes de que el coche se hubiera detenido por completo.

Tomó el ascensor exprés que iba directamente a su casa desde el vestíbulo, temiendo que Evangeline ni siquiera lo mirase y ni mucho menos escuchara nada de lo que tenía que decirle.

Señor, haz que sea dulce, generosa y que me perdone una última vez y nunca jamás le volveré a dar motivos para desconfiar de mí.

En cuanto se abrieron las puertas del ascensor, se lanzó dentro del apartamento gritando su nombre. Se contrajo de dolor al ver el desastre de la cocina, todo aquel menú tirado por el suelo, con sartenes y cazos desparramados por la encimera, la vitrocerámica y el suelo, junto con lo que contenían.

Cuando vio el salón de camino al dormitorio, su temor no hizo más que aumentar al ver las bandejas de plata con los aperitivos esparcidos por toda la estancia, las botellas de vino y de licor hechas añicos y las enormes manchas aún húmedas en la alfombra y los muebles.

Sin prestarles atención, entró en el dormitorio dispuesto a suplicar de rodillas su perdón. Tenía que darle muchas explicaciones; explicaciones que podían suscitar preguntas que no estaba preparado para contestar por miedo a ahuyentarla. Si no lo había hecho ya.

Pero Evangeline no aparecía por ninguna parte. Todas las joyas que él le había regalado, junto con las que había lucido aquella noche, estaban desperdigadas por la cama y los restos del vestido que llevaba puesto yacían hechos jirones en el suelo.

Cuando fue a comprobar el armario, vio que no faltaba nada a excepción de un par de vaqueros, unas cuantas camisetas sencillas y un par de zapatillas de deporte. Lo más destacable era que su pequeña maleta de mano había desaparecido.

Se derrumbó y cayó de rodillas; sentía una presión enorme en el pecho, como si lo hubieran aplastado.

Su peor pesadilla se había hecho realidad: se había ido.

La había echado. La había tratado de una forma despreciable.

Desde que era niño no sentía una desolación y una desesperación tan impotentes como aquellas. Pero aquello lo había provocado él, que había hecho lo impensable. Él no era la víctima, sino Evangeline. Su dulce e inocente ángel cuyo único delito había sido amarlo, querer cuidar de él y mostrarle cuánto le importaba.

Y él se lo había pagado cogiendo ese regalo y tirándoselo a la cara de la manera más despreciable en que un hombre puede herir a la mujer a la que quería.

Enterró la cara entre las manos; la agonía le desgarraba las entrañas.

—La he cagado, mi ángel. Pero voy a ir a buscarte. Sé que te he fallado, que te he decepcionado. Pero no pienso dejar que te vayas. No renunciaré a ti. Lucharé por ti hasta mi último aliento. No puedo vivir sin ti —susurró—. Eres lo único bueno que ha habido en mi vida. Eres el único rayo de sol que he tenido en esta vida gris.

»No puedo vivir sin ti. Eres mi única razón para vivir. Tienes que volver a casa, porque sin ti no tengo... no soy nada.

Queridas lectoras:

*C*uando firmé para escribir *Sometida*, junto con la segunda y tercera entrega de la serie Los ejecutores, la historia de Drake y Evangeline iba a abarcar tan solo un libro, mientras que el segundo y el tercero serían sobre Justice y Silas.

Pero ¡menuda sorpresa! La historia de Drake y Evangeline acabó siendo extensa y absorbente, y cuando sobrepasé las cien mil palabras, me di cuenta de que solo había contado la mitad de su gran historia de amor.

Así pues, hablé con mi editora y las dos coincidimos en que no le haríamos justicia a la historia si cortábamos fragmentos y eliminábamos escenas para que encajara en un recuento de palabras que solo comprendía la historia prevista. Decidimos dividir la historia en dos partes: *Sometida*, la primera parte, y *Dominada*, la segunda.

Aun dividiendo su historia en dos volúmenes, el recuento de palabras de ambos libros será muy grande y, cuando termine, los dos libros serán el equivalente a tres novelas de extensión «normal» como las que suelo escribir.

Espero que os guste el viaje de Drake y Evangeline hacia su «felices para siempre» y que los acompañéis hasta el final en *Dominada*, que llegará en 2016.

Esto es toda una novedad para mí. Nunca me había pasado en toda mi carrera, así que estoy igual de sorprendida que vosotras, ¡creedme! Pero no quiero traicionar a los personajes ni a vosotras, las lectoras, con una historia descafeinada, menos apasionada y desgarradora solo por el cómputo de palabras. No es justo para nadie.

Mucho amor, siempre. Os llevo en mi corazón,

MAYA

Maya Banks

Ha aparecido en las listas de *best sellers* de *The New York Times* y *USA Today* en más de una ocasión con libros que incluyen géneros como romántica erótica, suspense romántico, romántica contemporánea y romántica histórica escocesa. Vive en Texas con su marido, sus tres hijos y otros de sus bebés. Entre ellos se encuentran dos gatos bengalíes y un tricolor que ha estado con ella desde que tuvo a su hijo pequeño. Es una ávida lectora de novela romántica y le encanta comentar libros con sus fans, o cualquiera que escuche. Maya disfruta muchísimo interactuando con sus lectores en Facebook, Twitter y hasta en su grupo Yahoo!

@maya_banks
Facebook: AuthorMayaBanks
www.mayabanks.com.